PASSÉ IMPARFAIT

JOAN COLLINS

PASSÉ IMPARFAIT

Michel LAFON
EDITIONS

Traduit de « Past Imperfect » par Sacha Reims

Première édition anglaise W. H. Allen Co, Londres

9 bis, rue de Montenotte, 75017 Paris - 1.46.22.44.54

ISBN 2.86804.622-3

A mes beaux enfants, Tara, Sacha et Katyana. Ils sont le passé, le présent et, surtout, le futur. Et à ma mère, Elsa. J'aimerais qu'elle soit encore là pour partager tout cela avec moi.

De nombreuses raisons m'ont poussée à écrire ce livre. La principale est mon désir de rétablir les faits et la vérité. Je veux raconter ma vie telle qu'elle s'est vraiment déroulée – et non comme elle a été rapportée par les journaux à scandales.

Je suis quelqu'un de positif et de franc. J'ai traversé dans ma vie des périodes très difficiles comme femme, comme actrice et comme mère. C'est mon attitude positive, ma vigueur, mon optimisme et mon sens de l'humour qui m'ont permis non seulement de survivre mais aussi de reconquérir le succès en jouant Alexis Carrington Colby dans « Dynasty », dans une profession où j'ai été plus d'une fois envoyée au tapis pour le compte. Bien que j'aie été une « star » (un mot que je déteste) avant « Dynasty » c'est grâce à ce feuilleton télévisé que j'ai réellement pu devenir moi-même.

Mais la raison majeure de l'existence de ce livre est celle-ci : j'ai la conviction d'avoir été, à ma manière, une pionnière dans la lutte pour l'égalité des sexes et aussi d'avoir fait reculer la barrière de l'âge qui terrifie tant de femmes. Si j'avais été un homme et si j'avais conduit ma vie comme je l'ai fait, je ne pense pas que j'aurais choqué quiconque. En tant que femme, cette même conduite m'a rapporté plus que ma part, de volées de bois vert, de critiques et de déboires professionnels et privés.

J'ai la chance d'être entourée par ma famille et mes amis qui m'aiment, me supportent, connaissent mes défauts et mes faiblesses. Ils m'ont aidée à les vaincre, à grandir, à m'améliorer.

Je continue toujours à grandir. Cela peut sembler ridicule venant d'une femme qui en a tant fait, mais j'ai encore beaucoup à apprendre. Je veux ouvrir mes horizons et continuer à explorer mes capacités et mes facultés car je crois que c'est là que réside l'équilibre de la vie.

Et je crois également sincèrement que le meilleur reste encore à venir!

JOAN COLLINS

1

Ma toute première « apparition publique » est gravée sur une photographie de ma mère avec mon père et son ami Lew Grade. Cette photo fut prise lors d'un bal de charité sept heures avant ma naissance. A part cette légère lueur de panique dans le regard de ma mère, personne n'aurait pu dire qu'elle était sur le point de donner naissance à son premier enfant. Elle est blonde, soignée et escortée par deux jeunes hommes en habit. Mon père, Joe Collins, et Lew Grade étaient à l'époque associés dans une agence théâtrale Collins & Grade. Ils arboraient l'air satisfait d'hommes sur le point de devenir père et parrain. En fait Sir Lew Grade (il est lord aujourd'hui) n'est jamais devenu officiellement mon parrain. Cependant à l'époque lui et mes parents étaient si liés (ils le restèrent longtemps d'ailleurs) autant dans les affaires que dans le privé, que je l'appelais toujours « Oncle Lew ». De plus il s'est toujours énormément intéressé à moi lorsque j'étais enfant. Papa et maman furent ses témoins lorsqu'il épousa pendant la guerre une ravissante jeune chanteuse, Kathleen Moody. Jusqu'à la mort de maman en 1962, elle et Kathleen restèrent très proches l'une de l'autre, même après la rupture de l'association professionnelle entre mon père et Lew.

J'ai vécu pendant si longtemps dans la crainte de mon père que même aujourd'hui il m'est difficile d'écrire à son sujet sans redouter une éventuelle réaction de sa part. Tout au long de ces années d'analyse, de recherches, d'approfondissement dans la connaissance de ma personnalité, papa a toujours représenté pour moi un personnage effrayant, plutôt que le soutien paternel que j'attendais. Ma recherche permanente de l'amour durable envers un homme inaccessible vient sans aucun doute de là. Il ne fait aucun doute non plus qu'il m'a aimée au moins pendant cinq ou six années de ma vie.

Je suis née un 23 mai dans une maternité de Bayswater dans le nord de Londres, juste entre la fin de la grande crise économique, la Grande Dépression et le début de la guerre. « Une femme qui révèle son âge est capable de révéler n'importe quoi » disait Oscar Wilde. Je suis entièrement d'accord avec lui.

D'après mes parents et amis, j'étais le plus joli des bébés, mais mon caractère était loin de ressembler à mon physique! Les Gémeaux sont connus pour être lunatiques, versatiles, charmants et adorables une minute, impossibles et odieux la suivante... et j'étais le Gémeaux type. Mais j'avais l'air si doux que ma mère était obligée de fixer sur mon landau un panneau où était écrit « S'il vous plaît, ne m'embrassez pas » pour nos promenades matinales.

Les jolis bébés devaient être rares dans la banlieue Nord de Londres car ma mère était régulièrement obligée de repousser certaines femmes désirant m'embrasser ou même m'adopter. Maman me « surprotégeait », au point qu'avant de me donner une glace, elle la mettait au four pendant une minute ou deux afin que le froid ne me fît pas mal aux dents!

J'ai vécu un début d'enfance idyllique. Nous habitions un appartement dans Maida Vale, à trois ou quatre pâtés de Regent's Park. Papa travaillait à l'agence avec Lew et adorait sa femme et son bébé Joan.

Au départ, ils avaient désiré un garçon qu'ils auraient prénommé Joe Junior. C'est pourquoi ils m'appelèrent Joan : le plus proche équivalent féminin de Joe.

Pendant mes quinze premières années, lorsque ma mère appelait « Joe », je répondais souvent.

J'adorais mon père. A la maternelle je disais aux autres enfants que mon père était le plus grand et le plus bel homme du monde. Le fait est qu'il était beau, avec des cheveux frisés noirs qu'il plaquait sur son crâne à l'aide de trois couches de brillantine, des yeux brun foncé pétillants et un profil finement ciselé. Grand? Pas vraiment. Un jour j'ai réalisé, à mon grand désespoir que mon père ne mesurait que 1,80 m! Il y a dans mon album de famille une vieille photo jaunie représentant, selon moi, les relations idéales père-fille. C'est ma photo préférée de lui et moi. J'ai quatre ou cinq ans. Il me manque les deux dents de devant, j'ai un grand nœud dans les cheveux et je suis en maillot de bain. Nous sommes en vacances. Je suis assise dans l'herbe, les jambes croisées et souriante. Il est bronzé, les cheveux bouclés et souriant. Il est habillé d'un pantalon de flanelle grise et d'une veste sport. Il tient à la main un grand filet à papillons avec lequel il s'apprête à attraper la petite fille qui est assise, confiante et heureuse, protégée par l'amour de ce père séduisant.

Ma mère était très belle également. Blonde aux yeux bleus, elle possédait le type anglo-saxon, type complémentaire à celui sémite de mon père. Elle avait le teint aussi pâle que le sien était mat, était aussi douce et tendre qu'il était strict et dur. Les souvenirs que j'ai gardés de ma mère sont devenus de plus en plus précieux avec les années. J'ai toujours été bien plus forte qu'elle et cela m'irritait de la voir ainsi, contente d'être l'esclave de mon père. Quand Joe se fâchait, nous nous enfuyions. Dès qu'il élevait la voix, nous devenions nerveuses. Mais en regardant en arrière, je réalise que ma mère l'aimait surtout à cause de son délirant sens de l'humour. Il n'arrêtait pas de plaisanter, et comme il y avait souvent des amis à la maison, l'appartement résonnait sans cesse de leurs éclats de rire. On m'envoya à une école de danse avant mes trois ans. Tout au long de mon enfance, j'ai fréquenté neuf ou dix écoles de danse ainsi que treize lycées différents! Avant d'être en âge d'aller au jardin d'enfants, je passais mes matinées à écouter passionnément la radio, dansant, chantonnant pendant que ma mère faisait le ménage. En ce temps-là les programmes étaient éclectiques et je dansais avec passion sur des airs de valse, du classique, et surtout du jazz. Je chantais aussi. Je voulais devenir chanteuse tout autant que j'aspirais à être actrice; je connaissais par cœur toutes les paroles des chansons populaires jusqu'à ce que survienne la Beatlemania.

Chaque dimanche, nous partions nous promener longuement en voiture. Chaque année nous avions une nouvelle voiture, impeccable. J'éprouvais un ennui profond lors de ces promenades dominicales sans fin. J'en suis encore marquée aujourd'hui : je préfère prendre le train, l'avion ou l'hélicoptère, plutôt que de devoir rouler en voiture plus de deux heures. Nous roulions à travers la campagne immaculée de Brighton où vivait la mère de mon père, ou bien nous allions à Bognor où habitait ma grand-mère maternelle, ou encore nous allions dans le Devon, le Sussex ou le Kent où nous ne connaissions personne. Pour combattre l'ennui de ces balades je chantais, chantais et chantais encore.

Toute petite fille, je m'intéressais énormément au théâtre, au cinéma et à la chanson. Tout ceci nourrissait mon imagination et me faisait rêver le soir avant de m'endormir.

Avec mon père, ma famille était dans le show-business depuis deux générations. Il était né à Port Elisabeth, en Afrique du Sud, en 1902, de l'union d'un heureux agent théâtral, Will Collins et d'une piquante soubrette et danseuse, Henrietta Collins. Henrietta devait certainement être considérée comme une femme très émancipée à l'époque car elle continua à danser avec sa sœur dans un numéro de music-hall intitulé « The three Cape Girls », même encore, un mois avant la naissance de Joe. Et ceci se passait en pleine époque victorienne! Ce qui prouve à quel point elle se sentait peu concernée par les strictes conventions de l'époque, une attitude que manifestement je tiens d'elle! Sur les photos, on la voit les mains sur les hanches en costume de French-cancan. C'était une brunette solidement bâtie avec un regard volontaire et pétillant.

Je me souviens de grand-mère Henrietta comme d'une dame adorable, effervescente et énergique. Elle m'apprit à danser, me montra comment faire le grand écart et les pointes. Elle était pleine de vie, drôle et charmante. Elle resta ainsi jusqu'à sa mort. Elle me régalait d'histoires de scènes et de coulisses. Elle me faisait rêver avec ce monde merveilleux uniquement peuplé de clowns, d'acteurs, de danseurs, de saltimbanques, de créateurs d'illusion. Quand elle me racontait ses histoires, je pouvais presque sentir l'odeur du maquillage et les senteurs de bois moisi qui flottent dans les coulisses des théâtres du monde entier.

Elle eut deux autres enfants. Lalla et Pauline. Mon père, le seul garçon, fut pourri gâté pendant son enfance. Ses deux sœurs l'adoraient, ainsi que sa mère, puis sa femme. Bien sûr, moi même, ma sœur Jackie et ma demi-sœur Natasha avons pris le relais. Il a eu toute une lignée de femme qui se sont disputées ses faveurs. Et sans aucun doute toutes les femmes trouvaient irrésistible ce démon séduisant.

Les deux filles d'Henryetta se dirigèrent vers le show-business, Pauline devint agent théâtral et Lalla, la beauté blonde de la famille, devint une danseuse des « Cochran's Young Ladies ». Notre appartement était toujours plein de gens amusants, adorant sortir en groupe. Papa était l'agent de la plupart d'entre eux – des comiques, des chanteurs, des danseurs, des prestidigitateurs et des ventriloques. Papa jouait souvent aux cartes avec eux jusqu'à des heures tardives. Il faisait de formidables parties de poker, jeu que j'appris en regardant par-dessus son épaule.

Tous ces personnages fascinants, me complimentaient sur mon physique et ma personnalité, soit sincèrement, soit pour plaire à mon père afin que celui-ci les fasse travailler. Ils terminaient invariablement leurs compliments en disant « Bien sûr, toi, tu finiras sur scène ».

La graine était plantée, germait lentement et je commençais à rêver de devenir actrice.

Papa était alors fier de moi, il n'y a aucun doute là-dessus. Il aimait le fait que j'étais mignonne, pétillante, charmante et il croyait comme ses amis que je possédais les qualités d'une future actrice. Pourtant, il évitait de se faire l'avocat de ce genre de carrière qui, d'après lui, n'était guère convenable pour une jeune fille. Nombre d'entre elles ayant souffert des difficultés et des rejets de la société.

Je ne me souviens pas exactement à partir de quand j'ai cessé d'être « la petite fille à son papa ». Cela a pu se produire à la naissance de Jackie qui, bien sûr, a brusquement monopolisé l'attention de toute la famille. Ou peut-être lorsque, pour fuir les bombardements de Londres nous fûmes expédiées à Brighton, Ilfracombe ou Bognor, laissant papa seul à Londres se débrouiller tout seul. Oh! Comme ma mère se faisait du souci pour lui! Mais il devait rester en ville. Les demandes pour les artistes de music-hall pendant la guerre étaient nombreuses et papa devait rester là pour travailler, faire travailler ses artistes.

Les années de guerre furent une période troublée, une suite d'évacuations vers de nouveaux endroits remplis de gens nouveaux que nous ne connaissions pas et, horreur des horreurs, une succession d'écoles nouvelles. La timidité – quelque chose dont je n'avais jamais souffert auparavant – ainsi que le sentiment d'insécurité générale et les doutes fondirent d'un seul coup sur moi. Le comportement des enfants qui, à l'école, chuchotent et ricanent à l'arrivée d'une nouvelle élève un peu gauche créa en moi le sentiment d'être exclue. Je me réfugiais de plus en plus dans un monde de rêve à travers le cinéma, les livres et les magazines. Je me sentais rejetée. Je pensais que si papa m'avait vraiment aimée il ne m'aurait pas laissée seule dans ces endroits inconnus.

C'était une existence de nomades. Lorsque les bombardements s'arrêtaient, nous retournions à Londres pour quelques semaines ou quelques mois. Quand les raids aériens reprenaient nous étions réveillées en pleine nuit par maman, habillées à la hâte de ce que nous appelions « les habits de sirène » et courions vers les abris. Nous finissions alors la nuit tandis qu'à l'extérieur l'écho des bombes et de la D.C.A. se mélangaient confusément.

J'étais bien trop jeune pour réaliser le danger de la situation ou à quel point ma mère était terrorisée. Avec une petite fille et un bébé, elle vivait dans l'angoisse qu'il nous arrive quelque chose. Elle était en proie à un perpétuel conflit intérieur : d'un côté elle voulait rester avec mon père et de l'autre elle savait que ceci mettrait l'existence de ses enfants en péril. Cela la torturait. Donc, après un long ou court séjour à Londres, nous repartions à nouveau vers un autre asile, vers une autre école, vers de nouveaux temps difficiles, à essayer de se refaire des amis. Ce fut le début de ma vie de nomade, de bohémienne.

A l'âge de treize ans, j'étais mal à l'aise, boutonneuse, emportée, introvertie et je détestais les garçons.

J'étais convaincue de ne plus posséder de charme pour séduire mon père. De plus je constatai avec horreur que l'arrivée de mon petit frère, Bill monopolisait l'affection de la famille. Aussi décidai-je que le seul moyen de regagner l'affection de mon père comme autrefois, c'était d'essayer très fort de ressembler à un garçon.

L'imminente arrivée de la puberté était un désastre qui, j'en étais convaincue, ne pouvait en aucun cas m'arriver. Les filles, à l'école, parlaient des règles en baissant la voix. Je ne savais pas ce que c'était. Je cherchai, en vain, une explication dans le dictionnaire. Mes parents, eux-mêmes, ne disaient rien à ce sujet, alors j'imaginais le pire. J'accompagnais mon père au football tous les samedis après midi, bravant courageusement le froid dans des pantalons de velours, pull de laine épaisse et écharpe aux couleurs de l'équipe de foot autour du cou. Tenue guère féminine. J'agitais frénétiquement mon petit drapeau en sautant et en criant de joie chaque fois qu'un but était marqué. Tout ceci pour faire plaisir à mon père.

En fait, je détestais le football. Je ne pouvais comprendre la fascination qu'exerçaient vingt deux individus sales et hirsutes, courant après un ballon, dans un terrain boueux, sur des milliers de supporters déguisés en arbre de Noël aux couleurs des clubs des joueurs. Ma haine du football s'étendit également aux autres activités sportives, exception faite de la natation où je ne me débrouillais pas trop mal. J'étais par contre très mauvaise en basket et au tennis. Néanmoins je feignais de m'intéresser énormément au football et j'allai même jusqu'à écouter le samedi matin les résultats des matchs de la veille à la radio. J'espérais impressionner mon père.

Bien sûr, cela ne marchait pas. Bill, à deux ou trois ans, était bien plus fascinant que la gourde que j'étais. Il poussait joyeusement ses petites voitures et ses camions à travers la pièce sous les regards fiers de mes parents, tandis que moi, je lui jetais des regards furieux et jaloux. Pour combler ma frustration, je m'empiffrais de hot-dogs et de biscuits tout en me jurant que je deviendrais une actrice.

Le mot « amour » fut pour moi une énigme pendant de nombreuses années. En dépit de deux années d'analyses et de sessions de week-end à *Actualisations* un groupe de travail qui explorait le potentiel humain – ma quête de l'amour – apparemment satisfaisante – me laissa deux ou trois ans plus tard complètement perplexe. Je me demandai avec inquiétude si j'avais ou non aimé l'homme dont j'avais cru être amoureuse.

C'est à l'Académie Royale des Arts dramatiques, où j'allais entre l'âge de quinze ans et demi et seize ans et demi que je découvris le sexe opposé et tombai « amoureuse » de nombreuses fois. La plupart du temps, que j'aurais mieux fait de consacrer aux études, était passé à rêver de l'être aimé. Certains de ces flirts duraient trois ou quatre mois, d'autres trois ou quatre jours – mais ils avaient tous quelques chose de commun : leur platonisme. Nous étions dans les années cinquante et Dieu interdisait à une demi-juive bien éduquée de faire quelque chose de grave et tabou, « d'aller jusqu'au bout ». Nous nous contentions de nous embrasser sous les réverbères, de nous tenir furtivement la main au cinéma et d'échanger des serments d'amour dans les austères corridors de l'Académie Royale.

Il était impensable alors qu'une jeune fille puisse

coucher avec un garçon. Les connaissances des techniques amoureuses, sans parler de la contraception. étaient vagues et étriquées.

Le flirt était à la rigueur admis, mais une fille devait impérativement rester vierge jusqu'au soir de ses noces.!

J'étais populaire. David McCallum, un camarade de classe, me dit un jour! « Tu es la première fille que moi et tous les autres garçons de la classe avons remarquée ». J'ai brusquement pris conscience de mon sex-appeal. C'était une nouveauté pour moi que de plaire aux garçons. Toutefois, mes coups de cœur fleurissaient et fanaient aussi rapidement que les fleurs d'été. Dès que je me désintéressais de l'un d'eux, je portais immédiatement mon attention et mon intérêt sur un autre. Ces petits jeux durèrent de nombreuses années. C'était typique : Toute fille ayant souffert du complexe paternel cherche à affirmer son charme en séduisant les mâles les plus en vue.

Ceux qui me couraient après ne m'intéressaient absolument pas, et il en fut ainsi pendant des années. J'ai toujours, excepté quelques cas particuliers, choisi moi-même mes partenaires amoureux, été celle qui les poursuivait, gagnait leur amour et qui, finalement, les laissait tomber. Au fur et à mesure que je devenais mature, mes sentiments devinrent plus profonds. Et des brefs béguins de week-end à l'Académie Royale d'Art dramatique à mon premier mariage de sept mois avec Maxwell Reed, mes aventures successives durèrent de plus en plus longtemps.

La plupart des hommes et des garçons que j'ai choisis sont difficiles, inaccessibles, imprévisibles, lunatiques, quelquefois incapables d'aimer ou de donner, et cela m'a toujours intriguée. Je ne voulais pas être courtisée et séduite mais courtiser et séduire moi-même. Et comme séductrice j'ai (bien souvent) été blessée.

Je travaillais dur à l'A.R.A.D. Bien décidée à réussir dans mon métier, j'avais déjà été découverte. Une agence de cover-girl vint un jour à l'école à la recherche d'une jeune femme afin de faire des photos pour des magazines. J'eus la chance d'être choisie. Ils payaient une misère, mais cela me permit de m'acheter de meilleures places au théâtre ou au cinéma où je me rendais trois fois par semaine, quelques vêtements, de prendre un taxi de temps à autres. Je posais pour des photos de romans-feuilletons dans des magazines bon marché. Sur une photo, j'étais une teenager terrorisée et sur le point d'être violée par un maniaque dans une maison hantée. Sur une autre, j'étais une teenager pleurant sur son oreiller car elle venait de découvrir qu'elle était enceinte. N'étant pourtant pas très svelte, je posais toutefois aussi pour des photos de mode pour teenagers dans *Woman* et *Woman's Own*. Au début des années cinquante, il n'y avait pas de marché proprement axé sur les adolescents.

Les jeans et autres vêtements décontractés n'étaient pas en vogue. D'ailleurs les vêtements que je portais sur ces photos étaient vieillots et peu flatteurs. Moi, ce que je mettais d'habitude, c'étaient des jeans serrés et des chemises d'homme amples avec, en dessous, un pull noir moulant. Le tout rehaussé par des boucles d'oreilles en or, façon bohémienne. C'était extrêmement d'avant-garde à l'époque. Ajoutez à cela un maquillage plutôt exotique – les yeux soulignés de noir et surmontés de faux cils de deux centimètres comme Elisabeth Taylor, mon actrice préférée – et une queue de cheval : vous comprendrez alors pourquoi je ne passais jamais inaperçue. Leslie Bricusse – alors étudiant à Cambridge – se souvient m'avoir vue dans un pub de King's road. En ce temps-là il ne me connaissait pas, mais mon image était si outrée, qu'elle resta gravée dans sa mémoire!

Un magazine à grand tirage fit un jour un reportage photographique sur les clubs de jazz et ma photo fut publiée avec cette légende « La femme habillée très jazz » (« très » en français dans le texte). Je n'y étais pas nommée, j'étais inconnue. Mais mon apparence et mon accoutrement m'avaient value d'être remarquée et photographiée.

Les clubs de jazz et de danse constituaient ma distraction favorite. Trois soirs par semaine, j'allais en compagnie de deux ou trois copines m'asseoir dans une cave enfumée pour écouter avec extase le Humphrey Lyttleton's Dixieland Band qui jouait au 100 Oxford street. Ou bien je me rendais en banlieue pour entendre George Melly, Sydney Bechet et Claude Luter. Humphrey était mon préféré et je pouvais rester assise pendant des heures, hypnotisée, tandis qu'il jouait les grands classiques d'une époque qui me fascinait : les années vingt. « When the saints go marching in », « Jelly Roll Blues », « Hotter than that » et de nombreux autres titres. Je dansais sans m'arrêter pendant des heures dans la cave humide d'Oxford street.

Soudain ma carrière démarra. Un jour le téléphone sonna et quelqu'un à la voix charmante se présenta. C'était Bill Watts, un impresario connu, qui représentait des jeunes et jolies filles. Il m'avait remarquée dans Woman's Own et pensait que j'avais un avenir au cinéma.

Je le rencontrai à son bureau de Mayfair. Les murs étaient complètement recouverts de photos de starlettes plus ou moins dévêtues. Il m'emmena déjeuner dans un restaurant quatre étoiles et, me dit entre le cocktail de crevettes et le vol au vent, que j'avais un « potentiel cinématographique certain ».

– Mais je veux être une véritable actrice, dis-je sérieusement. Les actrices de cinéma ne savent pas jouer. Ce sont des filles « découvertes » derrière des comptoirs de produits de beauté qu'on lance n'importe comment. Je veux terminer mon année à l'A.R.A.D., tourner ensuite pendant plusieurs saisons avec une troupe de théâtre et ensuite, espérons-le, décrocher un rôle dans le West End. (Quartier de Londres où se trouvent tous les grands théâtres, c'est l'équivalent de Broadway à New-York).

J'avalai une gorgée de vin blanc en le regardant dans les yeux comme pour le défier.

J'étais très influencée par la position de l'A.R.A.D. vis-à-vis du cinéma. Ils pensaient que l'art dramatique ne pouvait exister qu'au théâtre, que la puissance ne s'obtenait qu'en parlant fort d'une voix mélodique, en appuyant l'accent tonique sur les voyelles et en faisant de grands gestes théâtraux classiques. Je me souviens d'une note d'un professeur qui disait à mon sujet :

– Certes, cette étudiante semble avoir tout pour elle, mais elle est gênée par la faiblesse de sa voix. On dirait qu'elle manque de confiance en elle-même et pour cela n'ose se servir de son organe vocal. Si elle se décide à chasser cette peur et enfin à se servir de sa voix, elle retrouvera toute confiance en elle-même et les faiblesses de son jeu disparaîtront. Autrement, elle devra se diriger vers « les films » et ce serait bien dommage.

Quelle ironie!

Je travaillais pourtant avec acharnement, mais ma voix était constamment critiquée par les professeurs de l'A.R.A.D. Aussi, au lieu de prendre confiance en moi et de faire des progrès je devenais de plus en plus inhibée. Nous avions des cours de diction et d'élocution qui n'en finissaient pas. Tout dialecte, argot ou accent était tabou. Un Albert Finney ou un Michael Caine n'aurait pas eu l'ombre d'une chance de devenir acteur chez eux, à moins d'apprendre à parler avec une voix aristocratique. Nous devions parler et jouer comme si nous étions tous issus du même moule, en conséquence nos véritables personnalités et capacités ne pouvaient pas se développer. J'essayais de parler et de jouer en scène comme si j'étais quelqu'un d'autre, Claire Bloom ou Vivien Leigh.

A cause de tout cela, je méprisais le cinéma, et seule l'insistance de Bill Watts, sa faculté de persuasion – selon lui quelques rôles dans des films ne pouvaient que me faire du bien et m'aider à développer mes dons – me poussa à signer avec son agence. Il travaillait vite. Moins d'une semaine plus tard on me proposa de faire un essai pour le rôle principal d'un film intitulé « Lady Godiva rides again » qui racontait la grandeur et la déchéance d'une reine de beauté. Je fis les tests à Shepperton avec plusieurs autres starlettes. Le maquilleur et le coiffeur qui s'occupèrent de moi pour me transformer en Lady Godiva, avaient dû apprendre leurs métiers dans les cavernes à l'âge de pierre! Une grosse crêpe orange fut posée sur mon visage de chérubin. « Elle a un visage lunaire » se dirent-ils l'un à l'autre laconiquement. Des ombres marron furent mises sur mes joues et du bleu sur mes paupières. Un rouge à lèvre carmin vint compléter le tableau. Je ressemblais à un albinos qui essaierait d'imiter Joan Crawford quand elle était teenager.

Rien d'étonnant à ce que je n'aie jamais décroché le rôle. En consolation, on me donna le rôle d'une des concurrentes du concours de beauté et pendant trois jours je me gelai dans un maillot de bain moulant noir au Folkestone Town Hall. Parmi elles il y avait Jean Marsh qui, plus tard, devint célèbre en tenant le rôle de la servante Rose dans « Upstairs Downstairs puis en apparaissant dans la série de télé « Nine to Five ».

Tourner pour le cinéma n'était pas agréable du tout et de plus ennuyeux : debout à cinq heures du matin, trimballée à gauche et à droite par des assistants énervés mourant de froid derrière les décors ou bien étouffant sous les spots. Il fallait, de plus, écouter l'équipe de tournage s'exprimer dans un jargon incompréhensible : « Descends l'arc », « On la double », « Changez le magasin », « C'est du son direct », « Action ». Je ne réalisai pas que j'allais entendre ce genre de dialogue tout au long de ma vie.

Deux semaines plus tard, Bill m'obtint un rôle légèrement meilleur. Je jouais une femme de chambre grecque dans un film que l'on oubliera sans honte « The woman's Angle » avec Lois Maxwell, qui devint plus tard miss Moneypenny dans les films de James Bond. Le cachet était royal : 50 £. Ce qui me permit de m'acheter d'autres boucles d'oreilles imitation or et des pull moulants. Je devins une petite vedette à l'A.R.A.D. et mes aventures amoureuses faisaient l'objet de toutes les conversations.

Je menais alors une double vie : starlette de cinéma et étudiante consciencieuse d'art dramatique. La presse britannique me repéra très rapidement.

« Notre meilleur espoir britannique depuis Jean Simmons »... « Elle a le regard d'Ava Gardner, l'apparence suffocante de Lauren Bacall, le corps de Jane Russell et plus de sex-appeal que toutes les actrices que j'ai rencontrées » délirait le *Réveil*, le journal préféré des classes ouvrières. Mais l'A.R.A.D. était loin d'approuver.

– Que signifie toute cette absurdité cinématographique? aboya un jour Sir Kenneth Barnes, l'austère et menaçant principal de l'école, en me barrant le chemin un matin de sa stature hitchcockienne.

– Rien de sérieux, monsieur, répondis-je d'une petite voix en essayant de l'amadouer. Je fais juste cela pour gagner un peu d'argent.

– Bon, mais ne te laisse pas emporter par cela, ma petite, dit-il en pontifiant, une seule chose a de l'importance et de la valeur : le théâââtre!

– Oui, monsieur, approuvai-je en m'esquivant et en quittant l'école avant la fin des cours pour aller à une séance de photos organisée par le *Daily Mirror*. L'A.R.A.D. était devenue une corvée pour moi. J'en avais marre des remarques permanentes sur ma voix trop faible, mon jeu lourd, mon manque de puissance et de relief. Dans les pièces que nous travaillions, on me confiait toujours des rôles de grand-mère ou de bonniche. C'était, pensais-je, la façon des professeurs de me dire qu'ils ne m'aimaient pas.

Les gens du cinéma me disaient que j'étais sexy et splendide. Les acteurs et les techniciens flirtaient avec moi et me donnaient confiance en moi-même. Bill Watts était mon supporter le plus acharné. De tous les agents que j'ai eus il fut sans aucun doute le plus efficace : non seulement il crut en moi dès le début mais en plus il se décarcassa pour m'imposer alors que j'étais complètement inconnue. Son inébranlable confiance en moi me permit de surmonter mes complexes au sujet de ma voix et de ma personnalité, de réaliser que je possédais malgré l'avis contraire des professeurs de l'A.R.A.D, du talent.

Je m'étudiais sans complaisance. Je ne pouvais bien sûr guère accorder d'importance aux réflexions du genre : « c'est la nouvelle Ava Gardner » que certains journaux avaient publiées. Je me regardais dans le miroir et voyais une jeune fille au visage rond, aux grands yeux avec de longs et fins cheveux bruns – le poison de ma vie –, trop grosse de quatre kilos, et vierge!

– La vie n'est qu'un régime sans fin, disais-je en repoussant mon assiette et en prenant mon paquet de *Lucky Strikes* [1]. Je buvais trop – du gin sec généralement – fumais trop (pour me donner un genre sophistiqué) et veillais trop tard la nuit; je dévorais des livres jusqu'à trois, quatre heures du matin ou je sortais avec des garçons, ou encore j'allais danser. J'avais donc de gros cernes noirs sous les yeux. Je décidai de suivre un régime de beauté très strict. Ce fut le premier des trois cents régimes commencés et abandonnés au cours de mon existence.

– Si je dois être la Marilyn Monroe anglaise, me

1. Cigarettes.

disais-je, je ferais mieux de me mettre tout de suite dans la peau du personnage... Et d'abord perdre cette virginité! Peut-être que cela m'aidera aussi à me débarrasser de mes boutons. L'ambiance des studios me plaisait beaucoup. J'appréciais énormément l'atmosphère de camaraderie qui régnait au sein des équipes. Je fréquentais généralement les équipes techniques. Leur sens de l'humour et leurs remarques m'amusaient bien plus que toutes les éternelles discussions sur les entrées, les budgets et le box office des producteurs et réalisateurs.

Sur la plupart des films tournés en extérieur – « Island in the Sun », « Seawife », « The Bravados », « Our Girl Friday » – je déjeunais en compagnie des cameramen et des maquilleurs. Je trouvais leur compagnie bien plus intéressante que celle des autres acteurs. J'aimais certes les acteurs, mais je ne supportais pas le fait que la vedette masculine d'un film se sente systématiquement investi du droit de cuissage sur sa partenaire. Certains d'entre eux se fâchaient très fort lorsque leurs avances étaient repoussées.

Je suis quelqu'un de franc et direct, je ne me gêne pas pour envoyer balader les gens qui m'embêtent, et cette attitude est appréciée par les équipes techniques, surtout en Angleterre.

– Je décrochai à cette époque mon premier rôle important, le premier d'une série de films sur la délinquance juvénile où j'incarnais invariablement la « fille perdue ». Le rôle de Lil dans « Judgment Deferred » un film thriller à petit budget tourné aux studios Southall était décrit dans le scénario comme : « le rôle exigeant et émotionnel d'une belle demoiselle, fille d'un repris de justice, détruite par les fréquentations de personnages séduisants et dangereux auprès desquels elle cherche les plaisirs. »

La critique de *l'Evening News* dit de ce film :

– Bien qu'un peu jeune pour un rôle aussi émouvant, Joan s'en sort magnifiquement.

Manifestement Basil Dearden et Michael Relph furent du même avis car peu de temps après avoir terminé « Judgment Deferred », j'allai aux studios Ealing, célèbres pour leurs comédies à succès tournées avec Alec Guinness, passer un test pour le rôle de Norma, la jeune délinquante en fuite dans « I Believe in You ».

Dearden et Relph formaient une équipe efficace comme réalisateur et producteur. Ils avaient à leur actif une série de succès comme « The Blue Lamp » et « Kind Hearts and Coronets ». Selon Bill Watts, l'actrice qui décrocherait le rôle de Norma deviendrait une star.

J'avais déjà fait des tests pour d'autres films mais tous sans succès, généralement à cause de ma jeunesse ou de mon apparence « étrangère ». En Angleterre on aimait encore beaucoup les physiques typiquement britanniques. Le test avec Dirk Bogarde fut très excitant. Je portais une chemise de nuit rose façon « Baby Doll ». Dirk et moi étions vautrés sur un lit recouvert de satin et devions nous embrasser. Dirk avait beaucoup de charme et était très amusant mais bien trop vieux pour moi. A l'époque je sortais avec un étudiant de l'A.R.A.D., John Turner. Flirt qui dura plusieurs mois, un record pour moi! Malgré les quelques nuits passées ensemble, quand les circonstances le permettaient, il ne s'était jamais permis d'abuser de moi; il était trop « gentleman » pour cela. J'ignorais totalement comment m'y prendre pour le séduire, aussi nos relations demeurèrent platoniques. Ou presque...

Ma photo fut publiée en première page du *Réveil*. C'était ma première Une! J'étais très excitée, surtout lorsque je fus reconnue par la vendeuse du Woolworth [1] où j'allais acheter d'autres bijoux de pacotilles pour

1. Équivalent de nos Prisunic.

compléter ma collection. Malgré mon début de célébrité et le fait que l'on faisait de plus en plus appel à moi, je ne gagnais guère plus de vingt livres par semaines (240 francs). On ne fait certes pas ses courses chez Dior avec cette somme... En dépit de ses affaires plutôt florissantes, papa n'était guère généreux. Maman devait économiser sur l'argent du ménage pour s'offrir quelques extras. Elle était toujours bien habillée mais je savais comment : elle devait supplier mon père lorsqu'elle avait besoin de quelque chose. Quand j'étais très jeune, je m'étais jurée de ne jamais dépendre matériellement du bon vouloir d'un homme. L'indépendance financière était extrêmement importante pour moi. Je devais l'acquérir le plus vite possible. En fait, tout au long de ma vie, malgré mes trois mariages et mes nombreuses liaisons, je me suis toujours offerte moi-même mes vêtements, mes fourrures et la plupart de mes bijoux, j'ai toujours réglé seule mes factures.

C'était le début de mes vacances d'été. Une de mes amies de l'A.R.A.D. tomba enceinte et se fit avorter d'une façon épouvantable par un véritable boucher. Mes autres amies et moi-même pensions que c'était le salaire du péché. Je fis un troisième test pour « I Believe in You ». Un des producteurs me faisait une cour pressante. Il me fit comprendre que si je me montrais « gentille », le rôle était à moi. N'étant pas même « gentille » avec les gens dont j'étais amoureuse, la simple pensée d'une étreinte avec ce monsieur âgé me révulsait. Il avait entre trente-cinq et quarante-cinq ans avec de longs cheveux graisseux, et une tendance à transpirer abondamment particulièrement lorsqu'il s'approchait de moi. Je déclinai ses propositions aussi gentiment que je le pus tandis qu'il me reconduisait chez moi dans sa Jaguar. Alors je réalisai tristement que je venais sans doute de gâcher ma seule chance d'obtenir un rôle important. Pour la première fois j'entrevis l'image hideuse des « auditions sur canapé ». Je savais que si je refusais de passer par là, d'autres jeunes actrices ne demanderaient pas mieux que de se montrer « gentilles ».

C'est alors que je pris la décision, sans jamais la transgresser de ne jamais me montrer « gentille » avec quelqu'un, de ne jamais embrasser ni coucher avec qui que ce soit pour décrocher un rôle, fût-ce le rôle le plus important de ma vie!

Quelques années plus tard, Buddy Adler, alors le patron de la 20 th Century Fox – chez qui j'étais en contrat –, me demanda si j'avais envie de devenir la plus grande star de ses studios. « Bien sûr », répondis-je.

– Tout ce que tu auras à faire dans ce cas, me dit-il alors que nous dansions sur le plancher laqué de sa maison de Beverly Hills, c'est d'être très gentille avec moi. Et tous les meilleurs rôles seront pour toi.

– Qu'entendez-vous par « être très gentille », monsieur Adler?

– Écoute, ma belle, dit-il en me serrant de plus près, tu es une jolie fille et je ne suis pas un vilain vieillard moi-même. En fait, beaucoup de femmes me trouvent très séduisant! Il fit un sourire de conspirateur. Je le regardais. Un 1,80 m, bronzé, les cheveux argentés et assez âgé pour être mon père.

– On pourrait se voir deux fois par semaine, à côté de cela bien sûr, tu as ta vie et j'ai la mienne, dit-il en jetant un coup d'œil vers sa ravissante épouse blonde, Anita Louise. Et tu choisis tous les rôles qui te plaisent...

– Monsieur Adler, dis-je froidement en m'écartant de lui. Je suis venue ici avec mon agent, Jay Kanter. Pourquoi ne discuterions-nous pas de tout ceci avec lui? Il me regarda d'un air surpris et éclata de rire.

– Tu as un certain sens de l'humour, ma belle!

– Et comment, pensai-je et en me promettant

d'amuser Jay avec cette petite histoire, mon humour : la seule chose à laquelle tu auras droit!

Une autre des actrices sous contrat fut très gentille avec monsieur Adler et elle décrocha pratiquement tous les rôles dont j'avais envie.

Mais à dix-sept ans je n'étais pas aussi sûre de moi qu'à vingt-deux. Persuadée que ma froideur envers le producteur m'empêcherait d'obtenir le rôle de Norma, je partis en vacances à Cannes avec ma sœur Jackie, ma tante Lalla et travaillai d'arrache-pied à mon bronzage. Sydney Bechet et Claude Luter jouaient à Juan-les-Pins et je pus donc m'adonner à mon sport favori – la danse – quand arriva un télégramme disant ceci : « Chère Joan, je pense que cela te fera plaisir d'apprendre que tu as le rôle. » Et c'était signé Basil Dearden. J'étais transportée de bonheur. C'était un film important tourné dans un grand studio et j'avais la chance de jouer aux côtés de grands comédiens : Celia Johnson, Cecil Parker, Harry Fowler et Laurence Harvey.

Bill Watts m'appela au téléphone :

– Reviens, tout est pardonné, dit-il en plaisantant. Tu commences le tournage dans deux semaines.

Les costumes que je portais dans « I Believe in You » étaient miteux. Anthony Mendleson, le responsable des costumes, voulait jouer la carte du réalisme, nous fîmes donc le tour des fripiers de banlieux jusqu'à ce que nous trouvions les vêtements appropriés. J'étais persuadée que j'allais attraper des maladies rien qu'en les mettant. Certains d'entre eux sentaient encore la transpiration de leurs précédents propriétaires, mais le résultat fut magnifiquement sordide. Dans la première scène, je portais une robe satinée décolletée avec des manches bouffantes. Elle datait d'une dizaine d'années et avait été beaucoup portée. Il fallut la rapporter trois fois chez le teinturier. Pour la débarrasser de son horrible odeur. On avait enduit ma longue chevelure d'huile d'olive afin de la faire paraître sale et graisseuse et elle tombait tristement sur mes épaules. Je portais du rouge à lèvres vermillon, des boucles d'oreilles en toc et des chaussures à talons aiguilles. J'avais l'air d'une pauvre petite nana des faubourgs. Dearden et Relph étaient absolument ravis de la transformation. Quand je ne travaillais pas sur un film, je posais pour de nombreuses photos de publicité : gambadant avec des petits chats et des petits chiens; en bikinis, en chemise de nuit, en shorts, et avec le classique polo noir. On n'imagine pas à quel point ces séances de pose peuvent être fatigantes. Rester assise ou debout pendant des heures avec le même sourire figé sous la chaleur des spots et dans des tenues ridicules, tout en essayant d'avoir l'air heureux, est une expérience qui demande beaucoup de discipline et de concentration. J'appris bien vite à être à la hauteur de la situation, et cette discipline stricte, que je m'étais imposée, m'aida énormément toute ma vie.

Je devins une petite célébrité, j'étais invitée aux premières, aux fêtes, aux inaugurations. Je considérai tout cela comme des offrandes déposées sur l'autel du dieu Publicité. Le premier jour du tournage de « I Believe in You » nous devions faire la scène la plus difficile. Cecil Parker, un officier déserteur, me trouve cachée dans son appartement. Je m'étais enfuie d'un centre de redressement. Je devais pousser des cris hystériques. Ce que je fis pendant des heures et des heures. A la fin de la journée nous avions tourné la scène soixante fois! Quelquefois je pleurais pour de bon, d'autres fois il fallait me mettre des larmes artificielles qui me laissaient les yeux rouges pour deux jours! Basil Dearden semblait satisfait de ma performance mais il était aussi assez austère. Ayant toujours eu beaucoup de mal à communiquer avec les hommes plus âgés, ma timidité, ma nervosité et mon désir de bien jouer me faisaient bêtement bafouiller devant lui. Il m'était impossible de l'appeler Basil comme le faisait le reste de l'équipe. Pendant les huit semaines de tournage, il était « Monsieur Dearden ».

Celia Johnson était une actrice douée et sensible dont la plus remarquable performance cinématographique reste « Brève rencontre » de Noël Coward avec Trevor Howard. Elle jouait une auxiliaire de la police qui devait me surveiller et s'occuper de moi. Travailler avec elle fut une expérience très agréable et enrichissante. Elle m'apprit beaucoup.

Et il y avait Larry, Laurence Harvey – où pour le nommer de son vrai nom : Larushka Skikne. Il était flamboyant, exentrique, doué, extraverti, il jurait constamment, fumait sans arrêt, buvait du vin blanc toute la journée, conduisait des voitures à tombeau ouvert, portait d'élégants et coûteux habits, racontait d'étonnantes histoires, drôles mais cruelles. Je fus immédiatement subjuguée. Il incarnait un style de vie qui m'attirait : la vie luxueuse, rapide, excitante, les grands restaurants, les voyages internationaux, les « partys » sophistiquées et les conversations brillantes. Il me prit sous son aile.

– Je m'en vais faire ton éducation, petite fille, me dit-il en goûtant un vin Claret chez « La Rue », pendant qu'au fond, un piano jouait un pot-pourri des chansons de Gershwin.

Des femmes élégantes drapées dans des robes du soir noires flirtaient avec des hommes aux manières douces tandis que des serveurs en vestes rouges passaient discrétement.

– Bien vivre est la meilleure des revanches, disait toujours Larry. Et c'était bien ce qu'il faisait. Il essaya de m'apprendre à m'habiller en tirant le meilleur parti de mon allure un peu gauche. Il m'enseigna les vins et les mystères de la cuisine française. Il m'apprit à fumer avec élégance ainsi qu'à jurer comme un soldat. Mais il refusa de m'enseigner le plus grand mystère de la vie. L'amour. Il abordait la vie avec un tel appétit et un tel enthousiasme que je voulais qu'il soit mon premier amant. J'étais convaincue qu'il était celui que j'attendais.

J'ignorais qu'il vivait avec Hermione Baddeley, une actrice d'une quarantaine d'année pas spécialement connue pour sa beauté. Quand il m'invita chez lui, j'acceptai innocemment avec enthousiasme. Dès que j'arrivai, elle s'approcha de moi en disant :

– Alors voilà celle que tu vois en ce moment, n'est-ce pas Larry ? La « nouvelle Jean Simmons » Elle me regarda ironiquement de haut en bas, détaillant ma tenue qui ne devait pas être parfaite. Une cigarette pendant à ses lèvres, elle secoua ses boucles rousses.

– Laissez-moi vous dire quelque chose, ma chère, Jean n'a vraiment aucun souci à se faire. Vous ne lui ressemblez pas, vous n'avez pas son talent et vous n'avez certainement pas la moitié que vous prêtent les journaux !

J'éclatai en sanglot et partis en courant vers la porte.

– C'est cela, partez, cria-t-elle. Pas de cran, c'est bien le problème avec les jeunes aujourd'hui, ils n'ont rien dans le ventre.

Larry me rattrapa dans Park Lane et essaya de me calmer.

– Ne te fais pas de souci, chérie. Elle ne pense pas ce qu'elle dit. Reviens à la party, je veux que vous deveniez amies toutes les deux.

– Oh, Larry, hoquetai-je, je me sens si humiliée. Je ne veux pas revoir cette femme. S'il te plaît ramène-moi à la maison.

Mais la party intéressait plus Larry que moi. Rapidement il me trouva un taxi, paya le chauffeur, me fit un baiser paternel sur le front, me dit qu'il m'aimait et repartit rapidement chez Totie.

J'aurai dû comprendre que Larry n'aimait vraiment que lui-même. Mais je le regardais à travers des lunettes roses. Je rentrai chez moi et pleurai jusqu'à ce que je m'endorme. Mon fragile ego avait été piétiné. Si une femme aussi talentueuse et importante que Hermione Baddeley pensait que je n'avais aucun talent, que je n'étais pas séduisante, peut-être était-ce vrai ? J'avais tendance à toujours croire les critiques qu'on me faisait, surtout si elles étaient émises par des gens que je respectais. Très sensible à la critique, je passais ma vie à essayer de ne déplaire à personne. Du coup, en voulant satisfaire les autres, je me déplaisais à moi-même, je ne savais plus où se situait ma personnalité. Ce fut particulièrement vrai lorsque j'eus des aventures avec des hommes névrosés. Je n'étais plus moi-même, j'étais comme une esclave, mes humeurs calquées sur les leurs. S'ils avaient envie de calme, je ne faisais pas plus de bruit qu'une souris. S'ils avaient envie de plaisanter, je riais bien fort et devenais un public bruyant et conquis. Mais à part Larry, bien peu de garçons occupaient mes pensées au temps où je découvrais la vie excitante des jeunes stars de cinéma.

2

La J. Arthur Rank Organisation fut, dans les années 50 et 60, la plus puissante et prolifique maison de production cinématographique. Elle avait sous contrat de nombreux jeunes acteurs et actrices auxquels elle donnait entre vingt et cinquante livres par semaine, en essayant d'en faire des stars, en les préparant à la célébrité. Cette préparation consistait quelquefois à les faire retourner dans des cours d'art dramatique mais aussi à leur enseigner justement ce que ces écoles ne nous apprenaient pas : comment sourire, marcher, s'habiller, séduire. Une « école de charme » fut même créée (elle n'existe plus aujourd'hui) et nombreux furent les jeunes aspirants vedettes qui bénéficièrent de ses précieux enseignements. Parmi eux, il y eut Honor Blackman, Petula Clark et Maxwell Reed.

Maxwell Reed était le héros des rêves de mon enfance. Depuis la première fois où je le vis sur l'écran, flirtant avec Patricia Roc en Sicile dans « The brothers » jusqu'au soir où Larry Harvey me le présenta au restaurant La Rue, j'avais pour lui un énorme béguin d'adolescente. J'adorais également Montgomery Clift, Gene Kelly et Richard Widmark, mais Max incarnait vraiment tous mes rêves de jeune fille. Il était superbe sur la couverture du « Picturegoer »[1] en 1949, avec ses yeux noirs, sa chevelure noire épaisse, ses lèvres cruelles, charnues et humides, attendant vraisemblablement celles de Margaret Lockwood ou de Phyllis Calvert.

– Tu l'épouseras probablement un jour, me disait Diana, ma meilleure amie à l'école, il est si beau, presque aussi séduisant que Gregory Peck.

– Oh, il est bien plus beau que Gregory Peck, rétorquai-je en scotchant sa photo à l'intérieur de mon casier, mais je ne me marierai jamais, andouille. Je deviendrai une actrice célèbre et j'aurai plein d'amants.

La fascination que Maxwell Reed exerçait sur moi n'a jamais faibli. Quand je le vis, ce soir d'automne au La Rue, mon cœur s'emballa et mes genoux tremblèrent. Il me regarda en souriant du haut de ses 195 centimètres. Il portait un costume bleu moulant sa large carrure, une chemise et une cravate au nœud énorme, blanches. A part ceux du duc de Windsor, je n'avais jamais vu de nœud aussi gros! Ses chaussures noires étaient impeccablement cirées; on aurait pu se regarder dedans...

Mon rêve d'adolescente s'était brusquement matérialisé devant moi. Il me regardait en souriant de façon si sexy que je me sentis rougir jusqu'à la pointe des cheveux. Il avait un accent américain, ce qui était bizarre puisqu'il était originaire du sud de Londres. Il m'offrit un whisky-coca et nous parlâmes d'Hollywood. Il en revenait après avoir terminé un film pour Universal en compagnie d'Ann Blyth, une actrice dont, me dit-il, la carrière était derrière elle car elle venait d'avoir vingt-cinq ans!

J'étais très impressionnée. Non ce n'était pas un

1. « Le cinéphile » (journal).

rêve, c'était la réalité. Ce célèbre et séduisant acteur parlait et flirtait avec moi! Je me sentais gauche, nunuche, stupide et mal habillée. Je gagnais trente livres par semaine sur « I Believe in You » et j'investissais un peu de cet argent pour me monter une garde-robe décente, mais malgré les enseignements de Larry je n'avais pas encore un goût parfait. Je portais une robe verte et or qui ne m'avantageait guère, avec des manches bouffantes et un col à la Peter Pan, des chaussures noires à talons hauts et des boucles d'oreilles en toc. Ce n'est pas exactement ce qu'aurait porté Ava Gardner mais pour bien s'habiller encore faut-il disposer de temps, d'énergie et d'argent. Ce qui n'était pas mon cas. Néanmoins Max semblait apprécier ce qu'il voyait; après s'être débarrassé de la fille qui l'accompagnait avec qui il était arrivé, il vint nous rejoindre pour boire un verre. Lui et Larry avaient récemment tourné un film ensemble et étaient amis.

Je m'étais levée très tôt ce jour-là. Ne conduisant pas et n'ayant pas les moyens de prendre un taxi, je devais me lever à quatre heures et demie pour pour être au studio à six heures et demie! Mais ceci ne gâcha pas ma soirée. Je fumai la moitié de mon paquet de Lucky Strikes, bus trop de whisky-coca tout en essayant de paraître drôle, jolie et intelligente. Je ne voulais pas qu'il sache que je n'avais que dix-sept ans. Je pensais qu'un homme de trente-trois ans ne s'intéresserait jamais à une fille de mon âge, surtout vierge. J'étais bien naïve!

Le lendemain matin à sept heures et demie le téléphone sonna dans la salle de maquillage. C'était lui.

– Comment ça va ce matin, bébé? demanda-t-il avec son accent américain mâtiné de « cockney »[1].

Nous bavardâmes quelques minutes, puis il m'invita à sortir. J'acceptai immédiatement. Je savais que s'il

1. Accent londonien vulgaire.

venait me chercher à la maison, cela causerait des problèmes. Quand j'avais commencé à sortir avec Larry, âgé d'un peu plus de vingt ans, mes parents étaient devenus presque fous jusqu'à ce qu'ils réalisent qu'il agissait en parfait gentleman et qu'ils n'avaient rien à craindre pour leur fille. Mais un homme de trente ans traînant derrière lui une telle réputation de séducteur (et également, comme j'allais le découvrir plus tard, de maquereau) ne plairait sûrement pas à mes parents. Je lui fixai donc rendez-vous pour le dimanche suivant devant la station de métro de Bayswater.

Je passai les deux jours suivant à me demander ce que j'allais bien me mettre. Un jean ou une robe? Je n'avais pas un choix énorme mais sortir avec un homme aussi célèbre me forçait à bien préparer ma mise.

Finalement, je choisis prudemment mon « uniforme » de la journée : une jupe serrée en gabardine noire fendue sur le côté, un pull noir décolleté sans manches, une ceinture de cuir qui mettrait en valeur ma taille fine (55 cm), des bas noirs, trois bracelets au lieu des dix habituels, et de toute petites boucles d'oreilles pour compléter ma tenue que je trouvais trop sophistiquée. Je mis trois heures à me préparer. J'étais très nerveuse, presque aussi nerveuse que lors du premier jour de tournage de « I Believe in You ». S'intéressera-t-il à moi toute la soirée? Ne va-t-il pas penser que je suis un peu immature? Ma conversation va-t-elle l'ennuyer? Où va-t-il m'emmener? Si nous allons dans un restaurant ou un club de West-end nous rencontrerons sûrement quelqu'un qui connaît papa et qui ira lui dire nous avoir vus ensemble. Chaque fois que j'étais sortie quelque part avec Larry, il en avait toujours été averti par un de ses espions.

J'étais si nerveuse que je fumai huit Lucky Strikes en me maquillant. Et mes mains tremblaient si fort que j'arrivai à peine à le faire. Ma mère vint m'encourager.

– Amuse-toi bien, ma chérie.

Je lui avais raconté que j'allais à une party avec Larry et ensuite dans un club. Je savais que Larry voyait Totie ce soir-là et qu'il n'appellerait pas à la maison. Je n'avais à me soucier que de mon allure et de ma conversation qui, j'en étais convaincue, n'était guère brillante...

Je pris le métro jusqu'à Bayswater – grosse erreur car tout au long du trajet ma tenue provoqua des sifflets et des commentaires égrillards. J'arrivai à destination très tendue et avec quinze minutes d'avance.

Il arriva avec vingt minutes de retard. J'étais sûre qu'il ne viendrait plus et m'apprêtai à aller noyer mon chagrin dans le pub le plus proche.

Cependant, alors que je jetai un coup d'œil à ma montre pour la troisième fois, une énorme buick bleue s'arrêta au coin : c'était lui.

– Viens, bébé, me lança-t-il sans prendre la peine de sortir pour m'ouvrir la portière. J'étais tellement habituée aux manières irréprochables de Larry que pendant une seconde je fus décontenancée. Mais, obéissante, je montai dans la voiture et nous démarrâmes.

Il était habillé décontracté : chemise noire ouverte, pantalon noir avec un ceinturon à boucle, et il portait une grosse chaîne en or autour du cou. Il semblait très content de me voir. Nous fumions des Chesterfields tout en roulant dans Hyde Park. Je n'étais jamais montée dans une voiture américaine auparavant aussi m'intéressai-je aux gadgets dont elle était truffée ; Larry conduisait une vieille Bentley et les autres garçons avec lesquels je sortais quelquefois, soit n'avaient pas de voiture, soit possédaient des MG ou des Triumphs.

– Bill adorerait cette voiture, lui dis-je en pensant à mon petit frère alors âgé de sept ans, il est fou de voiture ! Je réalisai alors le peu d'intérêt de ma remarque et cherchai désespérément quelque chose de plus piquant à sortir. Il me jeta un coup d'œil façon Robert Mitchum, à moitié endormi et indifférent.

– Ah, ouais ? Faudra qu'on lui fasse faire un tour un de ces jours.

Comme c'est gentil de sa part, pensai-je, après tout les stars de cinéma sont aussi des êtres humains. Il y eut un grand silence. Je fumais nerveusement en cherchant quelque chose à dire.

– Je suis vierge, j'ai dix-sept ans et aucune conversation. Avec moi, il doit terriblement s'ennuyer ! pensais-je amèrement. Nous roulions depuis vingt minutes, je n'avais pas fait attention où nous allions quand soudain je réalisai que nous étions toujours dans Hyde Park.

– Où allons-nous ? me hasardai-je à demander.

Il me jeta un autre regard à la Mitchum.

– Tu vas voir, bébé, c'est une surprise.

J'aimais les surprises et il devait certainement connaître des clubs très amusants. Dans les années 50, Londres regorgeait de clubs situés dans des endroits les plus invraisemblables : greniers, caves, appartements, maisons. Aussi, quand nous stoppâmes devant une vieille maison géorgienne dans Hanover Square, je ne trouvai pas cela étrange.

– Où sommes-nous ? demandai-je gaiement.

– Au Country Club, bébé, allez viens.

Nous montâmes au quatrième étage et arrivâmes devant une porte qu'il ouvrit avec une clé.

Je fus légèrement décontenancée car je n'entendais aucun bruit à l'intérieur, ni musique, ni conversations. Quand la porte s'ouvrit, tout devint horriblement clair pour moi. Nous étions chez quelqu'un. Un coup d'œil autour de moi et je réalisai que nous étions chez lui ! Je commençai à paniquer. Je n'étais pas chez un camarade de cours. Je n'étais pas en compagnie d'un John Turner, un parfait gentleman qui n'aurait jamais abusé de mon innocence, ni d'un Larry Harvey, absolument pas intéressé par le sexe. Il n'avait même pas attendu d'avoir dîné pour m'emmener chez lui... J'essayai de cacher ma panique en regardant les objets et les meubles de son appartement. Celui-ci était décoré dans un style médiéval-espagnol-Hollywoodien. Il y avait beaucoup de velours pourpre et de galons dorés, des lampes aux abat-jour en soie pourpre, des chaises en bois sculpté ressemblant à des trônes et trois ou quatre peintures impressionnistes. Oh, mon Dieu, du coin de l'œil je vis aussi contre le mur, juste devant la TV un genre de sofa recouvert d'une peau de zèbre et de trois mille coussins en velours. J'imaginai sur l'écran noir et blanc l'expression horrifiée de mes parents.

– Je vais prendre un bain, dit Maxwell Reed tout naturellement comme si c'était ce que l'on faisait tout de suite d'habitude lorsqu'on sortait avec quelqu'un pour la première fois.

– Tu veux un whisky-coca, bébé?

Je fis oui de la tête. J'avais besoin d'un verre. Ainsi, pendant qu'il prendrait son bain, j'aurais le temps de réfléchir à la situation apparemment dangereuse. Il allait, manifestement, essayer de me séduire. L'appartement était un parfait nid d'amour : lumières tamisées, gravures suggestives; l'ensemble constituait le décor parfait pour s'adonner aux plaisirs de la chair. Je n'y aurais peut-être pas été opposée quelques jours plus tard, une fois que nous aurions commencé à mieux nous connaître, mais je venais juste de le rencontrer!

Une phrase que me rabâchait sans cesse ma mère me revint à l'esprit :

– Les hommes ne veulent qu'une seule chose.

Paroles qui revenaient souvent depuis la fois où, à douze ans, je lui avais demandé ce que signifiait le mot « baiser ». J'avais lu ce mot sur le mur des toilettes de l'école. Je l'avais cherché dans le dictionnaire mais il n'y était pas. Nous marchions dans Oxford Street quand je lui posai alors la question. Ma mère en fit presque une attaque! Elle me poussa contre le mur du chausseur Dolci et s'écria avec véhémence :

– Ne répète jamais ce mot! C'est un mot horrible! D'ailleurs j'ai dit un jour à ton père que s'il prononçait ce mot devant moi je divorcerais immédiatement!

Je ne sus rien de plus sur le sens de ce terme. Maxwell interrompit mes pensées. Il me mit dans une main un gobelet vénitien rouge rempli de ma boisson favorite : scotch et coca, et dans l'autre un livre mince à la couverture marron.

– Fais comme chez toi, bébé, voici quelque chose à lire pendant que je prends mon bain, dit-il en me faisant asseoir dans un fauteuil pourpre, je ne serai pas long...

Il disparut, m'abandonnant à mes pensées sordides. J'avalai une gorgée. La boisson avait un goût légèrement différent des scotch-coca que j'avais l'habitude de boire, mais cela venait peut-être de la marque du whisky sans doute différente. Je ne me posai pas davantage de questions sur ce point; j'avais bien d'autres sujets d'inquiétude...

J'ouvris le livre et sursautai : l'ouvrage contenait des dessins extrêmement explicites représentant des hommes et des femmes en train de faire l'amour. Je n'avais jamais rien vu de tel auparavant. Je regardai, sidérée, certaines positions vraiment spéciales. Je finis mon verre. Alors je commençais à me sentir très bizarre, puis soudain plus rien, le noir total.

Lorsque je m'éveillai, j'étais dans les bras de Max sur le sofa. J'eus une nausée :

– Je vais être malade, dis-je dans un hoquet, j'ai de nouveau envie de vomir.

– Je vais rechercher le bassin, dit-il.

Recherche? pensai-je tandis que les vagues de nausée m'envahissaient. Rechercher? J'ai donc été malade avant? Je me rallongeai sur la couverture zébrée.

Alors je réalisai que ça y était, je « l'avais fait » mais sans en avoir été consciente. Max alluma la télévision dont l'écran resta noir.

– Les programmes de la soirée sont terminés, dit-il en me tendant une Chesterfield.

– Comment est-ce possible? Quelle heure est-il? demandai-je en pleurant; si les programmes étaient finis il était donc plus d'onze heures et, j'étais ici depuis trois heures! A faire quoi? Oh, Dieu, je ne pouvais pas même m'en souvenir...

Je perdis à nouveau conscience. Lorsque je me réveillai il était en train de m'embrasser.

– Je ne veux pas! Oh, s'il te plaît, arrête! Je sens que je vais à nouveau être malade, dis-je ne me levant du sofa dans le but d'atteindre tant bien que mal la salle de bains.

Mon pull noir préféré était déchiré et jeté par terre à côté d'un tas de vêtements. Mes bas étaient complètement filés et la fermeture de mon soutien-gorge avait été arrachée. Max se retourna et me sourit paresseusement tandis que je revenais, après avoir tenté de réparer ce qui était réparable.

Il tapota le sofa de la main.

– Viens ici, petite, et allonge toi, dit-il. Je pense que nous en avons fait un peu plus que nous le pensions.

– Que s'est-il passé? murmurai-je exténuée en me rallongeant sur le sofa.

– Eh bien, je t'ai donné un peu de *Mickey Finn* pour te rendre plus sexy.

Il sourit et respira à fond. Je l'écoutai, horrifiée :

– Larry m'a dit qu'il ne t'avais pas eue et que tu étais encore vierge, mais je ne l'ai pas vraiment cru. Les belles filles comme toi ne sont plus vierges à dix-sept ans, pas dans ce métier, bébé. Ça t'a plu?

Je le regardai, muette. Plu? J'ai détesté. D'après le peu dont je pouvais me souvenir, cela avait été une expérience horrible et dégradante. Bien pire que ce que ma mère avait pu me laisser entendre. Y avait-il vraiment des femmes qui aimaient ce genre de chose? Pas étonnant que certaines demandaient à se faire payer pour cela? Tout était si affreux. Je retombai dans un sommeil comateux. Il avait recommencé, mais je ne sentais rien, même pas de la douleur. J'étais allongée immobile tandis qu'il continuait à... quoi? Pas étonnant que « baiser » fut considéré comme un vilain mot...

Quand je repris pleinement conscience, il s'efforçait de me faire avaler du café noir très fort. J'étais malade, exténuée, usée.

– Allez petite, tu dois rentrer chez papa et maman. Tu travailles demain?

Je devais être au studio à six heures. Au secours!

– Il est trois heures passées, dit-il, allez petite, debout!

Une terreur grandissante m'envahit. Mes parents m'attendaient certainement, même s'ils faisaient semblant de dormir : passé deux heures, si je n'étais pas rentrée, ma mère faisait les cent pas.

Max me tendit mes dessous. Mes bas étaient si déchirés que je n'essayai même pas de les remettre. Mon visage était une catastrophe. Je me regardai avec horreur dans mon miroir de poche : j'étais entièrement barbouillée de rimel, de rouge à lèvres, de fond de teint. Je retournai dans la salle de bains, me lavai complètement la figure avec du savon et tentai de m'arranger un peu et de me recoiffer. Je préférais oublier ce qui s'était passé. Je me sentais toujours extrêmement malade et j'étais pétrifiée d'avance en pensant à la réaction de mes parents. Il m'aida à descendre l'escalier. Nous ne nous dîmes pas grand-chose. Il me jetait sans arrêt des regards façon Mitchum pendant qu'il me reconduisait à Harley House, à sept minutes seulement de Hanover Square.

– Arrête-toi avant, dis-je nerveusement alors que nous approchions de mon immeuble.

– Je vais te laisser ici, dit-il en arrêtant la voiture et en se penchant pour m'ouvrir la portière. On se revoit un de ces jours? ajouta-t-il en posant sa main sur mon genou.

– Bien sûr, répondis-je en repoussant sa main.

– Je t'appelle dans deux jours, dit-il en m'embrassant sur la joue.

Il redémarra et disparut dans la rue déserte.

Je pénétrai dans notre immeuble et avant même d'avoir introduit la clé dans la serrure, j'entendis des voix à l'intérieur ainsi que la sonnerie du téléphone.

Nous vivions dans cet appartement en rez-de-chaussée depuis plusieurs années. Il donnait sur Marylebone road et n'était pas très clair mais assez grand pour une famille de trois enfants. De plus il se trouvait juste derrière Regent Park. Je poussai la porte d'entrée. Ma mère se précipita sur moi et m'agrippa le bras.

– Ton père est furieux après toi. D'où viens-tu? Nous avons appelé tout le monde. Qu'as-tu fait jusqu'à cette heure-ci?

Je jetai un coup d'œil à la vieille pendule qui nous venait de mon grand-père. Il était trois heures et demie et je devais me lever une heure plus tard pour me préparer et aller au studio de Ealing.

– Je suis allée à une party avec Larry, dis-je en essayant misérablement de reprendre une voix assurée.

– Ta mère a téléphoné à Laurence Harvey, dit mon père qui sortait de la chambre à coucher en fermant sa robe de chambre rayée rouge et bleu. Il nous a dit ne pas t'avoir vue ce soir, il ne savait pas où tu étais. Alors, d'où viens-tu?

Quand mon père criait après moi comme il le faisait en ce moment précis mon estomac se contractait et mes genoux tremblaient. Il me faisait très peur. Il ne nous avait jamais touchés, n'avait jamais seulement levé la main sur l'un de nous, mais quand il était très en colère et nous menaçait de nous flanquer la raclée de notre vie – sans d'ailleurs jamais le faire – nous autres enfants, prenions cela très au sérieux. En y repensant maintenant, je me dis que nous aurions peut-être préféré être frappés de temps en temps, plutôt que d'avoir cette menace terrifiante au-dessus de nos têtes.

– Larry était très inquiet, dit maman en essayant comme d'habitude de calmer les choses. Il a appelé les gens du studio pour savoir si tu étais avec eux mais personne ne t'avait vue.

– Alors, où étais-tu? demanda mon père. Tu as intérêt à nous répondre sinon tu vas passer le reste de la nuit debout.

Je regardai la pendule et, pendant un instant, j'eus envie de leur crier :

– J'ai été droguée et violée par un dégénéré de trente-trois ans et j'ai détesté cela. Tu avais raison, maman, c'est vil et horrible et je ne le referai plus jamais de ma vie, je le jure.

Mais je n'en eus pas le courage. Je décidai plutôt de jouer la comédie en forçant un peu la note. Cela marchait généralement. J'avais besoin de m'allonger un peu, de prendre un bain et retrouver mes esprits. Il ne me restait que quarante-cinq minutes avant de partir pour le studio. Un trajet qui prenait deux heures... Le temps passait.

– Je suis allée au pub du père de Beryl, dis-je en me jetant pleurnichante dans les bras de ma mère. Nous avons pris quelques verres puis nous sommes allés au jazz club de Wood Green. Nous avons rencontré des amis de l'A.R.A.D. et avons fini la soirée chez l'un d'eux en écoutant des disques. Je me suis tellement amusée que je n'ai pas vu le temps passer. Je vous demande pardon.

J'étais secouée de sanglots. Ce qui n'était au départ

qu'une comédie s'était transformée en vrais pleurs. Je me sentais sale et avilie.

Ces mensonges semblèrent satisfaire mon père. Il me jeta sèchement :

– Va te coucher! Tu fais peur à regarder.

Et il se retira dans sa chambre. Maman m'amena à la mienne. Je voulais tellement lui dire ce qui s'était passé. J'avais besoin de réconfort et de conseil. J'avais besoin d'être câlinée par ma mère. Mais je ne lui faisais pas entièrement confiance car parfois elle rapportait à mon père ou à une de ses amies ce que j'avais fait ou dit. En plus, si je m'étais confiée à elle, elle aurait été totalement horrifiée et convaincue plus que jamais que « les hommes ne veulent qu'une chose ». Elle m'aurait aussi interdit de revoir Max. J'avais besoin de réfléchir.

Je l'embrassai et me fis couler un bain. Je me frictionnai énergiquement, me lavai les cheveux, me brossai les dents pendant dix minutes. J'enfilai des jeans, un pull et mon duffle-coat puis, après avoir ingurgité une tasse de café noir, je sortis de la maison et m'enfonçai dans les rues sombres et silencieuses de Marylebone. Pendant cinq minutes je marchai d'un pas rapide vers Baker street. Dans les années cinquante, une fille pouvait marcher seule dans les rues de Londres la nuit sans craindre de se faire dévaliser ou violer. De toute façon, j'avais déjà été violée cette nuit-là, alors...

Je m'assis dans le wagon de métro et me regardai dans mon miroir de poche. Avais-je l'air changé? Un ouvrier en salopette me fixait. Je me demandais s'il pouvait voir que je n'étais plus vierge. Mon visage semblait le même. J'avais bien des cernes sombres sous les yeux mais cela venait du manque de sommeil. J'avais l'air toujours aussi jeune et innocent. Cependant je devinais qu'un chapitre de ma vie venait de se terminer. Je n'avais plus l'impression d'être une jeune fille. Mais d'un autre côté, je ne me sentais pas femme non plus.

A l'époque la pilule n'existait pas. J'avais besoin de demander conseil à une femme. Je racontai à Ursula Howells qui jouait dans « I Believe in you », de qui m'était arrivé. Elle m'écouta, compatit et s'inquiéta du fait que j'étais peut-être enceinte. Horreur! Je n'y avais pas même pensé. Mais puisqu'il n'y avait plus rien à faire sur ce point, je décidai, comme Scarlett dans « Autant en emporte le vent » de « m'en soucier demain ». Je repensai à cette amie de l'A.R.A.D., charcutée par un avorteur clandestin et frissonnai de terreur.

Je travaillai dur toute la journée. Le soir, je me rendis chez la costumière où l'on me prêta une délicieuse robe en lamé or déjà portée une fois par Audrey Hepburn. Puis les gens de la promotion m'emmenèrent au Ciro Club où *Photoplay magazine* donnait sa soirée de Noël bien que nous fussions encore en automne. De nombreuses stars étaient là, parmi lesquelles Anthony Steel (qui, cet été, nous avait suivies ma sœur Jackie et moi à travers les rues de Cannes), Kenneth Moret, Kay Kendall. J'étais sortie avec Steel une fois ou deux. Il était gentil mais buvait trop. De plus, je n'aimais pas les hommes plus âgés.

Max fut l'exception. A ma grande surprise, il m'appela au studio dans l'après-midi et me demanda si j'étais libre pour dîner le soir-même. Je ne savais plus où j'en étais et j'acceptai. Après la réception, je le rejoignis au Caprice, un restaurant fréquenté exclusivement par les gens de théâtre. Pourquoi avais-je accepté alors que les horribles événements de la veille étaient encore tout frais dans ma mémoire?

J'étais probablement flattée qu'il veuille quand même toujours me voir. Et je voulais me prouver que je n'étais pas un objet sexuel dont on se servait pour le jeter ensuite, ce qui m'aurait été insupportable. Et je ne souhaitais pas l'abandonner non plus. Après tout, il était une star! La seule façon de gagner était de jouer le jeu jusqu'au bout. J'essayai donc de me convaincre que rien de très grave ne s'était passé la nuit précédente.

Après tout, j'étais en partie responsable, j'avais été trop naïve : d'abord jamais je n'aurais dû accepter de sortir avec lui. Ensuite, ayant compris que nous étions chez lui, j'aurais dû partir immédiatement, à toutes jambes. Finalement, tout avait été de ma faute. Mais surtout, j'étais toujours attirée par lui, par l'homme comme par le comédien. Je l'admirais depuis si longtemps. J'étais déterminée à repartir sur un pied nouveau. Et surtout à ne pas retourner au « Country Club »!

Je m'étais fait coiffer par les gens du studio et je me trouvais belle. Je pensais aussi avoir l'air d'une adulte. Je savais que nous formions un beau couple au restaurant, beaucoup de gens nous observaient. Il fut charmant et spirituel, me racontant avec humour des anecdotes sur sa vie lorsqu'il était dans la marine, sur l'époque où il était sous contrat avec la Rank et sur son dernier voyage à Hollywood. On avait parlé de m'y envoyer tourner un film avec Bob Hope mais malheureusement le projet était tombé à l'eau – les producteurs pensaient que j'étais trop jeune pour jouer avec lui. Néanmoins, quelques années plus tard, je fus sa partenaire et celle de Bing Crosby dans « The Road to Hong Kong ».

Max avait beaucoup d'humour – une qualité qui le sauvait et qui me plut toujours énormément. – Il me fit rire toute la soirée. A aucun moment, on ne parla de la veille. C'était comme si, pensai-je, il ne s'était jamais rien passé. J'étais troublée, et heureuse. Il me raccompagna à la maison et se conduisit en véritable gentleman en m'embrassant chastement sur la joue pour me dire bonsoir. Sans doute se sentait-il coupable mais nous évitâmes le sujet.

Nous commençâmes à nous voir régulièrement et pendant quelques temps il ne me fit plus aucune proposition sexuelle, comme s'il cherchait à effacer sa faute.

Le mois suivant, nous nous vîmes constamment. Nous étions amoureux tous les deux mais ce n'était pas toujours gai car il était très lunatique. Nous passions des périodes formidables où nous n'arrêtions pas de rire, nous faisions du bateau, allions au cinéma, au théâtre, dansions toutes les nuits. Puis, soudain pendant trois ou quatre jours il devenait d'une humeur impossible, hargneux, vil, cruel, sadique, coléreux et sarcastique. J'avais du mal à comprendre comment il pouvait changer ainsi aussi radicalement mais je dus m'y habituer. Je me sentais également coupable du fait qu'il ait dû me « déflorer ». Et j'acceptais cela uniquement pour voir se réaliser mes rêves d'enfance : pensez, je sortais avec la célèbre star de cinéma, le séduisant Maxwell Reed! Quant à nos relations sexuelles, je me mordais la langue et ne disais rien. En fait, je trouvais cela extrêmement ennuyeux, je n'en tirais aucun plaisir, exactement comme ma mère m'en avait avertie.

A cette époque, bien avant que « Cosmopolitan » vous explique comment s'y prendre pour avoir des aventures excitantes, bien avant que Masters et Johnson ne publient leurs théories sur l'orgasme et la liberté sexuelle, bien avant la révolution sexuelle des années 60, le sexe était un sujet qu'une fille n'abordait jamais et auquel elle ne pensait pas trop. Je réalise aujourd'hui à quel point Max était loin d'être un amant attentionné. Il aimait certaines choses qui me faisaient mal et me révoltaient. Je le laissais agir parce que je croyais être amoureuse de lui et aussi parce que j'étais persuadée faute d'en savoir plus – que cela se passait ainsi normalement. Ce qui était pour lui un divertissement constituait pour moi une corvée. Heureusement, le lit sur lequel nous faisions généralement l'amour, se trouvait juste devant la télévision toujours allumée; et comme moi je ne l'étais pas, je pouvais concentrer mon attention sur autre chose... Ironie du sort : à l'époque j'étais considérée comme la fille la plus sexy d'Angleterre! J'étais la Marylin Monroe, la Sophia Loren, la Brigitte Bardot anglaise. Mais au fond, je demeurais peu sûre de moi, sotte et frigide.

Je tournais toujours « I Believe in you » et quand je ne travaillais pas, j'allais dans les clubs de jazz, visiter mes amis à l'A.R.A.D. ou voir des pièces de théâtre. Je rencontrais Max deux ou trois fois par semaine. J'étais très occupée. Je tournais dans tous les sens, ce qui me laissait peu de temps pour penser...

J'ai toujours été capable d'accomplir deux ou trois fois plus de choses que la plupart des gens. J'ai beaucoup d'énergie et chaque matin je me réveille excitée et contente d'être en vie. C'était d'ailleurs pour moi une période très excitante et productive. Arthur Rank s'intéressait à moi et envisageait de me signer un contrat de sept ans. Il avait vu les rushes de « I believe in you » qui lui avaient plu. Hollywood me faisait les yeux doux, et j'étais très tentée.

Mes parents découvrirent que je sortais avec Maxwell Reed; ils furent consternés. Max vint leur assurer qu'il se contentait de me conseiller pour ma carrière, qu'il était mon mentor pas mon amant, que nos relations étaient purement platoniques. Aussi incroyable que cela puisse paraître, ils le crurent. C'était le meilleur menteur que j'aie jamais rencontré.

Au bout de quelques mois il me demanda de venir habiter avec lui. C'était assez tentant. Son appartement était agréable et j'en avais assez de toutes les règles auxquelles je devais me plier à la maison : je devais rentrer tous les soirs à une heure, à moins d'avoir une bonne excuse. Mais en même temps je trouvais qu'il était un peu tôt pour vivre ensemble. Max m'avait dit qu'il m'aimait, pourtant, quelque chose n'allait pas dans nos relations. Je ne savais pas si je l'aimais ou si j'aimais l'idée d'être avec lui. J'adorais son humour, son physique, sa célébrité, mais quelque chose en lui me faisait peur.

– « Je m'y habituerai », pensais-je avec confiance.

Il commença à avoir des problèmes de dos qui parfois le faisaient épouvantablement souffrir. Il m'accusa d'être responsable de ses maux. Il envisageait le mariage, puisque vivre ensemble était hors de question à cause de mes parents. Moi, je n'étais pas sûre. Mais, comme je le compris plus tard, plus une femme oppose de résistance à un homme, plus elle est dure à conquérir, plus l'homme la désire. C'est une chose que ma mère, j'en suis sûre, avait essayé de m'expliquer.

Un jour, il souffrait tellement, qu'après avoir fait venir un docteur, il fut conduit immédiatement à l'hôpital. Max s'était déplacé un disque et j'appris, le lendemain qu'il devait se faire opérer. Après l'opération, il découvrit qu'il avait perdu le sens du toucher à partir de la taille jusqu'en bas de son corps : il était complètement insensible. Au fond, ce n'était que justice puisqu'il en était de même pour moi!

Les médecins lui assurèrent que ce n'était que temporaire, que quelques nerfs avaient été touchés pendant l'opération mais que d'ici quelques mois tout rentrerait dans l'ordre, qu'il retrouverait vite toutes ses perceptions. Mais il était malgré tout d'une humeur de chien et continuait à m'accuser d'être la responsable de tous ses malheurs. Comme je n'aimais pas faire l'amour et qu'en fait, je faisais toujours tout pour éviter cette corvée, la situation était plutôt comique. Mais pour lui j'étais la méchante et la cause de tous ses problèmes. De plus soudainement on ne lui proposa plus de films. J'étais en pleine ascension et lui en chute libre. Il commença à délirer, à crier après moi parce qu'il ne tournait plus de film. Il n'avait plus d'argent. Tout allait mal pour lui. Il lui fallait donc un bouc émissaire, un coupable, ce fut bien évidemment moi.

Il désirait de plus en plus m'épouser mais j'avais des doutes concernant la longévité de notre union. Je n'avais toujours que dix-sept ans, j'étais très immature mentalement et émotionnellement malgré mon physique. Je passais de l'extase à la plus profonde misère. Il n'y a qu'une fine barrière entre la haine et l'amour et avec Max, je la franchissais constamment. La confusion, la culpabilité et l'incertitude étaient alors mes compagnons de tous les jours. A cause de son infirmité, Max se complaisait dans le sadisme. J'avais si peur de lui que je me laissais battre sans rien dire et acceptais ses perversions. Il me fit poser nue pour des polaroïds car il espérait que la vue de celles-ci pourrait l'exciter. Je ressentais de la pitié pour lui. Mais dans nos relations, un nouvel élément effrayant apparut : plus il me faisait mal physiquement, plus cela l'excitait. J'acceptais cela parce que j'escomptais rapidement fuir cette situation, dès qu'il recouvrirait le total usage de son corps. Il n'arrêtait pas de me dire combien il me désirait comme c'était dur pour lui de ne pas réussir, que je devais comprendre ses problèmes. Le lot des femmes est de souffrir. Ainsi parlaient mes ancêtres.

Mon contrat avec la Rank Organization fut signé. Je fus la première actrice avec laquelle elle signait pour une durée supérieure à un an. Les gens de la Rank commencèrent à bâtir ma carrière; tous les jours je faisais quelque chose de spécial, de la promotion. Et tous les jours les journaux publiaient quelques lignes me concernant, bonnes, mauvaises ou sarcastiques.

Le contrat avec la Rank avait été signé grâce aux critiques de « I believe in You ». Celles-ci étaient généralement tièdes en ce qui concernaient le film lui-même, mais extrêmement élogieuses pour moi. Jympson Harmon, un des critiques les plus en vue, écrivit :

« Joan Collins fait une grosse impression dans le rôle de la jeune fugitive. Elle possède le charme et la beauté d'une Jane Russel, et s'impose également comme une excellente actrice aux immenses possibilités. Ses débuts au cinéma dans un rôle important font d'elle le nouvel espoir cinématographique britannique. »

Et le *News of the World* :

« Une douzaine de mes plus belles roses rouges pour Joan Collins. Son jeu est enflammé et inspiré. Elle possède l'élégance et le mystère qui est l'apanage des vraies stars. » C'était enivrant pour une teenager. Autre ironie du sort : mes premières critiques furent bien plus favorables que les suivantes. C'était comme si ces critiques concluaient ensuite : « Ouais, bien sûr, elle est jolie, mais quoi d'autre ? » En référence aux épouvantables attaquent qui furent écrites plus tard, il est évident que je devins un véritable bouc émissaire. Max n'arrêtait pas de faire des plaisanteries d'un goût douteux au sujet de mon âge et de mon physique ou comment lui et ses amis pourraient faire fortune en me transformant en courtisane. Ils n'arrêtaient pas de parler sexe, le sexe et les femmes constituaient 90 pour cent de leurs conversations. Et toujours de façon désobligeante. Je savais que Max et ses amis n'avaient aucun respect pour les femmes, ils incarnaient la caricature de ces hommes qui, comme ma mère le répétait si souvent, « ne veulent qu'une seule chose ».

Puisque ni moi, ni Max n'avions de film à ce moment-là, nous décidâmes de jouer ensemble dans une pièce de théâtre montée au Q Theatre « The Seventh Veil », en reprenant les rôles créés par James Mason et Ann Todd. Max jouait un professeur de piano sadique et cruel. Il interprétait son rôle avec un réalisme incroyable : dans une scène où il devait me terroriser, il m'envoya valser à l'autre bout de la scène avec une telle violence et une telle férocité, que j'en fus couverte de bleus pendant trois jours ! Ces rapports sado-maso plurent manifestement car on nous proposa immédiatement une histoire similaire que nous commençâmes à répéter. C'était l'histoire d'une jeune fille terrorisée mais irrémédiablement attirée par un homme plus âgé séduisant et sadique. Exactement comme nous. Cette pièce s'appelait « Jassy ». C'était une adaptation du film du même nom avec Margaret Lockwood et, encore, James Mason.

J'adorais jouer au théâtre et je regrettais de n'y rester qu'une seule semaine. Les critiques furent excellentes.

Finalement Max alla demander ma main à mes parents. Bien que mon père se doutât de quelque chose, il sembla quand même très étonné par cette démarche. Nous étions assis tous les quatre dans notre appartement de Harley. Nous avions fini de dîner. Le son de la télévision avait été coupé mais il y avait toujours l'image. Max et moi étions assis sur le sofa de velours vert, buvant notre thé dans un service de porcelaine rose.

Quand il le voulait, Max pouvait charmer des oiseaux dans un arbre. Un acteur parfait. Ma mère était déjà séduite, mais papa n'était pas aussi facile. Il n'aimait pas le style clinquant de Max, il désapprouvait la différence d'âge, il désapprouvait entièrement tout ce que cet homme représentait. Aussi s'opposa-t-il farouchement à ce que j'épouse Max. C'était non.

– Dans ce cas, dis-je en l'interrompant, si tu ne me laisses pas l'épouser, je vais quitter la maison et aller vivre avec lui.

Mes parents me regardèrent comme si la foudre venait de les frapper.

– Tu es complètement folle, dit mon père. Que vont penser les gens? Tu imagines ce que nos amis vont dire? Tout Londres ne parlera plus que de cela. Tu ne peux pas vivre avec lui. Je ne le permets pas.

– Tu ne peux pas m'en empêcher, dis-je en le défiant.

– Nous nous aimons, dit Max doucement, et nous voulons être ensemble. Que pouvons-nous faire?

Mes parents semblaient stupéfaits. Je crois que ma mère était, au fond d'elle-même, émue par cette romance, mais elle n'osait pas le dire après la prise de position si catégorique de mon père.

– Très bien, dit papa en tirant nerveusement sur sa Players, très bien, mais laissez-moi vous dire quelque chose – et je suis sérieux.

Il me regarda durement et je sentis mes genoux trembler à nouveau.

– Ce mariage a intérêt à durer, reprit-il, car dans le cas contraire, je ne te parlerai plus jamais de ma vie.

Je regardai maman. Elle évita mon regard. Je regardai les murs de la pièce. Ils étaient recouverts de photos nous représentant, moi, mon frère Bill et ma sœur Jackie. Il était certain qu'ils aimaient leurs enfants, mais ils avaient une drôle de façon de le montrer. Mon père chéri était-il sérieux quand il me menaçait de me renier si mon mariage capotait ?

– C'est tout, dit mon père en se retournant pour remonter le son de la télé. Elsa, tu nous refais du thé, s'il te plaît ?

Fin de la conversation.

Max et moi partîmes aussi vite que possible et nous nous rendîmes au Mandrake Club pour célébrer nos fiançailles à grands coups de Pimm's Number One. Apparemment, j'avais l'air très heureux. J'allais pouvoir quitter le toit familial, connaître la liberté. Mais au fond de moi, j'étais assaillie de doutes.

Max aimait répéter que « La haine tient de l'amour ». Peut-être devrais-je expliquer les sentiments ambivalents que j'éprouvais pour lui : Max ne flattait pas du tout mon fragile ego. Bien qu'il me trouvât belle, il n'arrêtait pas de critiquer ma conversation, mon talent d'actrice et ma personnalité. Il me disait souvent : « tu ferais mieux de prendre le maximum d'argent maintenant parce que quand tu auras vingt-cinq ans tu seras vieille et complètement finie » Max et ses amis ne s'intéressaient qu'aux filles âgées de vingt-trois ans maximum. Au-delà elles devenaient « de vieilles mochetés ».

Nous nous mariâmes le lendemain de mes dix-huit ans à la mairie de Caxton Hall. J'avais passé chaque nuit de la semaine précédente à sangloter. J'étais soudain terrifiée à l'idée de me marier. Je ne voulais plus abandonner la sécurité de l'appartement où j'avais grandi. Je craignais mon père mais j'avais encore plus peur de Max. J'avais perdu quatre kilos et dans ma robe de mariée blanche et or j'avais l'air minuscule. J'entendis une femme dans la foule dire que j'étais trop maigre.

Finalement j'avais réussi ce que j'essayais de faire depuis des années : maigrir! Comme quoi la détresse est bonne pour la ligne!

Pour notre lune de miel nous descendîmes à Cannes avec sa Buick. J'ai toujours tendance à m'assoupir pendant les longs trajets en voiture. Max me secouait en criant « Reveille-toi! » J'essayais de garder les yeux ouverts, de regarder les photos et lire les nombreux articles parus sur nous à l'occasion de notre mariage. Nous y avions l'air si heureux. Je paraissais si « adulte », si sûre de moi, comme si j'avais l'habitude d'épouser chaque jour une star de cinéma. Je lus avec grand intérêt dans le Daily Mirror un article ainsi titré : « Je ne ferai ni la cuisine, ni le ménage. » L'auteur s'indignait qu'une jeune épouse pût être à ce point peu respectueuse des traditions, qu'elle ne fût pas excitée à l'idée de nettoyer et de faire enfin la cuisine pour son mari : « Sa conception du mariage est pour le moins peu conventionnelle, concluait-il, elle ne veut pas avoir d'enfant pendant sept ou huit ans et souhaite continuer à jouer la comédie!

Ces idées étaient complètement révolutionnaires dans les années cinquante. Les femmes se sentaient coupables si elles n'adoraient pas le ménage et si elles ne désiraient pas une maison pleine d'enfants. Mes vues étaient un peu différentes, mes ambitions étaient plus élevées. Bien qu'ayant choisi de me marier, je ne comptais pas me conformer à l'image classique de la bonne petite épouse au foyer.

Notre voyage de noces fut un cauchemar. Max devint soudain extraordinairement jaloux de tous les hommes qui me regardaient. Sauf lorsqu'il s'agissait d'hommes riches... Souvent il me disait : « nous pourrions nous faire un peu d'argent si tu te montrais gentille avec ce type ». Mais lorsque deux photographes français, manifestement fauchés vinrent prendre des photos de moi sur la plage, Max me tira dans notre cabine de la place privée du Carlton et me gifla si violemment que je crus avoir une dent cassée.

– Tu es à moi maintenant, hurla-t-il, si fort que toutes les mémés prenant leur thé sur la terrasse du Carlton l'entendirent. Alors je te défends de regarder d'autres hommes, à moins que je les aie moi-même choisis.

Les veines saillaient de son cou et il roulait des yeux. Il semblait comme fou. Je m'appuyai contre la cloison de la cabine. Dans mon petit bikini rose je me sentais complètement vulnérable et j'étais terrifiée par l'homme que j'avais épousé. Il se teignait les cheveux en noir. Il m'avait montré un jour comment il faisait cela lui-même dans le lavabo de la salle de bain. Il se mettait aussi du mascara sur les yeux. Il ne s'était pas maquillé ce jour-là parce que nous étions à la plage, mais il le faisait souvent.

Il portait un tout petit maillot de bain blanc avec des sandales à lacets, trois grosses médailles en or pendaient sur sa poitrine. Dans le sud de la France, il déclenchait bien plus de sifflets que moi...

« Dieu merci, je recommence à travailler la semaine prochaine », pensai-je avec ferveur. Comme Rank m'avait prise sous contrat pour cinquante livres par semaine, elle m'avait immédiatement « prêtée » à la Columbia pour « le Decameron Nights » de Boccaccio qui devait se tourner à Madrid et à Segovia. C'était mon premier film américain et j'étais très enthousiaste.

Max décida de rester une semaine de plus à Cannes. Il avait rencontré un milliardaire qui lui parlait contrats, donc il était aux anges. Et quand il était heureux, il était très gentil avec moi, ne me battait plus et j'étais heureuse. Joan Fontaine et Louis Jourdan jouaient avec moi dans « Decameron Nights ». Nous devions tourner trois ou quatre épisodes des histoires de Boccaccio. Je jouais la servante de Joan Fontaine dans un épisode, et dans un autre j'avais une scène d'amour avec Louis Jourdan. Ce rôle était bien moins important que celui dans « I believe in you ». Mais Rank avait insisté pour que je fasse le film, autrement elle me rendait mon contrat. Il n'y avait pas beaucoup de rôles pour une teenager sexy et pour me « prêter » ainsi Rank recevait une belle somme d'argent, dont je ne touchais rien. J'étais payée cinquante livres par semaine et Rank gagnait 25 000 $. Le réalisateur, Hugo Fregonese, se comportait très froidement et nous traitait avec désinvolture. Segovia était une ville sale, qui sentait mauvais et l'hôtel où nous étions logés ressemblait à un asile de nuit pour nécessiteux.

Dès que Max me rejoignit la semaine suivante, nous recommençâmes de nouveau à nous battre. Je devins alors irritable, nerveuse, et impopulaire sur le plateau. Aussi fus-je contente de retourner à Londres commencer un autre film.

« Cosh Boy » était l'histoire d'une bande de jeunes voyous qui passaient leur temps à dévaliser les gens et à les tabasser. Comme cela se passe aujourd'hui. Je jouais Renée, l'innocente petite amie du chef de la bande, James Kenney. Dans le jardin d'une maison déserte, nous avions une scène d'amour si peu osée que, si l'on se fie aux normes d'aujourd'hui, elle pourrait figurer dans un film de Walt Disney. Après la scène de séduction, je tombais enceinte et tentais de me suicider. Le public adorait ce genre d'histoire à l'eau de rose mélo. Mais les scènes d'amour étaient si choquantes pour l'époque, que ce film fut le premier à être classé X en Angleterre. Le réalisateur, Lewis Gilbert, qui plus tard fit de nombreux James Bond, était adorable et j'aimais travailler avec lui. Max finalement retrouva du travail et partit à Jersey tourner « Sea devils » pour Raoul Walsh. C'était un film de pirates, un genre qu'il adorait surtout que là, il jouait le méchant face à Rock Hudson.

Nous fîmes une autre pièce de théâtre ensemble au Q Théatre, « The Skin of our Teeth » de Thornton Wilder, un classique américain. Mon rôle était celui de Sabina, une vamp malfaisante, créée auparavant par Vivien Leigh. J'étais ravie de jouer enfin un grand rôle dans un classique du théâtre.

Le Q théâtre était spécialisé dans les reprises. Bien qu'il ne fût pas très grand, toutes ses pièces étaient impeccablement montées et c'était un honneur d'y jouer. Max, pourtant trop jeune pour le rôle, jouait Antrobus, un vieil homme de soixante ans. Il se mit une tonne de maquillage, se tint les cheveux en gris et s'en sortit très bien ainsi. Quand il ne posait pas, et quand il abandonnait son ridicule accent américain, il était plutôt bon comédien. Nous venions juste de terminer un film ensemble pour la Rank « The Square Ring », à nouveau sous la direction de Basil Dearden. J'avais tenu le rôle de la flamboyante petite amie de Max et celui-ci m'avait accusée de chercher à l'éclipser. Ayant très peu d'expérience au cinéma, il y avait beaucoup de choses que je ne savais pas faire, et surtout éclipser un partenaire! Lorsque nous jouiions ensemble j'avais tellement peur de l'irriter que je n'étais pas à mon aise.

Les critiques de « The Skin Of Our Teeth » se

montrèrent excellentes et jouer cette pièce fut pour moi une expérience bien plus agréable que celle des films précédemment tournés. J'avais envie de faire plus de théâtre mais je devais d'abord travailler sur un film dramatique pour la Rank; « Turn the Key Softly » racontait une journée de la vie de trois femmes qui venaient juste de sortir de prison. Ce film fut exécuté avec énormément de réalisme. D'ailleurs, pour les premières scènes de prison, Yvonne Mitchum, Kathleen Harison et moi allâmes les tourner effectivement à la prison de femmes de Holloway.

J'interprétais une jeune prostituée arrêtée pour vol à l'étalage, qui, malgré sa volonté de se racheter, était assaillie par les tentations. Nous tournions à la fin de l'hiver, en décors naturels autour de Londres.

Il faisait encore très froid et j'étais habillée d'une jupe de satin noir fendue jusqu'en haut, de bas noirs, de chaussures à lacets, d'un pull ultra-court et d'une veste jaune courte et sans manches. J'étais bleue de froid et je pensais à la Californie ensoleillée d'où Bill Watts recevait de plus en plus de demandes pour moi.

Grâce à l'énorme travail de promotion de la Rank, j'étais à présent connue comme « la meilleure mauvaise fille anglaise ». J'avais peu de temps pour moi-même. Le soir, exténuée après une journée de tournage, je rentrais dans notre appartement de Hanover Square, faisais le dîner et un peu de ménage avant de m'écrouler sur le lit. Malgré ma déclaration courageuse dans le Daily Mirror, je devais (et Max en parfait macho qu'il était, m'y forçait) m'occuper de la maison. Ma mère ne m'avait pas appris à faire la cuisine; après l'école, j'avais toujours été tellement occupée qu'elle n'avait jamais osé me déranger. Je lisais énormément (au moins sept ou huit livres par semaine) et je passais beaucoup de temps à écrire aux vedettes de cinéma pour leur demander leur autographe ou à découper leurs photos dans les magazines et les coller dans un cahier. Faire la cuisine était bien trop ennuyeux et je n'avais jamais imaginé avoir à la faire un jour. Max aimait la viande, les pommes de terre, ce fut lui qui m'enseigna les premiers rudiments culinaires. Et si ce n'était pas à son goût, il balançait le plat à l'autre bout de la pièce.

Il y avait un miroir au-dessus de l'évier. J'y contemplais parfois mon image ravagée, la comparant avec les photos sexy qui paraissaient dans les magazines. C'étaient deux personnes différentes : la fascinante star et la pathétique ménagère. Quant à Max, à cause de son travail ou de son infirmité, il n'avait pas très souvent envie de faire l'amour, ce qui m'arrangeait; le public, à cause de ses photos sexy, se faisait une bien fausse idée de ma vie! J'étais un sexe-symbole sans vie intime! Mon mariage était un fiasco.

Je vivais dans la peur des colères de Max, mais je n'avais pas le courage de m'en aller. Quand je ne travaillais pas, je suivais des cours de diction, de danse, d'art dramatique, tout plutôt que de rentrer à la maison.

Après avoir terminé « Turn the Key Softly », je rencontrai plusieurs fois le réalisateur italien Renato Castellani. Il préparait « Roméo et Juliette » et la Rank pensait que j'étais parfaite pour le rôle de Juliette. Ni le signor Castellani, ni moi-même en étions convaincus. Je ne pensais pas être le personnage. Il me fallait des rôles plus « durs », plus étoffés comme celui de Sabina dans « The Skin of our Teeth », ou Cléopâtre, ou Katherine dans La Mégère Apprivoisée. Je ne me voyais pas en innocente pucelle de quatorze ans. La Rank fut intransigeante : elle obligea Castellini à me faire faire des essais. Il s'exécuta au moins deux ou trois fois.

Le dernier essai eut lieu au studio de Pinewood en compagnie de Laurence Harvey qui avait accepté le rôle de Roméo. Nous étions toujours amis mais même lui admit que j'étais bien trop sophistiquée pour leur version de Juliette. Signor Castellani vint me voir avant le dernier essai et me dit :

– Vous allez vous faire refaire le nez.

– Je vais quoi ? demandai-je incrédule.

– Juliette a un nez romain. Vous avez le nez retroussé, pas du tout aristocratique. Vous allez vous faire opérer. On va vous faire un nez romain et vous aurez le rôle, vous serez Juliette.

– Oh, non. Vous devez sûrement plaisanter, dis-je en éclatant de rire. Me faire refaire le nez pour obtenir un rôle ? C'est hors de question. De plus, j'aime mon nez. Et les journaux n'ont-ils pas écrit que les trois plus beaux nez d'Angleterre appartenaient à Vivien Leigh, Jean Simmons et Joan Collins ?

Bill Watts fut chargé par le studio de me faire changer d'avis. Mais tous les hurlements de tous les Italiens du monde n'y firent rien. Je refusai net. Finalement Rank laissa tomber et confia le rôle à une actrice inconnue.

Bien qu'ils m'eussent sous contrat depuis plusieurs mois, la Rank Organization ne savait pas trop quoi faire de moi. Aussi quand Noël Langley et George Minter les contactèrent pour le rôle principal de « Our Girl Friday » d'après le propre roman de Langley, ils me prêtèrent bien volontiers. C'était un rôle formidable. Et drôle, aussi. Mon envie de jouer des comédies grandissait. Le script était à hurler de rire et les trois acteurs engagés étaient de grandes stars. Je jouais Sadie, une fille pourrie gâtée odieuse, en croisière avec ses parents. Le bateau sombre et voilà Sadie qui se retrouve sur une île déserte en compagnie de trois hommes. Ils y resteront plusieurs mois.

Kenneth More jouait Pat Plunket, le pittoresque mécanicien irlandais très porté sur la boisson et les femmes. Kenneth venait de remporter un énorme succès dans « Geneviève » et était devenu une énorme vedette. George Cole était Carrol, un journaliste cynique qui haïssait Sadie, et Robertson Hare – un des plus grands comiques anglais – jouait le professeur Gibble, un vieux professeur d'économie coincé et guindé. Ce groupe disparate, réuni sur une île, réalise que celle-ci est déserte. La situation, une fille seule sur une île déserte en compagnie de trois hommes, les épouvante. Une situation périlleuse pour tous mais amusante pour le public, ou du moins nous l'espérions. Nous avions tourné sur l'île de Majorque. Pour une fois on me donnait l'occasion de paraître saine et désirable, de porter de jolis vêtements qui se transformèrent petit à petit en lambeaux. Le film connut un honnête succès en Angleterre et ensuite aux États-Unis où le titre du film fut changé et devint « Les aventures de Sadie ». De grands producteurs américains commencèrent à s'intéresser sérieusement à moi et parmi eux, Darryl Zanuck, le président de la Fox.

Edward Leggevie, un des cadres de la Fox du bureau de Londres, me demanda si cela m'intéressait de partir à Hollywood en contrat avec la Fox. Mon cœur bondit de joie. J'en avais assez de passer des tests et des essais pour des rôles que je n'obtenais pas et je ne supportais plus les remarques désobligeantes dans la presse à mon sujet :

« Nous en avons assez de cette adolescente grassouillette » écrivait Logan Courtney.

« Elle essaye de ressembler à Marilyn Monroe », disait Donald Zec (un mensonge total).

« Trop de publicité et pas assez de rôles », écrivait encore un autre. Ne m'étant pas arrêtée de travailler (cinq films et quatre pièces de théâtre en un an et demi) je trouvais la remarque complètement injuste. La presse était après moi et malgré mon assiduité à la tâche essayait de me faire passer pour une petite écervelée. A cette époque mon mariage marchait si mal que j'étais prête à tout pour ne pas rester à Londres. Le tournage à

Majorque fut merveilleux. Pour la première fois, je me sentais à cent pour cent libre. Mais ce n'était pas encore assez : j'appelai le fidèle et loyal Bill Watts. Il me promit de me trouver une pièce à jouer en tournée. Que n'aurais-je pas fait pour échapper à Maxwell Reed !

« The Prayin Mantis » était une nouvelle pièce, pas spécialement bonne mais je m'en fichais. La Rank m'avait donné une prime de 900 £, une fortune ! Elle avait probablement gagné plus de 75 000 livres grâce à moi en me « louant », tandis que je ne gagnais toujours que cent livres par semaine. Dans « The Praying Mantis », je jouais une jeune impératrice byzantine qui, après avoir fait l'amour, envoyait ses amants à la potence. Comme la mante religieuse.

Le réalisateur, Esme Percy, avait été un acteur très connu mais il avait, lors du tournage, plus de soixante ans et était devenu amer. Il me dit avec condescendance que j'étais « un jouet cher », un compliment pas fait pour me stimuler et m'amener à donner le meilleur de moi-même, surtout dans une pièce aussi médiocre...

Nous jouâmes une semaine au Q Theatre et nous partîmes en tournée pendant trois semaines à Brighton, Wimbledon et Folkestone. Malgré la faiblesse de la pièce et le manque d'enthousiasme du public, j'étais très contente. Pour la première fois j'eus le sentiment de réussir ce que j'avais toujours voulu devenir : une actrice et non une starlette de cinéma. Je me sentais incroyablement libre et à l'aise sur scène. Toutes les inhibitions qui me paralysaient devant une caméra disparaissaient. J'aimais l'ambiance qui régnait entre les comédiens, les plaisanteries que nous faisions. J'aimais les vieilles loges des théâtres et l'odeur poussiéreuse des costumes accrochés dans les penderies. Après la représentation, la troupe se rendait dans quelque pub enfumé. Nous discutions pendant des heures de théâtre, de nos vies, de nos espoirs, de nos aspirations. Nous jouions aux cartes et buvions. Nous nous jugions les uns les autres. Je savais que j'étais acceptée pour ce que j'étais : une fille pas très mûre cherchant à apprendre son métier de comédienne, à devenir adulte, s'améliorer, devenir elle-même, sous les feux de la rampe, malgré ses défauts, ses faiblesses et son manque de confiance en elle-même. Mais je savais aussi que j'avais de l'humour, du courage et de l'intelligence. Je n'avais pas à jouer les starlettes sexy avec Fanny, Jimmy et Ian. Nous étions comme une famille, liés par les liens qui unissent les acteurs. Bien que la pièce fût un bide, ceci ne me découragea pas d'en faire une autre; sitôt rentrée à Londres, je commençai immédiatement les répétitions de « Claudia et David », une comédie américaine drôle et tendre au sujet d'une jeune épouse étourdie et de son mari.

Pendant ce temps, Max se rendait fréquemment à Rome pour essayer de trouver du travail. Un soir, il proposa d'aller passer la soirée aux Ambassadeurs, un restaurant-boîte de nuit que nous aimions beaucoup.

C'était un endroit extrêmement chic. On y retrouvait tous les producteurs et acteurs américains de passage en ville. Le club était dans un splendide hôtel particulier Georgien sur Hamilton Terrace. La décoration était splendide, la nourriture excellente et la musique, bien qu'un peu trop orientée variété pour la fan de jazz que j'étais, gaie et très dansante.

J'étais assise, un verre de Pimm's à la main, plongée dans mes pensées au sujet de « Claudia et David ». Max discutait avec un Arabe assez âgé, assis sur la banquette à côté de lui. Je ne faisais pas attention à eux. Max avait l'habitude d'engager la conversation avec tous les hommes âgés (d'apparence riche) qui jetaient des coups d'œil intéressés. Ils parlèrent avec animation pendant un certain temps.

J'étais intriguée par Linda Christian et Edmund

Purdom qui dansaient un cha-cha-cha ensemble lorsque Max me prit par le bras et me présenta ce monsieur :

– Voici le Sheik Abdul Ben Kafir, dit-il.

Je saluai froidement de la tête ce vieil homme qui me souriait lubriquement en me regardant de haut en bas. Je portais un chemisier blanc et une jupe de velours vert. J'avais une vague idée de ce que ce vieil homme gras avait en tête.

– Excusez-moi, Sheik, dit Max, je vais aller emmener la petite Joan faire un tour de piste.

Il me prit le bras et m'emmena sur la piste où nous commençâmes à danser au son de « From this moment on ».

– Dix mille livres, dit Max fièrement. Cet homme est d'accord pour payer dix mille livres juste une nuit avec toi. Et je pourrai même regarder!

– Pardon, Max? demandai-je interloquée tandis que mon estomac se serrait. Es-tu sérieusement en train de m'inciter à coucher avec ce vieil homme répugnant pour de l'argent?

– Petite idiote, dit-il en m'emmenant de l'autre côté de la piste. Dix mille livres! Sans impôts! Tu réalises ce que nous pourrons faire avec tout cet argent? Nous pourrons aller à Hollywood, partir en vacances en Floride, nous acheter une maison à la campagne! Tu ferais bien de commencer à tirer profit de ce que tu possèdes, de monnayer tes charmes. Ce n'est pas avec tes pièces minables au Q Theatre pour dix livres par semaine que nous allons devenir riches.

Je protestais mais il ne voulait rien entendre. Il serrait mes bras de plus en plus fort jusqu'à ce que mes yeux se remplissent de larmes. J'essayais de ne pas éclater en sanglots.

– Une nuit, bébé, rien qu'une nuit avec Abdul et nous pourrons dire à tout le monde : « Allez tous vous faire enculer, nous partons pour Hollywood. » Qu'est-ce que tu en penses?

Je jetai un coup d'œil à Abdul qui nous observait en souriant et en faisant oui de la tête au-dessus de sa coupe de champagne. Ses bajoues pendaient en tremblotant. Je regardai mon séduisant mais répugnant époux et les larmes revinrent.

– Jamais! hurlai-je. (Linda et Edmund qui dansaient à côté de nous tournèrent la tête dans notre direction.) Jamais je ne ferai cela. Jamais, Max! Prends ton Arabe et allez au diable tous les deux.

Je ne pouvais plus me contrôler. Tout le monde autour de nous s'était tu pendant mon esclandre. Je quittai le club en courant, attrapai un taxi et rentrai à la maison. C'était le coup final. Je ne pouvais plus rester avec lui une minute de plus. Je me fichais de la menace de mon père, je me fichais des fréquentes intimidations de Max – à plusieurs reprises, il m'avait menacée de m'envoyer des gens « s'occuper » de mon joli visage à coups de rasoir si jamais je le quittais – tout cela n'avait plus d'importance. Il en allait de ma santé, de mon équilibre.

Je retournai chez maman.

3

Nous essayâmes une brève réconciliation mais c'était sans espoir. Non seulement je n'étais plus amoureuse de lui mais je le détestais et le méprisais. Son état de santé ne s'était pas amélioré et, sexuellement, il était devenu encore plus sadique et pervers. Mes parents étaient heureux de m'avoir à nouveau chez eux; mon père semblait avoir complètement oublié ses menaces, et c'est avec joie que je me réinstallai dans ma chambre.

Des contacts sérieux avaient été pris entre les représentants de la Fox et mon agent et des négociations étaient en cours pour racheter mon contrat à la Rank. Je partis pour Rome jouer la fragile princesse Nellifer dans un film biblique coûteux, « La Terre des Pharaons ». C'était mon premier grand film américain avec une distribution internationale en tête de laquelle on trouvait Jack Hawkins. Réalisé par Howard Hawks, un des plus célèbres réalisateurs d'Hollywood, il avait été écrit par un duo imposant : William Faulkner et Harry Kurnitz. Malgré leurs efforts pour écrire et réécrire chaque jour le scénario, le résultat fut, un script faible avec des dialogues impossibles, d'autant plus mauvais qu'ils avaient essayé de les rendre « bibliques ».

J'avais beaucoup de chance que l'on m'ait proposé une telle production et je le savais. Je fis un tas de tests photos, d'essayages de costumes, de coiffures de maquillages. Nellifer était égyptienne, exotique et légèrement fourbe. Ainsi toute une équipe de maquilleurs, de costumiers, de coiffeurs enthousiastes s'employèrent à transformer une jeune fille maladroite, – encore au lycée trois ans plus tôt –, en déesse égyptienne. Mes cheveux faisaient le désespoir de la coiffeuse américaine : longs, fins et d'aspect « filasse », ils ne ressemblaient en rien à « la cascade de tresses luxuriantes » de la princesse, telle qu'elle était décrite dans le script. Après m'avoir fait essayer toutes les perruques disponibles à Rome, la coiffeuse était devenue la personne que j'aimais le moins au monde... Elle se lamentait constamment de la tenue de mes cheveux.

– On devrait vous appeler « Tête d'épingles » disait-elle en riant tout en s'efforçant de me fixer les cheveux avec des épingles de neuf centimètres. Finalement, nous trouvâmes une perruque qui nous plaisait à toutes les deux. Descendant jusqu'à la taille, elle avait été faite avec les cheveux d'une douzaine de nonnes italiennes. Elle était si lourde que je devais faire attention quand je bougeais la tête. J'avais l'impression de me mouvoir au ralenti. Pour qu'elle reste bien fixée sur mon cuir chevelu, nous dûmes utiliser 47 pinces à cheveux et 92 épingles, sans compter une demi-bouteille de colle à perruque!

Lorsque – comme cela arrive souvent aujourd'hui – « La Terre des Pharaons » passe tard le soir à la télé, je souris en me rappelant toutes les souffrances endurées à cause de cette perruque. Et sans parler du complexe que je traînai plusieurs années en pensant au surnom dont elle m'avait gratifiée « tête d'épingle ». Certes, c'est vrai j'ai une petite tête mais elle n'est pas déformée comme elle essayait de me le faire croire...

Rome était une ville excitante. La « Dolce vita » battait son plein. De nombreux acteurs américains habitaient la via Veneto. La plupart d'entre eux fuyaient les taxes de leur pays en restant absents dix-huit mois d'affilée. De ravissantes starlettes italiennes buvaient leurs cappucinos à la terrasse des cafés en attendant d'être découvertes.

Tout le monde était gai et plein d'allant. C'était l'été et j'allais vivre une nouvelle romance.

Sydney Chaplin était le deuxième fils de Charlie Chaplin. Vingt-huit ans, il était très grand, très beau avec des cheveux frisés noirs, où apparaissaient déjà quelques cheveux gris, et des yeux bruns amusés. Il avait énormément d'esprit. Il était si drôle qu'il me faisait pleurer de rire du matin au soir. Nous étions descendus à l'Hôtel de la ville avec toute l'équipe du film.

Au cours des derniers mois passés avec Maxell Reed, il n'y avait guère eu de moments de joie, ou des rires. Sydney était comme une bouteille d'eau glacée au milieu du désert. J'avais terriblement besoin de m'amuser, d'être heureuse, insouciante et non-conformiste par rapport à ce que l'establishment attendait de moi. Je ne voulais pas délibérément choquer les gens, mais suivre l'exemple de Syd qui se fichait pas mal de ce que l'on pouvait penser de lui. Comme avec les hommes je me comportais en caméléon, j'adoptai immédiatement son attitude « allez tous vous faire foutre ».

Je passai deux semaines à sortir tous les soirs jusqu'à l'aube en compagnie de Sydney et d'un tas d'autres gens, à écouter ses blagues insensées. Finalement nous nous retrouvâmes dans un même lit, où nous continuâmes à faire des choses insensées. Un jour quelqu'un m'a dit, après m'avoir pourchassée pendant une demi-heure dans le living room où finalement je me suis écroulée morte de rire : « Je ne suis peut-être pas le meilleur baiseur du monde mais je suis le plus rigolo. »

Syd était un peu comme cela, bien que je n'aie eu à me plaindre de rien en ce qui concerne la bagatelle. Nous finissions souvent nos nuits ensemble, moi pleurant de rire tandis qu'il faisait son numéro habituel. Il ne prenait jamais rien au sérieux. Après cette année de tourment avec Max, cela me convenait parfaitement...

Il réussissait même à me faire rire quand nous travaillions ensemble ; il me fallait souvent m'enfoncer les ongles dans la paume pour ne pas éclater en plein tournage... Syd prenait la vie comme une grande partie de plaisir.

Il aimait boire, danser, jouer, plaisanter et jouer la comédie. Il ne considérait pas très sérieusement son métier de comédien. Pour lui c'était juste un moyen de se faire de l'argent. Je pensais qu'il devait certainement être à l'aise puisque son père était milliardaire, mais ce n'était pas le cas ; il recevait certes une rente, mais pas suffisante pour lui permettre de s'offrir la vie de play-boy qu'il désirait. Il possédait deux voitures de sport, une Ferrari rouge et une Alfa-Romeo bleue et vivait dans deux valises en peau de crocodile.

Tôt le matin, nous rentrions de la plage de Ostia ou de Fregene à plus de 190 à l'heure, la capote baissée, le vent chaud faisant voler mes cheveux. Les branches des arbres de chaque côté de la route se rejoignaient au-dessus de nos têtes pour former comme une voûte verte. Un miracle que nous ne nous soyons pas tués en voiture ! Nous vivions sans peur, sans répit. Nous vivions à deux cents à l'heure, nous étions les réincarnations de Zelda et Scott Fitzgerald. Le rôle de la princesse Nellifer nécessitait de nombreux changements de costumes, chacun d'entre eux plus exotique et déshabillé que le précédent. Les « petites mains » du studio Scalera travaillaient dur à coudre et assembler des mètres et des mètres de tissu lamé or et argent, de soie, de velours pour confectionner les robes que j'allais porter une fois devenue reine d'Egypte. Les affaires dont j'étais vêtue au début du film étaient bien plus simples : uniquement un soutien-gorge doré et une jupe longue, taille basse, pourpre. Au-dessus de cela un modeste manteau. J'étais ainsi offerte en cadeau au Pharaon.

Il n'y avait qu'un problème : on voyait mon nombril. Nous étions dans les années cinquante et la censure était sévère. Si les censeurs trouvaient un costume ou une scène trop osée, ils coupaient et cela signifiait des milliers de dollars perdus.

Le couturier italien s'était efforcé de confectionner mon costume de la façon la plus authentique possible mais on voyait mon nombril, chose que la censure ne laisserait jamais passer.

– Couvre-le, dit Howard Hawks quand je me présentai à lui pour son O.K. final. Il faut que tu couvres ton nombril, les censeurs trouvent qu'il est obscène de montrer son nombril! Et il repartit sur le plateau. Le couturier, excédé, lança – Il censore è matto – completamente matto – ma cosa facciamo adesso?

– Et si on mettait un pansement dessus? plaisantai-je. Ou alors on bouche le trou avec du plastique et on recouvre avec quelque chose qui imite la peau. Comme ça je n'aurai pas de nombril du tout. Comme les poupées.

Ils me regardèrent avec pitié. L'humour anglais ne touche pas les italiens.

– Aha! cria Mayo en faisant des bonds. Mettiano un bottone in sua piccola bucca!

Mon italien était approximatif mais je traduisis néanmoins : « Mettez un bouton dans son petit trou. »

Ils allèrent fouiller dans la salle des accessoires et revinrent avec des pierres d'argent, d'or, des émeraudes puis, finalement, un rubis. Mayo essaya de fixer le rubis tandis que je me tortillais.

– Bella! dit Mayo fièrement. Molto bella! Cara, tu ne trouves pas?

Je regardai dans le miroir le petit rubis rutilant au milieu de mon ventre et j'éclatai de rire. Du coup le rubis tomba et roula sous une machine à coudre.

– Chè cosa? dit Mayo en colère. Il faut mettre de la colle, bien enfoncer et cela va rester. Bellissimo – un effetto bellissimo.

On me versa de la colle Johnson dans le nombril et ainsi le rubis put tenir fièrement, défiant la censure. Je trouvais cela infiniment plus obscène et érotique, avec cette pierre brillante qui attirait le regard mais tout le monde sembla satisfait et on commença à tourner. Cependant, plusieurs semaines passées en compagnie de Sydney à manger des fettucini, des lasagnes, à boire du vin rouge et de la crème de menthe m'avaient fait prendre quatre kilos.

Quand il fallut refaire un plan de scène d'ouverture, j'étais très gênée. Je savais qu'Howard Hawks détestait les femmes en chair (il avait découvert et lancé Lauren Baccall, Lizabeth Scott et Angie Dickinson qu'on ne peut pas vraiment traiter de grosses dondons), pendant cette scène je rentrais l'estomac mais à chaque fois que je contractais mes muscles, le rubis tombait par terre!

Howard Hawks devenait fou.

– Pour l'amour de Dieu, mettez de la colle pour avion. Mettez ce que vous voulez mais faites tenir cette saloperie de pierre.

Puis, se retournant vers moi :

– Tu as grossi! Je t'ai pourtant dit la semaine dernière que tu devenais grosse. Tu as fait un régime?

– Cela fait deux jours que je ne mange que trois œufs durs par jour, monsieur Hawks, mentai-je sans vergogne en pensant aux spaghettis bolognaises de la veille au soir, chez Alfredo.

– Dans ce cas, réduit ton régime à deux œufs durs

par jour, dit-il sèchement. La princesse Nellifer ne doit pas avoir l'air d'être enceinte de quatre mois.

Et il s'en alla, me laissant songeuse. Il avait raison, c'était le premier grand rôle de ma carrière et je faisais l'imbécile. Le vin et les pâtes ne sont pas de mise quand on tourne. Je me promis de me discipliner.

J'avais entièrement tort et je le savais. Je m'arrêtai de boire, bannis les pâtes de mes repas et me couchai tous les soirs à dix heures avec le script de La Terre des Pharaons.

Mais avec Syd ce n'était pas facile. Quand je me couchais tôt, il sortait quand même avec des copains et entichée de lui comme je l'étais je mourais d'envie de le suivre.

J'étais à l'hôtel de la ville, un endroit connu, fréquenté par des comédiens et des réalisateurs français et italiens. Le deuxième jour, alors que je prenais un verre avec Christian Marquand et Dewey Martin, une des vedettes de Pharaon, une vision apparut devant mes yeux.

– Qui est-ce? demanda Dewey, la bouche bée, tandis qu'approchait la plus ravissante créature qu'il m'ait été donné de rencontrer.

– Ah, elle s'appelle Brigitte Bardot, c'est une nouvelle vedette française, et une amie à moi, dit Christian. Bonsoir, Roger.

Le jeune homme qui accompagnait Bardot vint lui serrer la main et me jeta un coup d'œil intéressé. Il retourna rejoindre celle qui – je l'appris alors – était son épouse. En un instant celle-ci était devenue le centre d'intérêt de tous les mâles de l'endroit.

Elle avait à peu près mon âge et était délicieuse. Elle portait cette robe paysanne qui allait bientôt devenir célèbre, rose et blanche, serrée à la taille et très décolletée. Ses longs cheveux blonds tombaient en désordre, comme si elle venait de sortir du lit. Elle possédait les yeux et la bouche dont rêve tout homme.

Toutes les femmes avaient envie de lui ressembler. Moi-même, le lendemain je me précipitai chez mon couturier pour qu'il me fasse une robe semblable à la sienne!

Bien que nous ne nous soyons plus jamais rencontrées, je suis restée une fan de Bardot. Je n'étais pas impressionnée par son jeu, quoiqu'à mon avis elle avait bien plus de talent que pouvaient le laisser paraître ses rôles sexy, mais par sa façon de se comporter dans la vie, par son approche de l'amour, des hommes, du sexe. Cela m'intéressait de la voir à travers les années changer de maris, d'amants; je l'admirais de défier ainsi les tabous sexuels. Néanmoins j'ai été choquée par ses propos récemment rapportés dans une interview. Cette femme libérée et émancipée dit aujourd'hui :

« Bien sûr je dois accepter de vieillir. La vieillesse, c'est horrible : nous pourrissons, tombons en loques, sentons mauvais. Cela me fait plus peur que tout autre chose. Il y a une plage non loin d'ici mais je n'y vais jamais pendant la journée. J'ai 48 ans et je ne suis plus très jolie. Je ne voudrais pas infliger cette vue à qui que ce soit. »

Triste déclaration, surtout venant de cette femme. Si elle avait eu plus confiance en elle-même et pas seulement en son physique, elle réaliserait qu'elle est toujours exceptionnelle.

Sydney avait pris quelques kilos lui aussi mais, comme nous devions bientôt tourner nos scènes d'amour ensemble, nous fîmes tous deux un effort pour réduire les calories et retrouver la forme. Ses costumes étaient encore plus « kitsch » que les miens. Il portait une petite calotte beige taillée de telle sorte que seules ses oreilles pointaient (ce n'était pas ce qu'il avait de mieux), un pagne orné et un énorme collier or et ivoire, ainsi que deux curieux souliers pointus et deux larges bracelets dorés. Ceux-ci, à cause de tout ce que nous avions mangé depuis que nous étions là, faisaient sur ses bras des bourrelets au-dessus et en dessous. Ce n'était guère appétissant! Je portais une toge rose très courte bordée de cristal et mon bras était également orné d'un bracelet d'argent et de rubis. Dieu merci je n'avais plus de rubis dans le nombril!

Quand Sydney et moi nous vîmes ce matin-là, à 8 h 30 sur le plateau des studios Scalera, nous ne pûmes nous empêcher d'éclater de rire.

– Un peu de silence, s'il vous plaît, cria l'assistant et nous commençâmes la scène où Trenah (Syd) déclare son amour à la princesse Nellifer.

Les comédiens ont deux cauchemars qui les hantent : le premier, d'arriver sur une scène et d'oublier complètement son texte; le second, de piquer un fou rire et de ne plus être capable de réciter son texte. Ce fut la seconde catastrophe qui se produisit ce jour-là pour Sydney et moi. C'était vraiment épouvantable car lorsque l'un de nous réussissait à se contrôler, l'autre craquait, réentraînant les deux dans le fou rire. Plus Howard Hawks devenait furieux et plus nous riions. J'avais réellement peur de lui, surtout après avoir dû reprendre quatre ou cinq fois de suite le tournage, mais rien n'y faisait. Il me suffisait de jeter un seul coup d'œil sur le visage convulsé de Syd avec ses oreilles qui pointaient de façon ridicule hors de ce bonnet et j'étais repartie. Cela tournait presque au cauchemar. C'était aussi contagieux. La moitié de l'équipe commença à rire, et plus nous regardions Howard Hawks et son visage furieux, plus nous riions.

Howard arrêta le tournage et nous apostropha, Sydney et moi, devant tout le monde. Il nous dit que nous ferions bien d'arrêter de nous conduire comme des enfants sinon nos carrières allaient s'achever avant même d'avoir réellement décollé. Puis il nous renvoya à l'hôtel. Nous étions à présent dégrisés.

Je décidai alors de me consacrer plus sérieusement à mon métier, de l'exercer de la façon la plus professionnelle possible, et surtout de perdre les quelques kilos que j'avais en trop...

A Londres, avant de partir pour Rome, j'avais essayé de demander le divorce mais ce n'était pas possible, il fallait avoir été mariés au moins trois ans. J'étais donc simplement séparée officieusement de Max qui se trouvait aussi à Rome, jouant dans « Hélène de Troie », un peplum.

Un beau jour, alors que je prenais un bain de soleil sur la plage de Fregene, je sentis une ombre se pencher sur moi. J'ouvris les yeux, c'était lui. Bronzé, les cheveux teints en noir, un short blanc, me regardant d'une façon qui n'augurait rien de bon.

– Il faut que je te parle, dit-il.

J'étais entourée d'amis qui tentèrent de le faire partir mais il insistait.

– Tu ferais mieux de venir me parler ou je fais un scandale ici même, déclara-t-il, menaçant.

Je le suivis à contrecœur au bar de la plage.

– Tu te souviens des photos que j'ai prises de toi? demanda-t-il d'un ton léger en m'offrant une cigarette.

Je me souvenais de ces photos. Il n'était pas rare ni choquant qu'un homme prenne des photos de son épouse nue.

A l'époque, il m'avait promis de ne jamais les montrer à personne, cependant, je n'avais jamais été à l'aise. Les photos étaient plutôt innocentes, du moins selon les normes d'aujourd'hui, j'étais allongée sur une peau de zèbre et je portais uniquement le bas d'un bikini.

– Et alors, qu'est-ce qu'il y a avec ces photos? demandai-je en retenant mon souffle.

– J'ai reçu une excellente offre d'un magazine italien qui désire les publier. Ils m'offrent une belle somme d'argent et j'en ai besoin.

Il arborait à nouveau son sourire à la Mitchum. Je le regardai écœurée. C'était l'être le plus vil et le plus misérable que j'avais jamais rencontré. Comment avais-je pu l'épouser? Rien que de le regarder, cela me rendait malade.

– Alors, qu'est-ce que tu attends de moi? demandai-je.

– Toutes les bagues que je t'ai offertes quand nous étions mariés, dit-il doucement. La bague de fiançailles, l'alliance et la topaze.

– Avec grand plaisir, dis-je froidement. Quelqu'un te les apportera à ton hôtel.

– Et le chèque, dit-il en m'attrapant le poignet alors que je m'en allais, n'oublie pas de le signer.

Je n'arrivais pas à croire qu'il parlait sérieusement : les derniers mois, il m'avait envoyé plusieurs lettres dans lesquelles il me jurait son amour et il avait joint à l'une d'elles un de mes chèques en me demandant de le signer.

– Tu sais que je n'ai guère d'argent, protestai-je. Il y a à peine deux cents livres sur mon compte, c'est tout.

– Les bagues et le chèque signé à mon hôtel avant demain soir où je donne les photos au magazine. Salut petite.

Il s'en alla. J'étais furieuse. Cet homme n'avait aucune morale. C'était un voyou. Peut-être aurais-je dû me comporter avec lui comme il le faisait avec moi. Je racontai tout à ma mère qui était avec moi à Rome. Elle haïssait Max autant que moi. Je lui avais révélé quelques-unes des horreurs que j'avais dû subir. Nous discutâmes de la situation avec Eddie Fowlie, le responsable des effets spéciaux de Pharaon; nous étions devenus amis depuis que nous avions travaillé ensemble dans « Our Girl Friday ». Il était d'accord pour apporter le chèque et les bagues à Max à son hôtel le lendemain soir.

Je n'avais guère le choix. L'argent pour moi ne

comptait pas beaucoup et les bagues n'avaient guère de valeur sentimentale. Par contre, cela aurait été une véritable catastrophe pour ma carrière si ces photos avaient été publiées... Des rumeurs circulaient d'ailleurs à ce moment-là au sujet de photos nues de Marilyn Monroe faites pour un calendrier. Le monde était puritain et prompt à condamner les célébrités pour des petits riens du tout. J'étais inquiète à l'idée que ceci puisse venir aux oreilles de la Century Fox, en pleines négociations avec la Rank pour racheter mon contrat. Bref, cela risquait de briser ma carrière avant même qu'elle n'ait débuté.

Maman et moi attendions nerveusement dans un café voisin devant un cognac pendant qu'Eddie était parti récupérer les photos chez Max. Il revint triomphalement avec une enveloppe scellée. Je l'ouvris et sortit une douzaine de photos extraites du dossier de presse de la Rank.

– L'immonde salaud!

J'étais si furieuse que je ne songeai même pas à châtier mon langage devant ma mère. Quel immonde salopard. Il a toujours ces putains de photos!

Maman et Eddie se regardèrent désespérés.

– Je vais aller lui casser la gueule, dit Eddie.

Mais maman l'arrêta.

– Non, laissez-moi lui téléphoner d'abord.

Elle se dirigea vers la cabine de téléphone. Je me recommandai un autre cognac, un peu étonnée par la transformation de maman; elle d'habitude si douce et gentille avait l'air, à présent, d'une furie. Quand elle revint, elle tremblait de colère.

– Il m'a dit que les photos étaient à Londres dans un coffre, annonça-t-elle.

Je me sentis fière d'elle. Elle ne se laissait pas aller souvent, mais là, elle se comportait en vraie tigresse défendant sa nichée.

– Je l’ai traité de tous les noms mais il a dit qu’il voulait les garder en souvenir de toi.

Je lui passai mon verre de cognac.

– Oh, c’est charmant, dis-je. Comme ça il va pouvoir les montrer à tous ses vieux amis milliardaires arabes pour qu’ils voient ce qu’ils ont raté.

– De toute façon, continua maman en souriant avec courage, il m’a promis qu’il ne les vendrait à aucun magazine. Je suppose que nous devons nous contenter de sa parole.

– Sa parole! dis-je en m’envoyant un autre cognac. Il ne connaît même pas la signification du mot honneur!

Maman me tapota la main pour me calmer.

– Ça ne fait rien chérie, je suis sûre que nous n’entendrons plus parler de lui.

J’approuvai de la tête mais au fond de moi, je soupçonnais que le chapitre Maxwell Reed n’était pas encore clos.

– Trois cent cinquante dollars par semaine, annonça John Shepbridge, les yeux brillants. Qu’est-ce que tu en dis Joanie? C’est formidable pour la première année.

– Oui, je ne sais pas trop, fis-je calmement.

J’étais assise en face de « Goulash », comme on le surnommait avec affection, devant son impeccable bureau de noyer, chez lui au 16 south Audley street de Londres. Le timide soleil londonien s’introduisait faiblement à travers les persiennes georgiennes et faisait briller les bibelots de porcelaine et d’argent qui décoraient son bureau-living.

Nous discutions du contrat avec la Fox. Rank avait accepté les quinze milles livres proposées par celle-ci pour racheter mon contrat, et Goulash, un des directeurs de Famous Artists Agency, était en train de négocier mon salaire.

Mon rêve était sur le point de se réaliser. J’allais à

Hollywood sous un contrat d'exclusivité de sept ans avec la 20th Century Fox : une offre à ne pas dédaigner et pourtant n'était-ce pas ce que je faisais ? La raison de mon manque d'enthousiasme se trouvait en cet instant précis à Paris, à traîner probablement dans les bars en buvant de la vodka et jouant au flipper.

Goulash me regarda à nouveau, il paraissait légèrement ennuyé.

– Qu'est-ce que tu as dit ma chérie ?

– Trois cent cinquante dollars par semaine ce n'est pas énorme, Goulash. Tu le sais et je le sais. Maintenant si la Fox est prête à payer une telle somme d'argent pour racheter mon contrat, je suis sûre qu'elle peut également me payer un salaire plus important. Je pensais à, voyons, mille deux cent cinquante dollars par semaine.

J'avais lu dans un magazine que 1250 $ par semaine était un salaire très raisonnable pour une jeune comédienne et si le studio offrait moins c'est qu'il comptait plutôt lui confier des seconds rôles. En temps ordinaire, j'aurais vendu mon âme au diable pour aller à Hollywood, mais là j'étais un peu confuse à cause de mon gros béguin pour Sydney.

– Tu es folle, dit Goulash avec colère. Jamais ils n'accepteront. Jamais. Jamais. Tu es complètement inconnue aux États-Unis. Pourquoi payeraient-ils trois fois plus qu'ils ne le font d'habitude ? C'est complètement insensé.

Il marcha autour de son bureau en bougonnant.

– Et qu'est-ce que je vais dire à Charlie ? Cela fait trois mois qu'il parle de toi à Darryl. C'est grâce à lui que tu as ce deal. Il va être furieux.

Charlie était Charles K. Feldamn, un des meilleurs négociateurs de l'agence. Je savais que c'était grâce à son influence auprès de Darryl Zanuck, le directeur de production de la Fox qui faisait entière confiance à Feldman, si l'on m'offrait ce contrat. Mais j'étais sûre aussi que mes chances d'obtenir de grands rôles seraient meilleures si on me payait un gros salaire plutôt qu'une pitance de misère. C'était un quitte ou double et si je perdais, je pouvais toujours rejoindre Sydney à Paris ou partir travailler à Paris où l'on m'avait fait plusieurs propositions.

– Je suis très reconnaissante de tout ce que vous et Charlie avez fait pour moi, dis-je, mais c'est ma vie et c'est à moi de prendre les décisions. Je veux 1250 $ par semaine sinon, tant pis. Goulash chéri, ajoutai-je en me levant, je pars pour Paris ce soir. Je serai à l'hôtel Tremoille. Tenez-moi au courant.

Je l'embrassai tandis qu'il secouait la tête avec résignation.

– Petite folle, dit-il, il est facile de trouver un bon *shtup*[1], mais un bon contrat, cela n'arrive qu'une fois dans la vie. J'espère, Joanie, que tu n'es pas en train de ruiner ta carrière...

– Pas du tout. Comme Joan Crawford le dit : dans un lit, la nuit, on ne peut pas se blottir contre sa carrière... (je venais juste de lire cette phrase dans Photoplay et je lui trouvais une signification très profonde). Ciao Goulash!

Je marchai dans south Audley Street; je me sentais adulte et confiante. Je n'avais pas encore vingt et un ans mais je savais ce que je voulais et cette fois je n'allais pas me laisser brader.

Dès que j'arrivai à Paris, Sydney et moi partîmes en Ferrari avec son ami Adolph Green à Vevey, en Suisse, rendre visite au père de Syd, Charlie Chaplin. Adolph était coincé sur le siège arrière et le vent froid des routes de montagne ébouriffait nos cheveux. J'étais excitée à l'idée de rencontrer la famille de Sydney et surtout le légendaire Charlie.

1. Argot : « Une bonne occasion » amoureuse...

La maison était située à l'écart d'un petit village qui ressemblait à une carte postale de Suisse. C'était une imposante maison de deux étages avec un nombre énorme de chambres. Toutes ces chambres étaient nécessaires pour loger tous les enfants, les nounous, les serviteurs, jardiniers et secrétaires. Charlie Chaplin avait la réputation d'être avare, pourtant il vivait somptueusement. Derrière les pelouses et les parterres de fleurs s'étendaient un lac splendide dans lequel se baignaient tous les enfants, Charlie et Oona sa ravissante épouse aux cheveux noirs et au visage de madone. J'aimais cette atmosphère familiale heureuse et bien que Charlie me rappelât souvent mon père, très patriarche strict et autoritaire, il était également humain, chaleureux, drôle et, bizarrement, très timide.

Malgré ses soixante ans, Charlie faisait toujours des enfants. Le plus âgé, Charlie Jr, avait une trentaine d'années et le plus jeune quelques mois à peine. J'admirais Oona pour son calme et sa douceur maternelle. En la voyant jouer avec ses enfants, je sentis pour la première fois naître en moi l'instinct maternel, l'envie d'avoir des enfants. « Quelle drôle de pensée me dis-je en posant immédiatement le bébé que je tenais, qui était en train de se tartiner le visage de chocolat. » J'ai bien le temps d'avoir des enfants, j'ai toute la vie pour cela. Des enfants! Quelle horreur!

Sydney et moi restâmes trois jours dans sa famille. Une autre facette de sa personnalité m'apparut alors : il était très soumis devant son père, très obéissant et respectueux. De plus, il ne voulait absolument aucun « intermède amoureux » sous le toit paternel.

– Mais pourquoi? demandai-je. Sa chambre est à des kilomètres d'ici.

– Je ne sais pas, murmura-t-il avec colère. Cela me fait drôle, tu ne peux pas comprendre cela?

– Si, dis-je en imaginant la même situation chez

moi, mais puisqu'ils savent que nous dormons dans la même chambre, tu ne crois tout de même pas qu'ils nous imaginent jouant aux cartes toutes les nuits, non? Et si j'en juge par le nombre d'enfants qu'ils ont, ils ne passent pas non plus les leurs à jouer au gin-rummy...

Syd me régalait souvent avec des histoires sur lui, son frère et son ancienne belle-mère, Paulette Goddard. Syd et Charlie Jr avaient alors treize et quatorze ans, Paulette à peine une douzaine d'années de plus. Parfois, le matin les garçons venaient s'installer sur son lit et partager avec elle les toasts et le café tandis qu'elle lisait son courrier ou parlait au téléphone. Elle câlinait et taquinait les deux adolescents. Sydney m'avait toujours assuré que tout cela était innocent, et pourtant, j'en gardais une impression bizarre, pour ne pas dire plus.

En tout cas, je ne comprenais pas sa détermination à refuser de souiller les draps suisses. Peut-être était-il prude au fond, c'est souvent le cas des gens qui jurent beaucoup. A Paris, nous nous amusâmes énormément, nous étions dehors toutes les nuits, au Jimmy's, à l'Éléphant Blanc ou à notre restaurant favori, chez Moustache. Le propriétaire, un gros homme avec une grosse moustache, était un ami et nous passâmes chez lui de merveilleuses soirées. La journée, je faisais de longues promenades le long des berges de la Seine pendant que Syd jouait au golf. J'aimais partir à la découverte des innombrables boutiques sophistiquées de la rive droite, des magasins d'antiquités, des libraires. Nous fîmes une promenade en bateau mouche, passâmes une journée au Louvre et tombâmes amoureux de la ville. Quand nous n'étions pas dehors à sa découverte, nous nous passions des disques de Sinatra en jouant aux cartes. Nous buvions du beaujolais dans les bistrots en jouant au flipper. Nous étions dans les boîtes toutes les nuits. C'était bon de se sentir jeune et libre.

J'attendais toujours une réponse de la Fox. Quand

Goulash m'appela pour me dire que non seulement ils acceptaient mes conditions mais qu'ils voulaient que je vienne immédiatement en Californie, je fus ravie mais en même temps consternée. Sydney et moi étions assis dans un petit restaurant de Montmartre. Les bougies tremblaient sur les nappes à carreaux rouges et noirs. Une odeur d'ail et de gauloises bleues nous entourait. Je partais le lendemain pour Londres afin d'y faire mes valises avant mon départ pour les States. Il essaya de me consoler tandis que je sanglotais dans mon verre. Il m'assura que nous serions bientôt de nouveau réunis. Il attendait une réponse au sujet d'un boulot à Los Angeles. Tu ne dois pas te faire de soucis, me disait-il, tout va bien marcher. J'espérais qu'il disait juste.

A Londres, je fus prise par ma famille, mes amis, des photographes, des couturiers. J'étais débordée. A cette époque, avant l'ère des jets, prendre l'avion pour les États-Unis était un événement. Rien que pour aller à New York il fallait compter dix heures. Aujourd'hui je fais en moyenne huit à dix fois par an l'aller et retour Los Angeles-Londres, sans même y faire attention! Le jour du départ arriva. Entre larmes et rires, je dis au revoir à tout le monde. Je serrai mon petit frère Bill que je connaissais à peine, ma sœur Jackie – nous devenions juste proches l'une de l'autre que je devais déjà partir – j'embrassai papa et finalement maman que je commençais de plus en plus à comprendre et à aimer. Nous étions entourés de reporters et de photographes. Ceux-ci essayaient de trouver un angle humain pour illustrer l'article intitulé « la délinquante britannique part à Hollywood ». Toutes les deux ou trois minutes nous entendions le bruit d'un avion qui décollait. Je me peletonnais dans mon nouveau manteau de vison qui me descendait jusqu'aux chevilles, en tâchant de me montrer courageuse.

– Je vous écrirai toutes les semaines, dis-je d'une

toute petite voix brisée, et je viendrai vous voir chaque fois que je le pourrai. Après tout, Los Angeles n'est qu'à 8 000 kilomètres de Londres...

Huit mille kilomètres, c'était le bout du monde avant l'avènement des jets intercontinentaux, mais il fallait que je dise quelque chose. Mon vol fut appelé et je partis, laissant derrière moi ma famille, mes amis, le froid et l'austérité britannique : les pubs, les théâtres, les jazz clubs, tout ce qui m'était familier.

Je laissais ma vie entière derrière moi pour partir vers un pays étranger. Vers un environnement complètement différent. Rencontrer des gens que je ne connaissais pas et commencer une vie nouvelle. A Hollywood.

4

– Ils vont t'aimer à Hollywood, m'avait dit Goulash, sûr de lui. Ils adorent les Anglaises. Tu auras un énorme succès.

Je pensais avec amertume à cette phrase en m'asseyant dans mon hideuse chambre d'hôtel jaune et orange d'Hollywood où je passais la septième soirée consécutive seule devant la télé... Les journées étaient si chargées que je n'avais même pas le temps de penser. Je courais d'un département de la Fox à l'autre. De la costumière au salon de coiffure en passant par les studios où je faisais des séances de photos ou donnais des interviews. On me présenta à tous les réalisateurs et producteurs de la maison et je ne pouvais plus me souvenir d'aucun nom. A l'heure du déjeuner j'allais à la cantine manger une salade de thon en écarquillant les yeux pour voir les stars aller et venir.

La Fox avait de nombreux acteurs et actrices sous contrat et tous étaient là, soit à tourner, soit à faire ce que je faisais, c'est-à-dire se montrer aux réalisateurs et producteurs maisons qui travaillaient sur un projet. Il y avait Susan Hayward, Rita Moreno, Sheree North, Debra Paget, Jeff Hunter, Barbara Rush, Robert Wagner, Gene Tierney, Joanne Woodward, Clifton Webb et bien d'autres. Chaque jour je regardais partout dans l'espoir d'apercevoir Marilyn Monroe mais elle préférait déjeuner dans sa loge.

Bien que la Fox ait produit beaucoup de films, le studio n'avait pas connu de grand succès depuis deux ans. Les résultats financiers étaient loin d'être brillants. Zanuck n'avait plus le même contrôle comme à l'époque où les studios fabriquaient succès sur succès avec « Gentleman's Agreement ». Malgré « Letter to Three Wives », « All about Eve » et le premier film en cinémascope « La Tunique » qu'ils avaient produits quelques années auparavant, les affaires marchaient moins. Leurs films avec Marilyn Monroe faisaient généralement des bénéfices mais depuis quelques temps, Mademoiselle Monroe leur causait des problèmes; elle avait refusé de tourner « The Lady in Pink Tights » et s'était arrêtée de travailler pour aller à l'Actor Studio de New York. La Fox essayait de lançer deux nouvelles actrices pour la remplacer : Jayne Mansfield et Sheree North car ils ne toléraient la désobéissance de personne, pas même de Marilyn.

Je passais donc mes soirées seule, en me disant que Goulash s'était bien trompé! Le téléphone certes sonnait de temps en temps, et des hommes, dont j'avais entendu parler mais que je ne connaissais pas, m'invitaient à dîner : Nick Hilton, Bob Neal Greg Bautzer... Cependant je déclinais ces offres de soirée en tête à tête. J'étais fidèle à Sidney et j'attendais, pleine d'espoir, qu'il arrive.

L'étendue et la diversité de Los Angeles me sidéraient. La ville paraissait sans fin. Entre Beverly Hills, l'endroit à la mode, Bel Air la grâcieuse, Westwood la swingante, Hollywood et les innombrables banlieues aux noms aussi pittoresques que Ponoma, Orange County,

West Covina, Redlands, Santa Ana, Anaheim, la ville semblait plus grande que toute l'Angleterre. Chaque quartier possédait son style et son atmosphère propre. Je louai une voiture et partis à leur découverte avec application. Je n'avais jamais autant vu de stations service et de drugstores de ma vie, mais ils se ressemblaient tous.

Les seules personnes que je fréquentais étaient le maquilleur, que j'avais connu sur le tournage de « La Terre des Pharaons », et mes agents. Mais malgré leur gentillesse et leur invitation fréquente à dîner chez eux, je me sentais seule, j'avais le mal du pays. Je ne m'étais pas encore fait d'amis. Il y avaient plusieurs cercles, plusieurs bandes à Hollywood et Beverly Hills. Certaines personnes appartenaient à l'une ou l'autre, d'autres, à plusieurs à la fois. Environ trois cents à cinq cents personnes composaient le Tout-Hollywood et je ne connaissais aucune d'entre elles...

On m'engagea pour tourner « The Virgin Queen », une romance hautement colorée au sujet de l'aventure qu'aurait eu la Reine Elisabeth avec Sir Walter Raleigh. La redoutable et légendaire Bette Davis jouait la reine Elisabeth et ce, pour la deuxième fois, (quelques années auparavant). Elle avait remporté un énorme succès dans « Elisabeth & Essex » avec Errol Flynn. Richard Todd jouait Raleigh et moi, l'innocente demoiselle de compagnie d'Elisabeth Beth Throgmorton, amoureuse de Raleigh et enceinte de lui. De nouveau, je jouais une fille perdue mais cette fois-ci, au lieu de porter des habits répugnants comme dans « I believe in you » ou « Cosh Boy », j'étais vêtue de splendides robes royales.

On faisait très attention aux détails des décors et des costumes. Les couturiers, habilleurs et autres personnes responsables des costumes travaillaient jour et nuit afin que tout fût parfait dans la reconstitution de l'époque.

Chaque robe était une petite œuvre d'art en elle-même. Je ne pense pas que la plus grande maison de couture parisienne ait jamais autant fait attention au moindre détail, visible ou invisible, comme c'était le cas ici. Une des robes était composée de milliers de perles cousues sur une dentelle belge très rare. Chaque perle était cousue à la main. Certaines robes nécessitaient pas moins de sept essayages, et je passai des heures debout pendant que l'on confectionnait pratiquement les robes sur moi. Je n'avais pas intérêt à prendre 1 ou 2 grammes; Il aurait fallu tout refaire! Ce qui d'ailleurs se produisit une fois où l'on dut élargir la taille. A la suite de quoi je m'achetai une balance et fis extrêmement attention à ne plus prendre de poids.

Bette Davis m'intimidait. En dehors du plateau, je l'évitais autant que possible. On m'avait prévenue qu'elle n'aimait guère les jeunes et jolies actrices et elle me fit d'ailleurs une ou deux remarques cinglantes. Elle avait la répartie vive et était connue pour ne pas mâcher ses mots, aussi pensais-je qu'il valait mieux me faire toute petite. Je n'avais pas encore très confiance en moi... Les critiques dans les journaux anglais ne parlaient que de mon physique comme si rien d'autre n'existait chez moi, comme si c'était la seule chose intéressante. Mes mensurations, mes histoires d'amour et ce que je mangeais au petit déjeuner étaient bien plus captivants que ce que je pouvais penser...

Le département promotion m'avait prévenue : jamais je ne devais aborder un sujet délicat à controverse (politique, religion, peine capitale, etc). Il y avait dans mon contrat une clause non formulée qui me garantissait les pires ennuis si je provoquais la colère des Filles de la Révolution Américaine, de la John Birch Society ou d'une des innombrables associations de défense de la moralité qui proliféraient en Amérique en ce temps-là. L'amérique était prospère mais vivait encore les suites des enquêtes de Joe McCarthy. Chacun s'efforçait de paraître droit, propre, patriotique et loyal envers son pays. Il ne fallait pas que l'on puisse associer votre nom au communisme, à une activité subversive quelconque ou même se faire remarquer par un trop grand libéralisme sexuel.

Sydney arriva finalement et nous loua un petit appartement meublé sur Beverly Glen boulevard, à deux pas de la Fox.

Vivre ensemble ainsi au grand jour était particulièrement risqué, d'autant plus que j'étais toujours mariée. Mais nous essayâmes de nous montrer les plus discrets possible et surtout, de ne pas attirer l'attention des « *Snoop sisters,* » les deux commères qui sévissaient dans les journaux : Hedda Hopper et Louella Parsons.

Je travaillais dur sur « The Virgin Queen ». Pendant mes journées off, je devais apprendre à monter à cheval, une expérience effrayante pour moi, puisque les chevaux me terrifiaient. J'avais aussi des séances d'essayages, des déjeuners avec des journalistes de tous les magazines du pays et des séances de photos qui n'en finissaient pas. Ce n'était pas facile pour Syd : il vivait avec une fille qui, non seulement payait le loyer, mais travaillait également tout le temps. Ce qui n'était pas son cas. Rien ne se présentait à l'horizon pour lui et il se lança à corps perdu dans le golf, les cartes et la télé. Dans cet ordre. Il n'y avait que sur moi qu'il ne se lançait pas à corps perdu !

Il avait changé. Peut-être était-il trop loin de l'Europe et de ses copains. L'Amérique ne lui convenait pas. Il ne se sentait pas chez lui. Les petits bistrots et leurs terrasses auxquelles il s'installait avec ses amis lui manquaient. Les flippers aussi. Et sa Ferrari. Et les discothèques où l'on pouvait rester toute la nuit, où il se passait toujours quelque chose. Sans compter le fait qu'il était sans travail. Rien d'étonnant à ce que mon amant joyeux et séduisant se soit transformé en homme abattu et déprimé...

La journée, quand il n'était pas au golf, au tennis ou au club de bridge, il était collé devant la télé. Il regardait tout, même les feuilletons pour bonnes femmes et les programmes pour enfants. La télé m'ennuyait à mourir à Londres. Elle avait été pratique car elle m'avait offert une alternative aux intermèdes si peu romantiques de Max. Mais en général, je préférais aller au cinéma, être enveloppée d'un immense écran en couleur et cinémascope plutôt que de me concentrer sur un petit écran noir et blanc.

La vie est une aventure, et malgré ma timidité constante face aux gens que je ne connaissais pas, je voulais la vivre jusqu'au bout.

Sydney appartenait à la bande de Gene Kelly. Ils faisaient partie des gens les plus intellectuels et les plus stimulants d'Hollywood. Il y avait Harry Kurnitz, un des scénaristes de « La Terre des Pharaons », un des types les plus drôles qui soient, Stanley Donen qui réalisa pour la MGM des plus célèbres comédies musicales, Adolph Green et Betty Comden, deux dramaturges auteurs de nombreuses « opérettes » à succès pour Broadway qui maintenant travaillaient pour la MGM, George Englund, un producteur et son épouse l'actrice Cloris Leachman, Oscar Levant un homme d'esprit et un grand pianiste, et Betsy Blair, la femme de Gene, une actrice et une femme très brillante. Tout ces gens m'intimidaient énormément et malgré leur gentillesse évidente à mon égard, je me sentais tout de même mal à l'aise, comme étrangère au groupe.

Il ne s'était écoulé que trois ans depuis mon premier film en Angleterre et à présent je faisais partie d'Hollywood. Pourtant, je me sentais inférieure à tous ces gens dans tous les domaines : ils jouaient au volley ball; les rares fois où j'avais essayé d'y jouer, je m'étais retourné un doigt ou cassée un ongle. Ils jouaient aux charades avec esprit et rapidité, ils faisaient des bons mots, ils parlaient intelligemment, avec sagesse. J'aimais aller chez les Kellys, dans leur maison située sur Rodeo drive. Là, je regardais, écoutais, absorbais tout ce que je pouvais, voulais apprendre, je me sentais intellectuellement très limitée puisque j'avais quitté l'école à quinze ans. Je voulais découvrir l'art, la littérature, la musique, être capable de m'exprimer facilement et avec esprit. En un mot être à la hauteur de ce groupe que je fréquentais. J'étais consciente de mes lacunes. Je me sentais comme une gosse qui appuierait son nez contre la vitrine d'un magasin de bonbons, une gosse à Hollywood.

Un samedi soir chez les Kellys, je remarquai une jeune femme blonde indéfinissable, assise sur le canapé près du bar. Personne ne faisait attention à elle, je la rejoignis pour engager la conversation. Je n'avais pas l'habitude de rencontrer quelqu'un encore plus timide que moi. Elle portait une robe de soie blanche, plutôt courte et sans manches. Elle n'avait pas de soutien-gorge en dessous, ce qui était plutôt osé dans les années cinquante. Ses cheveux blonds courts étaient soigneusement peignés. Elle était très peu maquillée et moyennement jolie. J'eus peine à croire que c'était Marilyn Monroe en chair et en os! Elle était venue seule, mais son mentor, Milton Greene la surveillait du coin de l'œil.

Elle semblait contente que quelqu'un vienne lui parler et nous discutâmes d'astrologie. Nous découvrîmes que nous étions toutes deux du même signe des Gémeaux, « les jumeaux terribles ». Elle admira mes cheveux que je portais longs et raides, au grand désespoir du département coiffure de la Fox qui tentait sans arrêt de me persuader de les couper court comme le voulait la mode. C'était fascinant de parler à la célèbre Monroe, sexe-symbole de légende adulé par des millions d'individus. Elle avait l'air timide, complexé et méfiant.

Elle quitta la party tôt et je me demandai si nous aurions l'occasion de nous croiser dans les studios de la Fox. Mais Marilyn s'isola tellement que je ne le revis jamais.

Elle devait tenir le rôle principal d'un film basé sur l'affaire Stanford White-Harry Thaw-Evelyn Nesbit, un scandale de mœurs qui avait éclaté au début du siècle. Mais elle refusa de le faire, certainement avec bon sens : Evelyn était censée avoir dix-sept ou dix-huit ans alors qu'elle-même, bien que merveilleuse, en avait trente. Le studio allait quand même tourner ce film intitulé « The girl in the Red Velvet Swing ». Une rivalité s'engagea alors pour obtenir le rôle d'Evelyn Nesbit.

Terry Moore, Debra Paget et de nombreuses autres comédiennes firent des essais. Dès que j'eus terminé « The Virgin Queen », j'en fis aussi. Je n'avais pas tellement d'espoir d'obtenir le rôle car il était essentiel que la fille fût américaine et j'avais toujours un fort accent anglais avant le test. Je travaillai l'accent américain avec application et attendis le résultat. Il ne fut pas long à venir; je lus le communiqué un matin dans le Hollywood Reporter et faillis m'étouffer avec mon croissant : « Collins joue Nesbit » s'étalait en titre sur la première page. Je jubilais. Décrocher le rôle principal dans une des plus extravagantes productions de la Fox, était un exploit pour une petite anglaise sous contrat depuis pas même quatre mois!

Je plongeai dans de frénétiques préparations. Evelyn avait débuté dans la troupe du Floradora theater. Il y avait donc deux numéros de danse à apprendre, et ayant pourtant depuis toujours suivi des cours de danse, se frotter aux vrais professionnels et apprendre des danses exténuantes, tel le french can can, me mit sur les genoux. Nous les répétions le matin et après un court arrêt pour le déjeuner, il me fallait me rendre chez la costumière essayer une des vingt-sept tenues que je devais porter.

Puis pendant deux heures je travaillais mon accent avec Jeff Hunter, un comédien qui, bizarrement, avait été affecté à ce job linguistique de professeur de diction. Ce n'était pas facile de me débarrasser de mon accent britannique. Pour rendre mon accent américain plus authentique, je compris qu'il me fallait le garder également dans ma vie de tous les jours. Je ne m'en sortais pas trop mal mais un mot que je ne réussissais pas à dire correctement était « girl ». Impossible de prononcer correctement ce « rl ». Jeffe et moi parcourûmes donc le script et remplacâmes par un synonyme tous les mots se terminant par « rl ». Ce ne fut pas toujours facile! Richard Fleisher, un réalisateur qui avait signé quelques succès à la Fox, allait diriger le film. Ray Milland et Farley Granger devaient respectivement incarner les rôles de Stanford White, l'architecture et Harry Thaw, le play boy débauché. Si je croyais avoir été occupée avant, je n'avais encore rien vu. Le département promotion avait reçu l'ordre de faire parler de moi dans tous les magazines et journaux. Après tout, j'étais encore relativement inconnue et la Fox voulait que mon nom soit devenu familier avant la sortie de Swing. Je n'avais alors même plus le temps de déjeuner. La Fox insista pour que les articles et photos paraissent dans tous les « fan magazines ». L'Amérique fut saturée de ma personne.

J'étais présentée comme quelqu'un entre Dame Edith Evans et Rita Hayworth.

« Elle trouve l'Amérique cool, folle et gaie » titraient avec enthousiasme Photoplay et Modern Screen tandis que Motion picture imprimait « Cette femme est dangereuse ». On me présenta comme « une beauté anglaise », « une bohémienne du cœur », « Cool, cool Collins », et « une ensorceleuse ». Mais ce fut le magazine italien Oggi qui me fit le plus rire en m'appelant « La panthère boudeuse ».

J'étais critiquée, diffamée et ma façon de vivre était

considérée scandaleuse et déshonorante. Soudain je me retrouvais avec la réputation d'une ravageuse, d'une séductrice, d'une briseuse de ménages dont toutes les honnêtes épouses de Beverly Hills devaient se méfier. Quatre-vingt-dix-neuf pour cent de tout cela était entièrement fabriqué. On avait complètement déformé mes paroles. N'étant guère diplomate, j'avais toujours trouvé plus facile de dire la vérité plutôt que de tourner autour du pot. Mais tous ces articles scandaleux qui proliférèrent à mon sujet étonnèrent même le département promotion. Du jour au lendemain, j'étais devenue aux yeux de tous une jeune femme rebelle, volage et impudique. Ce n'était pas facile...

La panthère boudeuse, la beauté anglaise, rentra un soir après son travail dans son petit appartement et se prépara pour la première projection de presse de « The Virgin Queen ».

– Tu peux prendre la salle de bain, criai-je à Syd qui était allongé sur le canapé dans le living orange à regarder « Les Mousquetaires » à la télévision.

– Oh, chérie, je suis vraiment crevé, je ne crois pas que je vais y aller, dit-il sans quitter l'écran des yeux.

– Crevé? Crevé de quoi faire? me demandai-je en moi-même avec colère tout en me séchant les cheveux.

Il était toujours crevé ces temps-ci. Il pratiquait le golf de midi à cinq heures, sortait avec ses copains et toute la nuit jouait au poker des sommes qu'il ne pouvait pas se permettre de perdre. A la maison, il était triste et morose. Où étaient passés les rires et la bonne humeur d'autrefois?

– Oh, comme cela doit être drôle d'être tout le temps avec Sydney m'avait dit un jour une starlette blonde alors que nous nous repoudrions dans la salle de bain. Sydney, pendant ce temps-là faisait rire la compagnie avec ses gags. Sûr, pensai-je amèrement, il est si drôle quand son public se compose de quelqu'un d'autre que moi!

Nous avions depuis peu un nouvel ami, quelqu'un qui possédait le même humour que Syd mais en plus réservé et discret.

Quand il était là nous ne nous ennuyions jamais et étions devenus inséparables depuis plusieurs semaines. Il s'appelait Arthur Loew Jr et était le descendant d'une des familles royales de l'industrie cinématographique; son grand-père, Marcus Loew, avait fondé les studios de la Metro-Goldwyn-Mayer et son grand-père maternel, Adolph Zukor, était un des plus vieux et des plus respectés personnages du monde du cinéma. Arthur écrivait et produisait pour la M.G.M. mais son cœur n'y était pas et, il passait pour un riche play-boy prenant la vie du bon côté, toujours accompagné d'une starlette à son bras.

Je l'aimais beaucoup, Syd également, aussi quand il me suggéra d'aller à la projection avec Arthur, ma colère s'apaisa. Je m'étais récemment confiée à Arthur au sujet de mes problèmes avec Sydney et il m'avait écoutée avec patience et sympathie. Après la projection, nous allâmes dîner dans un restaurant sur La Cienega et là, sur les banquettes de cuir rouge, je commençai après quelques whiskey sour [1], à me sentir très proche d'Arthur. Il était extrêmement sensible, ce qu'il cachait soigneusement sous un comportement désinvolte et frivole. Il comprenait très bien le dilemne de Sydney : acteur au chômage pratiquement entretenu par une jeune actrice montante, une situation difficile à vivre... Sydney et moi avions des problèmes de communication. Nous ne parlions pas de nos sentiments. Nous ne nous disputions même pas. Nos rapports, si drôles au début, s'étaient détériorés à cause de cette absence de communication. Si je trouvais huit

1. Mélange de whisky et de citron.

pantalons, dix pulls et une douzaine de paires de chaussettes sales empilés sur une chaise pendant des semaines, la pile grossissant, et grossissant sans cesse, je ne disais rien pour ne pas faire de vagues, même si cela m'irritait. Un gouffre se créait entre nous. J'essayais de le pousser à se démener pour trouver du travail mais, il l'admettait lui-même, il était très paresseux, et ne faisait pas le moindre effort pour dégoter quelque chose. Dans une ville où il fallait saisir rapidement la moindre opportunité, il restait assis à côté du téléphone à attendre qu'on l'appelle...

Arthur et moi en parlâmes longuement. J'avais l'impression de ne pas avoir parlé à quelqu'un depuis des mois. J'avais écouté, appris, parlé de tout et de rien, mais c'était inhabituel d'avoir, comme maintenant, une véritable conversation au sujet des sentiments, des émotions. Arthur voyait un psychanalyste depuis plusieurs années. Malgré sa jeunesse (il n'avait pas trente ans) et sa fortune, il avait souffert toute sa vie. Ses parents étaient divorcés et s'étaient remariés plusieurs fois chacun de leur côté. Tout en étant proche de sa mère, Mickey Loew avait de grandes affinités avec son oncle Gerald qui vivait en Arizona.

– Un jour, je vais laisser tomber toute cette production de merde, m'acheter un ranch en Arizona et élever du bétail annonçait-il.

Quel ennui! pensais-je, mais je disais :

– Cela serait formidable.

La rupture entre Syd et moi fut aussi bancale que la fin de notre liaison.

A cause du tournage de « The Girl in the Red Velvet Swing », je ne pus l'accompagner un vendredi au Racket Club à Palm Springs où il allait passer le week-end. Étant gentille de nature, je lui prêtai ma voiture, étant entendu qu'il viendrait me chercher à l'aéroport de Palm

Springs le samedi après-midi, une fois terminé le tournage du matin.

J'arrivai à l'aéroport par une chaleur étouffante, aucun signe de Syd, pas de message, pas de voiture et pas de taxis disponibles. Furieuse, j'appelai le Racket Club. Aucune réponse dans sa chambre. Finalement un taxi arriva et m'emmena au club. J'étais en nage. L'employé de la réception m'informa que Mr Chaplin était au bar. Oh, vraiment, pensai-je, c'est lui tout craché...

Au bar je vis Syd, Gene Kelly, Greg Bautzer, Jack Cushingham et quelques autres compères en train de s'imbiber consciencieusement de digestifs. Ils trouvaient amusant d'essayer tout ce qu'il y avait derrière le bar par ordre alphabétique. Ils avaient donc commencé avec l'Amarett puis étaient passé au Brandy, puis à la Crème de menthe, au Drambuie, etc. Ils en étaient à la lettre V comme Vodka lorsque j'apparus, furieuse.

– Sydney Chaplin, criai-je, je te prête ma voiture, je paie mon billet d'avion afin de passer un week-end tranquille avec toi dans ce trou pour vieux clodos tennismen et tu ne viens même pas me chercher à l'aéroport! Je criais de plus en plus fort. Greg & Cie semblaient gênés, Syd, déjà ivre, prit l'air contrit, mais incapable d'articuler un mot, remplit son verre de Smirnoff et le vida d'un trait.

– Va te faire foutre, Sydney, hurlai-je. Va te faire foutre! Va te faire foutre! Va te faire foutre! Va te faire foutre! Les distingués membres du Racket Club semblèrent stupéfaits d'entendre un tel langage, surtout venant d'une si délicate jeune anglaise. Sydney se tourna lentement vers moi, se leva et me fit face.

– Et va te faire foutre aussi, dit-il en perdant l'équilibre. Il fut rattrapé de justesse par son ami John.

– Très bien, répondis-je en détachant chaque mot comme au cours de diction, je vais aller me faire foutre mais pas par toi. Tu ne me baiseras plus jamais, Sydney!

Ce fut tout.

Arthur Loew et moi tombèrent amoureux l'un de l'autre. Il me semble que lorsque on est jeune on se dit « je t'aime » comme on se dit « passe-moi le sel ». Mes sentiments pour Syd s'étaient reportés sur Arthur.

Je suis une fervente partisane de la monogamie.

Je pense qu'il est très dur de rester fou amoureux, que ce soit trois mois, trois ans ou quinze ans. Après un bout de temps, les émotions retombent et s'il n'y a pas quelque chose d'infiniment plus solide qu'une attirance sexuelle, les rapports du couple se dégradent. Il faut être très bien ensemble pour surmonter tous les écueils qui guettent le couple.

Sur les conseils d'Arthur, j'allais voir un analyste trois fois par semaine pour tenter de découvrir qui j'étais et ce que je voulais. En même temps, j'essayais de m'épanouir en tant qu'actrice mais j'étais prise dans l'engrenage de la fabrication des « stars ». Je commençai à haïr le mot star. Cela signifiait être intouchable, parfaite. Les stars sont vénérées. Elles doivent se comporter, s'habiller comme si elles étaient immortelles. Quand je regarde les carrières de Brigitte Bardot et d'Elisabeth Taylor, j'ai pitié de ces femmes qui ne peuvent pas même aller à la pharmacie du coin sans déclencher une émeute; tous leurs gestes sont épiés et commentés. Qui peut vivre normalement avec autour du cou, ce lourd harnais appelé célébrité avec la constante pression de devoir se maintenir au box-office, en sachant tout le monde à l'affût de la moindre ride naissant sur votre visage, entourée d'une cour qui ne sait dire que oui?

Il faut un caractère bien trempé pour devenir une star et le rester tout en demeurant soi-même. Paul Newman est un des rares que je connaisse dont le style de vie et la personnalité n'ont pas été affectés par trente années de vedettariat. Mais il y en a des dizaines qui croyaient en leur invulnérabilité et qui, après avoir perdu les grâces du public, sont devenus amers, tristes, pathétiques et ont cherché consolation dans l'alcool, la drogue ou le sexe à outrance. Je réalisais au cours de mes séances d'analyse que ce n'était pas ce que je cherchais. Ce que je voulais, c'était travailler et vivre sans me sentir prisonnière de mon public ou dépendante de lui, comme c'était le cas pour de nombreuses stars. Je pris un petit appartement sur Olive Drive derrière Sunset. C'était très pratique car il était prêt du Ciro et du Mocambo, deux night-clubs où j'allais souvent, et non loin de chez Arthur qui habitait sur Miller Drive. Je travaillais tous les jours et le samedi matin. J'étais décidée à tenir parfaitement mon rôle mais je découvris que l'on s'intéressait bien plus à mon physique qu'à mon jeu. Couturiers, coiffeurs, maquilleurs, directeurs de la photographie et même le réalisateur Richard Fleisher m'examinaient constamment sous toutes les coutures et cela commençait à m'inhiber. J'étais sensée être ravissante en permanence. Avant et après chaque prise, on me coiffait, me maquillait, me pomponnait. Si je bougeais la tête trop rapidement et qu'une mèche de cheveux se déplaçait, j'entendais « Coupez » et on venait immédiatement remettre la mèche en place. Si je souriais trop fort on me disait : « Coupez. Joanie baby, ne souris pas comme ça, on voit tes gencives ! » ou « les lumières brillent sur tes dents » « Joanie, décrispe ton sourire, on dirait que tu vas attraper des mouches. » Si je ne me mettais pas exactement sur mes marques, cela signifiait que la lumière, réglée au millimètre près sur mon visage, ne serait pas parfaite. « Coupez, on recommence. » J'avais peur de respirer trop fort et qu'ils se plaignent de ma poitrine qui se soulevait trop !

En plus, il y avait les costumes; ils étaient somptueux à regarder, mais un cauchemar à porter ! J'avais un authentique corset à lacets qui m'entourait la taille comme jadis celle des beautés de 1900. Au-dessus, il y avaient de nombreux jupons avec des milliers de dentelles puis une des vingt-sept robes truffées de baleines et d'épingles. Le col tenait droit grâce à des épingles intérieures, et si je tournais trop la tête, elles s'enfonçaient dans ma gorge. Je portais aussi une énorme perruque noire, très belle mais très lourde. Elle était fixée avec des épingles et de la colle. Et quelquefois, sur cette perruque venait s'ajouter un chapeau couvert de plumes d'autruches ou de fleurs. Lequel chapeau était lui-même fixé à ma perruque avec d'autres épingles. Rien que pour fixer la perruque, il fallait une heure et demie chaque matin, puis trois quart d'heure pour le maquillage. Chaque centimètre carré de ma peau (corps et visage) était recouvert de fond de teint pour éviter qu'elle brille sous les projecteurs. Ajoutez à cela l'extrême chaleur dégagée par les spots et la présence de la vraie Evelyn Nesbit-Thaw qui me surveillait comme un faucon. L'on pourra alors comprendre pourquoi j'étais particulièrement tendue.

Madame Thaw avait dans les soixante dix ans et il ne restait, à part sa luxuriante chevelure grise, aucun vestige de son ancienne beauté. Je cherchais en vain des traces de sa splendeur passée. Elle avait un penchant pour le gin et suçait des cachous à la violette pour que cela ne se sente pas. En vain : il me suffisait de m'approcher d'elle à moins d'un pas pour être incommodée par les vapeurs d'alcool. Elle n'arrêtait pas de me dire combien je lui ressemblais lorsqu'elle était jeune, lorsqu'elle était la coqueluche de New York. Elle me montra de merveilleuses peintures et photos d'elle de l'époque. Je trouvais cela très déprimant. Avoir été une des plus belles femmes du monde et terminer ainsi sans un sou, en vieille femme bavarde. C'était un horrible coup du destin. Être physiquement parfaite à la naissance, c'est comme naître riche et devenir progressivement pauvre avec l'âge. J'étais contente de ne pas me trouver particulièrement belle, ce qui me permettrait, peut-être, en mûrissant, de développer ma personnalité plutôt que de m'accrocher à un physique. Un jour où je ne travaillais pas, je mis un vieux jean, un T-shirt et, sans maquillage aucun, j'allai faire un tour dans les supermarchés et les pharmacies – endroits que j'adorais. L'Angleterre était si austère... l'Amérique, elle, ressemblait à un grand magasin de bonbons. Le studio ne fut pas vraiment content en apprenant que la jeune beauté qu'ils essayaient de lancer, se montrait ainsi dehors, comme une évadée d'une maison de redressement. La terrifiante Hedda Hopper écrivit dans sa rubrique que je ressemblais à quelqu'un qui se serait coiffé avec un fouet à battre la mayonnaise. Dick Fleisher, sur qui je tombai un jour, alors que je me baladais en jean et sans maquillage avec quelques copines, leva les bras d'un air horrifié et dit :

– Mon dieu! je ne t'avais même pas reconnue. Qu'est-ce que tu es moche!

Ce qui me fit pleurer. J'avais l'impression d'aller du sublime au ridicule. Ces anecdotes consolidèrent ma réputation de rebelle; j'étais une anticonformiste bien avant que ce ne soit la mode. Lorsque je ne travaillais pas, je n'avais aucune envie de paraître chic et élégante. Je voulais juste être moi-même.

Tous ceux dont la tenue vestimentaire était négligée, étaient considérés comme des bohémiens, comme des gens bizarres. Marlon Brando et James Dean étaient les leaders de ce nouveau mouvement anticonformiste. Les deux étaient très admirés mais en même temps violemment critiqués.

Jimmy Dean était un fascinant jeune homme qui était devenu une énorme vedette avec son premier film

« A l'est d'Eden ». Il y tenait à la perfection le rôle du jeune homme troublé en compétition avec son frère pour obtenir l'amour de son père qui cherchait à découvrir la vérité au sujet de sa mère disparue. Les jeunes des années cinquante l'adoptèrent immédiatement comme leur représentant et il devint rapidement très connu. Il tourna ensuite « Rebel without a Cause » qui avait été écrit par le cousin d'Arthur, Stewart Stern et dès que le film fut terminé, il commença une grosse production : « Géant ».

Ce fut pendant le tournage de « Géant » que je le rencontrai pour la première fois. C'était à un dîner dans la Valley. J'étais particulièrement fascinée par son regard d'un bleu profond mais qui pouvait prendre, en une seconde, une lueur d'une extrême méchanceté. Il était assez petit pour un acteur et portait de longs cheveux blonds ondulés. Il semblait très timide et s'agrippait à la main de sa petite amie, une somptueuse jeune starlette suisse sous contrat avec la Paramount : Ursula Andress. Elle avait un corps fabuleux et les cheveux les plus courts que j'aie jamais vus. Ils formaient un couple splendide, tous deux en Levi's et en T-shirt.

Nous le vîmes souvent chez Oscar Levant. Un jour où je portai un chemisier ultra-court (j'étais toujours coiffée avec une frange qui me couvrait presque les yeux), Oscar dit :

– Je connais pratiquement toute l'anatomie de Joan, sauf son front que je n'ai jamais vu !

James Dean et Oscar Levant, pourtant complètement différents l'un de l'autre, s'entendaient à merveille. Chacun appréciant l'autre pour ses différences. Arthur et moi nous arrêtions souvent chez Levant après dîner où nous parlions et riions avec eux pendant des heures.

Un soir, notre groupe alla dîner chez Don, un restaurant polynésien d'Hollywood connu pour ses punchs au rhum tellement forts. Après trois ou quatre Navy Grogs je me sentais particulièrement bien, aussi, lorsque Jimmy me demanda si je voulais venir faire un tour dans sa nouvelle Porsche, j'acceptai avec enthousiasme. Arthur, qui d'habitude me laissait faire de bonne grâce tout ce dont j'avais envie, me fit rasseoir et me conseilla de ne pas y aller.

– Il roule comme un maniaque, dit-il gravement. Et après tout ce qu'on vient de boire, c'est trop dangereux.

– Oh, ne soit pas si rabat-joie, répondis-je en gloussant. Viens Jimmy, on va faire la course avec eux jusqu'à la maison d'Oscar.

Nous sautâmes dans sa nouvelle Porsche toute rutilante. L'intérieur était impeccable et sentait le cuir neuf. Cette voiture était merveilleuse. Jimmy passa la première en faisant hurler l'embrayage puis il rejoignit le trafic sur Hollywood boulevard. Pendant les dix minutes de trajet jusqu'à Beverly Hills, je dégrisai rapidement. Il conduisait vite, pas très prudemment, mais avec le vent tiède de l'été pénétrant par les vitres ouvertes et la radio à plein volume, c'était assez plaisant.

– Tu ne penses pas qu'on devrait peut-être ralentir un peu, demandai-je un peu nerveuse alors que nous descendions Sunset à plus de cent à l'heure. Il me jeta un de ses regards méchants.

– Tu as la trouille?

– Moi? Oh, pas du tout. J'ai simplement envie d'arriver jusqu'à mes vingt et un ans, dis-je, en espérant qu'un policier apparaîtrait à l'horizon :

– Ce qu'il y a de bien avec cette voiture, c'est qu'elle est complètement sûre, dit-il en expert tout en jetant un coup d'œil intéressé à une blonde qui roulait en Cadillac, ces voitures sont construites comme des tanks. Le meilleur moteur, la meilleure boîte de transmission. Il n'y a rien à craindre.

Il me vanta les mérites de son bébé jusqu'à ce que nous arrivions devant la maison des Levant.

– Eh bien, merci beaucoup, Jimmy, dis-je en descendant de sa voiture (mes jambes tremblaient). Si un jour, j'ai besoin qu'on me conduise rapidement à l'aéroport, je te ferai signe.

– O.K., dit-il.

Il alluma une cigarette et me regarda avec un petit sourire, ma frayeur l'amusait.

– Allons voir Oscar, dit-il.

Je le suivis à l'intérieur en me promettant de ne plus jamais remonter en voiture avec lui. Lorsqu'Arthur arriva un quart d'heure plus tard je lui dis qu'il avait raison au sujet de la façon de conduire de Jimmy.

– S'il continue à rouler comme ça, un de ces jours, il va se tuer, renchérit-il.

Quelques mois plus tard, je me trouvais à New York en tournée de promotion pour « The Virgin Queen ». J'étais descendue au Plaza Hotel. Un matin, je fus réveillée par la soubrette de ma chambre. Il était huit heures à peine et j'allai ouvrir en râlant.

– C'est moi, Arthur, fit une voix de l'autre côté.

J'ouvris la porte. Blanc comme un linge, il me tendit le *New York Times* et se laissa tomber sur le sofa. « James Dean se tue en voiture » vis-je en première page. Il avait vingt-quatre ans.

Un vendredi soir Arthur et moi nous rendions à pied chez Chasen, un de nos restaurants préférés. Je ne travaillais pas le lendemain aussi étais-je décidée à bien manger ce soir-là. Je me réjouissais à l'avance de déguster leur spécialité : un hachis parmentier à la crème qui avait fait la célébrité du restaurant. Et je pensais aussi à un soufflé pour le dessert. J'aperçus, en passant devant un kiosque à journaux un gros titre du *Los Angeles Times* qui attira mon attention : « Un acteur réclame à son épouse, actrice elle aussi, une pension alimentaire de 1250 $ par mois. »

– Oh, chéri, dis-je, achetons le journal, j'ai envie de savoir qui c'est.

Nous nous assîmes à notre table. J'ouvris le journal. Et je me vis en photo, souriante, en plein milieu de la page.

– Oh, mon Dieu, criai-je, à la grande surprise du garçon prêt à prendre notre commande.

– Jésus, cet immonde salaud m'attaque. Qu'est-ce que je vais faire?

Arthur prit le journal et lut à haute voix :

« L'acteur Maxwell Reed a annoncé aujourd'hui à Londres qu'il poursuivait en justice sa femme, la comédienne Joan Collins. Il lui réclame une pension alimentaire de 1250 $ par mois. " Je sais que ce n'est pas courant, disait Reed, mais cela fait un an que je n'ai pas travaillé et je suis complètement sans le sou. Mon épouse est à Hollywood depuis neuf mois. Elle gagne beaucoup d'argent et je pense qu'elle me doit quelque chose... " »

Nous nous sommes regardés. Il a souri en tapotant ma main :

– Pauvre bébé, dit-il, ta maman ne t'avait pas dit que tous les hommes étaient pourris?

Quand les choses allaient mal, Arthur plaisantait toujours mais je n'étais pas d'humeur à rigoler. Etre attaquée pour versement de pension alimentaire est chose courante dans le sens homme-femme, mais je n'avais jamais entendu auparavant qu'un homme pût réclamer une pension à son épouse!

Mes parents m'envoyèrent divers articles parus dans la presse anglaise sur Max. Ils tournaient tous autour du même leitmotiv : « C'est moi qui l'ai découverte. C'est grâce à moi qu'elle est devenue célèbre. Je l'aimais. Elle m'a quitté pour aller à Hollywood. Maintenant je ne trouve plus de travail. »

Il y avait un article particulièrement révoltant qui

montrait une photo de Max essayant de prendre l'air humble dans son cashmere à 45 dollars avec ses cils maquillés au mascara et serrant une grande photo de moi contre son cœur en criant son amour. Et il se demandait pourquoi personne ne voulait l'employer! De quoi donner la nausée. Mais j'étais tellement affairée que je n'avais pas eu le temps de m'occuper de ce divorce. A nouveau, comme Scarlett O'Hara, je décidai « de m'en occuper le lendemain ».

Rien, n'allait m'empêcher de manger et je dînai de bon appétit en discutant de la stratégie à adopter. A la fin du repas mon visage était très chaud, et mon dos et mes épaules enflés. Bizarre. Je mis cela sur le compte des émotions et n'y pensai plus.

Je commençai à tourner mon premier rôle adulte (je le considérais ainsi). Dans les autres films, j'avais joué des filles capricieuses, rebelles, gâtées, délinquantes ou sexy. C'était toujours des rôles d'adolescentes. Mais le rôle de Crystal dans « The Opposite Sex », un remake de « The women », était celui d'une femme, d'une garce, sexy, rusée et dure. Une Alexis avant la lettre.

« The Women » avait été un grand succès dans les années 30 avec Joan Crawford dans le rôle de Crystal. La distribution comprenait Norma Shearer, Paulette Goddard, Joan Fontaine et Rosalind Russell.

La M.G.M. m'avait empruntée à la Fox pour ce rôle et avait monté une distribution aussi prestigieuse que la première : June Allyson, la chérie de la Metro, Ann Sheridan, une ex « Oomph girl », Ann Miller, Dolores Gray, Carolyn Jones et bien d'autres jouaient dans cette nouvelle version.

C'était un film de femmes sur le sexe et les hommes. Nous nous chipions nos maris, nous nous affrontions, c'était la jungle. J'étais la plus garce de toutes et cela me plaisait. Mon personnage était une danseuse qui avait une liaison avec le mari de June Allyson et le criait sur les toits.

Bien que le rôle ne fût pas très grand, il était coloré et j'avais quelques bonnes scènes. Lors de l'une d'elles, June venait me trouver dans ma loge, pour me reprocher cette liaison pendant qu'elle m'apostrophait ainsi, je continuais nonchalamment à enlever mon costume de scène pour mettre mes habits normaux, ce qui la rendait de plus en plus en colère. June était une petite bonne femme de 1,55 m en talons. Elle était célèbre pour sa coiffure à la Jeanne d'Arc et ses cols Peter Pan. Elle était petite, mignonne et délicate. A la fin de la scène, elle devait me gifler, mais je n'étais pas trop inquiète.

June : au fait, si c'est pour Steven que vous vous habillez ainsi, ce n'est pas la peine. Il n'aime pas les tenues vulgaires.

Crystal : Quand Steven n'aime pas quelque chose que je porte, je me déshabille...

Et June me gifla à la volée. Ce petit bout de femme avec ses petites mains avait le punch de Muhammad Ali! J'eus l'impression d'avoir été frappée par un fer à repasser. Quelque chose tomba de mon visage et toucha le sol avec fracas – une dent? Oh mon Dieu, non. Pourvu qu'elle ne m'ait pas cassé une dent! Ma tête bourdonnait, je n'entendais plus rien. Je vis trente six chandelles et m'effondrai sur un fauteuil.

– Coupez, coupez, hurla le réalisateur David Miller.

– Qu'est-ce qui se passe?

June fondit en larmes et s'effondra à son tour. On se précipita autour de nous avec des sels.

Je mis ma main sur ma bouche. Dieu merci, toutes mes dents étaient là. Qu'est-ce qui était donc tombé? Une habilleuse résolut le mystère en ramassant une de mes boucles d'oreilles. Mais nous ne pouvions plus continuer à tourner ce jour-là. Sur mes deux joues on distinguait parfaitement le dessin de la petite main. Il fallut deux jours pour que les traces s'en aillent. June était désespérée et il lui fallut plus de temps qu'à moi pour se calmer. Heureusement, lorsque l'on projeta la scène aux rushes on s'aperçut qu'il ne fallait pas la refaire.

Elle avait toute l'authenticité nécessaire!

Le premier jour du tournage de « The Opposite Sex », j'étais assise dans la grande loge où on nous préparait. Sydney Guilaroff, le chef coiffeur de la Metro était en train de couper une perruque pour moi.

A côté de moi se trouvait June Allyson qui faisait maquiller son parfait visage. A côté de June était assise Elisabeth Taylor. Somptueuse et exotique, elle montrait à tout le monde des photos de ses enfants.

Et enfin, la plus grosse star de la Metro était tranquillement assise à l'autre bout de la pièce attendant son tour de passer entre les mains du maquilleur : Grace Kelly, exquise avec sa classe extraordinaire et son visage aristocratique d'une beauté stupéfiante. Elle avait vingt-six ans, la Princesse d'Hollywood. Elle avait tourné plusieurs films qui avaient eu un énorme succès et – oh la jeune folle, pensai-je – elle abandonnait tout pour l'amour du séduisant prince Rainier de Monaco.

Ce mariage de conte de fées, qui avait capturé l'attention du monde entier, était maintenant imminent. Grace était tranquillement assise, en pantalon et chemisier et vérifiait des listes avec sa secrétaire, indifférente à l'agitation autour d'elle. Elle était tout à fait sereine c'était une des plus jolies femmes que j'aie jamais vues.

Le tournage de « The Opposite Sex » me causa quelques problèmes physiques. Il y avait une longue scène à tourner au cours de laquelle je prenais un bain moussant tout en donnant des coups de téléphone et en discutant avec Dolores Gray et une petite fille. David

Miller était quelqu'un qui faisait répéter longuement chaque scène. Aussi répétais-je pendant deux jours, immergée dans un véritable bain de mousse. Comme au bout d'un moment la mousse fondait, les techniciens du plateau rajoutaient sans cesse de l'eau mélangée à du détergent pour machine à laver la vaisselle.

A la fin de la première journée, les parties inférieures de mon corps étaient roses et boursouflées. A la fin du deuxième jour, elles étaient douloureuses et très enflées. Le troisième, quand nous commençâmes finalement à tourner, je n'étais qu'une masse de chair tendre à vif. Je souffrais à mourir et quand l'eau, pleine de détergent, entra en contact avec mon corps, j'eus l'impression d'être Jeanne d'Arc au supplice sur le bûcher. La douleur se peignait sur mon visage. Il fallait faire quelque chose. On appela le docteur du studio qui m'injecta des piqûres pour tuer la douleur et les techniciens mirent au point un ingénieux système pour protéger mon corps délicat de l'eau. D'en haut, un observateur n'aurait vu qu'une délicieuse créature papotant dans son bain de mousse. Mais sous la mousse il y avait une planche de contre-plaqué avec un trou au milieu par lequel dépassait ma tête. La mousse était donc posée sur la planche et en-dessous il y avait mon corps, recouvert de vaseline et de pansements, plus une couverture de caoutchouc au cas où un peu de mousse se serait infiltrée par le trou du contre-plaqué. J'étais installée dans un matelas et l'un dans l'autre, je n'avais plus trop mal et j'appréciai le confort de cette installation.

Un jour, un jeune homme pénétra sur le plateau en plein tournage d'une scène.

– Joan Collins? demanda-t-il d'un ton accusateur.

– Euh, oui, enfin peut-être, dis-je nerveusement en signalant à l'assistant la présence d'un fou qu'il fallait expulser avant qu'il ait le temps de me faire du mal.

– Coupez, hurla David. Qu'est-ce qui se passe ici? Qui est ce connard?

– Signez ici s'il vous plaît, dit le connard en question en me tendant une assignation de mon mari, Maxwell Reed. Je la lus, sidérée, tandis que trois assistants viraient le messager avec perte et fracas.

Maxwell Reed me traînait en justice en réclamant cette pension alimentaire de 1250 $ par mois. Le papier était une injonction du juge de la cour de Los Angeles. Il me fallait agir, et vite.

Fred Leopold était un avocat spécialisé dans les divorces (il devint plus tard maire de Beverly Hills). Il me conseilla de payer car j'avais signé un contrat de sept ans qui démarrait à 1250 $ par semaine et grimpait jusqu'à 5000 pour la dernière année. Si je ne faisais pas un arrangement avec Max maintenant, il pouvait attendre deux ou trois ans et là me prendre vraiment beaucoup d'argent. J'étais furieuse. Ses allégations comme quoi il m'avait découverte et envoyée à Hollywood étaient complètement fausses. Je pensais lui avoir échappé et pourtant il m'arrivait encore de me réveiller en plein milieu de la nuit avec ce cauchemar terrifiant : « Un jour tu penseras être en sécurité, baby. Mais une nuit un de mes " amis " te coincera dans un coin sombre et s'occupera de ton joli petit visage jusqu'à ce que plus personne ne puisse te regarder sans avoir la nausée. »

Je me réveillais couverte de sueur froide. J'avais peur car je savais qu'il en était capable. Il fréquentait assez de voyous à Londres. Et maintenant il était là, à Los Angeles. Pour essayer de trouver du travail et m'extorquer de l'argent. Je m'installai dans la maison d'Arthur sur Miller Drive où je me sentais plus en sécurité. Fred Leopold me l'avait fortement déconseillé mais j'étais terrorisée et j'avais besoin de quelqu'un à mes côtés lorsque je me réveillais, en plein milieu d'un cauchemar.

Le divorce me coûta 10 000 $, une fortune pour moi. Je dus demander une avance de salaire à la Fox car je n'avais pas cet argent. Leopold avait persuadé Max d'accepter une somme globale de 4250 $ après les avoir convaincus, lui et ses avocats, que j'étais loin d'être aussi riche qu'ils ne le pensaient. Je lui laissai aussi tout l'argent qui se trouvait sur notre compte en banque commun de Londres, soit environ 1400 $, et je dus payer les frais de tribunaux, les miens et les siens, qui s'élevaient environ à 4000 $. Le juge du tribunal de Los Angeles sembla très surpris de cet arrangement. Il m'interrogea pendant dix minutes, afin de comprendre pourquoi j'étais d'accord pour payer une telle somme à cet homme qui semblait à l'aise. Je priai pour que le divorce soit enfin officiellement prononcé, pour ne plus jamais entendre parler de Maxwell Reed. A contrecœur, le juge prononça le divorce en acceptant les termes de l'accord. En quittant le tribunal, j'étais une femme libre, plus âgée, plus rusée, plus pauvre et surtout beaucoup plus méfiante et hostile envers les hommes. Les mots de ma mère me revenaient sans cesse à l'esprit : « Les hommes ne veulent qu'une chose. Ils se servent des femmes et les jettent quand ils en ont assez. »

Une partie de moi-même trouvait cette idée ridicule, mais une autre pensait :

« Elle a raison. Maman a raison. Regarde comme mon père l'a traitée. Regarde comme j'ai été abusée par Max. Sydney ne m'aimait pas vraiment. Et celui-ci?

Je regardais Arthur, confortablement installé sur le canapé de sa maison décorée comme un ranch de Hollywood. Il était exactement comme tous les autres. Il m'avait eue, je vivais avec lui, je m'achetais tous mes vêtements (mais il m'avait offert quelques bijoux), je payais mon billet d'avion lorsque je me rendais à Londres. J'étais jeune, belle, désirable, j'avais du succès. Pourquoi pouvait-il avoir tout ceci pour rien? Il était jeune, riche, beau garçon, grand, mince, blond avec un nez aquilin et un énorme sens de l'humour. Il me plaisait. Nous nous amusions bien ensemble. Mais je n'étais pas amoureuse. Nos rapports n'étaient pas passionnels. J'avais pourtant beaucoup d'affection pour lui. Il venait de terminer la production d'un film avec Paul Newman intitulé « The Rack ». Newman était en train de parler à Arthur. Tous deux étaient assis sur le sofa à boire de la bière tout en se racontant des blagues comme des collégiens. La maison était pleine d'amis et c'était ainsi la plupart des soirs. La maison d'Arthur était ouverte et il y avait toujours huit ou dix personnes pour le dîner. Je devais partir pour Londres la semaine suivante afin de commencer un autre film. Certains journaux avaient annoncé dans leurs potins que j'étais sur le point de me remarier.

Une fois tous les invités partis, j'abordai le sujet.

– Crois-tu que je doive me montrer avec d'autres hommes quand je serai partie? demandai-je nonchalamment en nous versant deux verres de cognac et en lui en tendant un. Il me regarda, railleur.

– Qui as-tu en tête? Richard Burton?

Burton était mon partenaire dans « Seawife ».

– Burton est marié, dis-je vivement. Non, je veux dire que trois mois de séparation c'est long.

– Mais je vais venir te voir en Jamaïque.

– Je sais cela. Cela t'embêterait que je sorte avec d'autres hommes?

– Je préférerais que tu ne le fasses pas, dit-il de façon nette comme s'il s'apprêtait à terminer la conversation.

– Et toi, Arthur, que vas-tu faire de ton côté si tu ne veux pas que je sorte avec d'autres hommes?

– Je ne sais pas si je peux rester fidèle aussi longtemps... les mots avaient jailli inconsciemment de sa bouche.

Je le regardai avec consternation.

– Tu veux dire que tu vas baiser d'autres filles?

– Voilà qui est parlé comme le ferait la reine d'Angleterre, dit-il sèchement. Non ma chère, je ne veux pas en « baiser d'autres », comme tu le dis avec tant d'élégance; mais si un soir, pendant les douze semaines de séparation, je recontre une dame qui soit disposée à – comment dire – se sacrifier pour moi sur l'autel l'Aphrodite, il n'est pas impossible que je trouve l'offre tentante et que je... que je la baise. Il finit son verre et me regarda comme s'il me provoquait.

– Mais cela ne signifie pas que je ne t'aime pas, chérie, ajouta-t-il.

– Sûr, dis-je d'un ton sarcastique, et qu'est-ce que c'est que tirer un coup entre « amis »? Tu n'as donc aucun contrôle de toi-même?

– Je vais te dire quoi, fit-il en passant son bras autour de mon corps complètement raidi, si nous pouvons rester fidèles l'un à l'autre tout le temps où nous serons séparés, alors je pense que, à ton retour, nous devons nous fiancer.

– O.K.

Je me levai brusquement et écrasai violemment ma cigarette.

– C'est une idée formidable, Arthur. Tu vas essayer d'être fidèle et moi je vais... essayer également. Maintenant je vais me coucher.

Je montai au premier, bouillonnante de rage. Comment osait-il me mettre à l'essai? Pour qui se prenait-il? Une phrase de mon père me revint en mémoire.

« Pourquoi acheter tout le gâteau quand on peut avoir une part gratuitement? »

J'étais en colère. J'avais de la peine et je voulais lui en faire aussi.

Fox allait tourner « Seawife », d'après le best-seller

« Seawyfe and Biscuit », qui racontait l'histoire d'une nonne échouée sur une île déserte en compagnie de trois hommes. J'avais déjà tourné « Our Girl Friday », dans lequel il y avait également une fille coincée sur une île avec trois hommes, mais pour moi, interpréter une nonne était non seulement un grand défi pour l'actrice que j'étais, mais aussi la plus grosse erreur de distribution depuis le jour où ils avaient choisi Lana Turner pour jouer une vestale vierge.

Roberto Rossellini, le vif et talentueux réalisateur italien, célèbre à la fois pour avoir tourné le touchant « Open City » et pour son mariage volcanique avec Ingrid Bergman, m'avait choisie pour mon visage innocent après avoir vu une bobine de « The Girl in the Red Velvet Swing ». Il avait manifestement senti que sous ces costumes, ces maquillages, ces perruques, se cachait une vulnérable et naïve jeune fille. Rossellini était un homme de génie, obstiné, qui avait le contrôle total sur ses films. C'était son premier film américain et il entendait bien le réaliser comme il le désirait.

La Fox était d'accord avec tout ce qu'il voulait, sauf sur un point : que Richard Burton incarnant Biscuit, embrasse Seawife, la nonne. Rossellini pensait que c'était important dans l'histoire et qu'il devait tourner cette scène d'amour.

La Fox, tournait pourtant à la même époque au sujet d'une nonne avec des implications sexuelles : « Heaven Knows Mr Allison », avec Deborah Kerr et Robert Mitchum. Cependant elle ne voulait absolument pas la moindre allusion à quelque chose de sexuel entre Burton et moi. D'abord parce qu'ils ne passeraient jamais la censure, ensuite parce que toutes les femmes catholiques d'Amérique s'allieraient probablement pour boycotter non seulement le film mais aussi toutes leurs autres productions. Ils se faisaient donc beaucoup de soucis au sujet de la scène du baiser que le signor Rossellini tenait à tourner.

C'était bien le dernier de mes soucis lorsque j'arrivai à Londres, car toute la presse était hilare à l'idée que la « Mauvaise fille anglaise » allait jouer les nonnes. « Sœur sexy » raillait Donald Zee dans le *Daily Mirror,* « Ceci est-il le visage de l'innocence? » titrait le *Daily Express* en publiant sur deux colonnes une photo de moi avec mon rubis dans le nombril et un regard aguichant. « La Jezabel des bistrots » dit un autre journal. La presse s'amusa beaucoup de cela. Et au cours de nombreuses interviews que je donnai plus je me montrais sérieuse au sujet du rôle, plus ils se moquaient de moi. J'étais furieuse car j'étais persuadée d'être à la hauteur. Sans maquillage, les cheveux courts, j'avais l'air innocent et j'en voulais à la presse de prendre position contre moi.

Avant mon départ de Californie, Arthur avait déjà baptisé le film : « J'ai baisé une nonne! »

Je passai deux semaines de préproduction à Londres au cours desquelles je lisais tout ce que je pouvais trouver sur le catholicisme. J'allai même rendre visite à des nonnes dans leur couvent de Chelsea. Je passai des heures à parler avec elles, à observer leurs manières, leurs attitudes. Ces femmes étaient délicieuses. Un rayonnement intérieur émanait d'elles. Certaines d'entre elles possédaient un énorme sens de l'humour et tous mes préjugés sur les nonnes (ce sont de braves filles mais un peu gourdes) s'envolèrent. Elles étaient chaleureuses, vibrantes et bien plus équilibrées que la plupart des gens que je connaissais. Nous fîmes les habituels essais de maquillage et de costumes. Avec mon visage poupon, mes cheveux coupés court sans style et le costume de nonne, j'incarnais effectivement l'innocence. Rossellini avait eu raison de penser à moi.

Entre-temps deux scripts étaient arrivés : l'un, approuvé par la Fox dans lequel avait été supprimée toute scène un peu équivoque entre Burton et moi. L'autre, celui de Rossellini, avait une histoire bien plus intéressante : la nonne n'avait pas encore prononcé ses vœux et était complètement perturbée de se sentir ainsi attirée, sur cette île déserte par un homme passionné et séduisant. Dans ce script ici, les deux se laissaient aller à leurs sentiments ce qui impliquait le tournage d'une scène d'amour enflammée.

Rossellini était parti en repérage en Jamaïque après nos premiers essais à Londres. Il avait gardé le second script, le seul qu'il acceptait de tourner.

Quand l'équipe technique et les comédiens arrivèrent en Jamaïque, nous apprîmes que le signor Rossellini était tenu au secret dans sa suite du Jamaïca Inn. Nous nous installâmes et attendîmes le premier jour de tournage. Nous savions qu'il y avait des frictions entre l'état-major de la Fox à L.A. et Rossellini. Chaque jour on nous disait qu'on allait commencer à tourner le lendemain, mais les jours passaient et rien ne se produisait. Nous passions notre temps à nager, à boire des punchs, à jouer aux cartes et à cancaner. Nous passions d'agréables vacances, aux frais de la Fox.

Quatre jours plus tard, on glissa sous la porte de ma chambre une feuille de production. Elle disait : titre du film : Seawife – 1er jour de tournage – Extérieur sur le pont du bateau – Réalisateur : Bob McNaught.

– Bob McNaught! Qui est-ce type?

Je me précipitai dans la suite de Richard Burton. Il était en train de boire du thé en jouant au scrabble avec sa ravissante épouse irlandaise Sybil. Il ne sembla pas du tout perturbé par mon agitation et me confirma ce que nous redoutions tous. Fox ne voulait pas abandonner son scénario édulcoré et Rossellini ne voulait pas tourner autre chose que le sien. C'était l'impasse. Rossellini fut renvoyé et pour éviter de dépenser de l'argent en faisant venir un autre réalisateur de Londres ou des États-Unis, la Fox avait bombardé Bob McNaught réalisateur alors qu'il était à l'origine manager de production.

Un manager de production allait diriger « Seawife! » J'étais horrifiée. Je m'étais tant réjouie à l'idée d'être dirigée par le fabuleux, le talentueux Rossellini. Il savait si bien tirer de ses comédiens le meilleur d'eux-mêmes et apporter la magie sur l'écran. Quel désastre! Allais-je bien maîtriser mon rôle sans lui? Certes, je me sentais capable de le tenir mais je savais que j'avais besoin de cet apport extérieur que seul un bon réalisateur peut fournir à ses interprètes, en les rendant encore plus crédibles à l'écran. Et surtout sur ce film, car je savais que l'on m'attendait au tournant... Bob McNaught! Le pauvre homme aurait déjà tellement de problèmes avec la technique qu'à coup sûr, il aurait bien peu de temps à me consacrer...

Bob s'avéra être un sympathique quadragénaire anglais bien plus à l'aise pour résoudre les mille et un petits problèmes surgissant toujours lors d'un tournage que pour diriger celui-ci.

Ce film était juste devenu un contrat à respecter. Burton s'en fichait complètement. C'était le dernier qu'il devait tourner pour la Fox, son contrat arrivant à expiration, et il n'aimait ni le script ni son rôle. Il avait adopté l'attitude « Prends le fric et tire toi » que je trouvais plutôt déprimante. Déjà milliardaire, il avait très intelligemment placé son argent dans divers paradis fiscaux et il fut l'un des premiers acteurs à choisir la Suisse comme lieu officiel de résidence. Bien qu'il fût un acteur de cinéma très apprécié, sa véritable passion était le théâtre. Il avait hâte de retourner à New York où il devait commencer une pièce.

Burton avait alors trente-trois ans, des cheveux châtain clair très épais et un regard vert-bleu fascinant. Sa voix était magnifique, profonde, résonnante, une voix faite pour déclamer Hamlet et tout le répertoire de Shakespeare. Sa peau, néanmoins, laissait à désirer. A cause des années passées à travailler au fond des mines de charbon du pays de Wales, son dos et ses épaules étaient couverts de boutons, de points noirs et de ce qui ressemblait à de petits cratères.

Je l'admirais depuis des années, d'ailleurs lorsque j'étais écolière je l'avais attendu à la sortie du Queen's Theater sur Shaftesbury avenue pour lui demander son autographe après une représentation de la pièce de Jean Anouilh : Ring Around the Moon. J'avais été impressionnée par son talent, par sa voix et je l'avais trouvé si beau que je lui avais écrit pour lui demander une photo. Celle-ci arriva par la poste, dessus il y avait marqué : « Merci pour votre lettre. Tous mes vœux de réussite. Richard Burton ». Ce trésor fut conservé en bonne place dans mon livre d'autographes. Et aujourd'hui je jouais en compagnie de ce grand maître d'art dramatique!

Sa réputation de séducteur l'avait également précédé. Bien que marié, il avait de nombreuses aventures dont il ne se cachait pas et il ne perdit pas de temps pour me faire connaître ses intentions à mon égard. Quelques jours après le début du tournage, pendant l'heure du déjeuner, nous nagions ensemble, vers un petit radeau qui se trouvait à quelques centaines de mètres du rivage. Je portai un bikini. Une fois sur le radeau, je m'allongeai sur le dos, les yeux fermés, sous les caresses du chaud soleil jamaïquain séchant ma peau. Je me sentis bien. Le film me plaisait et Bob NcNaught était O.K. Ce n'était pas un réalisateur inventif mais il se débrouillait. L'équipe était drôle et sympa – des Anglais pour la plupart – et je passais beaucoup de temps avec eux à jouer au poker et à m'amuser de leur humour si britannique. Arthur m'avait écrit plusieur fois, me jurant son amour et sa fidélité. Je passais mon temps au soleil. J'adorais le soleil. Je m'appliquai à bronzer quand je sentis une main sur mes cheveux.

– On t'a déjà dit que tu étais jolie avec des cheveux courts? demanda-t-il tout en descendant sa main sur mon cou.

– Oui, dis-je en enlevant fermement sa main et en me redressant pour le regarder droit dans les yeux. M. Rossellini m'a dit que j'étais adorable avec des cheveux courts. Et Arthur me l'a dit aussi. Arthur, mon fiancé.

Cela devrait l'arrêter, pensai-je.

– Ah, oui, bien-sûr. Tu sors avec le fils du milliardaire, n'est-ce pas? demanda-t-il amusé et pas du tout contrarié par mon attitude sur la défensive.

– Oui, et il est très jaloux. S'il savait que quelqu'un essaie de lui voler ce qui lui appartient, il pourrait même lui venir des idées de meurtre, dis-je en tâchant de voir à travers mes cheveux mouillés si cela avait un effet quelconque.

– Ma chère, le cœur ne souffre pas de ce qu'il ne sait pas, dit-il d'un ton shakespearien avant de poser ses lèvres salées sur les miennes. Je serrai les dents et ne bougeai pas. Rien n'est moins excitant pour un homme que d'embrasser une fille qui ne répond pas à son baiser.

– Pourquoi ne te détends-tu pas? murmura-t-il en jouant avec le cordon qui retenait le haut de mon bikini. Le reste de l'équipe ne peut pas nous voir.

– Mais je suis complètement décontractée, dis-je gaiement, décontractée sous le soleil en pensant à Arthur.

Il éclata de rire et s'allongea à côté de moi. Il était assez séduisant... si on ne faisait pas attention aux boutons. Mais madame Burton l'attendait en se languissant à leur hôtel et je n'avais pas envie d'avoir une aventure avec un Don Juan marié.

Il me regarda et nous nous sourîmes tous les deux.

– Je t'aurai un jour, mademoiselle Collins, dit-il d'un ton léger. Ayant très intelligemment compris que ce n'était pas le bon moment avec moi, il commença à me raconter en détail toutes ses conquêtes de comédiennes avec lesquelles il avait travaillé au théâtre et au cinéma.

– Fascinant, dis-je dans un souffle en écoutant cette longue saga d'intrigues et de luxures qui se déroulait sur les plateaux, dans les loges et d'élégants boudoirs, et elles succombent toutes?

– Toutes, dit-il triomphalement. Même si, fit-il en me regardant longuement, certaines sont plus dures que d'autres.

– Bien, voilà qui va être intéressant maintenant, dis-je en remarquant le troisième assistant qui nous faisait de grands signes de la plage. Il te reste huit semaines de tournage avec moi. Mais je n'ai jamais aimé faire partie d'une collection.

Je plongeai dans la mer des Caraïbes et nageai rapidement vers la plage où l'équipe nous attendait afin de nous préparer pour la scène suivante. Il nagea à côté de moi tout en parlant et plaisantant jusqu'au rivage. C'était amusant. Le grand Richard Burton était plus qu'un séducteur : il était un homme à femmes qui les collectionnait comme on collectionne des scalps! Rien de plus drôle alors que de lui résister...

Mais il trouva rapidement d'autres dames avec lesquelles se consoler. Quelques-unes étaient mignonnes, d'autres, carrément des boudins. J'écarquillai les yeux en voyant un matin, très tôt, une jamaïquaine sans dents et passablement âgée quitter sa chambre avec un grand sourire satisfait. Quand je lui posai la question un peu plus tard, il avoua, très décontracté, qu'il avait couché avec elle. Nous étions allongés l'un à côté de l'autre sur le sable chaud pendant que l'équipe technique se préparait.

– Richard, je suis sûre que tu sauterais un serpent si tu en avais l'occasion, lui dis-je en riant.

– Seulement s'il porte une jupe, chérie, dit-il doucement, il faut que ce soit un serpent femelle...

Arthur et moi continuions à nous écrire. D'après ses

lettres il était un exemple de fidélité et passait toutes ses soirées à regarder la télé ou à dîner en compagnie de ses copains Stewart Stern, Paul Newman ou George Englund. Je ne le croyais pas; je ne pensais pas qu'il me parlerait de ses aventures s'il en avait.

Il arriva pendant la dernière semaine de tournage, remonté à bloc, drôle et amusant. Le premier soir nous dinâmes avec quelques membres de l'équipe et il fut si comique qu'il fit rire tout le monde la soirée entière. Pendant la semaine où il resta avec moi, nous fûmes rarement seuls et n'eûmes pas le temps de parler de quoi que ce soit.

– Où est Joan? demanda Bob McNaught un jour.

– Sur la couchette du bas, répondit l'équipe avec esprit en s'écroulant de rire.

(Jeu de mots basé sur le nom de famille d'Arthur « Loew » qui phonétiquement en anglais signifie « Bas »).

Nous arrivions au point culminant du film. J'avais des scènes difficiles qui demandaient une grande concentration émotionnelle. J'étais très concentrée sur mon rôle. Le temps était devenu pluvieux et tout le monde était énervé. Nous voulions finir le film le plus vite possible afin de quitter l'île et rentrer en Angleterre. C'était long de devoir rester loin de chez soi pendant huit semaines... Chacun voulait retrouver ses « Fish and chips » (fast food typiquement britannique où l'on sert du poisson et des frites), le Daily Mirror, le foot à la télé et la bière tiède dans les pubs. Nous ne supportions plus les punchs au rhum, les crevettes géantes et observions chaque matin le ciel avec l'inquiétude que la pluie nous oblige à repousser le tournage au lendemain. Donc, à rester un jour de plus...

Finalement le jour du départ arriva. J'essuyai une larme en disant au revoir à Arthur. Je devais rester à Londres plusieurs semaines pour terminer le tournage et m'occuper de la post-production. Lui rentrait à Los Angeles. Dans l'avion qui me ramenait à Londres, je me sentais malheureuse. Il comptait beaucoup pour moi, même si ce n'était pas la passion. Nous n'avions pas eu de conversation sérieuse sur nos sentiments réciproques pendant la semaine passée ensemble. Rien de profond. Nous n'avions fait que rire. C'était l'été mais l'Angleterre était, comme on pouvait le prévoir, froide et pluvieuse. Je m'installai avec joie dans ma chambre d'enfant de notre maison de Harley, chouchoutée par ma mère. Les jours où je ne travaillais pas, elle m'apportait mes œufs brouillés et mon thé au lit. Nous discutions de tout et de rien. Nous nous sentions plus proches l'une de l'autre que nous ne l'avions jamais été pendant mon enfance. J'avais l'impression de retomber en enfance. Lorsque j'étais partie à Hollywood, Jackie avait pris ma chambre mais à présent qu'elle aussi habitait à Los Angeles – d'ailleurs dans mon appartement – maman avait remis dans la chambre tout ce qui était à moi; tous les cahiers dans lesquels je collais les photos de vedettes se trouvaient sur les étagères. Je passai des heures à regarder ces albums que j'avais confectionnés il n'y avait pas si longtemps... Il était drôle de voir qu'à présent je connaissais ou avais joué avec la plupart de ces vedettes. Il y avait Maxwell Reed, cigarette à la main, l'air sexy. Je sursautai et tournai rapidement la page. Il y avait Richard Burton, jeune et innocent dans « The Last Days of Dolwyn », son premier film, plus si jeune ni innocent aujourd'hui, pensai-je. Il y avait Anthonny Newley (que je devais épouser quelques années plus tard) quand il jouait « Oliver Twist », « Vice Versa » et « The Huggets ». Et plein d'autres que j'avais rencontrés depuis : Elisabeth Taylor, Gene Kelly, Humphrey Bogart, Montgomery Clift. Cela semblait si loin, pourtant il ne s'était écoulé que quelques courtes années.

Arthur m'avait écrit :

« J'aimerais pouvoir te dire et te montrer combien je t'aime mais quand nous sommes ensemble je n'arrive pas à me laisser aller. Pendant mon séjour en Jamaïque on aurait dit vraiment que mon souci principal était d'amuser l'équipe plutôt que d'être avec toi. A partir de maintenant je vais m'efforcer de me montrer plus expansif. » Quel dommage qu'il n'ait pu naturellement me dire et me montrer son amour! Quelle tristesse d'être assez stupide pour choisir d'aimer un homme de tempérament si réservé... Nous tournions à présent les scènes de naufrage et de radeau sur un grand plan d'eau aménagé dans un réservoir. Il faisait froid, ce n'était guère agréable, mais chaque soir, à la fin du tournage, je retrouvais l'équipe au pub du coin où nous buvions des gin-tonic en mangeant des saucisses. J'appréciais énormément cette ambiance joyeuse et généreuse. Après le dîner, je restais de plus en plus souvent à la maison avec mes parents. Bien que Jackie fût à Hollywood, mon petit frère de onze ans, Bill, était à la maison et j'appréciais soudain cette vie de famille.

Etant à présent une femme divorcée, une actrice connue de plus de vingt et un ans, mon père se montrait bien plus doux à mon égard, je pouvais sortir comme je le voulais. Plus de : « Où as-tu été? Avec qui? A quelle heure rentres-tu ce soir? »

J'étais libre. Mes parents étaient tellement contents de me revoir que j'aurais pu découcher une nuit sans qu'ils me fassent le moindre reproche.

J'avais emprunté l'appartement d'un ami à Eaton Terrace et j'y restais seule quelquefois, à lire, à étudier mon script et à réfléchir sur mon exitence. Je n'aimais guère la vie de « star » et je ne voulais pas épouser Arthur non plus. Mon premier mariage avait été un tel désastre qu'il m'avait laissé un goût amer à la bouche. Aussi décidai-je d'aborder la vie au jour le jour. Ce que j'aimais plus que tout, c'était travailler; j'avais besoin de cela et après « Seawife » je voulais de meilleurs scripts et des rôles plus forts. Les hommes, je pouvais maintenant m'en passer.

J'avais quelques semaines de libre après « Seawife » et ensuite je devais rejoindre les West Indies pour tourner « Une île au soleil ». Arthur n'était pas très content de me voir repartir après avoir été séparé de moi pendant trois mois. Mais je n'avais pas le choix. J'étais sous contrat avec la Fox et ils disposaient complètement de moi quarante semaines par an.

Une île au soleil était tiré du roman à succès d'Alec Waugh. Daryl Zanuck lui-même produisait et il avait engagé une excellente distribution pour cette histoire qui racontait les tensions entre les Blancs et les Noirs aux Antilles.

Il y avait quatorze vedettes, parmi lesquelles James Mason, Joan Fontaine, Harry Belafonte, Dorothy Dandridge, Stephen Boyd et Michael Rennie. Ce film s'annonçait explosif et à controverse car il était le premier long-métrage américain à montrer des scènes d'amour entre Noirs et Blancs. La censure commençait déjà à s'énerver...

Je pris l'avion pour Los Angeles où je passai quelques semaines. J'y ramassai plusieurs prix comme celui de « L'espoir féminin », « Le visage de l'année », « La meilleure nouvelle actrice de l'année » décernés par divers magazines, ce qui m'amena à les remercier avec ce commentaire :

« Je crains de devenir une "has been" avant d'avoir fini d'être un espoir. »

Puis je pris l'avion pour Barbados dans les Antilles britanniques.

Le thème principale de « Une île au soleil » était le mélange racial. Un sujet hautement tabou dans les années 50. Je jouais le rôle d'une fille découvrant que sa grand-mère était noire et qu'elle l'est donc aussi pour un quart. Ce film est tiré d'un roman. Et lorsque Darryl Zannuck exposa le thème développé : une histoire d'amour entre différentes races, il y eut une vive réaction; de nombreux États annoncèrent qu'ils n'autoriseraient pas la projection de ce film. M. Zannuck et Robert Rossen passaient souvent des heures enfermés dans leurs chambres d'hôtel à modifier telle ou telle scène du scénario pour satisfaire aux exigences de la censure.

L'endroit où nous tournions « Une île au soleil » ressemblait énormément à celui où nous avions fait « Seawife ». Les journées étaient tropicales et les nuits romantiques. Les équipes parlent toujours du tournage de ce film comme l'un des plus plaisants auxquels ils aient participé. Nous étions très nombreux : plus d'une centaine de techniciens sur cette petite île. Robert Rossen, le réalisateur américain, qui retravaillait enfin, après avoir été pendant des années sur la liste noire de McCarthy, était un homme exigeant, dur au travail mais très professionel. Il attendait de ses comédiens et techniciens une obéissance totale. Il était tellement pète-sec qu'un jour il cria « action » alors que j'étais en train de mettre mes gants. Puis il vint me sermonner pour ne pas être prête quand lui l'était. Je n'ai jamais oublié ce petit sermon et c'est une des raisons pour lesquelles je ne suis plus jamais en retard, je connais mon texte et me montre très disciplinée professionnellement. Le producteur au cigare, le minuscule Darryl Zannuck était l'homme qui m'avait fait engager à la Fox. Cet homme, très puissant dans l'industrie du cinéma, avait un point faible : les femmes. Tout au long des années il collectionna les aventures avec des comédiennes de talent et d'autres moins douées. Sa maîtresse du moment n'était pas là et il avait jeté son dévolu sur moi. Comme un oiseau de proie, il s'était abattu sur ma personne un après-midi, dans le couloir de l'hôtel. Il m'avait coincée contre le mur, son cigare à la main et essayait de me convaincre que son expérience, sa force et sa virilité faisaient de lui le meilleur des amants :

– Tu n'as rien vu, rien connu tant que tu n'as pas couché avec moi, disait-il en tentant de presser sur les miennes ses lèvres surmontées d'une moustache grise. J'ai la plus grosse et la plus vigoureuse; elle peut fonctionner toute la nuit. J'essayai de me libérer, mais bien qu'il fût plus petit que moi, il était très fort.

– Pourquoi perds-tu ton temps avec tous ces garçons, aboya-t-il alors que j'éloignais mon visage du sien. Ces Arthur Loews et Nicky Hilton ne savent pas te rendre heureuse. Il te faut un homme, un vrai.

Oh, mon Dieu, il me sortait le cliché le plus éculé... Je me demandais comment j'allais pouvoir m'en sortir, sans lui balancer mon genou dans les parties quand, heureusement apparurent à l'autre bout du couloir Dorothy Dandridge et un maquilleur. Je pus ainsi filer. Je me promis à l'avenir d'éviter, par tous les moyens, ce M. Zannuck. Les horaires de travail n'étaient pas durs. A cause de la position du soleil, nous devions nous arrêter de tourner à quatre heures. Nous étions libres ensuite le reste de la journée. J'ai toujours aimé les jeux et nous nous lancions dans d'interminables parties de charades, de monopoly, de scrabble, de poker, de gin et de dés. Nous terminions nos nuits dans la mer chaude des Caraïbes, après avoir bu des douzaines de punch-planteurs au son des orchestres steel-bands? Nous étions tous fortement imbibés mais aucun de nous ne se sentait fatigué ou malade. Acteurs et techniciens travaillaient merveilleusement bien ensemble. Les techniciens étaient comme des frères pour moi, je les aimais tous. J'avais tout de suite remarqué Harry Belafonte, et bien sûr, admiré son physique parfait. Toute l'équipe était réunie un jour à une party donnée en début de tournage. Nous faisions connaissance, espérant ainsi former une bonne équipe, tout au moins pendant la durée du tournage – les acteurs sont des gens inconstants, ils peuvent entretenir des relations très étroites, très amicales et chaleureuses pendant un tournage, mais tout oublier, une fois celui-ci terminé.

« En tournage, ça ne compte pas » est une phrase bien connue. Je bavardais souvent avec Joan Fontaine que je connaissais depuis « Decameron Nights », en observant Harry de loin. Dire qu'il était séduisant est un euphémisme. Il était grand, environ un mètre 85, les cheveux noirs et la peau couleur caramel. Il était mince et musclé, toujours vêtu d'un pantalon ivoire et d'une chemise rouge ouverte jusqu'au nombril. Il riait sans arrêt en discutant avec James Mason et Dorothy Dandridge – un rire puissant. Les serveurs antillais qui nous apportaient nos boissons et nos crevettes grillées lui souriaient toujours. Pour eux, il était un enfant du pays qui avait réussi, et bien qu'il ne fût pas de Barbados, ses chansons étaient jouées et connues dans toutes les Antilles. C'était une idole populaire.

Il croisa mon regard, me sourit et s'approcha de nous.

– Salut, dit-il en tendant la main avec un sourire paresseux. Joan Fontaine lui répondit d'un ton enjoué et ils se mirent à discuter de leurs rôles. Je restai sans dire un mot, ce qui n'était pas courant chez moi.

Il avait des yeux bruns et un nez aristocratique. Il était splendide, chose connue de toutes les femmes depuis des années d'un bout à l'autre des États-Unis. Ses concerts dans les clubs étaient bourrés et on s'arrachait ses disques. Son sex-appeal faisait craquer les femmes de tout âge et je ne fus pas la dernière à apprécier son charme... Mais j'étais devenue très prudente avec les hommes qui se savaient irrésistibles. De plus, mon éducation très stricte et vieux jeu ne me poussait guère à envisager une aventure avec un homme de couleur. Cela ne se faisait pas. Je m'éloignais quand il m'attrapa le bras et me regarda droit dans les yeux.

– Où vas-tu? demanda-t-il mi-amusé, mi-intéressé.

– Oh, je... je dois dîner avec les cameramen. Je sentais la chaleur de sa main sur mon bras. Il jeta un coup d'œil en direction des trois ou quatre cameramen anglais, des copains à moi depuis le tournage de Seawife. Ceux-ci nous observaient en commentant la situation avec amusement. Il les regarda, puis ses yeux revinrent sur moi. Il semblait très amusé.

– Il est bien sûr de lui, pensai-je.

– Un rendez-vous que tu ne peux pas annuler? demanda-t-il d'une voix sexy, pleine d'assurance, un peu enrouée.

– C'est exact, dis-je légèrement, mes yeux plongés dans les siens tandis que j'enlevais sa main de mon bras. Nous allons dîner, puis jouer au poker.

– Poker, aaah bien sûr. Vous autres anglaises aimez « jouer à des jeux ».

Je saisis l'allusion et il le comprit. Même Joan Fontaine, mal à l'aise, nous laissa et partit dans un grand frou-frou.

– Bon, alors je vais te laisser aller, cette fois-ci, fit-il avec un grand sourire plein de promesses. Je me sentis rougir sous mon bronzage. Il s'en alla de sa démarche souple et féline me laissant rougissante comme une écolière.

Je rejoignis mes compatriotes. Ils se firent rapidement un plaisir de me parler en long, en large, et en travers de cet homme qui, pour eux, n'était rien d'autre qu'un séducteur-collectionneur à l'ambition unique d'accrocher le plus possible de femmes sur son tableau de chasse. Des ragots, pensai-je. Mon cœur battait un peu plus rapidement quand je songeais à lui, mais je savais qu'il ne pourrait rien se passer...

Belafonte et moi n'avions pas de scènes à tourner

ensemble mais nous étions tous logés dans le même hôtel et nos chemins se croisèrent souvent. Au petit déjeuner, au déjeuner, au dîner, il était là. Souriant, sûr de lui, sexy. Me jetant des œillades, en attendant que je fasse le premier geste.

Pendant une semaine je m'arrangeai pour l'éviter jusqu'au dimanche suivant où Zannuck avait organisé un « brunch » pour toute l'équipe du film. Nous étions cent cinquante autour des tables couvertes de spécialités antillaises et j'étais assise à côté de lui. Sa présence me rendait si nerveuse que j'étais incapable d'avaler quoi que ce soit. Je me mis à fumer cigarette sur cigarette.

– Tu m'évites, Joan Collins, dit-il nochalamment en mangeant son melon. Est-ce que le poker était amusant ?

– Je n'arrête pas de gagner en ce moment, dis-je en allumant une autre cigarette d'une main tremblante :

– Puis-je me permettre, fit-il en m'enlevant la cigarette de la bouche et en l'écrasant dans le cendrier : je l'avais allumée par le mauvais bout et le filtre était en feu !

De la table voisine, les cameramen nous observaient en gloussant. Qu'ils aillent au diable, pensai-je. Je ne faisais pas partie de leur groupe. Ils me regardaient comme si j'étais le petit chaperon rouge aux prises avec le grand méchant loup. Aussi décidai-je de ne plus faire attention à leurs grimaces et passer un agréable moment avec Belafonte;

Il savait parler avec esprit. Il était chaleureux, drôle. Pendant que nous discutions, passèrent des plats de poulet, de crevettes géantes, de langoustes auxquels nous touchâmes à peine. Notre discussion portait sur tout et rien, mais l'attirance mutuelle était forte. Darryl Zannuck était assis en face de nous, mâchonnant son énorme cigare. Il portait un short bleu et blanc avec une chemise assortie ouverte d'où sortait un énorme ventre couvert de poil gris. Il nous jetait de grands regards pénétrants comme s'il essayait de savoir si notre conversation était innocente ou non. Je lui souris plusieurs fois très innocemment pour le rassurer.

Je remarquai une chose, sur mon beau compagnon : il était intelligent et cool. Il n'était pas comme Zannuck aux avances plus que pressantes. Lui n'en avait pas besoin; c'étaient les femmes qui se jetaient sur lui. Je les avais vues dans le hall de l'hôtel, tournant autour de lui, au bord de la béatitude quand il passait à côté d'elle dans ses pantalons moulés et sa chemise ouverte. Lui aussi avait remarqué que toute l'équipe nous observait pour savoir s'il allait se passer quelque chose entre lui et moi. Je n'avais nullement envie d'être l'objet de ragots et de paris pendant le tournage, encore moins que le monde entier fût au courant d'événements qui ne regardaient que moi. Aussi décidai-je que ce n'était ni le moment ni l'endroit pour avoir une aventure. Je m'arrêtai de penser à lui et retournai à mes parties de poker. Et lui, comme s'il m'avait comprise, n'essaya pas de me poursuivre.

Vers la fin du tournage –, il devait terminer avant nous car il commençait une tournée – nous fîmes une promenade le long de la plage un soir. Il y avait ce soir-là une party à l'hôtel et nous étions sortis prendre un peu l'air. Il faisait chaud et la lune était pleine. Je portais une robe légère en coton brodé blanc qui me laissait les épaules nues et mettait mon bronzage en valeur. Je retirai mes sandales pour marcher sur le sable là où viennent mourir les vagues de l'océan. Il était également vêtu de blanc, pantalon et chemise, et sous la lumière argentée de la lune, on aurait dit que nous avions la même couleur de peau.

J'étais attristée par son départ. Nous avions passé bien peu de temps ensemble. La morale stupide qui décidait du bien et du mal, nous avait interdit de pousser nos relations plus loin que de la simple camaraderie.

C'était un homme sensible et brillant. Quelle différence cela pouvait-il faire qu'il soit noir, blanc ou bleu?

– Je pense que je ne te reverrai plus, lui dis-je après avoir marché un long moment en silence. Il ne répondit pas mais s'arrêta et leva son visage vers le ciel. Je me baissai pour ramasser quelques coquillages sur le sable. Il fixait toujours les étoiles qui brillaient au-dessus de l'océan. On aurait dit une statue de bronze comme si une puissance énorme se dégageait de lui. Le silence semblait renfermer tant de secrets que j'eus l'impression d'être une intruse. Je continuais à ramasser des coquillages lorsqu'il se pencha vers moi et me fit me relever. Nous étions côte à côte.

– Regarde, dit-il en me montrant la lune. Cela fait deux cents billions d'années ou plus qu'elle est là. Alors qu'est-ce que cela peut bien faire pour nous?

Il se retourna pour me faire face, mit ses mains de chaque côté de mon visage et dit :

– Je serai à Los Angeles en Avril. Je chanterai au Grove. Tu seras là.

Ce n'était ni un ordre, ni une invitation. Il énonçait un fait. Je serai là.

Et j'y étais. Le soir de la première, le Coconut Grove était bourré. La moitié des célébrités de Los Angeles s'était déplacée pour voir en scène l'homme qui était devenu une super-star en Amérique. Il était le premier artiste à avoir vendu plus d'un million d'albums. Ce n'était pas pour rien qu'il était surnommé « Le roi du Calypso ». Il avait pulvérisé tous les records d'affluence lors d'un concert donné dans un stade de New York et il devint rapidement la première vedette noire du cinéma américain. Il subjuguait tous les publics, les amateurs de folk musique, les adolescents, les sévères critiques musicaux et les intellectuels avec ses interprétations inspirées de calypsos et de negro spiritual.

Le Coconut Grove avait été construit pendant les années dorées du cinéma, les années 20. Gable et Lombard y avaient souvent flirté. Crawford, Harlow, Bogart, toutes les grandes vedettes, étaient souvent venues pour dîner au champagne dans cet endroit splendide. Aujourd'hui l'endroit vivotait sur son passé. Si on regardait un peu de trop près, on pouvait remarquer que la peinture s'écaillait et que les franges s'effilochaient autour des abats-jour. Petit à petit les discothèques étaient venues remplacer les night-clubs. Mais ce soir-là le faux palmier géant brillait de tous ses feux et l'atmosphère était électrique. Moi aussi.

J'avais été invitée à la première par le studio. Je n'avais jamais vu Belafonte en scène auparavant. Une fois ou deux, seulement il avait chanté pour nous lors des partys organisées pendant le tournage dans les Antilles. J'avais hâte de le voir. Il ne déçut personne. Tandis que s'éteignaient les lumières de la scène et que l'orchestre attaquait un calypso langoureux, il apparut, sûr de lui, décontracté, chantant et dansant.

« Quand on me voit, on m'aime » semblait-il dire par sa prestance; il était absolument sûr de son magnétisme et de son sex-appeal. Les femmes étaient conquises. Je portais une robe de satin noir très courte, je m'étais fait faire une coiffure bouclée, une cape de vison blanc était gracieusement jetée sur mes épaules et mes nouvelles boucles d'oreilles en diamant brillaient sous les lumières. J'étais très attirante et j'en étais consciente. Lui aussi me trouvait à son goût, si j'en jugeais par l'intensité de son regard quand pendant le spectacle il croisait le mien.

Le show terminé, les applaudissements résonnaient encore lorsque se dirigeait vers la loge de l'artiste l'élite des invités. La loge était en fait une des chambres du vieil hôtel Ambassador. Il était très entouré. Les gens se bousculaient et jouaient des coudes pour l'approcher. Ses hommes d'affaires étaient également là, prêts à discuter toute offre de contrat. Mais encore eût-il fallu être en mesure de traverser, les hordes de femelles excitées qui entouraient l'artiste.

Je pris une coupe de Dom Perignon et me mis un peu à l'écart. Il me vit et me sourit.

Je le saluai en levant mon verre. Manifestement la party allait durer longtemps et je ne me sentais pas le courage de rester jusqu'à la fin. Lorsque les amis qui m'accompagnaient furent prêts à partir, j'allai lui déposer un baiser sur la joue en lui disant comme tout le monde « Au revoir, tu as été merveilleux », mais moi, je le pensais vraiment. Nous échangâmes un long regard à haute tension. Sur le chemin du retour vers mon petit appartement, je ne dis pas un mot. Je pensais à lui, à ce qui aurait pu se passer si... Ma liaison avec Arthur Loew durait depuis quinze mois mais battait de l'aile. Nous nous voyions toujours de temps en temps mais sortions également chacun de notre côté avec d'autres.

Je voulais autre chose qu'une relation semi-platonique. J'avais réalisé que le sexe était très important pour moi. Beaucoup de gens trouvaient choquant pour une femme d'aimer faire l'amour.

Jayne Mansfield tenta de changer les mentalités à sa façon. Elle était arrivée à la Fox à peu près en même temps que moi et le studio avait essayé de lui faire prendre la place de Marilyn Monroe, celle-ci leur donnant de plus en plus de soucis... Elle possédait un corps incroyable, de longs cheveux platine, de grands yeux bleus et un talent certain pour faire parler d'elle. Elle tourna plusieurs films que l'on peut oublier sans honte mais devint la pin-up préférée des camionneurs et des ouvriers du bâtiment. Fox eut la brillante idée de nous faire tourner ensemble. C'était l'adaptation d'un roman sérieux de John Steinbeck intitulé « The Wayward Bus ». Pour tourner cette histoire bien américaine, ils firent venir un jeune réalisateur de Paris, chose incroyable : ils me choisirent pour tenir le rôle de l'épouse souillon, hargneuse et alcoolique qui tenait le petit bistrot juste en face de l'arrêt d'autocar. J'étais extrêmement contente de me voir attribuer enfin un vrai rôle et non un emploi genre « Sois belle et tais-toi ». Le studio avait apprécié mon travail dans « Seawife » et « Une île au soleil », c'était sa façon de me montrer qu'il me faisait confiance, qu'il croyait en mon talent.

Je devais pour ce rôle paraître âgée. On me fit des poches sous les yeux, mes cheveux – toujours courts depuis « Seawife » – furent coiffées n'importe comment et je portais dans le film une robe difforme et tachée. J'étais très excitée à l'idée de jouer un personnage qui me ressemblait si peu. Dans « Seawife » j'avais montré des facettes de ma personnalité comme l'innocence et la vulnérabilité jamais révélées auparavant au cinéma. J'étais étonnée que la Fox n'ait pas confié ce rôle à Joanne Woodward, la comédienne « sérieuse » maison. Étonnée mais ravie. Je me jetai dans ce film avec un enthousiasme débordant.

Malheureusement, le réalisateur, Victor Vicas, peu habitué au mode de vie américain et angoissé à l'idée de se tromper, eut beaucoup de mal à donner vie à ce roman réaliste de Steinbeck. Le film reçut de mauvaises critiques et fit un bide. Néanmoins, j'obtins personnellement d'excellentes critiques. J'espérais que cela allait m'amener d'autres rôles « sérieux ». Plusieurs personnes furent très étonnées : « Mais tu joues bien me disaient-ils. ou encore : « Dis donc Joanie, nous ne savions pas que tu étais aussi une comédienne! »

Je m'abstenais de tout commentaire et souriais poliment. J'avais acquis une certaine confiance en moi-même et en mes possibilités d'actrice mais il me fallait toujours le prouver aux autres. Cela dura des années : les réalisateurs, acteurs et techniciens venaient me voir avec un grand sourire surpris pour me féliciter d'être une bonne comédienne. Qui l'eut cru? disaient-ils. Je trouvais cela irritant.

On me traitait toujours en starlette sans cervelle dont la carrière était bâtie uniquement sur les partys et son physique avantageux. Aujourd'hui, puisque ma carrière dure depuis plus de trente ans, je sais que ce n'est pas le cas. De nombreuses jeunes actrices sont apparues, et devenues de grandes vedettes en l'espace de quelques années avant de retomber dans l'obscurité totale. En fait, très peu de « pin up » ont réussi à tenir plus de trois décades. Il faut savoir survivre, cela fait partie du métier. Pour survivre il faut travailler et se montrer la meilleure. Personne ne vous fait travailler par charité.

Je fus également fustigée et critiquée à cause de ma vie privée. Ce n'était pas parce que j'aimais sortir, aller dans les boîtes ou les partys que j'étais inférieure à mademoiselle X passant ses soirées chez elle à manger des œufs durs en lisant Stanislavsky. Il est toujours plus facile de passer pour une bonne comédienne quand on n'est pas très jolie. La beauté, c'est sûr, aide en début de carrière – je savais bien que j'étais venue à Hollywood grâce à mon physique – mais après quelques années, ce même physique peut empêcher de faire progresser une carrière. Les gens ont du mal à admettre qu'une jolie fille puisse également être une bonne comédienne.

Je n'allais tout de même pas me laisser aller et m'enlaidir juste pour montrer que je savais jouer la comédie! Cela jamais. J'aime me sentir séduisante, être bien habillée et cela m'amuse de rendre jalouses certaines personnes.

– Comment faites-vous? me demande-t-on souvent en regardant derrière mes oreilles dans l'espoir de découvrir des cicatrices de chirurgie esthétique. Quel est votre secret pour rester si jeune?

En vérité, je n'ai pas de secret. On a le visage que l'on mérite, éventuellement. Je crois qu'il faut profiter de la vie au maximum, vivre sans envie, sans frustration ni jalousie vis-à-vis des autres. Il faut être heureuse et sans soucis (ce qui n'est pas facile). Un peu de narcissisme n'est pas mauvais non plus. C'est Gore Vidal qui a dit « Un narcisse est quelqu'un qui est plus beau que soi » Vrai!

J'aurais aimé avoir un prophète dans ma vie, un homme ou une femme qui serait devenu mon mentor et m'aurait aidée à travers les difficultés de ma carrière. Malheureusement personne ne s'est présenté... J'ai dû traverser la jungle toute seule. Pas de Carlo Ponti, de Roger Vadim ou de Dino de Laurentis pour me guider. Et à part Bill Watts, aucun manager n'a tenu la distance.

Avec trois films tournés en moins d'un an, je pris quelques vacances à Acapulco. Arthur et moi nous étions séparés le soir de la Saint-Sylvestre.

Nous étions en train de danser à la party de Charles Lederer. La musique était douce et romantique. Le contraire de nous. Nous nous disputions, mais en baissant la voix afin que les autres invités distingués n'entendent pas. Ils ont raté un dialogue assez savoureux...

Arthur : tu es vraiment une enquiquineuse.

Moi : Comment ne pas s'enquiquiner avec toi, surtout au lit! Et ce fut la fin de notre aventure.

Je restai quatre semaines à Acapulco, à bronzer et à apprendre le ski nautique.

Je commençai à sortir avec Nicky Hilton. Ce playboy avait été le premier mari d'Elisabeth Taylor. Il était aussi le fils de Conrad Hilton, le propriétaire de la célèbre chaîne hôtelière. Nicky était assez joli garçon, mais très libertin. Il avait les cheveux et les yeux noirs et sa réputation l'était tout autant. Il passait pour un des play-boys les plus dissolus d'Hollywood. Il avait un bureau et il était censé assister son père. Mais il préférait passer son temps en compagnie de jeunes femmes sur les terrains de courses ou dans les boîtes de nuit. Il ne voulait pas d'une liaison sérieuse et partageait son temps entre moi et Nathalie Wood. Ce qui me convenait parfaitement.

Malgré son style de vie, Nicky était un catholique très croyant. Il y avait un rosaire près de sa table de chevet, laquelle croulait sous des magazines érotiques, des livres pornos, des bouteilles de coca, un crucifix et un revolver. Il adorait charger son revolver de balles à blanc et tirer vers le plafond en plein milieu de la nuit, au grand désespoir de ses voisins de Doheny Drive qui, terrorisés, appelaient la police.

Bien qu'il n'avait qu'une trentaine d'années, il semblait avoir tout vu et tout fait. Il était allé partout, avait pratiquement toutes les filles à ses pieds et était complètement blasé. Il avait un accent du Sud et des idées racistes.

Les enfants de riches ont toujours une route difficile devant eux. C'est presque comme une fille jolie de naissance. Elle est née avec tout. Il n'y a rien à faire, rien à conquérir, tout est là : l'argent, le pouvoir, les filles, les voitures de sport, la vie facile. Arthur, lui avait appris que l'argent ne faisait pas le bonheur. Il partit pour l'Arizona où il changea complètement son style de vie. Il éleva du bétail, se maria et trouva son équilibre. Sydney Chaplin connut le succès sur scène à Broadway pendant quelques années. Malheureusement, le pauvre Nick ne trouva son bonheur nulle part; il ne s'en sortit pas et mourut quelques années plus tard d'une overdose.

5

– Est-ce que tu es prête pour partir pour Tokyo dans trois jours?

La voix froide et précise de mon agent au téléphone interrompit mon sommeil sans rêve. Mon lit était sens dessus dessous et ma bouche complètement sèche d'avoir trop fumé.

– Merde, marmonnai-je, cherchant mes gouttes de Visine dans le capharnaüm qui recouvrait ma table de chevet. Un verre d'eau tomba de la table. Sur celle-ci s'empilaient des scripts, des magazines, des boîtes de vitamines, un réveil, des kleenex, une photo de mes parents dans un cadre ancien en argent, des boucles d'oreilles de diamants et perles et un cendrier archi-plein.

Je plaçai le cendrier sous les scripts – l'odeur du tabac et des mégots froids est insupportable le matin – et je tâchai de retrouver mes esprits.

– Trois jours, c'est impossible. Je ne peux pas être prête en si peu de temps, croassai-je en ramenant ma couverture sur mes épaules et en souhaitant que quelqu'un apparaisse avec un jus d'orange, du café et des toasts au raisin. Oh! si j'avais une femme de chambre. Hélas mon homme d'affaires m'avait expliqué que, malgré mes 2 000 dollars par semaine, malgré ma demi-douzaine de films et le fait que je faisais régulièrement la une des magazines à travers le monde, je ne pouvais pas m'en offrir une. J'étais un produit, jeune, sexy, facile à vendre et mes employeurs se servaient de moi au maximum. Ils me faisaient tourner film après film – malheureusement remarqués pour la beauté des paysages et la plastique des actrices et non pour leurs scénarios ou dialogues. Mon agent compatissait mais resta ferme; je devais me rendre au département costumes de la Fox à 11 heures, chez le coiffeur à 1 h 30 et chez le docteur à 3 heures; certains vaccins étaient nécessaires pour aller au Japon. Il me restait alors deux jours et demi pour m'occuper de mes affaires personnelles avant mon départ. Je n'avais rien à dire au sujet de ma carrière, ou très peu. Si jamais je refusais, j'étais immédiatement suspendue. Pas de travail, pas d'argent. Aucun autre studio n'avait alors le droit de m'utiliser. Quant à la tété, c'était considéré comme plus bas que terre. J'étais assez économe. L'appartement que j'occupais sur Shoreham drive – meublé style starlette en rose-blanc-beige – me coûtait 250 dollars par mois. Soit je mangeais dehors soit j'étais au régime. Mon réfrigérateur contenait donc du fromage blanc, quelques bouteilles de vin blanc et pas grand-chose d'autre. Le freezer, néanmoins, était plein de glaces à tous les parfums, gourmandises que je m'autorisais les soirs de cafard, quand je me moquais des calories. Ma voiture s'accordait bien avec la starlette que j'étais : une Thunderbird rose qui ne manquait pas d'attirer les regards surtout quand je descendais à toute allure Sunset boulevard avec la radio à plein volume qui jouait de la musique afro-cubaine. Mon placard contenait toute une collection de robes courtes venant de chez Saks et

Magnin, une étole de vison blanc, un manteau de vison noir, un manteau de castor blanc et un chapeau de renard bleu acheté un jour de cafard et jamais porté. Côté habits, j'étais parée pour toute éventualité. Mais je ne possédais rien d'autre. Aucun tableau ou même de lithographie n'égayait mes murs. Je ne m'étais pas encore prise de passion pour l'Art Nouveau. Et sentimentalement c'était également le grand vide bien que mon carnet de sorties fût plein.

Je me réinstallai confortablement sur mes oreillers – des Porthault [1] – et me mit à penser au Japon. Je rentrais juste de deux tournages en extérieur et n'avais nulle envie de repartir aussitôt. Mais je décidai de penser positivement et de voir le bon côté des choses. Je n'étais jamais allée en Orient, cela pouvait être une expérience enrichissante.

Je n'avais jamais vu une foule comme celle qui vint nous accueillir : Robert Wagner, Edmond O'Brien et moi à notre arrivée à l'aéroport de Tokyo : des milliers de Japonais de tous âges hurlaient leur enthousiasme de nous recevoir chez eux. Cela faisait une drôle d'impression. C'était à la fois flatteur et effrayant. Même Robert Wagner vedette depuis son adolescence, n'avait jamais vu cela. Les Japonais adoraient le cinéma. Un million de flashs provenant d'un million de Nikons explosèrent devant nous tandis que nous nous frayions un chemin au milieu de cette foule extrêmement polie. Les Japonais sont si polis et bien élevés qu'ils n'arrêtaient pas de s'excuser tout en nous bousculant. Sur le chemin de l'hôtel, dans le quartier Ginza, les murs des nombreux cinémas étaient décorés d'affiches géantes peintes de vedettes de l'écran. Le visage de John Wayne reproduit sur trente mètres de haut avec les yeux légèrement bridés : une image que je ne suis pas prête d'oublier!

1. Marque d'articles pour la maison.

J'appréciais le charme du Japon traditionnel, mais je me sentais très malheureuse et solitaire.

Le scénario du film était épouvantable. Il s'intitulait « Stopover Tokyo ». Robert Wagner, bien que très amical, venait de se fiancer à Natalie Wood. Aussi passait-il la plupart de son temps dans sa suite avec ses parents ou au téléphone avec Natalie restée à Los Angeles. Sa note de téléphone fut certainement astronomique vu qu'il appelait au moins une fois par jour. L'équipe technique, avec qui je sortais d'habitude quand j'étais en extérieur, était composée d'hommes de plus de cinquante ans qui se jetèrent avec délice dans les coutumes japonaises machistes; ils fréquentaient les maisons de geishas où ils étaient traités comme des rois, servis et adorés par celles-ci – petites, menues et semblant venir d'un autre siècle avec leurs kimonos multicolores, leurs visages couverts de maquillage blanc et leurs têtes recouvertes d'énormes perruques noires. Je n'enviais nullement la vie des femmes japonaises. Elles étaient considérées par leur mari comme faisant partie du mobilier. Ceux-ci passaient leurs soirées avec leurs copains à s'amuser dans les établissements de massage, les maisons de geishas ou les restaurants absolument interdits à leurs épouses. Les quelques fois où j'accompagnai l'équipe au restaurant, je me sentais gauche et disgracieuse par rapport à ces fragiles et délicates créatures. Et les hommes ne me cachaient pas qu'ils préféraient de loin la femme orientale.

– Une bande de misogynes, voilà ce qu'ils sont, murmurai-je à mon compagnon, le coiffeur du plateau, alors que nous prenions place au restaurant de l'hôtel pour manger du terikaki. Nous étions déprimés. Un des cameramen, un énorme paysan du Sud, habillé en cowboy, avec un Stetson [1] sur la tête, un pantalon à carreaux, et sa grosse bedaine pendant au-dessus de son ceinturon,

1. Sorte de chapeau mou du nom de son fabricant.

était venu s'asseoir à notre table accompagné de sa ravissante et minuscule geisha. Il en profita pour nous faire part de sa nouvelle philosophie :

– Vous autres Américaines ou Européennes vous pourriez vraiment prendre quelques leçons des femmes orientales, dit-il en nous empestant de son haleine chargée de saké. Cette petite Tamiko ici, sait vraiment s'occuper d'un bonhomme. Pas vrai, Tamiko.

Tamiko hocha la tête en souriant, soumise. J'étais écœurée... Comment les femmes japonaises pouvaient-elles se considérer inférieures à un type aussi dégoûtant que celui-là.

Le mouvement de libération de la femme n'était encore qu'un point à l'horizon. Mais ce point allait se rapprocher et prendre de l'importance. A cette époque, je me considérais déjà comme une femme libre et émancipée. Je couchais avec qui je voulais, quand je le voulais et à cause de cela j'étais devenue la cible de gens bien pensants. Ceux-ci ne se privaient pas de faire des remarques déplaisantes concernant mon attitude générale. D'après eux, elle leur rappelait celle d'une « pute ». Mes penchants à me choisir comme amants des hommes jeunes et beaux ne m'attiraient pas les faveurs des réalisateurs, des producteurs, des directeurs qui me couraient après, car je ne m'intéressais absolument pas à eux. La pensée de devoir aller au lit avec un homme vieux, bedonnant, chauve, juste pour avoir un rôle, me soulevait le cœur. C'était cela être une « pute » pour moi. Si je voulais coucher avec trois hommes qui me plaisaient, la même semaine, je le faisais. C'était ma vie, je ne me sentais pas coupable, je vivais pour moi-même.

Néanmoins au Japon, personne ne m'attirait, même légèrement, et je passai la plupart de mon temps libre en compagnie de mon coiffeur, à faire du tourisme, ou à étudier mon scénario dans mon épouvantable chambre d'hôtel.

Un soir le téléphone sonna. C'était Charles, un homme que j'avais rencontré un jour à Los Angeles. Il m'invita à dîner et j'acceptai. J'avais besoin de voir un nouveau visage. J'avais tué le temps à faire du shopping, à dévaliser les magasins de tissus et de robes de soie que l'on trouve à profusion au Japon. J'avais dû m'acheter cinq valises supplémentaires pour tout ramener à la maison! Il y avait assez de robes de cocktail et du soir copiées sur des modèles de Vogue ou de Harper's Bazaar pour m'habiller tous les soirs de l'année...

Pour sortir avec Charles, je choisis une robe rose et or avec un col haut, façon chinoise, qui convenait à toutes les circonstances : dîner simple dans un petit bistrot ou folle nuit au night-club. Cependant, je ne m'étais pas attendue à ce que m'avait réservé Charles – grand, cheveux sombres, élégant – pour l'après-dîner... Il m'emmena dans ce qui ressemblait à un minuscule mais agréable night-club à la lumière tamisée. Nous nous assîmes à même le sol sur des immenses coussins à côté d'une toute petite scène.

En fait, il s'agissait d'un sex-show! Une fantaisie érotique. Cela commença avec une très jeune fille, incroyablement belle, qui dansait complètement nue. Elle s'était rasée le pubis et se caressait avec un objet long et arrondi. Elle fut ensuite rejointe par deux jeunes hommes et, avec un art absolument époustouflant de contorsionnisme, elle entreprit de se mettre à genoux en se courbant en arrière jusqu'à ce que son corps forme un angle de 90°. Et pendant que le premier des jeunes hommes la prenait avec fougue, elle pratiquait sur le second une fellation experte. Je n'en croyais pas mes yeux. Tout ceci était fait en silence. Je n'entendais que la musique de fond qui sortait je ne savais trop d'où, et la respiration saccadée de mon compagnon.

– Dieu! Formidable! murmura Charles en posant sa main sur ma taille. Qu'est-ce que tu en penses?

Il était manifestement très excité.

– Je me demande si elle sait faire la cuisine, répondis-je en retirant doucement sa main.

– On se fout de cela! grommela-t-il tandis qu'un autre couple les rejoignait sur scène.

Ils firent tous l'amour ensemble dans les positions les plus inconcevables. Les visages congestionnés des touristes tout autour provoqua chez moi un début de fou rire. Je m'amusais énormément. Pour moi il n'y avait rien d'érotique ou d'excitant dans cet exhibitionnisme flagrant. Toujours romantique, je trouvais le baiser entre Montgomery Clift et Elisabeth Taylor dans «A Place in the Sun» infiniment plus sexy.

Charles pensait autrement et je dus inventer toutes les excuses possibles pour l'empêcher de monter dans ma chambre. Peut-être était-ce moi qui n'étais pas normale, mais payer pour voir des gens faire l'amour sur une scène était, à mon avis, complètement débandant. Charles était un homme très séduisant. Dans ce genre de circonstances, coincée au Japon pour cinq semaines, libre et célibataire, il était étonnant que la vue d'un spectacle supposé excitant ait eu sur moi l'effet complètement contraire... La plupart des femmes se seraient jetées au lit avec lui et auraient fait l'amour avec passion et imagination pendant des heures, excitées par le spectacle de la soirée. Moi, je trouvais ce spectacle dégradant pour les deux sexes. De plus, le plaisir que les « acteurs » montraient en scène, était probablement simulé.

Le sexe n'est pas un spectacle, pensai-je en me mettant au lit seule pour la trente-cinquième nuit consécutive.

Charles devait probablement me trouver nunuche. Je sombrai dans le sommeil et rêvai de nids de vipères et de boas constricteurs.

6

Je croyais avoir été amoureuse auparavant mais les sentiments que j'avais éprouvés n'étaient rien en comparaison de ce que je ressentais pour George Englund. Je le connaissais, ainsi que sa femme et ses enfants (dont le nombre croissait rapidement) pratiquement depuis que j'étais arrivée en Amérique. J'avais fait sa connaissance chez Gene Kelly. Il avait fréquenté l'Académie militaire avec Sydney Chaplin et était un ami très proche d'Arthur Loew. Son épouse, Cloris Leachman, qui allait devenir une comédienne de télévision très populaire dans les années 70 en tenant le rôle de Phyllis dans « The Mary Tyler Moore Show », était ravissante, amicale et névrosée. Elle se consacrait entièrement à George et à leurs trois enfants.

Nous avions de nombreux amis en commun. Nous étions allés tous les quatre (George, sa femme, Sydney et moi) à Palm Springs et à Tijuana. Malgré leurs disputes fréquentes, je pensais que leur mariage marchait plutôt bien. Comme la plupart des mariages, ce n'était pas la passion mais ça tenait. Je le trouvais séduisant, intelligent, avec un grand sens de l'humour, mais c'était tout. Je ne m'intéressais pas du tout aux hommes mariés, particulièrement quand je connaissais leurs épouses.

Lorsque je parlai de mon départ pour Chicago et New York en vue de faire la promotion de « Stopover Tokyo », George me dit qu'il serait lui aussi à New York à la même période et que si nos emplois du temps respectifs le permettaient nous pourrions nous voir un soir pour dîner...

Par coïncidence nous descendions dans le même hôtel, le Plaza. Quand il vint me chercher ce soir-là, j'étais loin de me douter que je m'embarquais dans une des aventures les plus douloureuses de ma vie.

Rétrospectivement, je ne pense pas que les hauts valurent les bas, mais quand on est folle amoureuse, on ne raisonne pas ainsi. Le premier soir, nous allâmes dîner au Little Club. Il était, comme toujours, habillé impeccablement dans un costume bleu sombre coupé par un tailleur anglais de Savile Row, une chemise bleu pâle et une cravate Cardin. Il avait la réputation d'être toujours parfaitement habillé, un champion de l'élégance que l'on ne pouvait jamais prendre en faute. Il était également très beau, un mètre quatre ving cinq, les yeux verts, les cheveux châtains qui se raréfiaient légèrement sur le haut du crâne (le seul défaut que je pus lui trouver). Pendant le dîner, pour la première fois, je fus très consciente de son charme. Il parlait avec brio et panache. Il utilisait des mots, des expressions dont on se servait rarement – pour ne pas dire jamais – dans la conversation courante. Pourquoi se servir d'un mot courant d'une syllabe lorsqu'il en existe un, inconnu, de six syllabes? semblait être sa devise en matière de conversation. Il avait l'air d'apprécier mon humour autant que j'appréciais le sien et nous passâmes la soirée à rire.

Ahhh, le rire, c'est le plus grand aphrodisiaque du monde... Il commanda un Mouton-Rothschild/53 et après le dîner nous bûmes du calvados en écoutant le pianiste qui jouait mes airs préférés. C'était trop romantique pour être vrai. Le vin, le merveilleux dîner, les confortables banquettes de velours où nous étions assis l'un à côté de l'autre, la main de George dans la mienne, les chansons de Gershwin et de Cole Porter dont il connaissait toutes les paroles.

Nous rentrâmes à pieds, main dans la main, dans les rues désertes de New York. Lorsqu'il me raccompagna à ma chambre, mon cœur battait la chamade. Était-il possible de tomber amoureuse en une soirée de quelqu'un que vous aviez vu en ami pendant deux ans? Apparemment oui, et j'étais bien accrochée.

Pendant trois jours je ne pensai à rien d'autre. Nous passions tout notre temps libre ensemble. Je refusais de réfléchir sur cet insurmontable problème que constituaient sa femme et ses enfants.

Il n'arrêtait pas de me répéter que son mariage cahotait depuis des années et que cela n'allait plus bien du tout, que s'ils restaient ensemble c'était uniquement à cause des enfants. Il était si convaincant que je le croyais bien que cela sonnât comme un cliché archi-usé. Son pouvoir sur moi était tel qu'il aurait pu me demander de me promener nue en haut de l'Empire State Building, je l'aurais fait avec joie.

Pour notre dernière soirée à New York, nous retournâmes au Little Club qui, dans mon esprit est resté « notre endroit ». Je portais un costume beige et un chapeau vert à la Garbo. Je venais de terminer le livre « Le chapeau vert » et je m'identifiais à son héroïne. Je reniflai à l'apéritif, pleurai pendant le repas et m'effondrai au dessert. Je me sentais à présent coupable mais ne voulais pas terminer cette merveilleuse aventure. Je ne savais pas que commençaient les 21 mois les plus misérables de mon existence.

Ma meilleure amie était Caprice Yordan, une femme

délicieuse et sophistiquée, mariée à Philip Yordan un producteur de films d'action. Ceux-ci se situaient toujours en Afrique ou en Espagne. Caprice et moi nous racontions tous nos secrets et comme son mari était sans arrêt en voyage, elle avait du temps à tuer. Elle habitait une maison au style mexicain dans Benedict Canyon et passait son temps à faire les thèmes astraux de ses amis en leur donnant des conseils empreints de la plus grande sagesse.

– Devine de qui je suis tombée amoureuse, dis-je en arrivant chez elle. J'étais rentrée à Los Angeles depuis la veille et je m'étais précipitée chez elle, la trouvant confortablement installée sur son lit en train de prendre son petit déjeuner, ses livres d'astrologie à portée de main.

– J'espère qu'il a de l'argent, dit-elle, il est temps que tu t'en trouves un de riche.

– Non seulement il n'est pas riche mais il est marié, dis-je. Tu sais que je me fiche de l'argent, mais le fait qu'il soit marié me semble épouvantable.

Je me jetai sur un croissant tandis que Caprice me regardait avec désapprobation. Elle était comme ma grande sœur, elle savait tout de moi, de ma façon de vivre et de réagir aux événements.

– Marié et pauvre – merveilleux. Tu as de nouveau frappé dans le mille. Bon, je ne veux pas jouer aux devinettes, qui est-ce et de quel signe est-il?

Elle prit un de ses livres d'astrologie en me regardant.

– George Englund, fis-je. Je suis folle amoureuse de lui et lui de moi, enfin c'est ce qu'il dit.

Une vague de doute m'envahit sur le moment. Je communiquai à Cappy sa date de naissance et attendis le verdict.

– Folle, dit-elle. Non seulement il est Cancer, déclara-t-elle en compulsant ses livres, mais il ne te laissera jamais le quitter, il va s'accrocher à toi pour toujours. Et de son côté, sa femme ne le laissera jamais partir non plus. Dans quoi est-ce que tu t'es lancée, Joanie?

– C'est trop tard maintenant, grognai-je en attrapant un autre croissant pour me consoler. Je ne peux pas rompre. C'est comme si j'étais ensorcelée. Je pense à lui du matin au soir. Qu'est-ce que je vais faire, Cappy? Cela ne m'était jamais arrivé avant.

Elle me regarda avec pitié et fit quelques calculs sur un carnet.

– Bien sûr il est parfait pour toi, dit-elle en terminant ses calculs tandis que moi je terminais son petit déjeuner. Sa Lune et sa Vénus sont dans les mêmes maisons que les tiennes et tous vos autres signes sont complètement compatibles. Vous allez parfaitement bien ensemble. Mais chérie, il ne quittera jamais sa femme et ses enfants. Il est Cancer, c'est un crabe et ses pinces ne laissent rien filer. Sa femme ne le laissera pas partir non plus. Elle adore le plancher sur lequel il marche. Ce que tu as de mieux à faire est de te replonger dans le travail aussi vite que possible et de l'oublier.

J'essayai de suivre les conseils avisés de mon amie mais à présent que j'avais besoin de travailler, plus rien ne vint. La Fox me versait un très confortable salaire chaque semaine, mais n'avait rien à me proposer d'intéressant à ce moment-là. Néanmoins on parlait partout de leur projet de tournage d'une nouvelle version de Cléopâtre. Selon les dires mon nom était en tête de liste pour le rôle principal.

Pendant ce temps, George et moi nous nous voyions quatre à cinq fois par semaine. Nous déjeunions dans des restaurants où nous ne risquions pas de rencontrer des connaissances. C'était généralement des restaurants situés près de l'aéroport et le bruit des moteurs des avions nous empêchaient de parler vraiment, ou alors il venait dîner chez moi. Jusqu'à la dernière minute je ne savais jamais si j'allais le voir ou non car il avait toujours cinquante projets différents sur lesquels il travaillait. Je sortais avec d'autres hommes, mais c'était des sorties platoniques et je ne m'engageais jamais jusqu'à ce que je sache de façon certaine qu'il n'était pas disponible. C'était l'enfer. J'avais l'impression de jouer « Backstreet ». Le pire c'était quand il me promettait d'être là à 8 heures et qu'il arrivait à 10 ou 11 heures ou quelquefois pas du tout – juste un rapide coup de fil « Désolé, chérie, je ne peux pas venir ce soir. Je te rappelle demain. »

J'allais alors me coucher, malheureuse comme les pierres, essayant de comprendre ses problèmes et de ne pas lui en vouloir. Les semaines passèrent, il ne parla plus de séparation avec sa femme et je commençai à être vraiment déprimée.

J'essayais de m'intéresser à d'autres hommes, mais aucun d'eux ne supportait la comparaison en matière de charme, d'humour, d'élégance, de personnalité et je ne tentais même pas de voir ce qu'ils valaient dans un lit. Je pouvais rester deux jours sans le voir, malheureuse à en mourir, mais il me suffisait de passer quelques heures en sa compagnie – des instants de bonheur total – pour aussitôt oublier ma souffrance.

Il était très jaloux. Quand je sortais un soir avec quelqu'un, le lendemain il m'interrogeait pendant des heures. Nous nous disputions alors âprement et nous réconciliions ensuite au lit.

A l'époque son meilleur ami était Marlo Brando. Il admirait George autant que moi. Tout le monde adorait George et le trouvait absolument irrésistible de charme et de drôlerie.

Marlon était en extase devant lui, il essayait de l'imiter, de parler comme lui, de se tenir comme lui. Quelquefois j'en arrivais même à confondre leurs voix au téléphone. Souvent Marlon nous servait de couverture quand nous allions au restaurant ou au théâtre. On nous prenait en photo et dans les journaux on parlait de la « romance » entre Marlon et moi. Et selon la plus pure tradition hollywoodienne je déclarais :

« Marlon et moi sommes juste de très bons amis ».

Ayant quitté l'école très tôt, à l'âge de quinze ans, j'étais parfaitement consciente de la pauvreté de mon vocabulaire, comparé au leur. Avec enthousiasme, ils s'appliquèrent à m'enseigner tout ce que je n'avais pas eu le temps d'apprendre. Ils étaient de merveilleux professeurs.

Marlon s'intéressait beaucoup aux gens. A ce qu'ils pensaient, ce qu'ils éprouvaient. Pourquoi réagissaient-ils ainsi ? Dans les parties, il allait généralement parler à ceux qui se tenaient silencieux dans leurs coins et il engageait avec eux des conversations animées et brillantes. Ou alors il attaquait une femme timide et peu sûre d'elle et, par le simple intérêt qu'il lui manifestait, l'habileté et la générosité de sa conversation, on la voyait embellir et fleurir comme un arbre qui reviendrait à la vie après une grande sécheresse.

Ceci amusait beaucoup George qui, en plaisantant, accusait souvent Marlon de ne s'intéresser toujours qu'aux plus moches.

– Hey, vieux, lui dit-il tandis qu'il parlait avec animation avec une petite ménagère rougissante et émue d'être en compagnie d'un telle star, si tu joues bien tes cartes, tu vas peut-être la gagner !

Marlon alors grimaçait. Il cherchait la vérité, la véritable personnalité que les gens cachaient derrière leurs masques. Quand il posait son regard bleu sur quelqu'un, pas besoin d'interrogatoire au troisième degré. Des gens de naturel plutôt méfiant et réservé, racontaient leurs élans les plus secrets à Brando. Une des plus grandes qualités de son jeu d'acteur est qu'il apporte un réalisme, une vérité et une authenticité dans tous ses rôles quels qu'ils soient. A l'exception de James Dean et de Montgomery Cliff, personne ne jouait comme Brando avec autant de sincérité et de vérité. Aujourd'hui Al Pacino, Robert de Niro et Richard Gere peuvent être considérés comme les héritiers de Brando. Les acteurs désormais abordent différemment leurs rôles : ils se glissent dans le personnage qu'ils doivent interpréter alors qu'autrefois ils modifiaient le rôle pour l'adapter à leur propre personnalité.

La curiosité de Marlon ne s'arrêtait pas seulement aux gens rencontrés dans les parties mais aussi à ce que pouvaient contenir les réfrigérateurs de ses amis. Dire qu'il aimait manger est un doux euphémisme. Nouavons même discuté un jour des avantages et des inconvénients de posséder, comme les romains, un « vomitorium » chez soi.

Les avantages pour ceux qui (comme moi) aimaient manger étaient évidents. Marlon adoptait quelquefois cette méthode, quand il voulait maigrir sans se priver de repas, mais moi je ne pouvais pas. Cependant, ce procédé est formidable puisqu'il permet la gourmandise en évitant les grammes superflus...

George avait tout ce que j'aimais chez un homme. A part le fait qu'il était marié, il était parfait. Il me traitait souvent avec indifférence, mais j'acceptais tout. On dit que l'amour rend aveugle, c'est bien vrai... Je voyais George à travers des lunettes roses.

– Je divorce de Cloris, annonça-t-il un après-midi, trois ou quatre mois après le début de notre liaison. Nous allons continuer à vivre ensemble un certain temps à cause des enfants, mais chambre à part, se hâta-t-il d'ajouter. Dans cette aventure se réalisait enfin mon désir inconscient de voir papa se séparer de maman. Pour fêter sa liberté, nous prîmes l'avion pour Eleuthera, une des îles les plus romantiques des Caraïbes. Mais George ne semblait pas satisfait, pas à l'aise.

– Pourquoi, demandai-je en regardant autour de

nous la plage de sable blanc, déserte à l'infini, pourquoi dois-tu penser à Cloris et à tes enfants, maintenant?

Je commençai à pleurer. Comment pouvait-il en ce moment s'intéresser à autre chose qu'à moi. J'étais bronzée et je possédais, si j'en croyais les journaux, le plus joli visage du monde. Pourquoi ne réussissais-je pas à lui faire oublier sa famille? A le contenter. J'étais devenue obsédée par le sentiment de culpabilité qu'il éprouvait à quitter sa femme et ses trois enfants. Notre île paradisiaque devint une zone sinistrée. Après trois jours de disputes, nous rentrâmes aux États-Unis où je repris mon rôle de « Backstreet ».

– Chérie, che connais un homme merfeilleux qui est fou de toi, me dit Zsa Zsa Gabor en croquant une crevette géante et en me regardant droit dans les yeux. Tu n'as rien à attendre de cet impécile qui est marié. Chérie, qu'est-ce qu'il t'apporte?

Nous déjeunions chez Romanoff, Zsa Zsa, tous diamants dehors, me dispensait ses conseils et moi je l'écoutais cachée derrière d'épaisses lunettes noires afin que l'on ne puisse pas voir que j'avais passé la nuit à pleurer. Je jouais à faire semblant d'être contente de déjeuner « entre filles ».

La nuit précédente j'avais été prise de soupçons. A 11 heures du soir, j'avais brusquement réalisé qu'il ne pouvait y avoir de « chambres à parts » chez les Englunds. Sans réfléchir, je sautai dans ma voiture et fonçai vers Westwood. Je me garai et m'introduisis silencieusement dans le jardin, derrière la maison à deux étages. J'observai. La maison avait trois chambres à coucher et six occupants George et Cloris, leurs trois enfants et une bonne. Tout était évident, les trois enfants dans une chambre, la bonne dans une autre et monsieur et madame dans la principale. J'avais bien-sûr raison : les acteurs de mauvais mélo entrèrent dans leur chambre et se déshabillèrent pour se mettre au lit. Je partis effondrée. Il n'y avait aucun doute là-dessus, ce salaud m'avait menti; il me trompait avec sa femme!

Il n'avait jamais été question de faire chambre à part. Aveuglée par mes larmes j'appuyai à fond sur l'accélérateur pour m'éloigner de cet endroit au plus vite. Sur Sunset boulevard je fus arrêtée par un policier. J'étais partie si vite de chez moi que je n'avais même pas pris mon permis de conduire ou ma carte d'identité.

– Vos papiers, s'il vous plaît, me demanda un policier.

Je pris immédiatement mon accent le plus britannique pour expliquer mon embarras.

– Je suis épouvantablement confuse, capitaine, mais j'ai quitté mon appartement si vite que je crains avoir laissé chez moi les documents que vous désirez voir.

Cela marcha; il me regarda comme si j'étais arrivée d'une autre planète et, au lieu de m'emmener au poste, il se proposa de m'escorter jusque chez moi afin que je lui montre mes papiers.

J'écoutais donc Zsa Zsa, déterminée à rompre avec George.

– Chérie, il est apsolument merfeilleux, dit Zsa Zsa en secouant sa chevelure blonde et en me regardant avec ses grands yeux bleus, ravie de tenir le rôle de Cupidon.

Généralement je ne m'intéressais pas à cela. Les hommes qui voulaient rencontrer des actrices connues étaient généralement des crétins mais je la laissai parler tout en vidant une bouteille de vin afin de m'étourdir un peu.

– Il s'appelle Rafael Trujillo, tu as entendu parler de lui, bien sûr? me demanda-t-elle.

Je fis non de la tête, la bouche pleine de salade d'épinard. Zsa Zsa soupira. Les femmes comme elle semblaient toujours connaître tous les chefs d'État, tous les premiers ministres des contrées les plus éloignées. Mon aventure avec George et mes séances quotidiennes chez mon psy m'avaient quelque peu tenue éloignée des grands événements politiques du monde. D'ailleurs je m'en fichais royalement... Je n'avais pas feuilleté *Time Magazine* récemment. Si je l'avais fait j'aurais certainement su qui était ce Trujillo. Zsa Zsa fit mon éducation à son sujet.

– Son père, bien sûr, est le président de la République Dominicaine, on le surnomme « le Caligula des Caraïbes » souffla-t-elle en prenant une mine de conspiratrice.

Maintenant je me souvenais effectivement avoir lu des choses à son sujet, il avait certes sorti son pays du marasme économique mais il ne tolérait aucune opposition à son régime et faisait arrêter, torturer et exécuter tous les rebelles. Son peuple vivait dans la terreur.

Il possédait tout le pays. C'était devenu un état policier et sa photo était placardée partout. La plupart des grands bâtiments ainsi que les avenues principales, portaient son nom. Belle « réussite » pour un homme qui venait d'une famille pauvre de onze enfants. C'était le même genre de personnage que Idi Amin Dada bien plus tard. Je n'envisageais guère dans l'immédiat des vacances dans ce pays...

Alors que je lui exposai ce que je pensais du père, Zsa Zsa m'interrompit d'un geste de la main pour me parler du fils. Il jouait souvent au polo avec Porfirio Rubirosa, un ami de Zsa Zsa. Il venait de finir un stage militaire à Fort Leavenworth dans le Kansas et, de ce fait, portait à présent le titre de « Général » Rafael Trujillo.

– Et... termina Zsa Zsa triomphalement, il a vingt-neuf ans, il est célibataire, il est très beau, très riche et il meurt d'envie de faire ta connaissance. Qu'en dis-tu chérie ?

Pourquoi pas, pensai-je en dévorant des gâteaux. Après tout, pourquoi pas? Même si le père est un tyran, cela ne signifie pas forcément que le fils soit mauvais aussi.

– Tu viendras avec moi? demandai-je à Zsa Zsa qui me regardait comme une mère poule surveillant sa couvée.

– Oh, chérie, che ne peux pas aller à Palm Peach tout de suite, je fais un spectacle!

– Palm Beach? dis-je estomaquée. Tu ne m'a jamais parlé de Palm Beach. Nous sommes à Beverley Hills. Je ne vais pas faire quatre mille kilomètres pour rencontrer quelqu'un que je n'ai jamais vu!

– Mais, chérie, son bateau est là-bas. Il doit passer dix jours à Palm Beach pour ses affaires. Il ne peut pas venir ici. Tu peux laisser cet horrible Chorche quelques chours.

Elle sourit en avalant une gorgée de Chablis. Sa mission n'était peut-être pas complètement accomplie mais le message avait été transmis...

– Pas question, Zsa Zsa, dis-je en allumant une cigarette. Je ne vais pas traverser le monde pour quelqu'un que je ne connais pas, si mignon ou si riche soit-il.

– Mais chérie, tu m'as dit que tu defais aller à New York la semaine prochaine pour la première de ton film. Palm Beach est pratiquement la porte d'à côté. Bien sûr il t'enferra son avion privé...

Elle continua son offensive de persuasion mais je n'étais guère enthousiaste... De plus il me fallait rentrer chez moi car George devait venir à 3 heures et demie j'avais justement quelque chose à lui dire... Je rentrai donc à Shoreham drive. C'était un bel après-midi californien pourtant je frissonnais. Il arriva à 4 heures, beau et bronzé comme à l'habitude. Il portait un costume prince de Galles, ses chaussettes étaient assorties à sa cravate et je remarquai ses chaussures neuves qui, manifestement, avaient dû coûter une fortune. J'essayai de me souvenir d'un cadeau, de fleurs, qu'il m'aurait offertes mais rien. Il ne m'avais jamais rien donné que lui-même. Je me demandai si cela était censé suffire...

Le rituel de nos rencontres de l'après-midi se composait d'un peu de conversation, suivi de quelques baisers et là, nous improvisions. Ce jour-là j'avais l'intention d'en rester à la première phase. J'avais besoin d'un verre pour me donner du courage. Il accepta la vodka-tonic que je lui tendis et s'assit en face de moi après avoir retiré sa veste. Il souriait, content de lui. J'étais son bien, sa petite princesse cachée à l'intérieur d'une tour d'ivoire dans les collines d'Hollywood. J'avalai mon verre non sans noter avec satisfaction qu'un rayon du soleil tombait juste sur l'endroit où ses cheveux commençaient à s'éclaircir. J'espère qu'ils vont tous tomber bientôt, pensai-je.

– Tu m'as dit que toi et Cloris faisiez chambre à part, mais je ne te crois pas, dis-je en le fixant.

J'espérais au fond de moi qu'il allait trouver une bonne explication, une bonne excuse.

Il me regarda, vida son verre de vodka et alluma une cigarette. Il ne fumait jamais! Allez, George, pensai-je, avoue, sors-moi tous les vieux clichés : elle était là et pas toi, mais je pensais à toi tout le temps. Mais dis quelque chose au lieu de rester là à faire une tête comme si tu venais de perdre quelqu'un dans ta famille. Allez, avoue, je vais alors commencer à pleurer et ensuite, je le sais bien, nous allons faire l'amour.

Toutes ces pensées me traversaient l'esprit tandis que je le regardais en silence, attendant qu'il dise quelque chose.

– Cloris est enceinte, dit-il d'une voix sans expression. Nous n'avons fait l'amour qu'une seule fois ensemble, crois-moi Joanie, et elle est de nouveau enceinte.

Je le regardai, sidérée. Comment était-ce possible?

– Comment... je veux dire pourquoi...? Quand?

Je pouvais à peine parler. Il y avait au fond de ma gorge une boule de la taille d'un poing qui m'empêchait de parler. Seule la vodka pourrait la faire partir. Je remplis silencieusement nos verres de vodka pure et il me raconta : environ sept ou huit semaines auparavant, il était chez moi un après-midi quand elle était arrivée et s'était mise à frapper à la porte en hurlant « George est ici, je sais qu'il est ici. Fais-le sortir ». Nous nous étions dressés sur le lit. J'avais voulu ouvrir la porte et lui assurer que George n'était pas là mais il m'avait dit de n'en rien faire. Au bout d'une dizaine de minutes les voisins avaient commencé à se plaindre et elle s'en était allée. Cela m'avait abasourdie car j'étais persuadée qu'à part Cappy Yordan et Marlon Brando, personne n'était au courant de notre liaison. Mais à Hollywood les rumeurs circulent aussi vite que le tam-tam dans la brousse. Aussi avait-elle vite su que la Cadillac de son mari avait été vue garée plusieurs après-midi par semaine sur le parking de mon appartement. C'était à cette époque, selon lui, qu'ils faisaient chambre à part. Il dormait sur un canapé dans le living room. Quand il rentra chez lui ce soir-là, elle lui jeta à la tête tout ce qui tombait sous la main et menaça même de se suicider.

Afin de me protéger et pour lui prouver qu'il n'avait pas d'aventure avec moi, il coucha avec elle – juste une fois – et voilà le résultat.

– Alors tu vas devenir le père de quatre enfants, dis-je d'une voix caverneuse. Je ramassai la bouteille de vodka, la vidai d'un coup au goulot – il en restait un bon quart – et la jetai dans sa direction. La bouteille s'écrasa sur la vitre de la fenêtre, juste derrière sa tête, faisant voler le verre en éclats. Il fit un bond, sidéré. Je pris un cendrier que je jetai aussi dans la baie vitrée, je jetai tout ce qui me tombait sous la main en hurlant, hystérique.

– C'est mon bébé qu'elle va avoir – le mien – comment as-tu osé lui faire un autre enfant?

J'étais comme folle. Il essaya de me calmer. Il savait que je détestais la violence, que je n'avais jamais frappé quelqu'un de ma vie; cette manifestation indiquait bien que je perdais les pédales.

Je ne le laissai pas s'approcher de moi. Mes poumons me faisaient mal d'avoir tant crié. Après tout ces mois d'attente, d'espoirs, je ne pouvais soudain plus supporter ses mensonges. Si j'avais eu un revolver sous la main je crois que je l'aurais tué. Un vrai crime passionnel. J'ignorais qu'il y avait tant de rage et de violence en moi. Cela faisait mal, mais en même temps une partie de moi-même observait tout cela avec intérêt. En tant qu'actrice j'espérais pouvoir éventuellement me servir de cette expérience dans le futur.

– Bien joué, disait une petite voix au fond de moi. Excellente performance, ma chère.

L'hystérie qui s'était emparée de ma personne en cet après-midi ensoleillé à Hollywood ne fut égalée en intensité que vingt ans plus tard, lorsque ma fille Katyana fut renversée par une voiture et se retrouva entre la vie et la mort en centre de réanimation.

Il partit quelques heures plus tard : Lorsqu'à 9 heures il quitta sur la pointe des pieds l'appartement, il laissait derrière lui une misérable petite chose lessivée, exténuée et animée d'un grand désir de vengeance...

Le lendemain j'appelai Zsa Zsa.

– Je pars pour New York demain, dis-je. Que ton ami Mr Trujillo m'appelle au Plaza.

Elle n'avait pas menti au sujet de Trujillo. Il était assez beau, le type très latin. Il était très bien élevé et son adoration pour moi n'était pas feinte. Nous dinâmes sur son somptueux yacht (il faisait 120 mètres de long) : l'Angelica, dans un luxe que seuls les gens très riches peuvent se permettre. Les assiettes étaient en or et les verres étaient faits du plus délicat cristal vénitien. Il y avaient des fleurs partout, des orchidées, des lilas mais aussi des plantes tropicales luxuriantes. Le caviar était servi à profusion. Les vins millésimés. La nuit était splendide à Palm Beach. La lune était pleine et se reflétait dans l'eau qui clapotait doucement contre le bateau. En plus des huit membres de l'équipage et le l'orchestre, il y avait d'autres gens que nous à bord, des notables de Palm Beach et de la République Dominicaine. La conversation était légère et frivole, comme dans toutes les réunions mondaines de ce type. Je ne connaissais pratiquement personne mais je m'en moquais. C'était agréable de se retrouver en compagnie d'un homme qui me trouvait si belle et n'arrêtait pas de le dire. Cela me changeait d'un George, si difficile à satisfaire.

Nous prîmes le café et le cognac sur le pont supérieur. Les palmiers se balançant doucement dans le lointain, le ciel bleu nuit et l'orchestre qui jouait des calypsos langoureux me rappelaient le tournage dans les Caraïbes. Nous avons dansé. Je me sentais légère. J'avais un petit peu trop bu. Je n'avais pas réussi à dormir la nuit précédente, à cause de George. J'eus alors envie de rentrer à l'hôtel de Palm Beach et dormir pendant une semaine. J'étais fatiguée et je le dis à « Ramfis » mais il insista pour que je passe la nuit dans la luxueuse suite qu'il avait fait préparer à bord pour moi.

Pourquoi pas? J'étais jeune, libre et libérée. Mon aventure malheureuse avec George occupait toujours mes pensées mais je savais bien qu'elle était en train de prendre fin. Alors pourquoi ne pas passer la nuit avec cet homme séduisant qui me traitait comme une princesse. Jusqu'alors je n'avais jamais couché avec quelqu'un sans en être amoureuse. Cette fois-ci ce serait différent. J'avais été parfaitement fidèle à George depuis plus d'un an, contrairement à lui. Notre liaison allait donc prendre fin de cette manière : sur un magnifique yacht, par une splendide nuit en Floride, avec le fils du président de la République Dominicaine.

L'automne tomba sur New York et je fus prise dans un tourbillon frénétique. Interviews, séances de photos, déjeuners de presse et émissions de télé. « Stopover Tokyo » sortit sur les écrans et reçut de très médiocres critiques. La plupart des films que je tournais à la Fox recevait des critiques plutôt tièdes et on écrivait souvent des choses comme :

« Joan Collins semble posséder bien plus de talent qu'on lui permet de le montrer dans ses films. Elle y est toujours utilisée comme un bel objet de décoration. »

Ma carrière avait six ans à peine et j'avais déjà tourné dans quinze films, même en vedette dans certains. J'avais travaillé en compagnie d'excellents acteurs et réalisateurs. Basil Dearden, qui avait mis en scène « I believe in you » était réputé pour son réalisme. Le rôle de Norma que j'avais tenu dans « I believe in you » est à mon avis le meilleur de mon début de carrière.

A cause de mon âge et de mon inexpérience les premiers films sur lesquels on me jugea étaient très imparfaits. Mon jeu, je m'en rends bien compte aujourd'hui, était encore assez limité. Mais être sans arrêt attaquée, quand on essaie d'apprendre et de s'améliorer, est assez pénible pour un acteur.

Heureusement, j'avais la chance (ou étais-je stupide?) de ne pas me laisser atteindre par le flot de critiques que je déclenchais.

Chaque film, pièce ou émission de télé que je faisais, m'apprenait de nouvelles choses.

Parfois c'était dur d'essayer un genre différent, d'adopter de nouvelles méthodes pour jouer la comédie. Quelquefois je tentais le coup et me ramassais, comme dans « The good die young ». Lewis Gilbert, un réalisateur pourtant très sensible et fin, avait fait avec moi une erreur de casting en me confiant le rôle de l'épouse bourgeoise de Richard Basehart. J'étais trop jeune pour le rôle – je n'avais que dix-neuf ans – et de ce fait il m'avait été impossible de rendre les tourments que connaissait cette femme.

J'étais bien plus à mon aise dans les comédies légères comme « Our girl friday » où j'avais interprété le rôle d'une jeune fille gâtée et insupportable.

Si aujourd'hui je devais donner un conseil aux jeunes acteurs et actrices débutants je leur dirais d'apprendre leur métier avant de se lancer sur une scène ou devant une caméra. Deux ou trois années dans un bon cours d'art dramatique sont, à mon avis, indispensables. Il est également très enrichissant d'étudier le jeu des comédiens établis.

Aujourd'hui, à la télévision, on peut voir les vieux films de Spencer Tracy, Katharine Hepburn, Barbara Stanwick, James Cagney, John Garfield, Claudette Colbert, Humphrey Bogart, Bette Davis, Cary Grant, Henry Fonda, Joan Crawford, James Stewart, Carole Lombard... la liste est sans fin. Et il y a tant à apprendre en les observant. C'est un avantage que n'avaient pas les gens de ma génération. Il est vraiment dommage que le théâtre se meure de nos jours. Pour un acteur, jouer une douzaine de pièces différentes au cours de la même saison est la meilleure des écoles. Je n'oublierai jamais les six semaines passées avec la troupe du Maidstone théâtre en Angleterre.

J'avais eu la chance d'être engagée à trois livres par semaine (l'équivalent de 75 F actuels) comme troisième assistante. Je ne pouvais pas être plus bas sur l'échelle; je faisais office de « souffleur » pour les six pièces du répertoire et devais également apprendre quatre rôles comme doublure.

Je regrette sincèrement d'avoir connu le succès si jeune, que tout soit arrivé aussi facilement. Plus tard, pendant mes années noires où plus rien ne marchait pour moi, j'eus le loisir d'étudier objectivement mes possibilités et mon jeu d'actrice. Je pus enfin me voir telle que j'étais vraiment, en tant que femme, en tant que comédienne.

Bien sûr les acteurs « naturels » existent, mais l'expérience et la technique sont absolument nécessaires pour maintenir une carrière honorable, d'ailleurs on ne cesse jamais d'apprendre. J'aime beaucoup une phrase de Laurence Olivier qui, dans son autobiographie, parle ainsi de ses débuts :

« La plupart des gens qui veulent devenir acteurs le font parce qu'ils veulent s'exprimer. Moi je suis devenu acteur parce que je voulais frimer. »

C'est vrai dans la plupart des cas.

C'était dans « Le pays des Pharaons » que j'eus pour la première fois l'occasion de jouer les méchantes. Par la suite, on m'a confié des rôles de vamps, de femmes fatales, de briseuses de ménages dans une bonne cinquantaine de films.

Dans la vie, et je pense que cela apparaît nettement dans ce livre, je ne suis pas ainsi. C'est pourquoi dans « The Opposite Sex », « Rally Round the Flag, Boys », « Up in the Cellar », « Alfie Darling », « The Bawdy Adventures of Tom Jones », » The Moneychangers », « The Stud et The Bitch », il s'agit vraiment de rôles de composition.

Néanmoins j'ai aussi tenu des rôles de filles sympas dans les films suivant : « The Virgin Queen », « The girl in the Red Velvet Swing », « Seawife », « Island in the sun », « Stopover Tokyo », « The Bravados » « Seven Thieves », « Esther and the King », « The Road to Hong Kong », « The Executioner », « Quest for Love » et « The Devil Within Her ».

Mon rôle d'Alexis dans « Dynasty » a apporté une touche finale, à ma panoplie de mauvaises femmes et il me sera difficile de m'en débarrasser. D'ailleurs je n'y tiens pas vraiment car au fond, malgré sa méchanceté, je l'aime bien...

On s'amusait bien à New York. Il y avait des parties tous les soirs. Les New-Yorkais étaient rentrés de leurs vacances d'été passées à Saint-Tropez ou aux îles Grecques et avaient retrouvé avec plaisir leurs clubs préférés comme le 21, le Pavillon, ou El Morocco. J'avais à présent autour du cou un splendide collier de diamants de chez Van Cleef et Arpel, un cadeau de Trujillo. Le bijou était arrivé le lendemain de mon retour de Palm Beach. C'était une pierre de 25 carats taillée en forme de fleur. J'avais bien essayé de la lui faire renvoyer mais, selon ses aides, il était déjà reparti à Saint-Domingue.

– Ce bijou est « un simple gage d'estime et d'amitié », le rendre serait une insulte, me dirent-ils.

Lorsque j'appelai Cappy Yordan à Berverly Hills, elle fut horrifiée à l'idée que j'aie pu envisager de refuser un tel cadeau, et Zsa Zsa aussi.

– Chérie, il est si riche que pour lui c'est comme s'il t'avait envoyé un bouquet de fleurs, dit-elle.

Alors je gardai le collier avec la pierre. « Tu l'as, donc montre-le bien à tout le monde », était l'une des règles d'or de Cappy.

C'était le premier bijou de valeur que je recevais. Arthur Loew, malgré sa fortune ne m'avait offert que des petites babioles en or et une bague avec une pierre d'un quart de carat, quant à Nicky Hilton il n'était pas connu pour ses largesses envers les femmes. Quel dommage, pensai-je, le seul bijou de valeur qui m'ait jamais été offert vient d'un homme qui n'a pas compté pour moi... Bien sûr, il était charmant, séduisant et gentil mais je n'avais aucune envie de le revoir.

J'avais terminé mon travail de promotion et on me rappela à Los Angeles pour un autre film. Nicky Hilton que je revoyais et Peter Theodoracopolis, un autre homme avec qui je sortais, s'étaient presque battus pour moi une nuit au Plaza. Il était grand temps que je quitte la ville et recommence à travailler.

Je croyais avoir tout à fait oublié George Englund. J'avais tort.

Le lendemain de mon retour, je reçus une rose rouge et un mot « Pardonne-moi. G. » Pas besoin de me demander de qui cela venait. Je fis comme si cela ne me touchait pas et partis pour le studio essayer mes costumes de « Rally Round the flag ». J'étais néanmoins très gaie. Était-ce à cause du billet?

Alors que je discutais avec Charles Le Maire, le responsable des costumes, on me signala qu'un certain monsieur Cunningham avait appelé trois fois. Cunningham était le nom qu'utilisait George lorsqu'il me téléphonait.

Mon cœur battit un peu plus vite. Je peux contrôler ma tête mais pas mon cœur.

– S'il rappelle, passez-moi la communication ici, dis-je.

Dix minutes plus tard, il rappela.

– Avant tout, dit George, je veux te dire trois choses : je t'aime, tu m'as manqué et je voudrais bien savoir qui est ce Peter Theodore je ne sais quoi. Je ne pus m'empêcher de rire bêtement.

– Nous sommes juste bons amis, dis-je en riant, tout en caressant la broche de diamants qu'il m'avait offerte lors de mon départ. Je ne savais pas à quoi cela tenait mais soudainement, tous les hommes que j'avais rencontrés s'étaient transformés en Père Noël. George n'eut pas besoin de se faire trop prier pour que j'accepte de le voir. D'autant plus qu'il prétendait avoir quelque chose de très important à m'annoncer. Mais j'insistai pour que nous nous retrouvions au restaurant La Scala. Considérant notre aventure comme terminée, il n'y avait plus aucune raison de se cacher.

– Cloris a perdu l'enfant, dit-il. Cela s'est passé quelques jours après ton départ pour New York. Nous nous sommes beaucoup disputés.

Il s'arrêta quelques instants pour finir sa vodka.

– Nous avons finalement décidé de divorcer. J'ai consulté mon avocat et...

Je m'appuyai sur la banquette, j'avais du mal à croire ce que j'entendais.

– Et je suis allé m'installer au Beverly Comstock, sur Wilshire boulevard, « le boulevard des rêves brisés ». Il disait cela parce qu'il y avait beaucoup d'hôtels dans ce quartier où allaient s'installer les maris fraîchement séparés de leur épouse, celles-ci gardant généralement la maison; le contraire de ce qui s'était passé pour moi lors de mon grotesque divorce avec Maxwell Reed. Cette partie du Wilshire boulevard où descendaient aussi les hôtesses de l'air et les mannequins était devenu un endroit connu car propice aux rencontres. C'était un peu le paradis des célibataires.

– Et moi là-dedans, qu'ai-je à y voir? demandai-je.

– Tu es à moi, bien sûr. Je t'aime. Et toi? Est-ce que tu m'aimes toujours? Et quand tout cela sera fini, peut-être que... Ça te dirait de devenir la belle-mère de trois garçons?

C'était bien plus que ce à quoi je pouvais m'attendre! Finalement il s'était décidé. J'étais la plus heureuse du monde. Nous commandâmes une bouteille de Dom Perignon pour célébrer l'événement. Pendant que nous buvions, il m'expliqua que son avocat lui avait bien recommandé – pendant la durée de la procédure de divorce – de ne pas être vu en tête à tête avec une femme, et encore moins avec moi car Cloris comptait me nommer comme responsable du divorce. En 1958, ce genre de scandale pouvait ruiner une carrière à jamais. J'avais autant à perdre que lui. Nous nous mîmes donc d'accord pour nous cacher jusqu'à ce que le divorce fût prononcé.

Nous nous retrouvions dans des petits restaurants près de la plage ou dans la Valley. Quelquefois nous sortions avec Marlon Brando et sa petite amie, la pétulante portoricaine Rita Moreno. Elle l'adorait et il la traitait plutôt rudement avec un mélange de passion et d'indifférence. Avec lui, elle ne savait jamais où elle en était... Leur liaison dura ainsi huit ans jusqu'au jour où elle faillit mourir d'une overdose de somnifères. Je sympathisais avec elle. Marlon aussi avait des difficultés conjugales avec son épouse, l'indienne Anna Kasshfi. Je n'ai jamais vu Marlon sortir avec une blonde, il aimait trop le type exotique. Marlon et George étaient en train de préparer ensemble un film intitulé The Ugly American. J'espérais que George m'y confierait le rôle de la femme de Marlon.

Malheureusement, cela ne put se faire. Mais finalement j'obtins un rôle qui m'amusa beaucoup : celui de la spirituelle et vive Angela dans « Rally Round the Flag, Boys ». A l'origine la Fox voulait Jayne Mansfiel pour le rôle de cette jeune femme sexy qui s'ennuyait à mourir dans une petite ville de province. Elle était mariée à un homme d'affaires et essayait de séduire Paul Newman lui-même marié à Joanne Woodward. Joan et Paul étaient allés trouver le réalisateur Leo McCarey pour le convaincre que Mansfield était trop vamp au premier degré pour le personnage, qu'il fallait quelqu'un avec plus de classe et d'humour, et ils l'avaient persuadé de m'engager. Ils étaient de bons amis. J'appréciais leur fidélité et leur loyauté. Bien peu d'acteurs se démènent pour faire obtenir un rôle à un ami mais les Newmans ont toujours été généreux et dévoués envers les leurs. Le film fut très intéressant et agréable à faire, mais, comme la plupart de mes films, il ne remporta ni un succès commercial, ni de bonnes critiques. Leo McCarey était un réalisateur très apprécié qui avait dirigé, entre autres, « Going my Way » avec Bing Crosby. Ce film lui avait valu un Oscar. Mais il avait vieilli et perdu ce sens du comique qui l'avait rendu célèbre dans les années trente. Pourquoi étais-je toujours abonnée aux réalisateurs certes célèbres mais en fin de carrière ? Ma vie sentimentale se portait on ne peut mieux et dans le film avec les Newmans, on me donna enfin l'occasion de déployer mes dons comiques demeurés inemployés depuis « Skin of Our Teeth ». Je reçus d'excellentes critiques. Les gens semblaient étonnés qu'une jolie fille puisse être également drôle. De plus, on m'avait laissée improviser, chose jamais autorisée auparavant. La scène où Paul et moi devions nous saouler tandis que j'essayais de lui apprendre le cha-cha-cha fut une véritable crise de fou rire qui dura toute la journée. Mon maquillage coulait sur mon visage tant je riais. Paul me regardait et disait :

– Angela, je n'oublierai jamais votre visage, je le reconnaîtrai entre mille.

Et nous nous écroulions de rire sur le sol.

Nos fous rires étaient communicatifs et bien vite toute l'équipe fut pliée en deux. Tout le monde s'amusa beaucoup. Dommage que rien de tout cela n'apparût sur l'écran... Les affaires de la Fox, avec qui j'étais en contrat, n'étaient plus guère brillantes. Ses studios qui avaient produit des succès comme « Gentleman's Agreement », « Les raisins de la Colère », « Le Fil du Rasoir » et « Lettre à trois épouses », tournaient à présent des choses comme « The Girl Can't Help It » avec Jayne Mansfield ou « How to Be Very, Very Popular » avec Sheree North. C'était déprimant. Particulièrement pour les actionnaires. Zannuck s'occupait de moins en moins de production. Buddy Adler était à présent directeur des studios et tout ce qu'il faisait se ramassait. Le studio décida alors de réaliser une super-production, « Cléopâtre », la première femme fatale de l'histoire. Pour tenir le rôle du fascinant et sexy serpent du Nil, on pensa à moi. Néanmoins, Walter Wanger, le producteur, ne m'accepta pas telle que j'étais. Je devais apprendre à marcher et à parler comme une reine d'Égypte. On me demanda aussi de perdre du poids car je pesais alors 54 kg « ce qui est trop pour Cléopâtre », me disaient les spécialistes.

Je me mis à la diète, je fis de l'exercice; je passais des heures et des heures dans les studios de maquillage et on me confectionna une étonnante perruque bleu-noir. Non moins étonnant fut le costume créé pour les essais que je devais faire.

C'était un pagne violet qui s'arrêtait au niveau des hanches, avec des sandales argentées dont les lacets montaient jusqu'aux genoux et un soutien-gorge également argenté auquel étaient accrochés divers pompons et breloques. Un large collier d'argent m'enserrait la gorge rendant mes mouvements de tête malaisés. D'énormes boucles d'argent pendaient de mes oreilles et venaient s'emmêler régulièrement dans ma perruque. J'avais également autour de mes bras des bracelets d'argent en forme de serpent. Je fis beaucoup d'efforts. Les premiers essais ne furent guère concluants mais Walter Wanger persévéra dans son idée. Si cela ne collait pas c'était à cause des costumes inadéquats avec le personnage : je fis trois essais différents dans trois costumes différents et importables. J'avais très envie de jouer Cléopâtre. J'avais tenu ce rôle pour l'examen d'entrée à l'A.R.A.D. et je savais qu'il était pour moi. Bien sûr, pendant ce temps, ils essayaient aussi d'autres actrices. C'est alors que je fus confrontée à cet horrible chantage que connaissent malheureusement toutes les actrices à un moment ou à un autre de leur carrière. Spyros Skouras, un vieil homme d'origine grecque était directeur du conseil d'administration à la Fox. Il avait son mot à dire sur le casting et me le fit savoir! Il me téléphonait sans arrêt, me poursuivait dans les studios. Il aurait pu être mon grand-père! Mais il était tenace et son marché était simple : le rôle contre une partie de jambes en l'air. Merci bien, grand-père, mais j'ai tout ce qu'il faut à la maison! Je m'efforçai d'agir avec diplomatie mais les Grecs sont des gens très susceptibles. Il m'appela plusieurs fois dans le but de me dire que je faisais une énorme erreur pour ma carrière en repoussant ses avances. Ceci ne fut pas du goût de George, qui passait la plupart des nuits chez moi – il me considérait comme sa propriété – et qui, bien sûr, entendait les conversations téléphoniques... Il était fou furieux contre le Grec. D'autant plus que je lui avais parlé de mon aventure avec cet autre Grec, jeune celui là , Peter. George était incroyablement jaloux. De tout. Il suffisait que je sourie au facteur et j'avais droit à une scène : comment oses-tu? Tu ne te rends pas compte! Je passe pour un imbécile, etc. Je connaissais tout cela par cœur et je devins particulièrement nerveuse. Je commençai même à faire des allergies qui se manifestaient par des crises d'urticaire aiguës. Les docteurs découvrirent que j'étais complètement allergique aux fruits de mer et il me fut absolument défendu d'en manger. Ce qui me porta un coup car je les adorais. Mes crises d'urticaire devenaient de plus en plus violentes, le docteur Sellars m'avertit que cela pouvait s'avérer vraiment dangereux. A la fin du tournage de « Rally Round the Flag », j'organisai une petite party chez moi. J'allais souvent aux parties mais je n'avais guère l'habitude d'en donner. La plupart des gens qui vinrent chez moi ce soir-là dans mon petit appartement modeste étaient habitués aux grandes réceptions. Je fis donc de mon mieux pour jouer la parfaite hôtesse auprès de gens comme Paul Newman, Joanne Woodward, Sammy Davis, Milton Berle, Stanley et Marion Donen.

Le restaurant La Scala s'était occupé de la nourriture et j'avais choisi le menu avec soin. Ou plutôt, j'avais cru le choisir avec soin : après les entrées, je sentis mes joues s'enflammer et d'énormes cloques apparurent sur mon cou et mes épaules. Le docteur Sellars m'avait dit de l'appeler à n'importe quelle heure si cela se produisait. Cette heure était arrivée. J'allai dans la chambre où j'avais un téléphone. Sammy Davis y était déjà et parlait en couvrant d'une main l'autre oreille afin de ne pas être dérangé par le bruit ambiant.

– Kim, chérie, tu sais que je tiens à toi – je me fiche bien de ce que ce journal dit...

Je l'interrompis en plein milieu de sa phrase.

– Sam, il faut que je me serve du téléphone, s'il te plaît.

Mais il ne m'entendit pas et continua.

– Bien sûr que non, chérie, comment peux-tu te laisser ainsi...

– Sammy, s'il te plaît, hurlai-je.

Il leva les yeux et sursauta.

– Mon Dieu, dit-il, qu'est-ce qui arrive à ton visage?

Je lui arrachai le téléphone des mains, jetai un « Pardon, Kim » dans l'appareil et composai le numéro de Al Sellars. Un groupe d'invités s'était rassemblé autour de moi et observait avec stupeur leur charmante hôtesse se transformer en Dracula.

– Venez ici immédiatement, dit le docteur.

– Je te conduis, dit Stanley Donen, vite.

Je pris une écharpe et m'engouffrai dans les escaliers. Je commençai à avoir du mal à respirer normalement. Stanley conduisit très vite tout le long de Sunset boulevard. J'avais l'impression que mon visage enflait comme si quelqu'un me le gonflait avec une pompe à vélo. Je me regardai dans le rétroviseur.

– Oh mon Dieu. S'il te plaît, Stanley, ne me regarde pas!

J'entourai mon écharpe autour de cette chose grotesque qu'était devenu mon visage. Il avait pris la taille d'un ballon de football et était complètement rouge. On ne voyait même plus mes yeux. Mes lèvres ressemblaient à des bananes, si épaisses que je ne pouvais presque plus parler mais le pire de tout c'était que je ne pouvais plus respirer normalement. Ma gorge avait également enflé. J'étais en train d'étouffer.

– Jésus Christ, dit Stanley avec horreur.

Il appuya sur l'accélérateur et monta immédiatement à 160 à l'heure, brûlant tous les feux rouges sur son passage. Je ne pouvais plus parler, et à peine respirer. Je m'appuyai sur la banquette, l'écharpe sur mon visage afin que personne ne puisse plus voir cette horreur. Je réalisai que j'étais vraisemblablement en train de mourir.

– Je suis en train de mourir, hoquetai-je.

– Tu vas t'en sortir, tu vas t'en sortir, petite.

La voix de Stanley était rassurante mais son visage, décomposé par la peur, était loin de l'être. Certes je songeais que j'étais en train de mourir, mais une petite voix au fond de moi me conseillait de bien laisser mon écharpe sur mon visage afin que personne ne puisse me voir.

« Vivez vite, mourez jeune et faites un beau cadavre... » C'était une des répliques de Bogart dans « Knock on Any Door ». J'avais accompli la première chose, étais sur le point de faire la seconde, mais j'avais des doutes quant à la réussite de la troisième. J'espérais qu'on m'enverrait au four crématoire avant que quiconque ait eu le temps de me voir. Puis je m'évanouis dans les bras de ce qui fut pour moi une apparition divine : une infirmière. On me transporta dans une salle de soins où Sellars m'injecta immédiatement une piqûre dans le bras. En même temps j'entendais le docteur Kildare dire :

– Il faudra peut-être lui faire aussi une trachéotomie. Formidable, pensai-je, quelle merveilleuse soirée! Mon visage était comme un énorme ballon, et mon corps semblait avoir été dévoré par dix mille moustiques.

Comme par magie, ce dernier commença à réagir à la piqûre. En arrivant dans le bureau du docteur, je pouvais déjà respirer plus facilement et le dirigeable qui me servait de visage dégonflait à vue d'œil.

La mort n'était donc pas pour aujourd'hui. Mon astrologue m'avait dit que je serais toujours sauvée « à la vingt-troisième heure » in extremis, qu'il s'agisse de désastre financier, de mort certaine ou de vilaines aventures émotionnelles. Mon visage redevenait normal. Stanley Donen fut sidéré en apprenant qu'à l'article de la mort, mon seul souci avait été de camoufler mon visage afin que personne ne puisse voir ma laideur... Tel était l'état d'esprit des jeunes actrices sous contrat avec un studio. Sous aucun prétexte je ne pouvais me laisser aller devant quiconque, je devais toujours être parfaite. Même devant la mort!

George revint de son dix-neuvième voyage en Orient où il allait faire des repérages, et nous décidâmes de nous rendre à une grande party donnée par l'industrie cinématographique.

Elle avait lieu au Romanoff et le Tout-Hollywood était bien décidé – au diable les rendez-vous du matin – à s'amuser toute la nuit.

Je portais le collier offert par Trujillo. J'étais splendide, avec ma robe de soie blanche et des boucles d'oreilles en diamant que je m'étais offertes avec une partie des frais alloués lors du tournage à Londres d'« Une île au Soleil ». Habitant chez mes parents, j'avais économisé l'argent de l'hôtel. Pas bête!

George et moi formions un très beau couple et quelques personnes étaient au courant de notre liaison. J'étais si heureuse de pouvoir sortir, me montrer avec lui. Bientôt, il me l'avait encore affirmé la veille, nous serions mariés et rien que d'y penser je frissonnais de bonheur. Quelle merveilleuse soirée! C'était si agréable, pour une fois, de pouvoir danser avec l'homme que j'aimais au vu et au su de tous, sans devoir faire semblant d'être en compagnie d'un autre.

– C'est cela le collier que Trujillo t'a offert?

Je ne pouvais pas en croire mes oreilles. Une de mes amies, la seule en dehors de Zsa Zsa et Cappy à être au courant, venait de s'asseoir sur la banquette à côté de nous. Elle avait manifestement bu un verre ou deux de trop.

– N-n-non, c'est au studio, dis-je rapidement en jetant un coup d'œil vers George.

– Il ressemble vraiment à celui que tu m'avais décrit, insista-telle en se penchant vers moi pour le regarder de plus près.

– Ils font vraiment d'étonnantes imitations dans les studios de nos jours, n'est-ce pas? dit son mari qui venait à ma rescousse. Je me retournai, rouge, vers George qui me regardait durement.

– Trujillo? demanda-t-il d'une voix où pointait la menace et la colère. Qui est-ce Trujillo? Si je puis me permettre de te poser la question!

Le ton de sa voix était encore plus menaçant et sa main qui, jusqu'alors était posée doucement sur mon genou, commençait à le serrer comme un étau. Je ne pouvais rien dire, le fard que je piquai et les diamants brillant à mon cou parlaient d'eux-mêmes. J'étais coincée, oui j'avais été infidèle à mon amant infidèle. Je lui racontai tout. Il essayait de se contrôler, de ne pas montrer qu'il était ivre de colère sans y parvenir vraiment. Mon amie, qui avait réalisé sa gaffe, me fit une grimace éplorée de l'autre bout de la pièce. Nos voisins les plus proches regardaient vers nous sans perdre une miette de ce qui se passait.

– Salope, me dit-il à l'oreille. Tu es pire que la pute qui travaille au coin de la rue.

Il saisit le collier, l'arracha de mon cou et le jeta à

travers la pièce au grand dam de l'assistance féminine qui considérait le diamant comme le meilleur ami de la femme. Il se leva et partit me laissant à quatre pattes à la recherche de mes bijoux devant le Tout-Hollywood. Quelques amies m'aidèrent à retrouver ces précieuses pierres bien inutiles dont pourtant certaines femmes ne peuvent se passer. J'étais humiliée. Je connaissais beaucoup de gens dans ce métier qui n'approuvaient pas ma conduite. Et pour beaucoup de femmes j'étais une menace à cause de mon « manque de morale ». Pure hypocrisie et paradoxe à double sens puisque à côté de cela on considérait normal pour une actrice de coucher pour décrocher un rôle. Par contre faire l'amour par envie était une attitude condamnable! Sans aucun doute la plupart des femmes qui assistaient à la scène, pensaient que je n'avais que ce que je méritais. D'autant plus que l'homme avec qui je sortais était marié.

Nous restâmes plus d'une heure à ramasser les petits diamants. Il y en avait au moins cent cinquante, aucun ne fut perdu et bien que le collier fût en pièces, il n'était pas irréparable. Les serveurs s'étaient joints à la chasse au trésor et nous finîmes donc par tout retrouver.

George et moi nous sommes réconciliés. C'est fou le nombre de réconciliations que nous avons connues. On aurait dit que nous passions la moitié du temps à nous fâcher et l'autre à nous réconcilier! Nous nous présentâmes mutuellement des excuses. Lui pour s'être ainsi emporté et m'avoir donnée en spectacle et moi pour l'avoir trompé après l'horrible nouvelle de la grossesse de sa femme. Pendant quelques semaines tout alla bien jusqu'à ce qu'éclate le scandale Trujillo.

« Des cadeaux pour les filles » titrait à la une un journal.

Des diamants pour Kim Novak et Joan Collins. » La presse à scandale s'était jetée sur l'affaire et publiait des histoires invraisemblables où sexe et luxure avaient la vedette à la grande satisfaction des lecteurs, friands de ce genre d'histoire.

Tout avait commencé au Congrès où l'on votait l'aide financière à accorder à la République Dominicaine, quand un député demanda si ce pays avait vraiment besoin d'aide. On avait découvert que le fils Trujillo, marié et père de six enfants, avait dépensé plus de six millions de dollars. Ceux-ci ne pouvaient provenir que de l'aide financière américaine, et avaient servi à de somptueux cadeaux pour diverses actrices connues. La liste était impressionnante.

A Zsa Zsa Gabor : un manteau de chinchilla d'une valeur de huit mille cinq cents dollars et une Mercedes-Benz d'une valeur de cinq mille cinq cents dollars. A Kim Novak (qu'il prétend aujourd'hui vouloir épouser malgré ses six enfants) une bague de diamant d'une valeur de mille cinq cent dollars et une Mercedes-Benz (il aimait bien cette marque) huit mille cinq cents dollars. Enfin à Joan Collins – après avoir faiblement nié, je fus bien obligée de l'admettre – un collier de diamants d'une valeur de dix mille dollars.

Zsa Zsa prit courageusement la défense de Trujillo et violemment la sienne propre lorsqu'un député l'appela « la courtisane la plus chère depuis Mme de Pompadour » Zsa Zsa, avec son humour typiquement hongrois, déclara « Je me suis trompée de siècle, si j'étais née au bon moment, j'aurais envoyé Mme de Pompadour au chômage ! »

Mlle Novak prit également la défense de Trujillo. Des photos d'eux main dans la main étaient parues dans la presse.

– Cet homme est un parfait gentleman comme son père, qui fait tant de bien à son pays.

Toute cette publicité avait attisé la colère et la jalousie de George. Il y eut d'autres scènes, d'autres pleurs, d'autres réconciliations. Je recommençais à faire des petites allergies.

– Ce sont les nerfs, dit mon docteur, quittez la ville quelque temps jusqu'à ce que tout cela soit tassé.

Je partais à New York où je devais participer à une émission de télévision. Je me promenais sur Madison avenue un après-midi, quand je tombai sur un petit magasin qui m'intrigua. Il s'appelait « Jolie Gabor Bijou ». La boutique était pleine de bijoux apparemment authentique mais qui, en fait, étaient en verre et en toc. Ils étaient si parfaitement réalisés qu'ils ressemblaient à s'y méprendre aux rubis, diamants, émeraudes les plus coûteux.

Dans le magasin, il y avait de nombreuses photos des trois filles Gabor avec leur maman présentant ces fameux faux bijoux dessinés par elle-même. Mme Gabor mère était là en personne ce jour-là. Elle était très belle, ressemblant, en plus jeune, à Barbara Cartland. A côté d'elle, avec ma jupe grise, et mon pull noir, j'avais l'air d'une collégienne.

Mme Gabor, manifestement, m'imaginait plutôt avec des petites broches bon marché, car lorsque je lui montrai le collier en « diamants » dans la vitrine, elle me demanda :

– C'est pour fotre maman?

Elle avait la même voix et le même accent hongrois que sa fille.

– Non, c'est pour moi, répondis-je en examinant le collier avec attention.

C'était absolument incroyable. Il ressemblait à s'y méprendre à celui que Trujillo m'avait offert. Une idée me vint à l'esprit.

– Combien?

– Cent vingt-cinq dollars, dit Mme Gabor, plutôt surprise qu'une « collégienne » accepte de payer si cher quelque chose qu'on portait rarement sur les campus! Sans maquillage et ainsi habillée, je faisais dix-sept ou dix-huit ans...

– Je suis une amie de votre fille, dis-je en remplissant mon chèque.

– Ah, pien sûr, dit-elle en souriant. Avec Zsa Zsa, tout était possible et Dieu sait ce qui pouvait se cacher derrière ce masque innocent...

– Je vous souhaite peaucoup de succès avec ce pijou, dit-elle en me tendant le paquet. Fous serez très cholie avec. A condition de mettre une rope assortie...

– Merci madame, dis-je en sortant. George allait avoir une surprise.

Un soir nous fîmes un très romantique dîner aux chandelles dans un petit bistrot situé sur la plage de Malibu. C'était une parfaite nuit californienne. Après le dîner nous partîmes main dans la main pour une longue promenade le long de la plage. J'avais bu une bouteille de vin blanc et me sentais légère. Nous célébrions le premier anniversaire de notre rencontre. Notre liaison avait connu des hauts et des bas mais au fond, toute ma vie n'avait été qu'une suite de hauts et de bas... Je m'y étais faite. George n'était pas un homme facile à vivre. Certes fascinant, intelligent, séduisant, mais son caractère, sa jalousie et son attitude ambivalente vis-à-vis de son divorce en cours ne me mettaient pas à l'aise. Aujourd'hui je ne sais toujours pas quelle place j'occupais vraiment dans sa vie.

– Chéri, fis-je d'une petite voix, je sais que cette histoire du collier de diamants t'a beaucoup déplu. Je mis un doigt sur ses lèvres pour l'empêcher de répondre.

– Non, ne dis rien mon chéri. Je réalise aujourd'hui que j'ai été idiote d'accepter un tel cadeau de quelqu'un que je connaissais, euh, à peine. Non, ne dis rien. Comme je t'aime et n'aime que toi, je vais faire quelque chose qui j'espère va clore à jamais le chapitre du collier de diamants.

Je sortis le collier de mon sac, le fis briller sous la lumière de la lune.

– George, mon chéri, regarde, pour moi, ton amour vaut bien plus que tous les diamants du monde...

Et je jetai dans l'océan le chef-d'œuvre à 125 $ de maman Gabor. Il me regarda, sidéré.

– Doux Jésus, chérie, tu viens de jeter dix mille dollars aux requins!

– Je sais, dis-je, mais c'est pour te montrer combien je t'aime. Je ne veux plus que ce bijou se dresse entre nous.

Il sembla très touché par mon geste et m'embrassa avec passion. Au fond de moi, je ne me sentais pas très fière mais j'espérais qu'on ne parlerait plus jamais de Trujillo. Ce qui fut le cas. Cependant une semaine plus tard, je le surpris en train d'embrasser passionnément, dans une voiture, la blonde épouse d'un célèbre chanteur italien. Je compris alors qu'une fois de plus... j'avais tiré le mauvais numéro. Le lendemain, sans être annoncée, j'allai le trouver à son bureau. Il nia tout. Il mentait avec aisance (je m'en étais déjà aperçue avec sa femme) et il me convainquit presque. Mais pas tout à fait. J'appelai l'épouse de ce chanteur à Palm Beach.

– Tu joues avec le feu en ce moment, lui dis-je. Tu laisses tomber George Englund ou je raconte tout à ton mari, et je te jure que je le ferai!

Elle nia, elle pleura, et finalement avoua que c'était vrai. Je raccrochai écœurée. Le téléphone sonna, c'était mon agent.

– Tu sais monter à cheval?

– Bien sûr que non, les chevaux me font mourir de peur.

– Tu vas devoir apprendre à monter, dit-il. Tu pars dans deux semaines tourner un western au Mexique avec Gregory Peck. Va au ranch de la Fox demain matin à neuf heures. Tu as peu de temps pour apprendre, tu feras bien de t'appliquer.

– Mais les chevaux me terrifient. Que va-t-il se passer si je n'arrive pas à monter!

– Tu seras de nouveau mise au rencart et je sais que tu ne peux pas te le permettre. Allez ma vieille, au boulot!

Un western! Moi, sur une selle, quelle plaisanterie! Mais au moins cela me permettait de quitter la ville, de m'éloigner de lui. Il avait une emprise totale sur moi. Je détestais et aimais cela en même temps. Étais-je en train de devenir maso? Mon psychanalyste m'affirmait que j'essayais toujours de conquérir mon père. Ainsi cette histoire avec George et Cloris représentait cette situation. Mais je savais qu'il y avait bien plus que cela. Ce n'était pas seulement le simple complexe d'Œdipe qui m'attirait ainsi vers George. Quand les choses allaient bien entre nous, je me sentais en parfaite harmonie avec moi-même. Je n'avais jamais atteint cette sérénité et ce bonheur avec personne d'autre auparavant.

Je crois qu'aimer quelqu'un, qu'il soit un amant, un parent ou un ami, c'est d'abord l'accepter tel qu'il est et non essayer de le modeler comme on voudrait qu'il soit. Aimer, c'est être heureuse quand l'autre fait quelque chose qui le rend heureux, même si cela implique de ne pas pouvoir toujours être à ses côtés. C'est pour cela que je laissais George faire ce dont il avait envie. Il se sentait toujours coupable au sujet de son divorce, je comprenais cela et essayais de l'aider en évitant le plus possible d'aborder nos propres problèmes. Il avait également besoin de voir d'autres femmes car il avait été enfermé si longtemps dans les relations du mariage pour immédiatement débuter une aventure avec moi; il avait besoin d'un peu d'oxygène, de s'amuser avec d'autres, de « bouger ». Une pilule plutôt dure à avaler, mais je comprenais aussi cela. J'essayais très fort de m'accommoder parce que je l'aimais plus que tout. Je piétinais ma fierté et mon orgueil mais je tachais d'être patiente et forte. Ne pas craquer. Quand je repense à cette époque je réalise qu'il ne m'aimait pas assez. Et moi, je l'aimais trop pour le quitter...

Depuis, au cours des années, nous nous sommes revus plusieurs fois par hasard, à chaque fois il m'a dit que si j'avais été « plus patiente » nous serions aujourd'hui mariés ensemble. Je me le demande. La patience et la compréhension ont aussi leurs limites.

Ce fut donc très perturbée par mes problèmes de cœur et avec le derrière à vif (à cause de mes deux semaines d'entraînement équestre intensif), que j'arrivai dans ce petit village du Mexique pour le tournage de « The Bravados ». C'était de nouveau en extérieur. Je ne pouvais décidément rester plus de deux ou trois mois chez moi sans devoir partir pour quelque pays étranger... Tout en examinant la maison bourrée d'insectes où j'allais devoir passer les sept prochaines semaines, je pensai à mon astrologue. Il m'avait parlé d'une précédente vie de bohémienne, de nomade. « The Bravados » possédait un bon script, un réalisateur correct : Henry King et une excellente distribution : Gregory Peck, Henry Silva, Stephen Boyd, Albert Salmi et Lee Van Cleef. Moi, je devais tenir le rôle d'une propriétaire de ranch, dure, arrogante, sûre d'elle. Je devais avoir l'air d'être née sur un cheval. En fait je me sentais complètement mal à l'aise et déplacée dans ce rôle, et je craignais que cela ne se vît.

J'avais passé les deux semaines précédentes avec Henri, Albert et Stephen dans le ranch de la Fox à monter consciencieusement une vieille jument, Dolcie, aussi nerveuse qu'un vieux pot de colle. A présent, j'étais habillée en vraie cow-girl avec des boots si étroites qu'elles me coupaient la circulation des pieds. On me montra le cheval que je devais monter. Imaginez un moteur de formule 1 attaché à un dragon et vous avez Pancho. Un étalon noir, jeune, vif, et dangereux! Il bouillait d'énergie tandis qu'on me mettait de force sur la selle.

Bien sûr, Pancho sentit immédiatement que j'étais nerveuse, ou plutôt, devrais-je dire, morte de trouille... Je me penchai en avant et lui caressai le museau pour lui faire comprendre que je l'aimais beaucoup. Je lui offris deux sucres. Il m'avala pratiquement la main avec. Ses sabots trépignaient. Manifestement il voulait bouger, et surtout montrer à toute l'équipe de caméramen et de techniciens qui était le chef ici. Moi, je le savais déjà... Je me penchai vers le moniteur d'équitation et lui demandai à l'oreille de surtout ne pas s'éloigner de nous. Le cheval tourna la tête et me regarda en hennissant; il m'avait entendue. Je suis sûre qu'il savait à quel point j'avais peur.

– Rien à craindre, ma belle, me dit le vieux cow-boy tout en mâchant son chewing-gum. Il n'y a aucun danger, il faut simplement que tu te relaxes. Décontracte-toi, sinon Pancho va sentir que tu es tendue.

– Restez près de moi jusqu'à ce qu'Henry dise « Action » dis-je aux quatre cow-boys chargés des chevaux. Ils regardaient avec amusement cette petite anglaise pétrifiée sur le cheval le plus faible du Mexique.

Au fur et à mesure du tournage, Pancho et moi furent de moins en moins amis. Dès qu'il me sentait arriver, il ruait. Il roulait des yeux et hennissait en me montrant son ratelier jaune dans un sourire de bienvenue sarcastique. Je suppliai Henry de me faire doubler sur les longues scènes de galops et finalement il accepta. Non, sans renauder : il était le genre d'homme à ne pas comprendre que quelqu'un puisse ne pas adorer les chevaux. Quant à moi, j'avais pris cinq kilos en deux semaines. Un mélange de terreur et d'ennui m'avait poussée à me réfugier dans la nourriture. Chaque soir, au dessert on servait de la tarte. Je m'en gavais. J'avais sympatisé avec le cuisinier qui était très sensible à mes compliments sur sa cuisine. Aussi, chaque soir, il me donnait ce qui restait. Je retournais dans ma chambre et me goinfrais jusqu'à ce que je n'en puisse plus, en écoutant des ballades de Frank Sinatra, Tony Bennett ou Johnny Mathis. Je sombrais alors dans des sommeils lourds, peuplés de cauchemars ou des chevaux aux yeux rouges me poursuivaient pour me dévorer de leurs dents jaunes. Le matin, je mettais dans mon sac ce que je n'avais pas mangé et je le finissais lors du break de la matinée. Après dix jours de ce régime, la costumière qui n'arrêtait pas de relâcher les coutures, me demanda si j'étais enceinte! J'avais pris de partout et possédais à présent un derrière digne de celui de Jane Mansfield!

Le réalisateur décida alors de se servir le plus possible de ma doublure; il espérait que cela me calmerait et donc m'éloignerait enfin des tartes. Ils durent même remplacer Pancho; celui-ci – et cela prouve bien combien ce petit salaud était dangereux – mécontent, certainement, de ne plus pouvoir me terroriser chaque matin, avait rué devant l'instructeur et lui avait brisé la hanche en trois morceaux! J'arrêtai de me gaver de tartes, et passai mes soirées à jouer aux cartes. De plus une très belle amitié naquit entre moi et le nouveau cheval, Adonis. Je tournais donc moi-même la plupart des scènes à cheval. Il y avait une scène où Gregory Peck et moi étions à la recherche d'une petite fille kidnappée. Nous étions censés être à cheval depuis trois jours. Or, la coiffeuse et la maquilleuse me remaquillaient et me remettaient chaque matin sur la tête une perruque impeccablement bouclée. La première chose que je faisais était de me barbouiller le visage de boue et de me décoiffer.

– Cette petite est en train de ruiner sa carrière! s'écriait l'habilleuse en levant les yeux au ciel.

Moi, je voulais simplement avoir l'air de quelqu'un qui avait passé trois jours à cheval. Mais à cette époque le réalisme n'était pas de mise sur les plateaux de cinéma, les actrices étaient des déesses intouchables.

Une fois coiffées, habillées et pomponnées ainsi, nous avions l'air de mannequins de défilé. Cette légende selon laquelle les jolies actrices sont forcément de mauvaises comédiennes vient certainement de là...

Et peu importaient les circonstances des scènes que nous tournions, nous devions toujours être parfaites. Dans « The Bravados », j'étais un peu plus proche de la réalité de mon rôle, mais j'étais tout de même par rapport aux films actuels apprêtée de façon ridicule. Je n'avais guère discuté avec Gregory Peck jusqu'à cette scène où nous devions chevaucher ensemble. Il était assez timide et ne fréquentait pas le reste de l'équipe. Il passait la plupart de son temps avec sa ravissante épouse française, Véronique.

Il nous impressionnait tous beaucoup. C'était une grande vedette et il semblait plutôt austère et distant.

Il était très beau, grand et élégant. Finalement, je découvris qu'il n'était ni fier, ni distant mais simplement très timide. Il n'était pas à l'aise avec les gens qu'il ne connaissait pas. Par ailleurs, il possédait aussi un merveilleux sens de l'humour. Il commença à me taquiner sur ma frayeur des chevaux.

– Je pensais que les Anglaises montaient toutes comme des amazones. Allez, Collins, un peu de cran, montre-leur ce qu'une Anglaise sait faire sur un cheval. Nous étions en train de tourner une scène de galop au bord d'une falaise d'un canyon. Nous galopions de plus en plus vite. Un faux pas du cheval et c'était la chute à pic, la mort. Il alla encore plus vite et je ne pus que le suivre. Je refusais de trop réfléchir. Soudain, toute peur disparut de moi, je me sentis complètement à l'aise, contrôlant parfaitement les cent cinquante kilos de muscles qui se trouvaient sous moi. Je me sentis libre, joyeuse, invulnérable.

La voiture sur laquelle était installée la caméra eut du mal à nous suivre. Ils ne s'attendaient pas à ce que

Ma grand-mère Henrietta Collins, en tournée en Afrique du Sud. Cette pionnière de l'émancipation féminine, enceinte de mon père, continua de danser presque jusqu'à sa naissance à Port Elizabeth.

Mon père, Joe, ma mère, Elsa, et "parrain" Lord Lew Grade. Motif du regard anxieux de ma mère : je suis née sept heures plus tard...

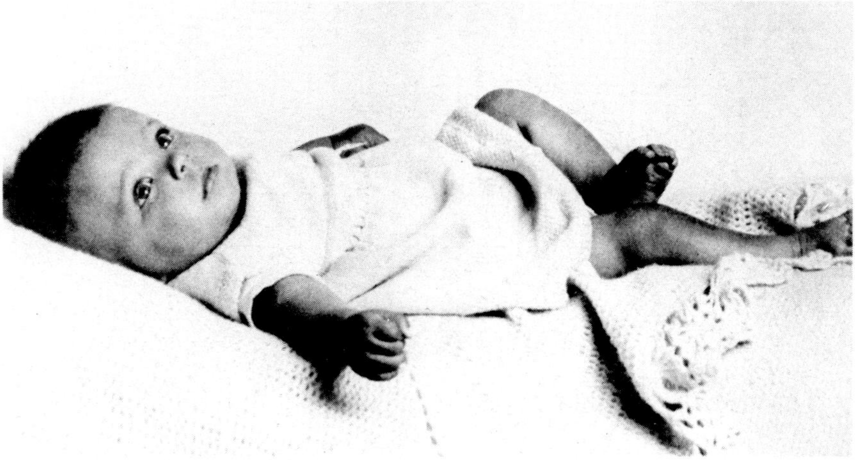

Quel magnifique bébé !

Ma photo favorite de
maman et moi.

Ma photo favorite de
papa et moi
– un peu freudienne quelque part...

J'ai onze ans et rêve déjà d'être actrice.

Maman et sa nichée : Jackie, Bill et moi.

J. Arthur Rank Organization

A quinze ans, je ressemblais au “vilain petit canard”.

J'ai signé pour Rank. Première photo de presse.

Mes débuts de starlette dans *Lady Godiva rides again*. C'était mon premier bout de rôle au cinéma : j'avais une ligne.

J. Arthur Rank Organization

Sunday Pictorial

"Je mangeais dans la main" de mon premier mari – mais pas pour longtemps !

Mon premier rôle de vedette dans *I believe in you,* avec Laurence Harvey. Il m'impressionnait terriblement.

J. Arthur Rank Organization

J. Arthur Rank Organization

Baptisée "la réplique anglaise d'Ava Gardner", je ne pensais franchement pas qu'elle avait le moindre souci à se faire.

Sur scène, en tournée avec *The praying mantis,* l'un de mes premiers rôles de "dévoreuse d'hommes".

J. Arthur Rank Organization

Ma première tête d'affiche.

Quelle tenue gênante !
Il m'arrivait d'être habillée soit en "Bunny" soit carrément en "dinde de Noël".

J. Arthur Rank Organization

Le look des années 50. Les sourcils de six centimètres d'épaisseur faisaient rage.

Magnum

UPI

Darryl F. Zanuck apprécia ce qu'il vit : et je fus instantanément propulsée à Hollywood. Darry avait un faible pour les femmes, heureusement, j'ai échappé à ses griffes.

Land of Pharaos, de Howard Hughes. J'ai l'air angoissé parce que je dois rentrer le ventre : le rubis est là pour satisfaire aux règles strictes de la censure.

Transportée d'amour à Rome pour Sydney Chaplin, le fils de Charlie.

UPI

UPI

La fabrique hollywoodienne de pin-ups crachait des centaines de “prises” comme ça. J’ai mon air de panthère boudeuse - je l’avais très couramment tant je m’ennuyais à mourir !

Mon premier film à Hollywood *The virgin queen*. Je n’étais pas la dame d’honneur favorite de Bette Davis.

Pictorial Parade

Un partie de rigolade à Hollywood avec Arthur Loew Jr. Sans aucune raison Errol Flynn s'amuse à faire le chien.

Pour *The girl in the red velvet swing,* la 20th Century Fox lance une éblouissante campagne de publicité dont le sommet est cette couverture de *Life*.

J. R. Eyerman, *Life Magazine* © 1955, Time, Inc.

On me prêta à la MGM pour *The opposite sex*, où je jouais une garce intégrale (dénommée Crystal !). C'était mon premier rôle de véritable adulte...

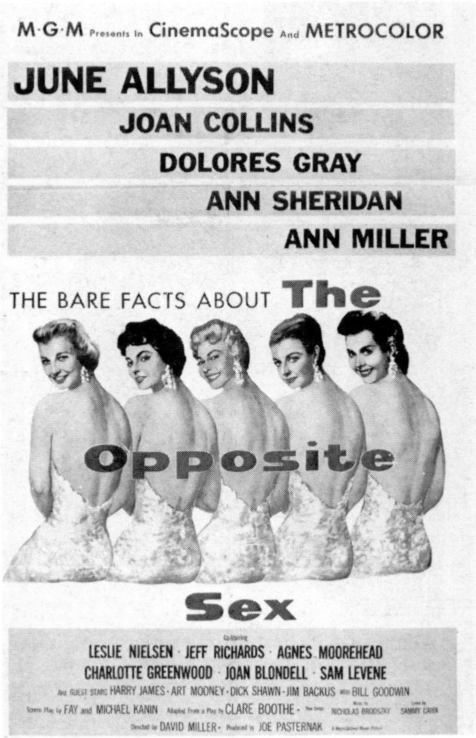

MGM

C'était un supplice, qui dura trois jours, de mariner dans ce bain moussant. Surtout quand, en plus, on vous apporte des papiers de divorce assortis de demandes de pension alimentaire.

UPI

Ma sœur Jackie m'accompagna au tribunal de Santa Monica pour le jugement de divorce.

Dans *Seawife,* je suis une novice religieuse, naufragée sur une île déserte avec Richard Burton. Les scènes de baiser étaient interdites dans le film. Pour compenser, la Fox permit ce tronc de palmier symbolique.

Avec le superbe Harry Belafonte, aux Barbades, dans *Island in the sun.*

Dans *The bravados*, j'essaie de rester calme pendant un gros plan tandis que trois hommes maintiennent mon cheval. J'étais censée paraître aussi à l'aise que si j'étais née sur une selle. Je n'y parvins pas...

20th Century–Fox

Dans *Stopover Tokyo* avec Robert Wagner. Le film était tellement mauvais que nous l'avions sous-titré "Arrêtez le massacre !"

J'ai eu de très bonnes critiques pour mon rôle de souillon alcoolique dans le film de Steinbeck *The wayward bus*. Beaucoup de gens étaient surpris que je sois capable d'être une véritable actrice.

Pictorial Parade

Avec Marlon Brando lors d'une première à New York. Mon véritable compagnon avait été coupé de la photo et les commérages nous réunirent Marlon et moi en "nouveau tandem".

UPI

UPI

Personne ne faisait mieux ça que Candy Barr. La technique de strip-tease qu'elle m'apprit pour *Seven thieves* était tellement "torride" que la plupart des scènes furent supprimées.

Pictorial Parade

Eric Benson

La scène d'ivrognes, de danse et de rires de *Rally Round the flag, boy* a été la première et je crois bien la dernière tentative de claquettes de Paul Newman.

Fiançailles officielles en 1961. Nous paraissons tous les deux bien circonspects.

Friedman-Abels

Partie de poker avec Vivien Leigh et Warren lorsque j'étais allée le voir sur le tournage de *The roman spring of Mrs Stone à Rome.* Les œillades séductrices de Vivien Leigh ne m'avaient pas échappé.

Dans le film *The road to Hong Kong*, j'étais une nouvelle Dorothy Lamour. Avec Bing et Bob, c'était le boulot, comme toujours.

Accompagnée d'Anthony Newley, je quitte l'hôpital de New York, notre fils, Sacha, tout flambant neuf, dans mes bras.

Ken Whitmore

Une famille heureuse. J'aimais jouer mon rôle d'épouse et j'adorais mes enfants.

Une soirée à Londres. En haut, de gauche à droite : Alice Cooper, Ryan O'Neal, Mme Sukarno, Tessa Kennedy, la princesse Fyrial, Louise et Roger Moore, Fiona Lewis. Assis : Tatum O'Neal, Ron, moi et Marisa... Berenson.

Edward H. Sanderson

Sunday Mirror

Les siens et les nôtres : en me mariant avec Ron Kass en 1972, j'héritais de trois enfants de plus. De gauche à droite : Robert Kass, Jonathan Kass, Ron, moi et l'adorable Katyana Kennedy Kass, âgée de six semaines, mon Sacha et ma Tara et David Kass.

Empire of the ants, mon rôle le moins aimé mais le plus éreintant. Les extérieurs se tournaient dans les marécages de Floride. Mes jambes sont couvertes de plaies infectées, et je suis terrorisée par les fourmis géantes en plastique.

Eric Benson

Edward H. Sanderson

Edward H. Sanderson

En extérieurs, à Hawaii, pour *Starsky and Hutch,* avec Paul Michael Glaser et David Soul. Les cruautés de cet épisode télé m'avaient fait décider d'abandonner la télévision pour toujours...

Peter W. Dickenson

Le remake NBC de *The man who came to dinner,* avec Orson Welles pour Sheridan Whiteside et moi pour Lorraine Sheldon. Mr. Welles lisait attentivement *chacune des indications scéniques* de son rôle.

Avec Robert Mitchum, dans un remake de *The big sleep,* qui n'eut pas autant de succès que l'original.

Avec Roger Moore, dans *The persuaders,* l'un de mes nombreux rôles d'hôtesse à la télévision.

Zoe Dominic

Retour sur les planches à Londres, dans *The last of Mrs. Cheyney* avec Simon Williams. Je fais courageusement face pendant que Kate se remet de son accident presque fatal.

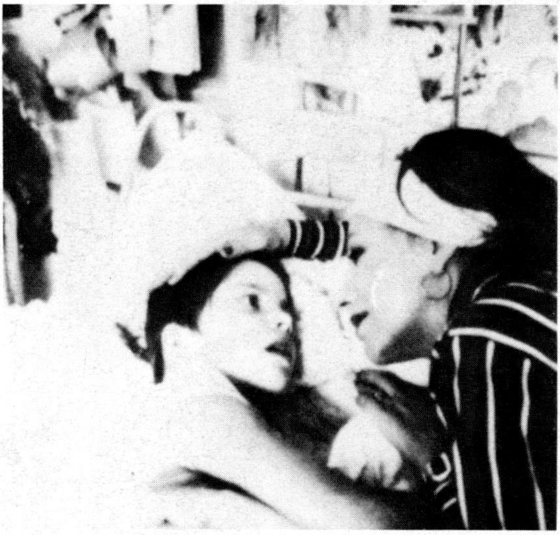

13 septembre 1980. “C’est le grand jour : nous rentrons à la maison, ma chérie”...

UPI

"Offrez Joan Collins à votre petit ami pour Noël" clamait la publicité pour la vidéo-cassette *The Bitch* déjà bestseller. Je ne pense pas qu'une casquette de chauffeur, un porte-jarretelles, le tout porté avec un manteau de fourrure, soient jamais à la pointe de la mode.

Un moment palpitant pour Katy et moi : rencontre avec Sa Majesté la Reine et le prince Philip, après un concert de charité au Royal Albert Hall à Londres, 1982.

Wide World Photos

Premier jour de *Dynasty,* août 1981. Alexis est retournée sur le grill par le procureur. En dépit de mon air très cool, il devait bien faire 500° sous les projecteurs !

John Forsythe et ses femmes de *Dynasty :* Linda Evans-*Krystle,* Pamela Bellwood-*Claudia,* Heather Locklear-*Sammy Jo,* Pamela Sue Martin-*Falon,* Joan Collins-*Alexis.* Malgré ce que vous voyez sur l'écran, nous nous entendons tous très bien... la plupart du temps.

ABC

ABC

Alexis, essayant de triompher de *Krystle.* Le public adore nos crêpages de chignons.

Elizabeth J. Annas

J'obtiens le Globe d'or en 1983, prix de la meilleure actrice de dramatiques à la télévision.

Edward H. Sanderson

Ma précieuse dynastie à moi : Katy, Tara et Sacha...

Peter Holm

Playboy

Février 1984 : je pose devant 90 des quelque 500 couvertures de magazines où je fais la une.

Edward H. Sanderson

Laquelle est la vraie Joan ? La sorcière du feuilleton "Hansel and Gretel" ou la sorcière qui fait la couverture de Playboy Noël 1983 ?

Greg se mette à galoper aussi vite, et encore moins à ce que je le suive! Lorsque Henry cria « Coupez », nous continuâmes notre folle course. Je dépassai même Greg et lui criai « Merci » par-dessus mon épaule.

– Merci pour quoi? demanda-t-il.

– Pour m'avoir guérie de ma peur des chevaux. Je n'ai plus du tout peur à présent.

– C'était tout naturel! me répondit-il.

Sans être une enragée du cheval, je le monte à présent sans peur. Et ce, grâce à Gregory Peck.

7

J'étais attablée à la Scala, complètement découragée, en compagnie de Barbara et Mort Viner. Ma liaison avec George se traînait depuis plus d'un an. Nous avions rompu six ou sept fois et à chaque fois il était retourné chez Cloris. A présent, il était à nouveau séparé d'elle et m'avais promis qu'à son retour d'Orient, il divorcerait pour de bon. Je n'y croyais plus. Mon amour s'était transformé en résignation. Il y avait tant d'obstacles à surmonter et rien ne se passait jamais comme George le disait.

J'avais eu des ennuis avec la Fox en refusant plusieurs fois des scripts qui, à mon avis, n'étaient pas du tout pour moi. J'avais donc été suspendue. J'avais passé le début de l'année 1959 à me préparer pour Cléopâtre mais, après plusieurs essais, je savais que je n'avais plus guère de chances de décrocher le rôle... J'étais noyée dans mes pensées, le chianti et les cannellonis lorsque je remarquai un jeune homme qui me fixait du regard de la table voisine.

Je le regardai aussi. Il leva son verre et me sourit. Je

détournai la tête. Flirter dans un restaurant avec des inconnus ne pouvait qu'apporter des ennuis et j'avais déjà assez de soucis comme cela... Toutefois je lui rejetai un autre petit coup d'œil lorsque Barbara me dit :

– Ce garçon qui te regarde est le frère de Shirley MacLaine. Warren quelque chose.

Je le regardai à nouveau. Il devait avoir vingt et un vingt-deux ans. Les cheveux clairs, bouclés et plutôt longs, un visage bien carré à la Clarck Kent avec une fossette dans le menton comme Kirk Douglas, des yeux verts, un joli petit nez retroussé et une bouche sensuelle. D'où j'étais, je pouvais voir qu'il souffrait de ce qui avait été jadis mon grand problème : l'acné. Il portait une chemise bleue de chez Brooks Brothers et une veste de tweed.

L'un dans l'autre, il était plutôt mignon et il commença à m'intéresser.

– Qui est la fille avec lui ? demandai-je à Mort qui connaissait tout le monde.

– Jane, la fille d'Henri Fonda. Elle est en train de tourner son premier film avec Tony Perkins. C'est un film sur le basket.

– Et ils sont ensemble ? demandai-je d'un ton léger.

– Intéressée ?

– Mon Dieu, Mort, si on ne peut plus poser une question au sujet de quelqu'un sans que l'on croie aussitôt qu'on est intéressée...

En ce temps-là il me suffisait de regarder un homme pour que l'on s'imagine que j'avais un nouveau flirt. A cause de la liaison cachée, je me montrais beaucoup avec d'autres hommes, pour brouiller les pistes, et les journaux étaient pleins de potins concernant mes dernières aventures. Ce qu'ils ignoraient c'est que tout cela était monté par moi et George pour égarer les soupçons.

– Elle est plutôt mignonne, dis-je en la regardant, le

visage un peu rond. Je me demande ce qu'elle rend en photo.

– Ils s'en occupent, dit Barbara. Elle va voir cette femme qui s'occupe des pommettes, elle fait des miracles dit-on, dans ce domaine.

J'observai Jane Fonda. Elle était très fraîche. Elle portait des cheveux très longs et ressemblait beaucoup à son père. Elle semblait boire les paroles de Warren.

Ils formaient un couple parfait. Je retournai à mes cannelonis tout en changeant de sujet. Du coin de l'œil je vis que Warren regardait de mon côté de temps en temps mais je ne tournai plus la tête.

Ensuite, je ne pensai plus à monsieur Beatty. J'étais très occupée à travailler touis les jours avec Candy Barr. Je devais jouer une stripteaseuse dans « Seven Thieves » et j'avais la chance d'avoir comme professeur la meilleure stripteaseuse du pays. Pendant trois heures chaque jour, elle m'apprenait à me déshabiller en dansant. Comment retirer mes gants, ma robe et mes bas de la façon la plus suggestive possible. Comment allumer les hommes et faire naître leur désir. En quelques jours elle m'apprit plus en matière de sensualité que j'en savais moi-même après plusieurs années d'expériences amoureuses... Candy était une fille toute simple avec un corps superbe et un visage angélique. Elle avait été condamnée peu de temps auparavant à une longue peine de prison pour possession d'un peu de Marijuana. Il était difficile de deviner à son attitude joyeuse qu'elle allait se retrouver bientôt derrière les barreaux. Elle était amusante et gaie et nous nous amusâmes beaucoup ensemble à chorégraphier mon strip-tease sensuel.

Inutile de préciser que le plateau 6, où avaient lieu ces répétitions, devint l'endroit le plus populaire de la Fox. Incroyable le nombre de gens, scénaristes, producteurs, cameramen, qui, soudain, passaient par le plateau 6 pour aller du 5 au 4 et vice versa! En fait cela ne nous dérangeait pas du tout d'avoir un public, bien au contraire; cela me permettait de tester leurs réactions dont ils n'étaient d'ailleurs pas avares. C'était très amusant mais également très fatigant. Aussi quand John Foreman m'appela et m'invita à une party chez Debbie Power, j'essayai de lui faire comprendre que j'étais vraiment épuisée mais il insista pour que je vienne. Finalement j'acceptai. Je n'avais pas envie de m'habiller. Je commençais à en avoir marre de devoir toujours ressembler à une reine de beauté, chaque fois que je sortais. Les directeurs du studio se plaignaient souvent à ce sujet. Ils disaient que j'avais l'air d'une bohémienne hippie. Je m'efforçais d'être chic mais sans y parvenir : en effet, j'eus l'honneur de figurer sur la liste des 10 femmes les plus mal habillées, liste établie par la commère Louella Parson! Puisqu'il en est ainsi, pensai-je, je ferai honneur à cette distinction; je sortis de ma garde robe un bermuda gris, des chaussettes grises, des tennis et une chemise d'homme verte de chez Brooks. Je me fis une queue de cheval et ne mit aucun maquillage.

Debbie Power était la veuve de Tyrone Power. On racontait qu'elle était sur le point de se remarier avec mon ancien petit ami Arthur Loew. Lorsque j'arrivai, sa maison, située dans le bas de Berverly Hills, était pleine de monde. On papotait de tout et de rien tout en buvant; le modèle type des parties de Beverly Hills. Mon accoutrement m'attira quelques remarques amusées. Cela ne me dérangeait pas. J'aimais choquer les gens quelquefois, alors que d'autres fois je préférais me montrer plus classique. Cette qualité est bien typique du signe des Gémeaux.

– Ce pianiste est vraiment bon, dis-je à John, qui est-ce?

John, qui était grand, regarda par-dessus la foule et dit :

– Je crois que c'est le frère de Shirley MacLaine, Warren quelque chose.

Ah ah, pensai-je, le revoilà. S'il ne réussit pas en tant qu'acteur il pourra toujours trouver du boulot comme pianiste dans les bars... Il jouait superbement bien et s'amusait à imiter George Shearing, Erroll Garner et Oscar Peterson. Je me rapprochai du piano pour mieux l'écouter. Il m'aperçut et me sourit rapidement car il semblait totalement absorbé par sa musique. Deux heures plus tard quand je quittai la party avec John, il jouait toujours.

Le lendemain, c'était un dimanche et il faisait un temps superbe. J'allai passer la journée à la plage pour bronzer un peu et revins en fin d'après-midi pour assister à un cocktail chez un compositeur, Jimmy McHugh. C'était Gardner McKay qui devait m'y accompagner. En rentrant donc chez moi pour me changer, je trouvai six messages de Warren Beatty me demandant de le rappeler à l'hôtel Château Marmont. Surprise! Nous ne nous étions pas même dit un mot pourtant il s'était débrouillé pour se procurer mon numéro de téléphone. Au même moment celui-ci résonna et j'entendis une voix douce me demander :

– Bonjour, vous avez trouvé mes messages?

Il ne se présenta même pas. Décidément, il ne manquait pas d'assurance.

– Oui, dis-je. Vous n'êtes certainement pas un acteur dans le besoin si vous pouvez descendre au Château Marmont. Il rit et dit :

– Voulez-vous dîner avec moi ce soir?

Je réfléchis rapidement. Le cocktail commençait à cinq heures et demie et serait certainement terminé vers sept heures et demie. Gardner espérait sans doute que nous dînerions ensemble après, mais cela n'avait pas été effectivement précisé. Gardner était un comédien de la Fox et d'après le magazine Life, il était l'acteur américain le plus séduisant. Nous sortions platoniquement ensemble depuis quelques mois. La Fox était contente de voir deux de ses vedettes « sortir » ensemble.

– O.K., dis-je. Il faut que j'aille quelque part d'abord. Je vous retrouverai à Berverly Hills.

Je ne voulais pas qu'il passe me prendre chez moi et qu'il tombe sur Gardner.

– A huit heures, au coin de Rodeo et Santa Monica, dit-il. J'ai hâte de vous revoir.

Bizarrement, moi aussi. Voilà quelqu'un que je n'avais jamais vraiment rencontré, avec qui je n'avais même pas échangé trois mots et je mourais d'envie de dîner en sa compagnie!

Après le cocktail, je rentrai chez moi à toute vitesse j'avais prétexté la fatigue pour m'enfuir. J'enlevai ma robe et enfilai des jeans et un T-shirt. J'ôtai aussi une partie de mon maquillage. Warren était manifestement un peu plus jeune que moi et je ne voulais pas paraître trop sophistiquée.

Il m'attendait au coin de Rodeo et Santa Monica dans une Chevrolet de location. Je garai ma Ford et le rejoignis.

– Salut, fit-il, vous aimez la cuisine mexicaine?

Il était encore plus beau que dans mon souvenir. Il avait effectivement quelques boutons qui lui restaient sans doute de son adolescence encore récente mais ses yeux gris-bleu étaient splendides. Je remarquai qu'il avait aussi des mains superbes.

– J'aime beaucoup la cuisine mexicaine, répondis-je machinalement.

– Très bien, je connais un excellent restaurant mexicain, la Casa Escobar où l'on fait des Margaritas supers.

Nous parlâmes avec animation pendant tout le repas. Il était à Hollywood dans l'espoir de débuter une carrière au cinéma. Il avait fait de la télé et passé quelques essais. Il espérait décrocher prochainement un rôle dans la nouvelle pièce de William Inge. « A Loss of Roses ».

Curieusement, il était né le même jour que Sydney Chaplin, le 30 mars.

Nous passâmes une très bonne soirée et quittâmes le restaurant vers minuit. Il me ramena à ma voiture et me dit qu'il voulait me suivre pour bien s'assurer que je rentrerais chez moi sans problème.

Mon appartement se trouvait à environ huit cent mètres de son hôtel. En roulant dans les rues désertes, je me demandai si j'allais l'inviter à venir prendre un dernier verre chez moi. Je savais ce que cela signifiait. Je n'étais plus une vierge innocente; l'inviter à monter prendre un verre, c'était l'inviter à d'autres jeux!

J'étais toujours amoureuse de George, bien que malheureuse avec lui. Inviter Warren à monter c'était peut-être aussi faire un grand pas.

Warren me plaisait, j'aimais son humour, sa conversation et son physique.

Je pesai le pour et le contre. J'étais indécise. Alors que j'étais en train de me garer dans le parking, il décida pour moi.

– Je monte prendre un café, dit-il en se garant derrière moi. Les dés étaient lancés. Nous devînmes inséparables. En plus de l'attirance physique réciproque, nous semblions avoir tout en commun. Nous passions des nuits entières à discuter, à rire et j'arrivais crevée le matin au studio où je tournais « Seven Thieves ». Il me téléphonait dix-huit fois pas jour. Nous ne pouvions plus nous passer l'un de l'autre. Il venait me voir au studio où il m'attendait pendant des heures. Nous allions faire des grandes balades romantiques sur la plage. Ou nous jouiions au poker avec nos amis qui étaient tout surpris de cette romance soudaine.

– Tu ne penses pas qu'il est trop jeune pour toi? me demanda Cappy un jour. Il a l'air d'avoir dix-sept ans. Et comment peux-tu supporter ces boutons qu'il a sur la figure?

– Cappy, pour l'amour de Dieu, il n'est pas *si* jeune. Il a vingt-deux ans et j'ai juste deux ans de plus que lui. Ne vois-tu pas qu'il est la meilleure chose qui me soit arrivée depuis longtemps? Il faut que j'oublie George et Warren m'y aide beaucoup.

– Mais chérie, il n'a pas un sou, il est complètement inconnu, il se sert probablement de toi.

Chère Cappy, elle avait d'habitude raison mais cette fois-ci je décidai de ne pas l'écouter.

– Pour la première fois de ma vie, quelqu'un essaie de me rendre heureuse. Quelqu'un s'intéresse à moi et se fait du souci pour moi quand je ne suis pas bien, quand je suis fatiguée. Quelqu'un essaie de m'aider à vaincre mon insécurité. Je me moque qu'il soit pauvre et inconnu. C'est un grand acteur et il réussira. Tu peux en être sûre.

Cappy semblait en douter.

– Tu l'as dit à George?

– Oh, Cappy. Je ne sais pas comment lui dire, marmonnai-je. Il est à Hong Kong avec Marlon. Chaque fois qu'il appelle, je suis sortie.

– Tu devrais lui envoyer un télégramme. Ce serait plus correct. Tu sors avec ce Warren depuis trois semaines. Dès que George va rentrer il va l'apprendre par quelqu'un. Envoie-lui un télégramme tout de suite.

Je m'assis à une table et commençai à composer un texte. Malgré ma belle histoire d'amour avec Warren, j'avais du mal à rompre avec cet homme marié, mon compagnon depuis un an et demi... Il ne m'avait pas toujours bien traitée mais d'un autre côté je comprenais ses problèmes.

– Ne puis plus te voir. Amoureuse de quelqu'un d'autre – désolée – J.C. Ça va comme cela? demandai-je à Cappy en lui montrant le texte.

– C'est horrible, mais il vaut mieux envoyer cela que rien du tout.

George revint deux jours plus tard et m'appela immédiatement. Il se montra charmant et persuasif. Il ne pouvait pas croire que j'étais tombée amoureuse de quelqu'un d'autre. Pas après ce que nous avions vécu ensemble. Pas au moment où il allait enfin obtenir le divorce et pouvoir vivre avec moi. J'avais déjà entendu cela bien souvent mais je me laissai fléchir et acceptai de le rencontrer pour prendre un verre le lendemain après-midi dans un pub anglais sur le Strip.

– Le moins que tu puisses faire est de me dire adieu d'une façon correcte et non pas avec un télégramme.

Je n'avais pas caché à Warren que j'allais voir George.

– Combien de temps penses-tu rester avec lui?

– Oh, environ trois quarts d'heure, une heure. Juste pour rompre élégamment. Nous nous devons au moins cela.

– Tu vas probablement réaliser que c'est lui que tu aimes et pas moi, dit-il en jouant avec le combiné du téléphone, il était obsédé par le téléphone. Il donnait au moins vingt à trente coups de fil par jour.

– Non, fis-je en lui mettant les bras autour du cou. Tu sais que c'est faux. Tu n'as rien à craindre. Je le laissai avec son copain le téléphone et partis à mon rendez-vous avec George. Il était bronzé et très beau dans un costume beige avec une chemise vert pâle et une cravate vert foncé. Je ne me sentais pas très à mon aise. J'étais sur le point de clore un chapitre de ma vie qui avait duré un an et demi. J'allais dire au revoir à papa...

Il commanda un Pimm's et vint droit au but. Il savait déjà pour Warren.

– Ce n'est qu'un gosse, dit-il. Comment une femme sophistiquée comme toi peut-elle s'intéresser à un gosse?

Je protestai en disant que Warren avait vingt-deux ans mais que... Il me coupa.

– Écoute, Joanie, je sais que cela n'a pas été facile pour toi l'année dernière. Je ne me suis pas toujours bien conduit et je comprends cette réaction que tu as eue. Je comprends tout cela et je te pardonne. Je vais tout oublier et nous n'en reparlerons jamais plus si tu reviens avec moi...

Il parlait et parlait, commandait d'autres Pimm's. Je commençais à fléchir. Peut-être avait-il raison. George était un homme, un adulte. Warren n'était qu'un gosse. George connaissait la vie et Warren, bien qu'il fût intelligent, était gauche et naïf. Je me sentais bien faible devant George. Et stupide. Après tous ses mensonges, toutes ses promesses non tenues, j'allais le croire à nouveau.

Je regardai ma montre. Il était huit heures. Cela faisait trois heures que nous étions ensemble!

– Il faut que j'y aille, dis-je en me levant soudainement. Il paya et me suivit dans le parking. Il me prit par les épaules au moment où je montais dans ma voiture.

– Je te donne un semaine pour décider, dit-il. Tu es une fille intelligente, tu ne vas pas gâcher ta vie pour un acteur au chômage qui se sert probablement de toi.

Il se pencha vers moi et m'embrassa. Un baiser fervent c'était bon. Trop bon.

– Au revoir, fis-je faiblement. Je tremblais de tous mes membres. Oh Dieu, pensai-je, est-il possible que j'aime deux hommes à la fois?

– Je t'appelle demain. Je sais que ce n'est pas facile ma chérie, mais pense à ce que nous avons vécu ensemble et à ce qui nous attend quand je serai divorcé...

Je rentrai à mon appartement où Warren devait m'attendre. Warren n'y était pas. Il arriva cinq minutes plus tard, furieux.

– Je t'ai vue, dit-il en jetant sa veste sur le sofa. Je t'ai vue flirter avec lui dans le parking.

Il essayait d'avoir l'air menaçant.

– Ce n'est pas vrai, nous ne flirtions pas, il me disait juste au revoir.

– C'est ça oui, fit-il méprisant. Fou de rage et de jalousie, il avait tourné pendant des heures autour du pub où j'avais rencontré George. Nous nous disputâmes toute la nuit. Criant, pleurant, déclarant une passion dont, au fond de nous-mêmes, nous n'étions pas complètement certains. Comme tous les acteurs, nous en faisions trop. Mes indécisions le rendaient fou et moi aussi. Je voulais faire le bon choix, mais je n'étais sûre de rien. Étais-je vraiment amoureuse de Warren? Assez pour rompre avec George?

Le matin, je devais me rendre très tôt au studio pour une scène de « Seven Thieves » qui se déroulait dans un casino de Monte Carlo avec Rod Steiger. J'étais exténuée. Je n'avais pratiquement pas dormi et mes yeux étaient boursouflés par les pleurs. Le maquilleur fit des miracles pour tout camoufler. Après être passée entre ses mains, j'étais redevenue présentable mais je fus incapable de jouer la scène. J'oubliais sans arrêt mon texte, ce qui ne m'arrivait jamais. Le réalisateur Henry Hathaway se fâcha contre moi. Plus il devenait furieux et moins je me souvenais de mon texte. Finalement, je quittai le plateau en pleurs. Rod vint me consoler. C'était un homme très gentil, pas facile à connaître mais il était très agréable de travailler avec lui.

Warren vint me rejoindre à l'heure du déjeuner et nous discutâmes à nouveau de nos problèmes. J'avais rendez-vous à cinq heures et demie chez mon psychanaliste. Aussi, lui fis-je entendre que cela m'aiderait peut-être à démêler la situation.

Allongée sur son sofa, j'essayais d'analyser froidement le problème. Je ne devais rien à personne. Je ne devais pas aller vers George parce que j'avais investi du temps mais parce qu'il pourrait me rendre heureuse. Or, jusqu'à présent, il ne l'avait pas fait. Si Warren me rendait heureuse, alors je devais rester avec lui. Il me fallait me débarrasser de l'image de mon père. Finalement je pris une décision. Je quittai le bureau du docteur Greenleigh d'un pas léger et montai dans ma voiture. Quelqu'un me tapa sur l'épaule; c'était George. Sûre de moi après cette heure d'introspection, je lui dis : – je t'aime. Beaucoup. Je t'aimerai probablement toujours. Tu es l'homme le plus intelligent que j'aie jamais rencontré mais tu ne m'as pas rendue heureuse. Je veux et j'ai besoin d'être heureuse maintenant. Je veux être avec Warren, il m'aime et nous sommes bien ensemble. N'essaie pas de te mettre entre nous.

Il supplia mais je refusai de l'écouter.

– J'espère que nous pourrons rester amis, dis-je en m'en allant.

Ce soir-là, Warren et moi célébrâmes le véritable début de notre liaison à La Scala en compagnie de sa sœur Shirley MacLaine. Nous étions ensemble depuis moins d'un mois et tout était merveilleux.

Il partit pour New York la semaine suivante où il devait commencer les répétitions de la pièce de Inge « A Loss of Roses » avec Carol Haney et Betty Field. C'était une chance énorme pour lui, une opportunité qu'il attendait depuis des mois. Les pièces d'Inge étaient toutes des succès commerciaux et attiraient toujours sur ses acteurs l'attention du public et des professionnels. Le rôle de Warren était intéressant; il jouait un jeune homme, tourmenté par un complexe d'Œdipe, qui tombait amoureux d'une femme bien plus âgée que lui. Il espérait que cette pièce l'aiderait à entrer dans le monde du cinéma. Car, contrairement à moi, il préférait le cinéma au théâtre. Inge avait déjà écrit « Bus Stop », « Come Back Little Sheba », « Picnic » et « Dark at the top of the Stairs »; des pièces importantes qui lui avaient valu d'être considéré comme un des auteurs de théâtre les plus importants d'Amérique. Warren était nerveux, excité et commença les répétitions avec enthousiasme et optimisme. Je restai à Hollywood pour finir « Seven Thieves », ensuite, j'avais prévu de le rejoindre. Nous nous appelions sans arrêt au téléphone. Je le vis à la télé, dans un feuilleton intitulé « The Affairs of Dobie Gillis ». Il était bon. Il avait le talent, le physique et l'ambition. Je sentais qu'il allait réussir. En novembre, le tournage de « Seven Thieves » se termina et je pris un avion de nuit pour Washington où venait de commencer celui de « A Loss of Roses ». J'étais fatiguée. Les scènes de strip-tease pour « Seven Thieves » avaient été exténuantes. J'avais dû également faire des essais pour le film suivant « Son and Lovers » que j'allais tourner en compagnie de D.H. Lawrence.

A Washington, nous étions à l'hôtel Willard. Je fis la connaissance des parents de Warren qui vivaient près d'Arlington. Ils étaient gentils, pleins d'humour, je les aimai tout de suite. Je vis de qui lui et Shirley tenaient leur intelligence et leurs bonnes manières.

Comme Warren était trop occupé, répétant l'après-midi et jouant le soir, j'avais beaucoup de temps à moi. J'adorais cela. Je faisais de longues promenades, lisais beaucoup, visitais les musées et réfléchissais beaucoup à notre liaison, à ce que j'en attendais. Je ne savais pas vraiment si j'en attendais quelque chose. Je vivais au jour le jour et j'étais heureuse. Warren et moi semblions être parfaits l'un pour l'autre. Nous n'avions pas envie de nous marier. Je ne voulais pas d'enfants. Je voulais simplement vivre et être heureuse.

Quand le script final de « Son and Lover » arriva, Warren décida que je ne devais pas le faire. D'abord il ne trouvait pas que c'était un bon scénario, et ensuite il ne voulait pas que je le quitte pour partir tourner en Angleterre. Si le film avait été une comédie, je l'aurais peut-être fait quand même. Je demandais sans arrêt à la Fox de me faire tourner plus de comédies, mais à part celui de « Rally Round the Flag, Boys », tous les rôles comiques allaient à d'autres actrices. Je me rebellai donc, sachant pertinemment que cela risquait de me coûter une suspension de salaire. Encore une! L'année précédente j'avais refusé deux films : « The Last Wagon » et « Madison Avenue ». Ces deux films firent deux bides. De plus, pendant leur tournage, non seulement, je ne touchais plus de salaire, mais je n'avais pas le droit d'accepter d'autres rôles. Je gagnais alors, 2500 $ par semaine, le sacrifice financier était donc important. Mais je commençais à en avoir assez de ne pouvoir diriger moi-même ma carrière. A présent Warren – c'était son côté Bélier – décidait pour moi.

J'étais la cinquième roue du carrosse; quand la Fox ne réussissait pas à avoir Susan Hayward ou Gene Tierney pour un rôle, elle faisait alors appel à moi. J'étais toujours appelée à la dernière minute. Mon agent me téléphonait et m'ordonnait de me rendre *immédiatement* chez le chef costumier pour un essayage. Là-bas, les costumes qui avaient été faits pour Lana Turner ou Maureen O'Hara étaient retaillés pour moi et je devais partir sur-le-champ pour Tokyo, Mexico ou je ne sais où. On se servait de moi, et Warren l'avait compris tout de suite.

Jerry Wald, le producteur de « Sons and Lovers » m'avait promis que le script serait modifié afin de rendre mon rôle plus intéressant. Quand je le lus, je vis que rien n'y avait été changé. Warren me conseilla de ne pas faire le film. Ses conseils n'étaient pas complètement désintéressés. Il avait besoin de moi près de lui; ma présence à ses côtés lui apportait beaucoup de presse et de publicité. Si je partais pour l'Angleterre, il allait se sentir seul et abandonné.

– Ne me quitte pas, petit papillon, disait-il, ne laisse pas ta petite abeille toute seule. Je partis avec lui à New York et nous nous installâmes au Blackstone Hôtel. « A

Loss of Roses » n'était pas la meilleure pièce qu'Inge ait écrite. Les critiques ne furent pas très tendres, mais Warren, personnellement, s'en sortit plutôt bien; on le trouva excellent comédien et sensible. A Hollywood, on commençait à s'intéresser à lui. La pièce se joua seulement pendant trois semaines, mais nous restâmes quand même à New York pour voir des amis et sortir un peu. Nous allions souvent au Harwyn Club, une boîte-restaurant de Manhattan où l'on ne nous demandait jamais de payer car cela faisait de la publicité. Nous étions complètement fauchés, nous ne gagnions plus un sou mais nous étions heureux.

Nous retournâmes en Californie au début de 1961. Nous louâmes un petit appartement au Château Marmont et commençâmes à chercher du travail. Financièrement, cela allait à nouveau bien pour moi. Ma suspension était terminée et je touchais à nouveau mon salaire. Je me préparais à faire des essais pour un autre western « Big River, Big Man ». Warren me faisait répéter. Il était un excellent directeur d'acteurs et j'étais une élève attentive. Il avait une approche très personnelle et intellectuelle des rôles à travailler. Il explorait chaque détail du personnage. L'hiver et le printemps passèrent rapidement. Warren était quelqu'un de très sain; il ne mangeait que des produits naturels et buvait des jus de carottes. Il essayait de me faire arrêter les cigarettes et l'alcool.

Warren voulait obtenir le rôle principal du prochain film d'Elia Kazan « Splendor in the Grass », d'après un script de William Inge. Pour cela, il donnait trois cent cinquante coups de téléphone par jour : deux cent cinquante à son agent, vingt-cinq à son ami Inge pour qu'il persuade Kazan de l'engager, vingt-cinq à moi, où que je sois, et le reste à ses nombreux amis. Il était heureux au téléphone. Il n'avait pas besoin d'annuaire, il connaissait tous les numéros par cœur. Il était constamment au téléphone. Dix ans plus tard, je le rencontrai à une party et il me demanda :

– Tu te souviens de ce numéro?

Le numéro, bien sûr, ne me rappelait rien du tout; c'était celui de l'appartement que j'occupais sur Shoreham drive lorsque je l'avais connu!

Néanmoins, téléphoner n'était que sa seconde passion, la première étant de faire l'amour. Il lui arrivait d'ailleurs de faire les deux en même temps. J'avais entendu dire que les hommes étaient au mieux de leur forme sexuelle entre 17 et 23 ans. Cela devait sûrement être vrai. Je n'avais jamais rencontré quelqu'un comme lui avant. Au début, c'était très excitant mais au bout de quelques mois j'eus l'impression d'être réduite à l'état d'objet sexuel.

Un dimanche matin, crevée, je quittai la maison (il dormait à poings fermés) et allai rendre visite à une amie de New York de passage. Elle était mariée, depuis plusieurs années, à un homme très connu que le public adorait.

– Je crois que je ne vais pas tenir très longtemps. Je n'en puis plus, lui dis-je en allumant une cigarette. Il n'arrête pas. Ça doit être les vitamines qu'il prend... Elle sourit et me versa une tasse de café.

– Il est exactement comme mon mari, dit-elle.

– Après toutes ces années? demandai-je incrédule.

– Oh, oui. En fait, c'est encore plus maintenant.

– Encore plus! Oh Dieu, non! Dans quelques années il m'aura complètement usée!

– Écoute-moi bien et suis mon conseil, Joanie, me dit mon amie. Ne te refuse pas, sinon il ira chercher chez d'autres ce dont il a envie ou besoin.

Je repensai souvent à ce qu'elle m'avait dit et je suivis son conseil. Je passais donc la moitié de ma vie au lit à faire l'amour. Et bien-sûr, l'inévitable arriva.

– Je crois que je suis enceinte, dis-je un matin en

pénétrant dans la cuisine où il était en train de préparer le petit déjeuner. Il s'arrêta brusquement, retira ses lunettes et se retourna vers moi. Sans ses lunettes il n'y voyait rien, aussi me demandai-je pourquoi il les avait enlevées.

– Enceinte? Comment est-ce possible?

– C'est le facteur! dis-je. Ou alors c'est l'immaculée conception.

– C'est épouvantable, s'exclama-t-il en remettant ses lunettes et en me regardant comme s'il me voyait pour la première fois, c'est épouvantable!

– Je sais, je suis désolée.

Je repensai à mon ancienne amie de l'ARAD et à cette horrible avortement qu'elle avait dû subir. Elle avait failli mourir et aujourd'hui, elle ne pouvait plus avoir d'enfants. Je ne voulais pas que cela m'arrive aussi. Je n'avais certes pas encore la fibre maternelle mais je savais qu'un jour j'aurais envie d'avoir des enfants. Nous nous assîmes sur le sofa rouge du living, moi avec une vodka à la main et lui avec son jus de carottes. Dans les années 60, l'avortement était considéré comme quelque chose d'épouvantable et d'avilissant. Les relations sexuelles avant le mariage, également. Cependant, il n'était pas difficile de se faire avorter. J'avais récemment accompagné une amie à Tijuana, sur la frontière mexicaine, et horrifiée, j'avais entendu ses cris tandis que le « docteur » mexicain procédait à cette opération *sans anesthésie!* En repensant à la scène, je descendis ma vodka d'un coup. Nous ne pouvions pas nous marier. Je détestais l'idée d'un mariage forcé. Les quelques fois où nous avions discuté mariage avant cela, nous étions tombés d'accord sur le fait que nous étions, tous deux, trop immatures pour que cela puisse marcher. De plus, il n'avait pas un sou et était dévoré d'ambitions. Se marier à vingt-deux ans aurait été une très mauvaise décision pour sa carrière et son futur. Donc pas question non plus de garder le bébé. Il ne restait plus qu'une solution.

Il appela un ami à New York. On nous avait dit que là-bas, on pouvait se faire avorter en clinique dans d'excellentes conditions de sécurité. Je ne voulais pas de la solution Tijuana. Cet ami s'occupa de tout. Warren devait aller à New York préparer « Splendor in the Grass » et je le suivis quelques jours plus tard.

Ce matin-là, je me réveillai en tremblant après un cauchemar évouvantable. Je n'avais jamais eu aussi peur de ma vie : j'étais seule dans une maison sombre. Je descendais un vieil escalier vermoulu qui craquait sous mes pas, tandis que le vent du dehors s'engouffrait sous les interstices des portes et des fenêtres, faisant résonner la maison d'une plainte lugubre. Au lointain, on entendait aboyer des chiens. Le sol grouillait de rats qui se frottaient contre mes jambes nues. Soudain j'entendis respirer. « La chose » était derrière moi, se rapprochait de moi. Je me mis à descendre les escaliers sans fin de plus en plus vite mais j'entendais le souffle de « la chose » qui se rapprochait. J'arrivai au bas des marches et vis une porte sur laquelle il y avait un écriteau indiquant « docteur ». Je frappai à la porte de toutes mes forces. Derrière moi, les pas se rapprochaient. La porte s'ouvrit lentement. Un vieil homme grimaçant se tenait devant moi, une blouse blanche couverte de sang, un scalpel à la main. Il s'approcha de moi et me prit la main. Au fond, j'entendais les gémissements d'une femme. Je reculai d'un pas. Une main s'abattit sur mon épaule et me força à me retourner. Maxwell Reed était là devant moi, il me regardait en riant. Il avait l'air d'un sadique, le visage convulsé par la haine.

– Je t'ai finalement attrapée, ma petite, dit-il. Je vais m'occuper de toi, te tailler le visage de telle façon que plus personne ne pourra te regarder sans avoir envie de vomir.

Il brandit un couteau qu'il approcha de mon visage. Je hurlai.

– Qu'est-ce qui se passe? Qu'est-ce qui se passe? demanda Warren d'une voix endormie.

– Je ne pourrai pas le faire, dis-je en sanglotant. Je ne peux pas, je ne peux pas. Ne me fais pas aller là-bas, Warren, j'ai peur. Je garderai l'enfant, je le ferai adopter par une gentille famille, mais je ne peux pas aller là-bas.

Il me consola et me calma. Ironiquement, le métabolisme hormonal de la femme change quand elle est enceinte, elle se sent de plus en plus responsable de la vie qui pousse en elle. Cet enfant, que je ne désirais absolument pas au début, à présent je voulais le garder.

– Mon papillon, nous ne pouvons pas le garder. Nous ne pouvons pas, dit-il. Avoir un enfant maintenant détruirait complètement nos deux carrières.

Il avait raison et je le savais. Ingrid Bergman qui était une star bien plus connue que moi, avait presque brisé la sienne en faisant un enfant avec Rossellini sans être mariée. De nombreuses rumeurs avaient également couru au sujet d'actrices disparues de la circulation, puis soudainement, réapparues avec un enfant « adopté ». Ces rumeurs avaient suffi pour démolir leurs carrières aussi. Je séchai donc mes larmes, je devais penser à ma carrière d'abord. Je restai cloîtrée dans ma chambre d'hôtel jusqu'à la tombée de la nuit, jusqu'à ce qu'il soit l'heure de me rendre dans le New Jersey.

Je portais des bas noirs, une jupe et un pull.

– Ne mettez pas de pantalons, m'avait dit une voix au téléphone.

Mes yeux étaient toujours rouges et gonflés d'avoir trop pleuré. Je les cachai sous de grosses lunettes noires. J'avais mis un foulard sur la tête. Je ne voulais pas que l'on puisse me reconnaître.

Je fumais cigarette sur cigarette tandis que Warren conduisait notre voiture de location vers Newark. Nous ne parlâmes pratiquement pas. Il me jetait des coups d'œil inquiets de temps à autres. Je souhaitais tant garder l'enfant mais je savais que c'était impossible. Ce qui me faisait mal c'était qu'il n'avait même pas envisagé mon désir éventuel de garder l'enfant.

Tandis que nous entrions dans le tunnel Holland je tâchai de me convaincre que j'étais en train de faire la chose la plus raisonnable. Warren suivait les directions telles qu'elles étaient marquées sur une feuille de papier. Je venais d'avoir vingt-six ans. J'avais réussi ma carrière et même si les rôles que je tournais n'étaient pas vraiment ceux que j'espérais, je gagnais très confortablement ma vie, d'une façon plaisante. Un enfant aurait chamboulé tout cela, m'aurait forcée à arrêter les tournages. J'aurais été suspendue par la Fox. J'aurais perdu mon corps grâcieux. Peut-être aurais-je été une mauvaise mère... Et lui et moi, cela n'allait pas durer éternellement. Il semblait que je ne pouvais jamais rester très longtemps avec le même homme. Nous étions tous les deux égoïstes, immatures, agressifs et ambitieux. Je pensais à tout cela pour me convaincre que cet avortement était la seule chose à faire. Mais au fond de moi, une petite voix criait :

– Non!

Je m'essuyai les yeux et me mouchai encore une fois tandis que Warren se garait devant un immeuble brun, anonyme.

– Eh bien... hum... nous y sommes, dit mon amant en essuyant ses verres de lunettes avec la manche de sa veste. Je remarquai qu'il avait le front couvert de sueur. Il avait probablement encore plus peur que moi. Nous nous regardâmes en silence.

– Si quelque chose tourne mal, commençai-je à dire mais il m'interrompit presque en hurlant.

– Rien ne peut mal tourner. Rien. C'est le meilleur chirurgien. Il n'y a pas de quoi s'inquiéter.

Il était presque au bord des larmes. Mon instinct maternel prit le dessus et je le consolai. C'est main dans la main que nous pénétrâmes dans l'ascenseur vert.

Je me réveillai en entendant quelqu'un frapper à la porte.

– Ah, vous êtes là, fit une voix. Je regardai ma montre, il était une heure de l'après-midi. Je ramenai les couvertures sur moi et essayai de me rendormir. Dehors, la voix continuait à crier.

– Ouvrez là-dedans, il faut que je fasse la chambre.

– Allez au diable, criai-je à mon tour. Je ne veux pas que vous fassiez ma chambre aujourd'hui. Laissez-moi dormir.

– Moi je m'en fiche, c'est comme vous voulez, vous pouvez bien dormir toute la journée, ça m'est complètement égal.

J'essayai de me rendormir. Warren était parti à ses répétitions et je préférais oublier ce qui s'était passé la nuit précédente. C'était trop proche, trop douloureux. Nous devons quitter cet hôtel minable et nous installer dans un appartement, pensai-je en sombrant dans le sommeil. Le lendemain, je me sentais beaucoup mieux. J'avais chassé de mes pensées le souvenir de cette horrible avortement. Fini, oublié. C'était le passé, il n'y avait plus de raison d'y revenir et, de plus, je n'étais plus du tout portée par cet instinct maternel qui m'avait tant perturbée au moment de prendre la grande décision. J'appelai une agence immobilière et partis à la chasse d'un appartement à New York. C'était une belle journée ensoleillée, fraîche et claire. Je me sentais comme un nouveau-né et malgré mes kilos en trop, j'avais l'impression de revivre.

En cherchant un pull dans le tiroir de la commode, je tombai sur mon coffret à bijoux. Je l'ouvris. Il était plein de bijoux en toc, plus le collier en diamants offert par Trujillo. Ce collier! Tous les ennuis qu'il avait pu me causer! Je songeai un instant à faire mettre le coffret à bijoux dans le coffre de l'hôtel mais le téléphone sonna à ce moment-là. On m'annonça que l'agent immobilier était en bas à la réception. Je n'y pensai donc plus. Deux jours plus tard, alors que nous nous préparions à aller à El Morocco, je cherchai le collier. Il avait disparu. Évaporé. Probablement volé par la femme de chambre.

– C'est vraiment pénible de posséder des bijoux de valeur. Je ne pense pas m'en racheter un jour, dis-je pour me consoler.

Je choisis un collier en toc et attendis l'arrivée de la police.

Nous emménageâmes dans un petit appartement sur la 5e Avenue. Il était meublé en ancien et la plomberie faisait du bruit. Warren commençait à tourner « Splendor in the grass » avec Natalie Wood.

Je la connaissais depuis que j'étais arrivée à Hollywood vers le milieu des années 50. Elle était déjà une star. Elle n'avait que seize ans quand elle avait tourné « Rebel Without a Cause » avec James Dean, film qui fut un énorme succès. Tout au long des années 50 et 60 nous étions sorties avec les mêmes hommes, mais une fois la petite compétition terminée, nous étions devenues amies. Nous nous envoyions des fleurs et des télégrammes à chaque naissance de nos enfants et nous écrivions de longues lettres quand elle était en Californie et moi, à Londres. Nous passions des après-midi entières à faire du shopping sur Rodeo Drive. Elle s'habillait et se comportait toujours comme une star. Elle dépensait sans compter et je ne l'ai jamais vue porter deux fois la même tenue. Bien qu'elle fût très populaire et aimée, elle se sentait très peu sûre d'elle et de son physique; elle portait toujours des chaussures à très hauts talons pour se grandir et avait en permanence un énorme bracelet en or autour du poignet afin de cacher un légère protubérance osseuse pratiquement invisible.

Un soir, au cours d'un dîner, je la vis faire un geste d'une incroyable vanité. Assise à table, elle saisit un couteau d'argent et, le plaçant tout près de son visage, elle examina, dans le reflet de la lame, son rouge à lèvres et ses dents. Je décidai de me servir de cela un jour, au théâtre. Quelques années plus tard, dans une pièce tournée pour la télévision par Orson Welles, « The Diner Party », je m'examinai de la même manière dans un couteau, le réalisateur me félicita pour ce geste si caractéristique de la vanité du personnage que j'incarnais!

Natalie et moi fûmes légèrement en froid pendant l'été 69 à Saint-Tropez. Nous étions toutes deux célibataires, ou plus exactement entre deux mariages et nous étions descendues dans un petit hôtel près de la plage. Nous avions dîné à l'Escale en compagnie d'un groupe composé de mannequins et de play-boys bronzés et étions en route pour le Byblos, une discothèque à la mode. Il y avait quelques beaux garçons dans le groupe, aucun d'entre eux n'étant opposé à l'idée de mieux faire connaissance... Natalie et moi nous étions promis de ne pas partir l'une sans l'autre.

– Tu promets que tu ne m'abandonnes pas, hein? cria-t-elle en se dirigeant vers la piste de danse pour un slow langoureux, « Monia » chanté par Peter Holm. Peu de temps après je rejoignis moi aussi la piste pour danser sur la musique des Beatles. Mon cavalier et moi dansâmes environ une heure. Lorsque je retournai à table, Natalie avait disparu. Sans un mot. Pas de « Désolée Joanie, je ne peux pas résister à Jean Pierre, ou François, quel que fût son nom, je te vois demain », rien. J'étais en colère et me retrouvai seule coincée avec des gens qui ne m'intéressaient pas du tout. Un peu plus tôt ce soir-là, nous avions pris un verre avec Roger Vadim et son épouse Jane Fonda mais comme elle était enceinte, ils ne sortaient plus dans les discothèques le soir.

Je laissai un mot sur la porte de la chambre de Natalie disant que je m'étais sentie abandonnée, qu'elle n'avait pas tenu sa promesse. Non seulement elle ne s'excusa pas, mais ne m'adressa plus la parole pendant trois ans! Il fallut l'intervention d'une amie commune, Asa Maynor, pour nous réconcilier au cours d'un déjeuner. Nous sommes redevenues amies et n'avons plus jamais évoqué l'incident. Natalie détestait toute opposition et était persuadée d'avoir raison pour tout. Ceux qui l'entouraient et l'aimaient, devaient agir comme elle le décidait, sinon ils étaient exclus du groupe.

Tandis que Warren tournait « Splendor in the Grass », je fréquentais chaque jour l'école Berlitz pour y apprendre l'italien; je devais le mois suivant me rendre en Italie afin d'y tourner « Esther and the King ». J'étais malheureuse à l'idée de quitter Warren, et lui aussi, mais je ne voulais pas que cela perturbe ma carrière et mon travail. Primo, j'avais besoin d'argent et en plus « Sons & Lovers » s'était avéré être un excellent film, bien meilleur que la plupart de ceux que j'avais tournés jusqu'alors pour la Fox. Mary Ure, l'héritière du rôle que j'avais refusé, fut nommée pour un Oscar l'année suivante. Je regrettais amèrement d'avoir écouté Warren. Sa carrière démarrait bien alors que la mienne stagnait. J'arrivais à la fin de mon contrat de sept ans avec la Fox mais également à un quart de siècle d'existence. Les actrices redoutaient cet âge car les studios avaient décrété, depuis les débuts de l'industrie cinématographique, qu'à vingt-sept ans une femme perdait sa fraîcheur, sa beauté et sa jeunesse. De nouvelles venues pointaient à l'horizon leur joli minois. Ma carrière n'était guère brillante et je le savais. Neuf navets en cinq ans ne me poussaient guère à l'optimisme pour l'avenir. Réalisant tout cela, j'essayais au maximum de trouver un arrangement avec la Fox pour qu'elle me rende mon contrat. Je voulais être libre d'accepter les offres de travail des compagnies indépendantes qui étaient apparues dans le début des années 60. Mais cela ne se fit pas...

J'avais été suspendue tant de fois qu'à la Fox, on me prenait pour une folle. Cinq suspensions en cinq ans. Était-ce un record? Je me le demandai en m'asseyant sur le plateau où Elia Kazan dirigeait Warren et Natalie. C'était un directeur d'acteurs brillant, sensible, sympathique. Il était riche, et c'était normal car il avait réalisé de nombreux films remarquables: « Un Tramway Nommé Désir », « Viva Zapata », « Sur les Quais », « A l'Est d'Eden » et bien d'autres... Il avait découvert Marlon Brando et James Dean. Warren serait-il sa nouvelle découverte importante? Je me posai la question tout en regardant Kazan. Ses bras sur les épaules de ses deux jeunes vedettes, il expliquait calmement et intelligemment la signification de la scène. Warren avait de la chance pour son premier film d'être dirigé par Kazan. Peut-être allait-il devenir une énorme vedette? Je repensai à ce que m'avait dit mon astrologue lorsqu'il avait comparé mon thème astral à celui de Warren. Ben Garry était un excellent astrologue et ses prédictions s'étaient toujours avérées justes.

– Vous savez, avait-il dit, que Warren et Sydney Chaplin sont nés le même jour, un trente mars. Warren est un parfait Bélier. Le Bélier est le premier signe du Zodiaque, il représente la naissance. Le Bélier ne sait dire que « Je veux ». Et il obtient généralement ce qu'il veut.

– Hmmmm, Maxwell Reed était Bélier également. Hitler aussi...

Ben me regarda fixement et dit:

– Il est obstiné et agressif. Une fois qu'il a décidé quelque chose, il est inébranlable et à cause de cette énergie, de cette volonté, il connaîtra très tôt un immense succès. Néanmoins, après une courte période de succès, il va commettre quelques erreurs qui feront du mal à sa carrière mais finalement, vers la fin des années 60, il redeviendra une énorme vedette. Il est très sexuel, n'est-ce pas?

Je restai de glace et le laissai continuer :

– La plupart des Béliers le sont. Ils sont menés par leur queue. Cela doit être très agréable pour vous, chère amie.

– Oui, quelquefois. Quoi d'autre? Allez-y Ben, parlez moi de notre couple.

Il se repencha sur les hiéroglyphes de notre thème, il but un verre de bière et dit :

– Vous êtes attirée par les Béliers, vous allez probablement épouser un Bélier. Mais ce ne sera pas lui.

– Ah non? demandai-je déçue, et pourquoi pas?

– Il ne se mariera pas avant longtemps, dit mon astrologue, pas avant qu'il ait quarante-cinq ans ou plus. Toutefois, je vois beaucoup de femmes dans sa vie.

– Formidable, dis-je, sont-elles déjà autour de lui en ce moment?

– Non ma chère, pour l'instant il n'a besoin que de vous. Plus tard il aura besoin...

Il s'interrompit quelques instants pour noter quelque chose sur sa feuille.

– Il aura besoin, reprit-il de nourrir son ego. Et une seule femme ne pourra plus le satisfaire sexuellement.

– Et qu'est-ce que je deviens dans tout cela?

– Oh vous, ma chère, vous commencez à peine votre vie. Encourageant, pensai-je, il me semblait avoir déjà tant vécu...

– Votre carrière est également très jeune, elle ne fait que commencer, elle va durer très longtemps et vous apportera beaucoup de récompenses quand vous aurez atteint la quarantaine.

– La quarantaine! Mais c'est très vieux, Ben.

– Vous allez vous épanouir tardivement, ma chère. Vous allez étonner beaucoup de gens en vieillissant. Il y aura des hommes autour de vous. Vous allez vous remarier d'ici deux ans avec un écrivain – non un producteur ou un réalisateur, également acteur. Quelqu'un qui fait beaucoup de choses, qui touche à tout.

Je ricanai et me retournai vers Cappy qui était assise sur le canapé. Je croyais en l'astrologie mais je ne prenais pas cela complètement au sérieux. Néanmoins, c'était fascinant de s'entendre raconter son futur, même s'il n'était pas toujours plaisant.

– Ce mariage va durer six ou sept ans, continua Ben. De ce mariage naîtront deux ou trois enfants – deux d'entre eux seront ou jumeaux ou très rapprochés en âge. Peu de temps après vous vous remarierez. C'est dur de voir aussi loin. Je crois que celui-ci sera un businessman, ou un cadre dans une grosse compagnie.

– Riche? demandai-je avec espoir.

– Ma chère, vous ne tomberez jamais amoureuse d'hommes riches. Votre cœur commande à votre raison et pas le contraire. Vous gagnerez toujours assez d'argent pour subvenir à vos besoins. Vous allez travailler très, très longtemps. Votre carrière connaîtra des hauts et des bas mais vous êtes née sous une bonne étoile. Vous survivrez à tous les ennuis.

Ben avait toujours vu juste. Même sur son propre compte, il ne s'était pas trompé :

Il avait dit qu'il mourrait à trente-deux ans. Le jour de son trente-deuxième anniversaire il se barricada chez lui. Un de ses amis lui avait apporté ce dont il avait besoin. Il fut extrêmement prudent. Il évita de toucher toute chose électrifiée, pas même un téléphone ou un réfrigérateur. Il se protégea au maximum de tout ce qui pouvait lui faire du mal. Un ans plus tard, il était mort. De malnutrition. Son régime de bière, de bretzels et de chips avait eu raison de lui.

Pour ma part, les prophéties de Ben se sont toujours réalisées.

– J'ai envie d'un peu de foie de veau, dit Warren en levant les yeux de son script. Il était trois heures de l'après-midi, un dimanche. Nous venions à peine de finir de déjeuner.

– Il y en a dans le frigo, ajouta-t-il, je l'ai acheté hier chez Reuben. J'ouvris la porte du réfrigérateur et vit un petit récipient blanc.

– Tu as trouvé? cria-t-il du living.

– Oui, criai-je à mon tour.

– Qu'est-ce que tu en dis?

– Cela sent bon, dis-je.

– Cela te va bien?

– Cela me va bien quoi?

Manifestement, il travaillait trop!

– Essaye-le, dit-il en apparaissant dans l'encadrement de la porte de la cuisine. Oh, fit-il en voyant mon visage perplexe, tu ne l'as pas trouvée.

Je regardai dans le petit ramequin et aperçus au milieu une bague en or garnie d'un diamant et d'une perle.

– Oh, chéri, c'est magnifique, dis-je en la sortant du paquet de foie et en l'essuyant, c'est pour quelle occasion?

– C'est une bague de fiançailles, andouille, dit-il en grimaçant. Je me suis dit que comme tu pars bientôt et que nous allons rester séparés quelque temps, eh bien... je... tu sais...

Il avait l'air gêné, il tripotait ses lunettes. Il prit une tablette de vitamines, la reposa.

– Bon, bien... qu'est-ce que tu en dis, me demanda-t-il avec un air inquiet.

– Je pense que c'est une merveilleuse idée, répondis-je avec enthousiasme. Mais es-tu sûr que c'est bien ce que tu veux? Je veux dire, tu ne fais pas cela juste pour me rassurer, n'est-ce pas?

– Pas du tout, mon papillon. Je ne fais rien à moins d'être-sûr que je veuille le faire. Et j'ai pensé que... euh... peut-être que... si tu veux... on pourrait se marier vers la fin de l'année.

Il retira à nouveau ses lunettes et nous éclatâmes tous deux de rire.

Pourtant une pensée me traversa l'esprit : peut-être avait-il acheté cette bague par culpabilité, à cause de l'avortement... Je la passai à l'annulaire de ma main gauche. Elle y resta très, très longtemps. Je la gardai même à mon doigt pendant le tournage de « Esther and the King » car elle pouvait facilement passer pour un bijou de l'époque.

Ce soir-là, nous célébrâmes nos fiançailles en dînant chez Danne's. Nous allâmes ensuite écouter le pianiste-chanteur Bobby Short qui passait au Carlyle. Je ne me privai pas de montrer ma bague à tout le monde et en moins d'une semaine nos fiançailles furent annoncées dans tous les potins des journaux.

Je n'étais pas contente d'aller à Rome. C'est dans le monde entier, ma ville préférée, mais j'étais malheureuse à l'idée de quitter Warren, et réciproquement il l'était aussi. L'idée que j'allais être entourée par d'autres hommes, surtout par des Italiens, le rendait jaloux. J'essayai de le convaincre qu'il n'avait aucun souci à se faire, que j'étais la fidélité personnifiée, mais sans grand résultat... Les Béliers sont des gens très possessifs, jaloux et butés. Donc impossibles à rassurer.

A l'aéroport de Fiumicino, je fus accueillie par Raoul Walsh – il portait des lunettes roses –, par mon agent, deux acteurs italiens du film, deux producteurs, un groupe de badauds et vingt paparazzis.

Je fus surprise par le nombre de paparazzis, ces photographes italiens qui gagnent leur vie en traquant les célébrités dans les restaurants, les aéroports, les magasins. Leur spécialité? : pénétrer, par la fenêtre, dans l'appartement de votre amant juste après un intermède romantique. A l'époque, certains respectaient votre vie privée, d'autres se comportaient en charognards. Un de leurs coups favoris était de provoquer les acteurs jusqu'à ce que ceux-ci, fous de rage, se jettent sur eux pour briser leurs appareils. Ces photos – plus la vedette semblait enragée, meilleur était le cliché – leur rapportaient beaucoup d'argent et faisaient une double page dans Tempo, Gente ou Oggi.

J'étais assez connue en Italie et le nombre de photographes montrait que je n'avais pas été oubliée. Pourtant, je n'étais pas revenue dans ce pays depuis « La Terre des Pharaons », tourné cinq ans auparavant!

Je n'étais pas descendue à l'hôtel. Afin de ne pas me sentir trop seule, et donc de ne pas me laisser tenter par les invitations à dîner, Warren avait insisté pour que j'aille m'installer chez Marion Donen. J'étais à peine arrivée qu'il me bombarda déjà de télégrammes, de lettres dans lequelles il me jurait son amour et sa fidélité. Quand nous nous parlions au téléphone, il avait l'air si malheureux tout seul que je décidai de lui faire une surprise en venant à New York le week-end suivant. Douze jours à peine après avoir quitté New York j'étais donc à nouveau de retour. Bien peu de fiancées feraient 12 000 kilomètres pour trois jours! Nous passâmes le week-end dans notre appartement. Le lundi je repartis pour l'Italie et la cité éternelle où j'arrivai exténuée mais heureuse.

Nous avions décidé de nous marier en janvier. Je voulais que ma robe soit faite à Londres. J'appelai mon couturier anglais et lui demandai de me dessiner quelques projets de robe.

Le tournage de « Esther and the King », commença. C'était un film épouvantable. Plein de dialogues pseudobibliques à la sauce hollywoodienne. A l'exception de Richard Egan, Denis O'Dea et moi-même, la distribution était entièrement italienne; les acteurs récitaient leurs textes dans leur langue et nous leur répondions en anglais! Il y avait aussi un acteur français et un acteur espagnol chacun disant son texte dans sa propre langue. On se serait cru aux Nations Unies!

C'était atroce. Warren m'avait déconseillé le film. Il me suggéra de me conduire mal sur le plateau afin de me faire renvoyer mais, si épouvantable que pût être le film, mon professionnalisme reprit le dessus. Aussi essayai-je, malgré tout, de donner le meilleur de moi-même.

La première lettre de Warren contenait quelques conseils sur la façon de tourner ce genre de film :

« Comment tourner un film biblique? :

1. Il faut essayer d'exprimer au maximum des sentiments et des émotions violents. C'est bien si l'acteur pleure dans chaque scène, sans exagérer toutefois pour ne pas gêner ou mettre mal à l'aise les partenaires. Grimaces et expressions de douleur doivent être répétées devant la glace. Souviens-toi que le public n'est pas accroché tant que l'acteur ne pleure pas. Sois très prudente quand tu pleures, ne fais pas couler ton mascara.

2. Pour bien tenir un rôle biblique il faut essayer d'imaginer ce que Jésus-Christ aurait fait dans la même situation, et ensuite tenter de l'imiter.

3. Ne change jamais un mot du texte. Il a été conçu par une force créatrice.

4. Ne provoque pas le réalisateur et encore moins le producteur. Ce sont des hommes dévoués à leur mission.

5. Ne pense pas au script en dehors des heures de travail, cela tue la spontanéité. »

A cette période-là, j'essayais toujours de renégocier mon contrat avec la Fox, afin d'être autorisée à accepter des offres extérieures au studio. Mais pour une raison que je ne m'expliquais pas, ils refusaient de me le rendre alors qu'ils laissaient tomber plein d'autres comédiens. Chaque soir, je me couchais tôt avec un livre ou je dînais avec Marion ou encore mon agent. Je m'ennuyais et j'étais malheureuse. Je détestais le film et Warren me manquait. Je ne quittais pas la bague de fiançailles qu'il m'avait offerte, ni un petit papillon en or qu'il m'avait également acheté chez mon bijoutier préféré, Buccellati.

J'allai passer un week-end à Londres et commençai à choisir des tissus pour la robe de mariée. Les coups de téléphone et les lettres de Warren devenaient de plus en plus désespérés « J'ai hâte de te voir dans ta robe de mariée » ou « Tu me manques atrocement, je ne peux plus le supporter » revenaient sans arrêt dans la conversation ou dans les lettres.

Finalement je n'en puis plus non plus. J'allai voir le régisseur et le suppliai de m'autoriser à aller passer un week-end à New York. Il accepta. Trois semaines et demie après mon premier départ vers l'Italie, j'étais donc à nouveau de retour à New York pour deux jours.

Pendant ces quarante-huit heures, Warren et moi ne fîmes que nous disputer. Il était persuadé que j'avais une aventure. Je ne pus rien dire ou faire pour le convaincre du contraire. J'avais fait douze mille kilomètres en avion deux fois en l'espace de cinq semaines uniquement pour le voir. Mais ce n'était pas, pour lui, une preuve suffisante de mon amour.

Dans l'avion qui me ramenait à Rome, une pensée me traversa l'esprit : et si c'était lui l'infidèle ? Et si c'était lui qui avait une aventure ? Et pourquoi pas avec sa partenaire Nathalie Wood ? Il me revenait en tête des petits détails indiquant qu'ils se connaissaient très très bien. Je commençai alors à avoir de sérieux doutes...

Je repris le tournage, sombre, perturbée, en colère.

Je devais tenir des propos pieux et pontifiants alors qu'intérieurement, je bouillais de rage. Comment osait-il me traiter comme si j'étais sa propriété exclusive? Un objet sur lequel serait marqué « Pour l'usage exclusif de Warren ». J'avais déjà dépensé trois mille dollars en billets d'avion sans parler de mes notes de téléphone astronomiques. Il me reprochait quelque chose que je n'avais pas fait. Peut-être – finalement – aurais-je dû le faire? Lui de son côté ne devait pas se gêner... Et avec Nathalie Wood encore! « Mené par sa queue » avait dit Ben!

Je commençai à flirter légèrement avec un jeune acteur italien que j'avais remarqué sur le plateau, Gabriele Tinti.

J'avais toujours eu un penchant pour les Italiens. J'aimais leur empressement auprès des femmes, leur façon de prendre la vie, de s'habiller. Cette année-là ils portaient tous des chemises noires ouvertes jusqu'à la taille, des chaînes en or autour du cou, et des pantalons blancs. Allure irrésistible lorsqu'elle était accompagnée de cheveux noirs bouclés, des dents blanches et des yeux verts; comme c'était le cas de mon bel acteur. Après les rapports tendus avec Warren, l'attitude souriante, charmeuse et décontractée de Gabriele créait un contraste bien agréable.

Ma mère et mon frère Bill étaient venus habiter avec moi et ils me chaperonnaient sans arrêt, ce qui me convenait parfaitement. C'était un flirt et rien d'autre, mes instincts monogames et ma fidélité envers Warren prenant le dessus.

Mais qu'il était agréable de s'entendre appeler « Bellissima, meravigliosa, simpatica, piu bella del mondo ». Et tout cela avec ma main dans la sienne, lui me regardant avec des yeux énamourés.

Sans sortir officiellement avec Gabriele car j'étais « fidanzata » à Warren, je passais cependant une demi-heure chaque soir à l'écouter me faire ses déclarations « d'amore ». En italien cela sonne de bien jolie façon. Mais je ne peux pas prendre les Italiens au sérieux. Face à une femme, ils parlent tous de la même façon, exagèrent tout, font un numéro souvent outré. Il faut savoir prendre et laisser, lire entre les lignes. De toute façon, j'étais amoureuse de Warren et cela réglait tout. Ce petit flirt était ma façon à moi de me venger de toute la peine qu'il me causait.

Les soupçons de Warren se confirmèrent quand il essaya un soir de me joindre pendant une heure sans succès car la ligne était occupée. J'espérai le calmer au moyen d'une autre visite; l'idée s'avéra stupide et la peine inutile : je ne résolus rien et réussis, par contre, à m'attirer les foudres du réalisateur et du producteur d'Esther. Je fus de nouveau à la une du *Daily News* où l'on me présenta comme une actrice rebelle, sans aucune conscience professionnelle quittant son travail pour aller faire ses frasques à l'autre bout du monde. Warren ne vint jamais me rendre visite à Rome. Le jour du premier anniversaire de notre rencontre, il m'envoya un télégramme qui disait : « Ma vie a commencé il y a un an. » Nous continuâmes à échanger coups de téléphone et lettres mais nos relations se détérioraient.

Le téléphone de la maison que j'avais louée sur Sunset Plaza Drive sonna, m'arrachant à un sommeil profond. Je pris le combiné, remarquant qu'il était 9 heures. Nos amis n'appelaient jamais avant 10 heures.

– Joanie, c'est moi, fit la voix anxieuse de mon agent. Est-ce que tu peux faire tes valises et être prête à partir pour Londres aujourd'hui?

– Oh, non, pas à nouveau! Je viens à peine de rentrer depuis deux semaines. Qu'est-ce qui se passe? Pourquoi est-ce si urgent?

– C'est Elizabeth. On croit qu'elle est en train de mourir et ils veulent que tu prennes sa place dans « Cléopâtre ».

En train de mourir! Liz Taylor! Mon Dieu, je ne peux pas le croire! Ce doit être une mauvaise plaisanterie. Je secouai Warren pour qu'il se réveille.

– Ce n'est pas une plaisanterie, continua mon agent, je voudrais bien que cela en soit une! Elle est si malade qu'ils ne pensent pas qu'elle s'en sortira. Tous les décors sont installés à Pinewood. La distribution et l'équipe technique sont engagées et payées chaque semaine. Cela leur coûte chaque jour des milliers de dollars pendant qu'elle est en clinique. Si elle meurt, il faut pouvoir reprendre le tournage avec une nouvelle Cléopâtre en moins de trois jours. La Fox a déjà dépassé son budget. Ils ne peuvent pas se permettre de perdre encore plus d'argent.

J'écoutais horrifiée. Je ne pouvais pas croire que les dirigeants de la Fox soient à ce point insensibles. Tout ce qui comptait pour eux était l'argent. Ils se moquaient complètement qu'Elizabeth soit en train de mourir d'une pneumonie. Le spectacle devait continuer. Trouvez quelqu'un, n'importe qui, pour prendre sa place. Transformez ses costumes, retaillez sa perruque et mettez le tout sur la remplaçante, lumières, moteur, action – une Cléopâtre instantanée – juste comme le Nescafé. C'était horrible. C'était Hollywood. A part que cela se passait à Londres. Elizabeth luttait contre la mort dans cette clinique, juste en face de Harley House où j'avais passé une grande partie de mon enfance.

Je regardai Warren enfin réveillé. Il essayait d'entendre ce qui se disait.

– Je ne peux pas... je ne peux pas le faire... je connais Elizabeth... je me sentirais... je ne sais pas... je ne peux pas mettre ses robes et reprendre le rôle alors qu'elle est en train de mourir.

C'était vrai, je ne pouvais pas, cette idée me rendait déjà malade. L'année précédente j'avais brigué et désiré le rôle de Cléopâtre mais profiter de la mort de l'actrice choisie pour finalement obtenir le rôle, me révulsait.

– Chérie, ne sois pas si émotive dans tes réactions, dit mon agent en essayant de me calmer. Il faut souhaiter qu'elle ne meure pas... D'un autre côté c'est ta carrière qui est en jeu! C'est la plus grosse production de la Fox : plus de six millions de dollars! Cela fera de toi une vedette énorme. De plus, si tu refuses, tu vas être à nouveau suspendue. Je te rappelle dans une heure ou deux après le prochain rapport médical.

Il raccrocha et je regardai le combiné d'un air abruti.

– Qu'est-ce que tu en penses? demanda Warren en se levant et sautant dans ses jeans.

– C'est horrible, dis-je en m'allongeant sur le lit, absolument horrible.

– C'est le show-biz, chérie, dit-il en sortant une chemise de l'éternelle valise à moitié défaite, couchée sur le plancher à côté du lit, et il n'y a pas de business comme le show-business. Mais je pense aussi que c'est horrible.

– Dieu, j'espère qu'elle va s'en sortir, dis-je.

– Elle va s'en sortir, dit-il avec confiance en se dirigeant vers la cuisine pour se préparer ses vitamines. Cette femme a neuf vies. Ne te fais pas de souci, papillon. Malgré l'injonction de mon agent de me tenir prête à partir d'une minute à l'autre, je me refusais à faire mes valises. Je tournais en rond, fumant cigarette sur cigarette, me rongeant les ongles et priant pour qu'Elizabeth se rétablisse. Les nouvelles à la radio et à la télé différaient. Certains disaient qu'elle avait une pneumonie, d'autres qu'elle avait une infection de la poitrine. On disait qu'il y avait neuf docteurs à son chevet y compris le médecin particulier de la Reine.

Je songeais à Elizabeth dans son lit d'hôpital entre la vie et la mort. A quoi pouvait-elle penser? Savait-elle qu'elle était peut-être en train de mourir ou était-elle inconsciente?

La dernière fois que je l'avais rencontrée, elle était mariée à l'acteur anglais Michael Wilding et nous avions dîné tous les quatre avec Arthur Loew au La Rue, à Hollywood. Elle était extraordinairement belle, de grands yeux bleus soulignés par un épais maquillage, le visage angélique. Nous avions papoté ignorant pratiquement toute la soirée Arthur et Michael. Elle était à présent en train de mourir. C'était incroyable.

A 6 heures, mon agent téléphona et me donna la permission de sortir à condition de laisser un numéro où l'on puisse me joindre. Warren et moi allâmes grignoter un morceau au Aware Inn en discutant de la situation. Le lendemain matin, mon agent m'appela.

– Bonjour ma belle. Tout va bien, tu peux respirer, Liz va s'en sortir. Elle pourra reprendre le rôle.

Je soufflai un grand coup. Après tout, peut-être avait-elle vraiment neuf vies!

Warren partit pour Londres tourner « The Roman Spring of Mrs Stone » avec Vivien Leigh. J'y allai aussi mais pour une toute autre raison : ma mère venait de se faire opérer d'une tumeur et je voulais être à ses côtés. De plus, ma sœur allait se marier. Je tentai de l'en dissuader car elle était très jeune et j'avais toujours en mémoire ma propre erreur. Mais elle ne m'écouta pas.

Warren et moi ne nous entendions pas bien. L'idée de notre mariage prochain ne nous enthousiasmait plus guère. La robe de mariée était impeccablement rangée dans un placard, attendant un événement dont les chances de se produire s'amenuisaient petit à petit.

Et nous passions de moins en moins de temps ensemble. Peu de temps auparavant, il était parti faire trois semaines de réserve à la base aérienne de Victorville. Il m'avait alors bombardée de lettres, de télégrammes me proclamant son amour et son attachement. Aussi pourquoi nous disputions-nous sans cesse quand nous étions ensemble?

Néanmoins, j'étais incapable de résister à ses appels et je sautai dans un avion pour aller passer un week-end auprès de lui au Apple Valley Inn, un délicieux petit motel situé non loin de la base où il effectuait son mini-service militaire.

Cette situation était loin de le ravir. Il était furieux de perdre ainsi son temps à servir son pays. Il était à cran et vindicatif. Sitôt passées les premières impulsions joyeuses des retrouvailles, nous recommençâmes à nous disputer et je repris très vite l'avion de retour vers Los Angeles.

Nous nous chamaillions sur tout et sur rien. Depuis Maxwell Reed, et surtout à cause de ce dernier, je n'étais plus une femme soumise. Je crois en l'égalité des sexes dans tous les domaines et je ne tolère pas que l'on puisse considérer les femmes inférieures aux hommes. C'est pourquoi il m'arrivait de réagir avec beaucoup d'agressivité à certaines attitudes typiquement masculines. Warren, de son côté, voulait que tout se passe selon son bon plaisir souvent puéril. Je refusais de céder à ses caprices. C'est pourquoi nous nous querellions si souvent.

La Fox avait finalement accepté de me rendre mon contrat. Après six années d'esclavage j'étais enfin libre d'accepter les différentes propositions. Mais, lui, sitôt après avoir lu les scripts présentés, les jetait dédaigneusement à l'autre bout de la pièce.

– C'est de la merde, chérie, c'est de la merde. Tu ne peux pas accepter ça.

– Mais chéri, c'est aussi soixante-quinze mille dollars, répliquais-je et la bagarre commençait.

C'est vrai, il était perfectionniste mais il avait eu la

chance de débuter au cinéma dans des films à haute valeur artistique, aussi n'acceptait-il pas de tourner dans des productions de moindre intérêt et voulait me voir adopter la même attitude. Malheureusement, quatre vingt dix pour cent des films ne sont pas d'un haut niveau artistique ou intellectuel. J'avais fait dix-huit films. Sur ces dix-huit films, seuls deux ou trois avaient une valeur certaine. Mais jouer la comédie est un métier autant qu'un art. Je ne pouvais pas rester assise à attendre que le téléphone sonne et qu'on me propose le rôle du siècle. Il me fallait travailler, gagner ma vie. Et Warren, lui, jetait à la poubelle tout ce qu'on me proposait.

J'allai voir un producteur au sujet d'un rôle que je voulais vraiment obtenir. Il était assis derrière son imposant bureau, perché sur son fauteuil, me regardant à travers la fumée bleutée de son cigare.

– Ça fait pas mal de temps qu'on vous voit, n'est-ce pas? Quel âge avez-vous?

– J'ai vingt-six ans, répondis-je.

– Vingt-six ans... hmmmmmmm... vous savez, dans ce métier ce n'est plus considéré comme très jeune, ma chère. Je restai sans voix. Plus très jeune pour ce métier! Ce vieux trou du cul d'au moins cinquante ans venait me dire que je n'étais plus assez jeune! Cela résumait bien l'attitude générale d'Hollywood à cette époque.

Découverte à seize ans – star à Hollywood à vingt, vieille et mise au rancard à vingt-six! Je comprenais pourquoi papa voulait que je sois secrétaire! En quittant le bureau de cet homme répugnant, je me regardai dans le miroir de l'ascenseur. Je n'étais pas finie : j'avais toujours mes cheveux, mes dents et pas une ride. Stupide connard, pensai-je en montant dans ma voiture. Sans doute se vengeait-il car il avait une fois essayé de coucher avec moi un soir à New York, sans succès.

– Les hommes ne veulent qu'une chose, fit la petite voix au fond de moi. Ils se servent de vous, ils vous abusent. Ce sont tous des salauds.

J'étais assise sur le bord du plateau où Warren tournait une scène d'amour avec Vivien Leigh. Vivien était une très belle femme d'une quarantaine d'années. Elle tenait à la perfection le rôle d'une femme vieillissante qui se payait un gigolo lors de vacances à Rome. Elle n'était plus aussi belle que dans ses premiers films. Elle n'avait pas eu une vie très heureuse. Des problèmes de santé et d'alcool l'avaient vieillie prématurément.

– La beauté est un cadeau qu'il ne faut pas détruire, m'avait dit un jour quelqu'un lors d'une réception alors que je me versais un énième verre de vodka.

En regardant Vivien et en constatant les dommages physiques causés par l'alcool, je me disais que je devais peut-être moi-même faire attention à cela. Elle ne m'aimait pas beaucoup, elle n'était guère aimable avec moi. Par contre, elle était plus qu'aimable avec Warren! Et lui, qui ne ratait jamais une occasion, lui faisait du charme dès qu'il le pouvait.

– Pourquoi dépensez-vous tant d'argent en vêtements, me demanda-t-elle un jour alors que nous déjeunions au restaurant du studio. C'est jeter l'argent par les fenêtres. Je ne vous ai jamais vue deux fois avec la même tenue. Et qu'est-ce que c'est que vous portez aujourd'hui? Un costume d'homme?

– C'est exact, c'est un costume d'homme. On l'a fait spécialement pour moi.

Ce n'était pas très courant au début des années soixante, Londres n'était pas encore devenue la capitale mondiale de la mode new-wave et les femmes portaient encore des robes classiques.

– Vous devriez dépenser votre argent en bijoux, ma chère, dit Vivien en me montrant ses bracelets, ses colliers, ses bagues. Les bijoux sont un bon investissement. De plus avec quelques perles et quelques bagues, ou une jolie broche, vous pouvez porter la même robe noire toute simple tous les jours et être quand même ravissante.

Une petite robe noire. Quel ennui, pensai-je en regardant Warren dévorer ses frites manifestement complètement inintéressé par la conversation. Il était très beau. Il ne ressemblait plus guère au garçon boutonneux que j'avais rencontré seize mois auparavant.

Ses cheveux avaient été foncés afin de mieux correspondre au rôle du gigolo italien. Il était très (artificiellement) bronzé; on aurait dit qu'il passait ses journées à la plage. Il portait un superbe costume beige. Toutes les femmes du restaurant se tordaient le cou pour mieux le regarder. L'image de Warren Beaty-sex-symbol commençait à émerger. Les femmes l'adoraient et lui adorait cela.

– Qu'est-ce que tu en penses, Warren chéri? demanda Vivien.

– Euh, je pense qu'elle est mignonne, dit Warren en me faisant un clin d'œil. Ce n'est pas la peine d'essayer de la faire s'habiller différemment. Joanie n'en fait qu'à sa tête. Comme cela elle ressemble à... un petit homme, ajouta-t-il avec fierté.

Je regardai Vivien, celle-ci dévorait Warren des yeux en battant des cils. Il la regarda en souriant. Sous la table je lui décochai un vicieux coup de pied et il replongea dans son assiette. Vivien me jeta un rapide coup d'œil. Elle savait que j'avais remarqué son attirance pour lui. Ce petit flirt avait-il été consommé « jusqu'au bout »? Je ne le sus jamais. Warren avait plein d'occasions d'être infidèle s'il en avait envie. Les femmes devenaient folles sur son passage.

Je me faisais du souci au sujet de ma mère. L'opération s'était bien déroulée, la tumeur avait pu être entièrement enlevée, mais elle était très fatiguée par l'opération. Jackie étant mariée et habitant chez son mari, je redevins la petite fille installée chez sa maman et elle en fut très heureuse.

Elle s'inquiétait pour moi. Allais-je un jour me caser comme Jackie et trouver un homme qui me rendrait heureuse? Elle adorait Warren – comme la plupart des femmes, il n'avait pas son pareil pour faire du charme – mais elle savait aussi qu'il n'était pas le genre d'homme à rendre une femme heureuse pour toujours. Épouser Warren n'était pas la solution, mais j'étais toujours très éprise de lui. Comme je n'arrivais pas à prendre une décision dans un sens ou dans l'autre, je laissais les choses aller. Warren avait loué la maison de Peter Glenville près d'un ravissant petit square, non loin du grand magasin Harrods, pour toute la durée du tournage. Il devait se lever chaque matin à l'aube, aussi préférais-je dormir chez mes parents où je pouvais traînasser le matin au lit. Maman m'y apportait mon petit déjeuner et nous passions une partie de la matinée à papoter.

Warren et moi allâmes passer un week-end à Paris pour rendre visite à Joanne Woodward et Paul Newman qui y tournaient un film. Nous fîmes de longues balades le long des quais de la Seine, nous visitâmes de nombreuses galeries de peinture. J'avais envie de m'acheter quelques toiles. Après six années passées à Hollywood, à bien gagner ma vie, je ne possédais pratiquement rien sauf des vêtements, quelques centaines de livres, une chaîne stéréo et des milliers d'albums. Je n'avais jamais acheté une chaise, une théière, ou une lampe. Mon agent m'avait toujours conseillé de louer les appartements meublés. Je ne possédais rien, ainsi j'étais libre de me rendre où bon me semblait, de me laisser emporter par le vent. Et le vent soufflait toujours en direction de Warren. Je n'y connaissais rien en peinture mais en regardant les lithographies de Vasarely, je trouvais formidable l'idée de dépenser des tonnes d'argent pour des dessins représentant des petits carrés rigolos.

Les Newman nous emmenèrent un soir au Carrousel, une boîte homo de Montmartre. Il y avait plein de très beaux jeunes hommes qui, habillés en femmes, chantaient, dansaient et mimaient sur une toute petite scène. Le club était bourré : beaucoup de touristes mais aussi quelques personnalités du Tout-Paris. Tous les regards étaient tournés dans notre direction, vers Paul et aussi vers Warren. Les « filles » du spectacle étaient splendides. Il y avait une Marylin Monroe, une Ava Gardner, une Audrey Hepburn, l'un plus belle que l'autre. A côté d'« elles », Joanne et moi faisions plutôt ordinaires. Les « filles » exécutaient leur numéro plus particulièrement pour Paul et Warren. Ceux-ci souriaient, un peu gênés tandis que Joanne et moi ricanions en les regardant.

– « Elles » pourraient nous donner des leçons de sex-appeal! dis-je à Joanne.

A la fin du spectacle, les propriétaires nous invitèrent à aller en coulisses pour saluer les « filles ».

– Allons-y, dis-je, mes inhibitions balayées par deux poires William.

– Tu crois qu'on doit y aller? demanda Warren un peu nerveux.

– Mais bien sûr, je veux les voir de près. Allez, ne sois pas nigaud.

Les deux hommes nous suivirent à contrecœur. Nous fûmes accueillis par des gloussements de joie. Il était impossible de deviner que la plupart de ces dames étaient des messieurs. Tout à fait dignes d'un magazine comme *Play Boy*. Quelques-uns d'entre eux avaient enlevé leurs vêtements, ce qui permettait de voir qu'ils étaient vraiment des hommes. L'odeur du parfum et de la poudre était intense mais un autre arôme plus subtil – qui allait devenir bien familier à mes narines pendant la décade suivante – attira mon attention. C'était un joint que ces

« dames » se passaient. Je le refusai quand il arriva à moi. Au mur étaient épinglées des photos de Marlon Brando et de Jean-Paul Belmondo.

Chose étonnante : tout ce petit monde n'en avait nullement après Paul et Warren, mais après Joanne et moi !

– Vos cheveux sont si beaux, fit Marylin à Joanne. C'est votre couleur naturelle ?

– Mais bien sûr idiote, répliqua Jane Mansfield en caressant les cheveux de Joanne.

De mon côté, je leur donnai un cours de maquillage, en particulier pour les yeux. L'assistance était suspendue à mes lèvres.

Nos robes, nos bijoux, nos cheveux furent examinés sous toutes les coutures. Finalement nous prîmes congé. Une fois dans la rue nous éclatâmes de rire Ce fut une soirée inoubliable.

Après que Warren eût fini de tourner « The Roman Spring of Mrs Stone », nous retournâmes à Los Angeles dans ma maison de Sunset Plaza Drive. Nous nous disputions de plus en plus, pour n'importe quoi. Cela devenait invivable. Ma mère vint nous rendre visite en compagnie de mon petit frère qui avait pour Warren une admiration sans borne.

– Pourquoi les as-tu invités, demanda Warren d'une voix assez forte pour que ma mère en train de prendre un bain de soleil dans le jardin, puisse entendre. On ne peut pas avoir la moindre vie privée ici !

Il me regardait avec animosité tout en fouillant dans sa valise pleine de vêtements qui se trouvait par terre.

– C'est ma mère, répliquai-je. Je paie le loyer de cette maison et j'ai le droit de recevoir qui je veux. Arrête de m'emmerder.

J'avais les yeux remplis de larmes mais je ne voulais pas qu'il voit à quel point son agressivité envers maman me touchait. Je m'en allai la rejoindre. Je voulais être pour elle un réconfort, une fille parfaite, la rendre heureuse, ce que je n'avais pas vraiment fait jusqu'alors. Sa récente maladie m'avait énormément affectée. Ma sœur était enceinte et maman en était très heureuse. Mais elle trouvait aussi qu'il était temps pour moi d'en faire autant.

Ma liaison avec Warren allait bientôt s'achever, c'était évident et c'était à moi d'en prendre la décision. Que nous était-il arrivé ? Qu'était devenue la passion des premiers jours ? Pourquoi toutes mes liaisons se terminaient-elles amèrement ? Était-ce ma faute ? Étais-je trop faible ? Ou trop forte de caractère ? Ou bien – et je savais au fond de moi que c'était cela la vérité – étais-je uniquement attirée par les instables, par les hommes incapables d'aimer vraiment ?

Quelques jours plus tard, j'acceptai une offre de Norman Panama et Mel Frank. Ils me proposaient d'aller à Londres tourner « The Road to Hong Kong » en compagnie de Bob Hope et Bing Crosby.

– C'est de la merde, dit Warren en jetant le script par terre. De la merde ! Pourquoi as-tu accepté cela ? Je le regardai droit dans les yeux.

– Pour deux raisons, dis-je simplement. Pour l'argent, et pour partir loin de toi.

Nous nous regardâmes pendant un long moment. C'était la fin et nous le savions. Nous nous enlaçâmes et restâmes ainsi sans rien dire. Nous avions passé deux ans ensemble, deux ans d'amour et de disputes. Entre-temps, il était devenu un homme et presque une star.

Il était temps pour moi de bouger, de passer à autre chose.

8

Les sixties célébrèrent la jeunesse, la liberté. Ce fut le temps du « Flower-Power »[1]. Tout explosa à Londres, l'endroit où il fallait être, et j'y étais. La décade s'annonçait excitante. L'optimisme, l'originalité et l'enthousiasme étaient les mots d'ordre de chaque jour. Tout le monde paraissait jeune, enthousiaste et frais. De Liverpool arrivèrent ces quatre jeunes gens dont la musique allait conquérir le monde : les Beatles. Des discothèques naissaient à travers tout le pays. Des groupes se formaient dans chaque quartier, dans chaque rue. Les jeunes prenaient enfin le pouvoir. C'était la mode des mini-jupes. Les femmes se sentaient libres et montraient leurs jambes. Malgré la guerre du Vietnam, c'était une époque merveilleuse pour les jeunes. J'étais assise à une table du White Elephant, un des restaurants les plus en vue du moment et je regardais la foule qui se pressait pour y déjeuner. La moitié d'Hollywood semblait là. Beaucoup de gens du cinéma avaient quitté Los Angeles

1. Pouvoir des fleurs, le « Temps des fleurs ».

à cause des taxes et de la pollution, et étaient venus s'installer à Londres. Le restaurant était animé et bruyant. Les serveurs italiens passaient entre les tables. « Cubby » Broccoli, le producteur américain, s'arrêta à ma table pour bavarder. Il m'expliqua qu'il était en train de produire un film d'après un roman d'espionnage de Ian Fleming de la série des James Bond et qu'ils allaient partir bientôt tourner aux Caraïbes. Je lui souhaitai bonne chance et le regardai saluer deux jeunes hommes assis à la table voisine.

C'est Tony Newley, me dit l'amie avec qui je déjeunais, tu sais ce type qui est en train de remporter un énorme succès avec le nouveau spectacle : « Stop the world – I Want to get off. »

Ah, oui... Je me souvenais avoir lu les critiques quelques semaines auparavant. Elles avaient été un peu rudes mais j'avais été intriguée. C'était une comédie musicale dans laquelle Newley, habillé et maquillé en clown blanc, interprétait de nombreux personnages différents. Il avait écrit, composé et co-produit le spectacle avec Leslie Bricusse qui était, selon mon amie, l'homme assis en face de lui. Il me semblait avoir déjà vu Newley auparavant, j'essayai de me souvenir où. Cela me revint : il jouait Artful Dodger dans le film de David Lean, « Olivier Twist ». Il avait alors à peu près quatorze ans mais avait gardé le même visage coquin. Il devait avoir vingt-sept-vingt-huit ans, maintenant. Il avait des cheveux foncés et de belles mains très expressives dont il se servait beaucoup en parlant. Nos regards se croisèrent un instant et une lueur passa dans ses yeux comme s'il me reconnaissait. Je détournai le regard. A cette période-là, les hommes ne m'intéressaient plus trop.

Je ne pensais plus à lui jusqu'à ce qu'un jour Robert Wagner, qui tournait un film à Londres, m'appelât et m'invitât à aller voir Stop The World. Robert et moi étions devenus amis depuis l'épouvantable tournage de

Stopover Tokyo et, après sa séparation avec Natalie Wood, nous étions sortis plusieurs fois ensemble à Londres.

Les journaux à scandale et à potins s'étaient immédiatement intéressés à nous. De nombreux articles étaient parus expliquant comment nous nous consolions ensemble pendant que Natalie et Warren vivaient une romance au vu et au su de tous. Cela ne nous fit guère plaisir car selon ces articles, Warren et Natalie sortaient déjà ensemble alors qu'elle était encore mariée à Robert et Warren, fiancé avec moi.

Affirmation d'autant plus déplaisante qu'elle était plausible...

Néanmoins de notre côté, il ne se passait rien. Comme le disait le vieux cliché, nous étions juste « de bons amis ». Robert était trop simple et gentil pour moi car j'étais plutôt attirée par les hommes compliqués et difficiles. Je fus emballée par « Stop the World – I Want to Get Off ». C'était un des spectacles les plus originaux et les plus nouveaux qu'il m'avait été donné de voir. De plus, la performance de Tony Newley était remarquable, un véritable tour de force!

A la fin du spectacle j'étais exténuée et emballée.

– Allons en coulisses, dis-je à Robert qui accepta sur-le-champ, aussi impressionné que moi par le spectacle. Nous traversâmes un dédale de corridors et arrivâmes à la loge de Newley. La porte était gardée par un colosse qui nous demanda nos noms et nous dit de façon assez rude d'attendre dans le couloir. Nous attendîmes vingt minutes.

– Partons, dis-je.

– Ne partez pas, j'arrive, fit une voix avec un fort accent faubourien.

Le rideau de la porte s'écarta et il apparut. Il était plutôt petit.

– Comment allez-vous? fit-il. Je suis désolé de vous

avoir fait attendre si longtemps mais ce maquillage est très long à enlever.

Nous lui serrâmes la main et lui dîmes combien nous avions aimé le spectacle. Il sembla flatté.

– Bon, fit Robert. Il est temps que nous vous laissions vous restaurer un peu. Vous devez avoir faim, et nous aussi.

– Allons manger un morceau ensemble, si vous le voulez bien. A moins que vous n'ayez envie de rester en tête à tête.

– Non, non, pas du tout, dis-je, venez donc avec nous.

– Si nous allions au Trat? demanda Tony. J'y ai toujours une table réservée.

– Bonne idée, dit Robert.

Nous sortîmes et traversâmes Shaftesbury avenue où se trouvait le Trattoria Terrazza, un bistrot italien nouveau style. Nous fûmes accueillis avec de grandes démonstrations d'amitié par Mario et Franco qui nous conduisirent à notre table. L'endroit était toujours très bruyant, l'acoustique était telle qu'il fallait parler très bas sinon les voix résonnaient à travers tout le restaurant. Un endroit animé, bruyant et excitant. La soirée s'annonçait bien.

– Que voulez-vous boire, jolie dame? demanda Newley.

– Verdicchio, s'il vous plaît.

Et nous nous plongeâmes dans une conversation très animée, ponctuée d'éclats de rire. Tony avait un sens de l'humour très particulier que j'appréciais beaucoup. Un humour typiquement « cockney » [1]. Je me sentais autant à l'aise avec un homme qui se servait à profusion de l'argot londonien que dans une party snob d'Hollywood, sans doute parce que j'avais passé la moitié de ma vie à

1. Londonien des faubourgs.

Londres et l'autre moitié dans la capitale du cinéma. Après deux heures et pas mal de bouteilles de Verdicchio, nous quittâmes le restaurant et retournâmes dans nos maisons respectives. J'avais passé une merveilleuse soirée. Tony était intelligent, amusant, séduisant et agréable. Joyce Blair vint déjeuner avec moi à Shepperton quelques jours plus tard, et je fus surprise lorsqu'elle me demanda :

– Qu'est-ce que tu as bien pu faire à Tony? Il ne parle plus que de toi!

Je m'assis sur le sofa de ma loge et m'épluchai une pomme.

– Que dit-il à mon sujet? demandai-je d'une voix légère.

– Oh, tu sais, le truc habituel. Que tu es ravissante, que tu as un corps merveilleux. Ce genre de truc.

– Oh, et il n'a pas dit s'il me trouvait intelligente, drôle ou amusante?

Joyce pouffa de rire.

– Je crois que ce vieux Tony est un vrai macho. Il n'a pas fait attention à ce que tu pouvais avoir dans la tête. Mais il t'a quand même trouvée amusante.

– Formidable, dis-je sarcastique, il admet donc l'existence d'un cerveau à l'intérieur de mon crâne!

– Laisse-moi te dire quelque chose au sujet de Tony, fit Joyce en se penchant vers moi. C'est quelqu'un de super, vraiment super. Je le connais depuis toujours. Je l'adore.

Elle baissa le ton et ajouta :

– Et sais-tu qu'il n'est jamais tombé amoureux?

– Jamais? demandai-je incrédule. Qu'est-ce qu'il a qui ne va pas? Il est pédé?

– Non, non. Il aime les femmes. Il n'est simplement jamais tombé amoureux de celles qu'il a rencontrées. Tu te rends compte? Vingt-neuf ans et jamais tombé amoureux de quiconque? C'est épouvantable, n'est-ce pas?

– Très intéressant, fis-je en jetant le trognon de pomme dans la poubelle.

Un homme qui n'avait jamais aimé, c'était presque un défi qu'on me lançait. Je regardai Joyce; elle m'observait avec un petit sourire narquois.

– Oh, non, Joyce. Ce n'est pas la peine de prendre ce petit sourire. Cela ne m'intéresse absolument pas de faire découvrir l'amour avec un grand A à ce grand garçon.

– Non, mais tu peux toujours aller déjeuner avec lui. Il m'a téléphoné l'autre jour et m'a tannée pour que je lui donne ton numéro. J'ai finalement accepté d'organiser un déjeuner entre nous trois. Oh, allez! Que veux-tu qu'il te fasse pendant le déjeuner?

– Tu serais étonnée, dis-je à Joyce en souriant.

Je me levai pour aller tourner la scène suivante.

Jamais tombé amoureux, hein? Eh bien, nous allions voir cela.

Pendant les vingt-quatre heures suivantes, je me surpris à penser à Anthony Newley. J'étais, peut-être pour la première fois de ma vie, libre de toute attache. Je n'avais pas de maison, pas de mari, pas de petit ami, pas de parents à qui obéir, pas d'enfants et pas d'obligations contractuelles avec un studio. Je pouvais faire ce que je voulais, quand je le voulais. C'était la félicité. Si je voulais partir passer un week-end à Rome ou à Paris, je n'avais qu'à boucler ma valise et sauter dans le premier avion. Ce sentiment de totale liberté était bien agréable après toutes ces années, après mon enfance rigide, mon mariage désastreux, mes contrats avec la Rank et la Fox, mes aventures avec Sydney, Arthur, George et Warren.

En fait, j'étais gauche, comme si je ne savais pas quoi faire de cette brusque liberté. Je me sentais tel un oiseau qui viendrait juste d'apprendre à voler. Le monde était à moi et, je l'espérais, pour un bon bout de temps.

Parfois, j'étais légèrement envieuse et mélancolique

quand je voyais un petit bébé. C'était mon instinct maternel qui se manifestait. J'essayais de le refouler; la vie était drôle, amusante. Je voulais la vivre sans attache, sans obligation d'aucune sorte. Et ce n'était pas un Tony Newley qui allait me refaire plonger.

Une femme ayant un peu de bon sens ne tombe pas amoureuse d'un homme qui proclame partout son incapacité d'aimer. Elle peut l'admirer, l'apprécier, mais elle ne se laissera pas conduire plus loin.

Nous étions aussi opposés qu'on puisse l'être. Il était calme, intelligent, casanier, tout entier plongé dans son travail et amoureux de lui-même. Il ne débordait pas de joie de vivre. Il ne se sentait à l'aise qu'en compagnie de ses amis proches. Il détestait voyager, découvrir de nouvelles choses. Il ne ressemblait en rien à mon père et pourtant les sentiments qu'il faisait naître en moi ressemblait à ceux de la petite Joanie pour son papa : celle qui avait tant espéré se faire aimer de lui! De mon côté, j'étais tout ce qu'il ne voulait pas chez une femme : exubérante, capricieuse, bourrée d'énergie, susceptible, ne pensant qu'au jour même, insouciante et gaie.

Malgré tout cela nous tombâmes amoureux.

Moi d'abord, et lui ensuite. Trois semaines après notre première rencontre nous devînmes amants, très peu de temps après qu'il m'ait déclaré son amour. Bien. Maintenant que j'avais gagné cet amour, qu'allais-je en faire? Allais-je tenir le rôle de la petite compagne modèle et lui préparer ses repas dans son appartement de Stanmore? Ou allais-je passer mes soirées dans les coulisses du théâtre et applaudir à tout rompre lors du baisser final du rideau? Je ne savais pas ce que j'allais faire. Comme toujours, je vivais au jour le jour.

Ma mère était mourante. Je savais qu'elle était mourante. Papa, comme Jackie, le savait aussi. Bill ignorait la situation, il n'avait que seize ans et personne ne tenait à le mettre au courant tant que cela n'était pas vraiment nécessaire. Cela se passa si rapidement que tout le monde fut pris à l'improviste. Après une brève hospitalisation, elle revint à la maison passer ses derniers jours au sein de sa famille. Je devais être là. Je ne supportais pas de la regarder mourir. Je refusais de le croire. Même aujourd'hui, je n'arrive pas à comprendre qu'elle ne soit plus là. J'emmène ses photos partout avec moi; elles montrent toutes une femme souriante, heureuse, vivante et gaie.

C'est d'elle que j'ai hérité ma joie de vivre.

Les derniers mois de sa vie furent illuminés par la présence de Tracy, une ravissante petite fille que Jackie avait mise au monde. Elle était devenue la prunelle de ses yeux.

– Si seulement Joanie pouvait se marier et en faire autant, disait-elle souvent à Jackie en surveillant la petite Tracy qui jouait dans le living. Les murs de la pièce étaient recouverts de photos de nous à tous les âges. Maman adorait ses enfants et je me sentais coupable de n'avoir pas été plus souvent avec elle au cours des dernières années.

Je refusais de quitter l'Angleterre et de retourner en Amérique tant que maman était malade. Nous l'avions emmenée voir de nombreux docteurs mais tous étaient extrêmement pessimistes. On nous avait dit qu'elle n'avait plus que quelques mois à vivre et je comptais bien rester à ses côtés.

Le tournage de « The Road to Hong Kong » était terminé. Cela avait été très amusant. J'aimais beaucoup Bob Hope. C'était un grand comique qui passait son temps à nous faire rire. Il était également chaleureux, charmant et modeste.

Bing Crosby, par contre, était bien différent : maussade, renfrogné. Il me faisait l'effet d'un vieil homme qui essayait de paraître jeune ou d'un jeune homme qui avait l'air vieux. Je ne « sentais » jamais son regard quand il m'observait. On aurait dit qu'il ne me voyait pas, que j'étais transparente. Il ne parlait guère à l'équipe, et avait la répugnante habitude de cracher sans arrêt, où qu'il fût. A tel point que quelqu'un devait constamment passer la serpillère derrière lui sur le plateau. Le pauvre type chargé de cette corvée devenait fou :

– Encore un crachat et je te jure que je lui tranche la gorge, disait-il.

Un jour il vint vers moi et me dit :

– Aujourd'hui, tu vas devoir tourner une scène d'amour avec lui et l'embrasser. Oh, ma pauvre petite, je te plains. Moi, je crois que je préférerais embrasser Hitler. Un peu plus tard, je dus effectivement mimer l'extase et le bonheur tandis qu'il se penchait vers moi pour m'embrasser. Je pouvais sentir son haleine rance. Quand je pense que certains imaginent la vie des actrices comme un conte de fée!

J'étais complètement subjuguée par le talent de Tony Newley. C'était un virtuose de la scène. Un génie. Mais comme tous les génies, il était compliqué à vivre; être amoureuse d'un génie n'est pas une partie de plaisir. D'autant plus que, tout en prétendant m'aimer, il s'intéressait aussi à une petite blonde de la troupe de Stop The World.

Au début, je ne m'étais rendue compte de rien, je travaillais dur sur « The Road to Hong Kong », je m'occupais de ma mère, cela me prenait toute mon attention. Ce ne fut que six ans plus tard, lorsqu'il écrivit, produisit, dirigea et interpréta un film autobiographique intitulé « Can Hieronymus Merkin Ever Forget Mercy Humppe and Find True Happiness », que j'appris, sur l'écran, cette ancienne aventure avec cette fille.

Toutefois, comme toujours, le début de notre romance fut merveilleux. Je savais que cela ne pouvait durer longtemps – je le savais par expérience. En fait, j'attendais trop des hommes. Je voulais qu'ils soient parfaits, alors que j'étais loin d'être parfaite moi-même. Mais j'avais décrété qu'il pourrait faire un excellent père pour les enfants que je voulais à présent avoir. Le tout était de le convaincre lui.

Je refusai de nombreux films, au grand désespoir de mon agent. Il avait réussi à me faire libérer de mon contrat avec la Fox et, maintenant, à cause de tous ces refus, il ne gagnait plus un centime sur moi. Je m'appliquais à devenir une épouse modèle. Je cuisinais, faisais le ménage, les commissions. Je m'intéressais brusquement et réellement à l'art culinaire. Je devins vite une excellente cuisinière. Je faisais tout ce que je pouvais pour me rendre indispensable. Il y avait de la concurrence autour de moi en la personne de sa mère et de son manager.

Sa mère, Grace, embrassait le sol sur lequel il avait marché. C'était une petite femme douce. Tony était son enfant illégitime, le fruit du péché comme on dit, et elle avait cher payé, en son temps, la faute qu'elle avait commise. Elle l'avait élevé seule et l'adorait. Lui, trouvait cela normal, pensait que cette adoration maternelle lui était due. Bien que finalement mariée, elle venait chaque jour chez lui lui préparer son petit déjeuner. Elle restait alors le reste de la journée à faire le ménage, n'importe quoi pour rester dans son orbite.

Je la rencontrai pour la première fois un lundi matin : la porte de la chambre à coucher de Tony s'ouvrit à neuf heures précises et je vis apparaître un petit visage auréolé de boucles grises.

– Bonjour, mon fils, qu'est-ce que tu veux pour ton petit déjeuner aujourd'hui ? Des œufs et du bacon ? Il fait froid dehors ce matin.

Elle fit semblant de ne pas remarquer qu'il y avait quelqu'un d'autre dans le lit et lui apporta son plateau comme si de rien n'était.

– Est-ce que tu penses que je pourrais avoir une tasse de thé? demandai-je à Tony apparemment pas du tout gêné par la situation.

– Oh, oui bien sûr! Maman?

La petite bonne femme se retourna.

– Oui, mon fils, dit-elle nerveusement en me regardant.

– Maman, je te présente Joanie, et elle voudrait bien une tasse de thé.

– Je ne voudrais pas que cela vous dérange, bien sûr, fis-je d'une petite voix innocente.

– Non, non. Pas du tout. Et comment voulez-vous votre thé, Joanie?

– Avec deux sucres, s'il vous plaît.

Je souriais gentiment dans l'espoir qu'elle se dise : « Elle ferait vraiment une délicieuse belle-fille. »

– Si vous voulez que je vous aide... ajoutai-je.

– Non, non, ce n'est pas la peine, merci.

Et elle disparut trouvant sûrement que les filles d'aujourd'hui n'avaient vraiment aucune morale. Plus tard, Grace et moi sommes devenues amies, en fait j'ai reporté sur elle une partie de l'affection que j'avais pour ma mère. Mais au début elle me fut hostile comme toutes les mères quand il s'agit de leur fils unique.

Par contre, je suis devenue immédiatement très amie avec le meilleur ami et collaborateur de Tony, Leslie Bricusse ainsi que sa ravissante épouse Evie. C'était rare que quatre personnes, deux couples, s'entendent comme nous nous entendions.

Leslie et Tony étaient tous deux fans du réalisateur suédois Ingmar Bergman. Ils l'admiraient tellement qu'ils mélangeaient son nom aux leurs. Entre eux ils s'appelaient « Newberg » et « Brickman ». Aujourd'hui, nos fils respectifs, qui sont également très amis, s'appellent toujours ainsi.

Nous nous entendions vraiment bien tous les quatre.

Leur amitié, leur affection m'aida beaucoup lors de la mort de maman. Elle mourut un matin de mai 1962. Ce fut presque un soulagement car nous ne supportions plus de la voir souffrir ainsi. Elle devait certainement savoir ce qui lui arrivait bien que nous lui avons caché la vérité jusqu'au bout. Quelques jours avant sa mort, j'étais assise sur son lit à papoter avec elle, à plaisanter. Soudain elle me prit la main, me regarda droit dans les yeux et me demanda :

– Qu'est-ce que tu vas faire de ta vie? Il est temps que tu te ranges, que tu fondes une famille. Tu ne vas pas éternellement rester jeune et jolie, tu sais.

Ma mère me posait rarement ce genre de question. Elle m'avait toujours laissée vivre à ma guise.

– Eh bien... Tony et moi allons probablement nous marier dès qu'il aura obtenu son divorce, dis-je en croisant les doigts.

– Ah, très bien. Je suis contente, chérie. Il a l'air de te convenir.

Elle ferma les yeux et sa respiration se fit plus profonde.

– Je pensai qu'elle s'était endormie. Je retirai doucement ma main des siennes et elle ouvrit les yeux. Il y avait tant d'amour dans son regard que j'en pleurai presque.

– Tu feras une très bonne mère, chérie, murmura-t-elle. J'espère que tu auras un enfant très bientôt.

Elle ferma les yeux à nouveau. Je m'en voulais de ne pouvoir exaucer son souhait. Je savais qu'elle ne pourrait jamais tenir un de mes enfants dans ses bras. C'était trop tard. Je savais qu'elle n'en avait plus que pour quelques jours. Je me remis à pleurer. Une larme tomba sur sa main. Elle ouvrit les yeux et me sourit à nouveau.

– Tu es si facile à émouvoir, murmura-t-elle. Et tu es si forte également. Ça n'a pas toujours été rose pour toi... J'espère que tu auras un enfant très bientôt, très bientôt.

Et elle sombra dans un sommeil profond. Je regardai sa petite main décharnée et si fragile. Ma mère. Elle était la seule personne au monde qui m'avait vraiment aimée. Elle était en train de nous quitter. Et je ne pouvais rien faire pour la retenir. Je partis dans ma chambre et pleurai pendant des heures et des heures.

Le lendemain matin, lorsque mon père entra dans ma chambre à 6 heures et demie, il me dit : « C'est fini », je n'avais plus de larmes. Mais j'avais pris une décision, j'allais la rendre heureuse, où qu'elle fût à présent. J'avais un but dans la vie. Et j'allais le réaliser.

Je louai une nouvelle maison à Los Angeles. Tony et les Bricusses vinrent me rendre visite pendant deux semaines. Celles-ci passèrent trop rapidement. Nous sortîmes beaucoup, allâmes rendre visite à Sammy Davis qui passait à Las Vegas. Il avait inclus dans son tour de chant la chanson de Tony : « What kind of fool am I. »

Mais Tony devait rentrer à Londres pour reprendre sa pièce durant quelques mois avant de venir la présenter à New York. Pendant l'été, il devait aussi tourner dans « The Small World of Sammy Lee » et travailler avec Leslie sur deux projets de comédies musicales « Noah » et « Mr Fat and Mr Thin ». Il devait également préparer deux ou trois shows télévisés et enregistrer trois albums. Je réalisais qu'il allait être très très occupé pendant les mois à venir. Je me demandais bien quand allait-il trouver du temps à me consacrer. Je m'étais décidée au sujet de Tony, je désirais l'épouser et le lui avais fait savoir. Ayant déjà été marié – il n'était que séparé de sa femme Ann Lynn – il hésitait à replonger. D'un autre côté, il était terrifié à l'idée de me perdre. Il ne savait pas quoi faire. Un jour, il n'envisageait pas l'existence sans moi, le lendemain c'était la plus totale indifférence. Il craignait aussi que notre union fût un désastre. Nous étions trop différents.

– Qu'est-ce qu'une jeune, riche et belle vedette de cinéma comme toi peut trouver chez moi? me demandait-il souvent. De plus, ajoutait-il, je suis à moitié juif.

– Je suis à moitié juive, moi aussi, Newberg, ne l'oublie pas. Je pense que nous irons très bien ensemble. Si nos enfants ont ma beauté et ton intelligence, rien dans la vie ne pourra les arrêter. C'est une combinaison infaillible.

– Ah, ma petite fleur, disait-il en souriant, tu vois toujours le bon côté des choses, n'est-ce pas?

– Oui, ceci dit, ce serait vraiment horrible s'ils avaient ton physique et mon intelligence!

Tony entama une procédure de divorce contre Ann Lynn dont il était séparé depuis trois ans. En Grande-Bretagne, les procédures de divorce étaient toujours très longues. Ce n'était pas comme aux États-Unis où il était aussi facile de divorcer que d'attraper un rhume! Je savais que cela allait être long et pénible pour lui, mais j'étais confiante.

Pendant que Tony répétait à New York « Stop the World », les Bricusses et moi-même allâmes passer une semaine de vacances en Jamaïque. Je n'y étais pas retournée depuis le tournage de « Seawife » cinq ou six ans auparavant. Je visitai à nouveau les plages et les lagoons avec un intérêt nostalgique. Leslie et Elie trouvaient formidable l'idée d'un mariage entre Tony et moi. Un soir, nous entendîmes à la radio une inquiétante nouvelle : le président Kennedy lançait un ultimatum aux Russes au sujet de leurs bases de missiles qu'ils étaient en train d'installer à Cuba. Nous réalisâmes que la Jamaïque était vraiment très, très près de Cuba! Nous reprîmes le premier avion pour New York.

Tony vint nous chercher à l'aéroport, il semblait heureux de me voir, mais le soir de la première à

Philadelphie il fut plutôt distant. C'est à cause du trac, m'assurèrent les Bricusses. Mais les choses semblaient changées entre nous. Il m'avoua son aventure avec la petite blonde du « Stop the World ». Il savait que ce n'était pas bien, mais que pouvait-il y faire? La chair est faible. Ça, je le savais. Nous décidâmes de nous séparer. Le cœur gros, je rentrai à Los Angeles en compagnie de Ladybird, un caniche que Tony m'avait offert. J'avais promis aux Bricusses et à Tony, malgré nos problèmes personnels, de venir quand même à la première de « Stop the World » à New York. Une semaine plus tard j'étais donc de retour à New York et m'installai au Drake hotel.

Après la première de « Stop the World », nous allâmes dans la suite de Tony au Navarro et attendîmes les premières critiques de la presse du matin. Elles n'étaient pas bonnes. On n'avait pas aimé la pièce. On la trouvait prétentieuse. Paul et Joan Newman étaient venus du Connecticut ainsi que Michael Lipton – le meilleur ami de Tony – et d'autres amis proches. L'ambiance était à la déprime. Tout le monde savait que ces mauvaises critiques impliquaient la fin du spectacle. Au revoir tout le monde, on remballe et on retourne chez soi. Tony allait rentrer à Londres et moi à Los Angeles pour refaire des films.

Le lendemain matin, un phénomène incroyable se produisit : une queue énorme était là devant les guichets du théâtre. Des centaines de personnes attendaient pour acheter des billets. Cette fois, le bouche à oreille avait été plus fort que les critiques. Le spectacle devint un succès immense.

J'étais heureuse pour Tony, Leslie et Evie. Nous célébrâmes cela un ou deux jours plus tard en prenant un verre tous ensemble. Leslie me raconta que chaque soir la salle applaudissait debout. C'était un véritable triomphe.

– Il t'aime toujours, Joanie, me dit Evie. Il a vraiment besoin de toi. Il est malheureux sans toi.

– Tant pis, dis-je froidement. Il a une autre petite amie et moi je ne vais pas attendre en rampant à ses pieds.

– Nous comprenons cela, dit Brickman en regardant le jeune homme qui m'accompagnait ce soir-là.

Je les présentai à Terence Stamp, un homme extrêmement beau. Il remportait un énorme succès dans le film « The Collector » de William Wyler en compagnie de Samantha Eggar et il venait juste de terminer « Billy Budd » avec Peter Ustinov. Il se trouvait à New York pour assurer la promotion.

– A plus tard, lançai-je vingt minutes plus tard alors que Terence et moi nous levions pour aller dîner. Evie me regarda et me dit :

– Il est splendide, Tony va en être malade lorsqu'il va l'apprendre.

Terence était un garçon simple. Son succès ne lui était pas monté à la tête, bien au contraire : il semblait plutôt gêné par tout ce ramdam autour de lui. Lui et Michael Caine avaient partagé un petit appartement lorsqu'ils étaient sans le sou. La carrière de Michael décollait elle aussi. C'était la grande invasion des acteurs anglais! Albert Finney, Alan Bates, Peter Cook, Dudley Moore, Peter Sellers et maintenant, Terence Stamp et Tony Newley avaient conquis l'Amérique. Tout ce qui venait d'Angleterre semblait plaire énormément.

Terence était également descendu au Drake. Tony me téléphona trois fois cette nuit-là mais je ne le rappelai pas. Je voulais essayer de l'oublier. Pendant deux jours il m'assaillit de coups de fil, me suppliant d'accepter de le rencontrer pour parler. Finalement, je cédai et nous nous retrouvâmes en terrain neutre, dans Central Park par un froid après-midi de novembre. Les arbres n'avaient plus de feuilles. Quelques personnes promenaient leurs chiens.

Nous nous assîmes sur un banc. Il avait remonté le col de son manteau et une écharpe autour du cou protégeait du froid ses précieuses cordes vocales. Il alla droit au but. Il voulait que je revienne. Mes conditions étaient les siennes : il acceptait tout ce que je voulais. Tout. Mais que voulais-je au juste? Je le regardai longuement. Il était tout blanc.

– Je ne crois pas que tu m'aimes vraiment, Tony. Je te plais, tu es bien avec moi mais tu ne m'aimes pas vraiment, n'est-ce pas?

– Je ne sais pas, mon ange. Je ne sais pas ce que ce putain de mot signifie. Je suis très malheureux sans toi. Et toi pendant ce temps-là, tu t'affiches partout avec Terence Stamp, tous mes amis me l'ont dit. Je n'en peux plus. Je ne peux pas vivre sans toi.

Il s'assit à côté de moi et posa son bras autour de mes épaules. Il tremblait. Je ne savais pas si c'était le froid ou l'émotion.

– Et ta blonde? demandai-je. Il y a un mois tu ne pouvais pas vivre sans elle! Où est-elle maintenant?

– D'accord, je ne nie pas qu'elle me plaît mais... Je vais essayer de t'aimer vraiment. Il faut que tu restes et que tu m'aides à t'aimer. Tu veux bien le faire?

Je ne savais pas quoi dire. Je me demandais où finissait l'altruisme et où commençait l'ego. Mais, par contre, je savais ce que je voulais dans la vie. Je voulais me marier et avoir un bébé. Si ce n'était pas avec Tony, ce serait avec quelqu'un d'autre. J'étais amoureuse de Tony mais j'avais été amoureuse avant lui aussi. L'amour est comme la rougeole, ça s'attrape facilement.

Je lui dis que s'il voulait vraiment rester avec moi, il devrait m'épouser.

– Autrement, je pars pour Rome la semaine prochaine tourner un film, ajoutai-je froidement.

J'avais été une actrice pendant dix ans. Je voulais à présent être une épouse et une mère, avoir des enfants, me caser. Je voulais arrêter de vivre dans des appartements meublés, des chambres d'hôtel et des aéroports. Je voulais ranger mes valises une fois pour toutes dans le placard, m'installer dans mon nid et y rester bien au chaud avec une famille, ma famille.

Je lui dis tout cela et il comprit. Une semaine plus tard, nous nous installâmes dans un grand appartement vide sur la soixante-troisième rue. Il s'activa immédiatement pour faire accélérer son divorce et j'allai chez Bloomingdale's acheter des meubles.

Six semaines plus tard, j'étais enceinte.

J'étais heureuse.

9

Tara Cynara Newley naquit au Mount Sinai Hospital de New York le 12 octobre 1963. C'était le plus beau bébé du monde et je passais des heures à la regarder. Elle était à moi. A nous. Notre fille. Tony voulait une fille. Moi, cela m'était égal, je voulais surtout que l'enfant soit en bonne santé. Mais j'étais heureuse de le voir si heureux devant sa fille.

Joanne Woodward m'avait conseillé de l'allaiter. L'idée était très tentante à cause du symbolisme du geste, mais j'hésitais. J'avais pris quinze kilos et j'avais hâte de les perdre pour pouvoir rentrer à nouveau dans mes vêtements. Néanmoins à la surprise générale, car l'allaitement maternel n'était guère à la mode en ce temps-là, je décidai froidement de nourrir Tara. Les trois premiers jours furent très pénibles; mes mamelons étaient tellement gonflés qu'ils ressemblaient à des pamplemousses! Par contre Tara avait l'air d'apprécier. Lorsqu'elle eut six semaines, je l'emmenai voir un pédiatre.

– Qu'est-ce que vous lui donnez à manger? me demanda-t-il avec surprise, je n'ai jamais vu un bébé aussi gros!

Un taxi qui me ramena à la maison. Je remarquai alors une atmosphère bizarre dans les rues : les gens semblaient différents, personne ne souriait. Il y avait de la tragédie dans l'air. Je demandai au chauffeur ce qui se passait.

– Aucune idée, ma petite dame, dit-il.

En rentrant chez moi, je trouvai la femme de ménage en pleurs. Tony vint à ma rencontre. Il était sombre, lui aussi, au bord des larmes.

– John Kennedy a été abattu. Il est en train de mourir, dit-il.

– Oh non, ce n'est pas possible.

Je m'écroulai sur le divan. Nous passâmes le reste de la journée à regarder la télévision. Des amis vinrent chez nous. Personne ne disait un mot. Nous regardions en silence la télévision qui nous donnait minute par minute des nouvelles de l'événement. Personne n'arrivait à croire que quelqu'un ait pu assassiner un homme pareil.

John Fitgerald Kennedy était, à travers le monde, le symbole de la justice. C'était un homme droit et honnête qui se battait contre la misère, la guerre et le racisme. Et on l'avait assassiné...

– Merde, dit Tony avec colère. On va s'en aller d'ici, ma fleur. On va rentrer chez nous, en Angleterre.

Il écrivit une chanson sur cette terrible journée du 22 novembre 1963. Nous étions tous deux de grands admirateurs de la famille Kennedy et du Président. Tony avait le mal du pays. Il ne s'était jamais senti chez lui en Amérique. Bien qu'il fût adoré du public – des centaines de fans l'attendaient chaque soir à l'entrée des coulisses simplement pour l'apercevoir – il ne se sentait pas tout à fait chez lui. Il avait envie d'habiter dans une petite maison sur la côte de Cornwall. Je n'avais pas vraiment envie de m'enterrer dans un trou perdu, mais l'assassinat de Kennedy avait réveillé chez moi toutes les choses que j'exécrais à New York. Bref : il voulait s'en aller.

Le spectacle allait se terminer après Noël. Nous décidâmes donc de rentrer en Europe.

Nous arrivâmes à Paris par une froide journée de février 1964. Pour des raisons d'impôts et de taxes nous ne pouvions pas rentrer en Angleterre avant le 6 avril. Nous décidâmes donc de nous installer à Paris pour deux mois où Tony pouvait se reposer et commencer à écrire son prochain spectacle. J'étais triste de quitter mon appartement de New York. Il avait été mon premier véritable foyer, le premier appartement où j'avais choisi les papiers pour les murs, les rideaux, les tapis, les meubles. Je m'étais lancée avec enthousiasme dans la décoration intérieure. Celle-ci devint ensuite une de mes grandes passions. Et aussi une nécessité vu le nombre de fois où je dus déménager!

Mais que faire de tous les meubles, de la stéréo, des livres, des disques?

– Vends tout ou fais les envoyer en Europe, dit Tony en se déchargeant sur moi du problème.

J'appelai mon agent à Los Angeles et je lui dis que je partais pour l'Angleterre pour une durée indéterminée, que je n'étais plus disponible pour aucun rôle. Un jour, six mois plus tôt, il m'avait téléphoné, très excité, parce qu'il venait de recevoir une offre pour moi : le rôle de Jean Harlow dans le film d'Harold tiré du livre d'Harold Robbins « The Carpetbaggers ».

– C'est un rôle superbe, chérie, superbe. Et ils offrent beaucoup d'argent aussi. Ils tiennent vraiment à toi.

– Est-ce qu'ils tiendraient autant à moi s'ils savaient que j'étais enceinte de six mois?

– Joanie... quoi?

Mon agent était très contrarié.

– Après tout ce temps que j'ai passé pour te libérer de ton contrat avec la Fox, tu ne peux pas me faire ça! C'est une énorme opportunité.

– C'est hélas trop tard, dis-je en regardant mon gros ventre.

– Tu es folle, dit-il amèrement, complètement folle. Tu es bien trop jeune pour sacrifier ainsi ta carrière. Tu as travaillé dur et ça commence enfin à payer. N'as-tu plus le moindre respect pour ton métier?

– Si, au contraire, je respecte mon métier, il est important pour moi. Mais ma vie privée, Tony, Tara passent en premier. Pour l'instant ma vie est avec Tony, et où qu'il aille, Tara et moi iront aussi.

Je méditais tout cela en promenant Tara dans son landau, sur les boulevards parisiens où nous allions chaque matin. Après le petit déjeuner, Tony s'installait à sa table de travail et écrivait pendant deux ou trois heures. J'en profitais pour aller faire prendre l'air à Tara. Je me sentais très maman. J'étais bien dans ma peau. Quelquefois, nous descendions les Champs-Élysées et nous admirions les grandes affiches et panneaux de cinémas. « Road to Hong Kong » venait juste de sortir à Paris et un panneau de cinq mètres de haut me représentant surmontait l'entrée du cinéma. On m'y voyait outrageusement maquillée, les cheveux bouffant. Comme j'étais loin de cette époque à présent! Personne n'aurait pu reconnaître en cette jeune maman habillée simplement, sans maquillage et poussant un landau, la starlette provocante de l'affiche. J'en étais bien aise...

Tara m'apportait beaucoup de bonheur. Je m'occupais d'elle toute seule. Nous habitions une suite à l'hôtel Grand Point et je lui préparais moi-même tous ses repas. J'avais cessé de lui donner le sein au bout de trois mois. Je lavais ses vêtements à la main, je jouais avec elle, lui donnais ses bains. Je ne laissais personne s'occuper d'elle. C'était mon enfant.

Une nuit Tony me réveilla.

– Qu'est-ce qui se passe, demandai-je complètement endormie, on dirait qu'il y a une fête à côté.

– On dirait qu'ils sont en train de casser toutes les vitres et les verres de l'hôtel, répondit-il en sautant hors du lit. Je vais voir ce qui se passe.

Il ouvrit la porte de la chambre et la referma en toussant violemment. Le couloir était rempli de fumée. Il me regarda et, tout en essayant de paraître calme, il me dit :

– Il y a le feu.

– Oh, mon Dieu... Tara.

Je me précipitai vers sa chambre juste à côté de la nôtre. J'ouvris la porte. La pièce était pleine de fumée et il était pratiquement impossible de respirer. J'y voyais à peine.

– Mon bébé, hurlai-je, craignant le pire.

Elle était allongée dans son berceau, regardant avec surprise cette étrange susbtance qui flottait dans l'air autour d'elle. Une minute de plus et elle suffoquait. Je la pris dans mes bras et la ramenai précipitamment vers notre chambre.

Tony parlait au téléphone avec le concierge.

– Il y a le feu ici, un feu énorme, vite, venez nous aider s'il vous plaît...

Il essayait de se contrôler pour éviter la panique. J'entendais le concierge qui, lui, hurlait à l'autre bout du fil.

Je regardai dehors. La vision n'était guère rassurante.

Nous étions au septième étage. En bas dans la rue, il y avait une voiture de pompiers. Ceux-ci essayaient de brancher leurs tuyaux. Quelques badauds s'étaient attroupés et observaient la scène en fumant des gauloises. Les gens du huitième étage hurlaient de peur. Aucun cri ne parvenait du neuvième. Étaient-ils déjà morts ou avaient-ils réussi à s'enfuir ? Un allemand d'une quarantaine d'années, vêtu uniquement d'une veste et de chaussettes se trouvait sur le balcon, juste au-dessus du nôtre, et sautait en hurlant des choses incohérentes. Je ne pus m'empêcher de rire en voyant sa nudité. Il était d'autant plus grostesque avec cette veste et ces chaussettes.

Du coup, je réalisai que je ne portais moi-même qu'un simple déshabillé transparent. J'attrapai un jean et un pull. Je mis Tara dans les bras de son père.

– Je dois prendre ses biberons, dis-je. Je rentrai dans le living envahi par la fumée qui passait sous la porte. J'allai au frigo et pris les biberons. Je récupérai aussi mon manteau de fourrure dans le placard et mon coffret à bijoux. J'étais morte de peur mais j'étais sûre que nous serions sauvés in extremis. Trouver enfin le bonheur et mourir dans l'incendie d'un hôtel de second ordre ne pouvait en aucun cas être ma destinée. Tony me rendit le bébé et sauta sur le balcon comme Errol Flynn.

– Où vas-tu? hurlai-je.

Avait-il l'intention de se jeter dans le vide? Où voulait-il tenter de s'en sortir tout seul en escaladant les toits? Je me retrouvai seule avec Tara. Je le vis essayer d'atteindre l'autre côté de l'hôtel par la corniche, là où la fumée semblait moins épaisse. Je me sentis seule, abandonnée, sans défense avec mon bébé dans les bras.

– Au secours, au secours! hurlai-je.

Les pompiers n'avaient toujours pas réussi à brancher leurs tuyaux d'arrosage sur les arrivées d'eau. La fumée était de plus en plus épaisse. Des flamèches tombaient sur nous. Une femme au neuvième étage poussa un hurlement horrible. Ses cheveux avaient pris feu. C'était épouvantable, un vrai cauchemar et il fallait que je me réveille. Après un temps qui me parut interminable, Tony revint par la corniche. Il avait le visage noir de fumée et ses mains étaient en sang.

– Le feu est dans la cage de l'ascenseur, dit-il à bout de souffle, il a démarré au dernier étage et maintenant il descend. Nous devons partir d'ici, vite!

– Je sais, mais comment?

Tara se mit à pleurer. Nous nous tenions serrés tous les trois. On entendait partout des cris et des bruits de verre brisé. Je pensais aux corps horriblement mutilés et déformés que l'on retrouvait après les incendies. J'imaginais la une de l'*Evening Standart* :

« Une star et son bébé meurent dans un incendie à Paris. Un bon titre qui ferait vendre. Tout le monde voudrait savoir qui était la star en question et achèterait le journal.

Nous étions coincés. Nous étions trop jeunes pour mourir, mais que dire de Tara? Elle n'avait que quatre mois... Quelle tragédie! J'attendais le moment où ma vie allait défiler en quelques secondes sous mes yeux. N'était-ce pas ce qui se passait lorsqu'on était sur le point de mourir? Je ne pouvais penser à rien d'autre qu'à mon enfant.

Sa vie venait juste de commencer...

Soudain il y eut un grand bruit, la porte explosa et deux pompiers entrèrent dans la pièce. Jamais je n'avais connu plus agréable surprise! Ils nous crièrent quelque chose en français.

L'un d'eux prit Tara dans ses bras et nous fit signe de les suivre dans les couloirs. Ils prirent des serviettes mouillées qu'ils transportaient dans un seau rempli d'eau et nous enveloppèrent le visage avec. Le plancher était brûlant et malgré les serviettes mouillées, une fumée âcre m'envahissait les poumons. Le plafond était rouge et des morceaux de plâtre commençaient à tomber. Le bruit était effrayant. Comme dans un rêve, en titubant, je suivis le pompier qui emportait mon bien le plus précieux : mon enfant. Nous arrivâmes aux escaliers près de l'ascenseur.

– Allez-y, dépêchez-vous, cria le pompier en nous poussant dans la cage d'escalier.

Nous ne sommes jamais descendus aussi vite. Sauvé

à la vingt-troisième heure. Ben Gary avait eu de nouveau raison.

Depuis je ne descends jamais dans un hôtel sans vérifier avant, que la sortie de secours est bien à quelques mètres de ma chambre et les portes bien étanches.

Nous sommes immédiatement partis pour la Suisse. Nous ne voulions pas rester dans cet hôtel. Tout avait été noirci par la fumée et il n'y avait ni eau ni électricité. La direction nous supplia de rester mais nous ne pouvions pas. Cela avait été trop horrible, nous devions partir loin.

Mars marquait la fin de la saison à Saint-Moritz. C'était une station très chic et élégante, fréquentée par la jet society internationnale. Le Palace Hotel était l'endroit où descendait tout le gratin. Mon amie Cappy était à présent mariée à Andrea Badrutt, le propriétaire du Palace Hotel. Cappy était donc devenue une personnalité de la station. Elle connaissait tout le monde et tout le monde la connaissait : Niarchos, Onassis, Agnelli, Thyssen, Van Opel, Gunther Sachs, Charles Clore. Tout ce beau monde évoluait autour du Palace Hotel et skiait rarement. Intrigues, romances, business, séductions, tels étaient les jeux pratiqués dans l'hôtel depuis des dizaines d'années. L'atmosphère était décadante, élégante et amusante.

Nous fîmes plutôt sensation. Je n'étais pas vraiment équipée pour affronter ce beau monde. J'étais, comme d'habitude, habillée décontractée (la plupart du temps en jean et avec un sweat-shirt marqué John Lennon) et je ne passais pas inaperçue au milieu des visons et vêtements de haute couture portées par une Mme Dewi Sukarno ou une baronne Thyssen. En plus, comme j'emmenais Tara partout avec moi, mes vêtements étaient couverts de nourriture pour bébé. Les dames de la haute société et le personnel n'approuvaient guère.

– Joanie, dit Cappy, tu ne peux pas te balader ainsi avec ton bébé accroché sur ton ventre comme une paysanne africaine. Prends une nourrice pour l'amour du ciel.

– Je n'ai pas besoin d'une nourrice. Pourquoi avoir un enfant si on ne veut pas s'en occuper?

Tara fit un petit rot joyeux et envoya sa cuillère pleine sur mon pull-over.

– Regarde-toi, fit-elle. Regarde tes mains, regarde comment elles sont devenues à force de laver ses vêtements et je ne sais quoi. Ce rôle ne te convient pas. Tu dois acheter une maison, t'installer confortablement et surtout recommencer à travailler.

– Je sais cela, je sais que nous devons nous fixer, mais nous ne pouvons pas rentrer en Angleterre avant avril à cause des impôts. Et, franchement, j'aime m'occuper de ma fille. Quant au travail, je n'ai pas très envie, en ce moment, de passer à nouveau mes journées sur des plateaux surchauffés par les projecteurs. Je fais cela depuis mes seize ans. C'est formidable de se sentir enfin libre.

Je pris Tara et entrepris de lui changer ses couches.

– Je trouve tout cela un peu dur, ma chérie, dit Cappy en s'examinant dans une glace. Je ne crois pas que tu sois vraiment très libre avec cet enfant. J'espère au moins que tu accepteras de prendre une baby-sitter ce soir pour venir à la party que je donne au Corviglia club.

– Chérie, je te promets que je ne viendrai pas à ta party couverte de bouillie de bébé des pieds à la tête. Je ne te ferai pas honte.

La mère de famille se transforma alors en jeune femme sophistiquée. C'était amusant de jouer à la maman l'après-midi et à la mondaine le soir. Mais en matière de mondanité et de sophistication, je n'arrivais pas à la hauteur de Cappy. Des années plus tard, je m'inspirai visuellement d'elle pour tenir le rôle d'Alexis dans « Dynastie ».

Le 7 avril 1964, Tony et moi, de même que tous les autres anglais non-résidents, acteurs, écrivains et sportifs, rentrâmes à Londres. Nous louâmes la maison de Keith Michell à Hampstead. Tony et Leslie Bricusse commencèrent à écrire un nouveau spectacle « The Roar of the Greasepaint, the Smell of the crowd ». Evie venait juste de donner naissance à un petit garçon, Adam, mon filleul, et tous les six, nous jouions aux familles heureuses. Mais, je voyais rarement mon mari. Il travaillait sans arrêt. Il écrivait du matin au soir et il lui restait bien peu de temps pour moi. J'avais engagé quelqu'un pour m'aider à la maison mais je m'occupais toujours du bébé. Je passais mes journées à chercher une maison à la campagne, pas trop loin de Londres et en trouvai finalement une à Elstree. C'était un vieil hôtel particulier, à deux étages plein de caractère et de charme. Il était assez grand pour abriter la famille nombreuse que nous voulions avoir. J'attendais un autre enfant. Je savais que c'était peut-être un peu tôt après la naissance de Tara, mais j'étais heureuse et occupée comme une petite abeille.

Il fallait retaper entièrement la maison pour la rendre habitable. Elle nous coûta la somme énorme de vingt mille livres. Tony la trouvait bien trop chère mais je réussis à le convaincre que cela en valait la peine puisque nous avions désormais décidé de demeurer en Angleterre. Je n'avais guère le temps de m'ennuyer; entre Tara, avec qui je jouais de plus en plus et les achats de papier, de peinture, et de tout le nécessaire pour faire refaire la maison, les journées n'étaient pas trop longues. Nous dépensâmes énormément d'argent.

Aussi lorsque l'on me proposa d'aller tourner un film

à Rome avec Vittorio Gassman, Tony me persuada d'accepter. Je venais juste de perdre le bébé que j'attendais et j'étais plutôt déprimée. Tony était parti en tournée pour roder sa nouvelle pièce.

Tara avait juste un an lorsque je partis pour Portofino, Lugano et Rome tourner « La Conguintura ». Avec Tony c'était notre première séparation depuis notre mariage. J'étais plutôt malheureuse mais en même temps j'étais contente de retravailler. J'avais compris aussi que si je voulais continuer à vivre comme je l'avais toujours fait, je devais gagner de l'argent.

– Oui, ma fleur, accepte le rôle, tu verras cela te fera du bien de retravailler, me disait Tony.

Mais je savais qu'au fond de lui-même, il était malheureux de me voir partir. Il aurait nettement préféré avoir une épouse au foyer pour s'occuper de sa famille.

« La Conguintura » se révéla être un de mes plus gros succès au cinéma. Du moins en Italie où le film fit un malheur. Hélas, il ne fut pas distribué ni en Europe, ni en Amérique. C'était dommage car il s'agissait d'une comédie très amusante dans laquelle j'étais parfaitement à l'aise. Tara s'amusa beaucoup là-bas. On peut même l'apercevoir dans une scène avec Vittorio Gassman. Tony, Evie et Leslie virent me rendre visite à Portofino après la première de « Greasepaint » à Londres. La triste nouvelle se lisait sur leur visage : c'était un désastre. Les critiques avaient complètement démoli la pièce. Tony était abattu. Et bien sûr, une mauvaise nouvelle ne vient jamais seule; s'il voulait rester en Angleterre, il était obligé de donner au fisc 90 % de ses revenus. David Merrick, qui était venu le voir à Manchester, lui avait proposé de monter « Greasepaint » à Broadway. Aussi n'hésitai-je pas une seconde : je vendis la maison d'Elstree, à contrecœur bien sûr, mais nous n'avions pas le choix! Une fois de plus, le beau rêve s'envolait. Nous fîmes à nouveau nos bagages et repartîmes pour New

York. J'étais à nouveau enceinte et aimais de moins en moins prendre l'avion. La vente inévitable de la maison m'avait énormément contrariée. Cette fois-là, nous nous installâmes dans un appartement meublé sur la 72 e rue. La mère de Tony, Grace, m'aidait à tenir l'appartement et à m'occuper de Tara. J'avais trente ans et, me retrouvais à nouveau sans rien d'autre que quelques vêtements, des livres et des disques. Quand allais-je m'installer quelque part pour de bon?

Alexander Anthony Newley naquit le 8 septembre 1965. Dans le même hôpital et dans la même chambre que sa sœur Tara. J'étais très heureuse alors d'avoir un garçon. C'était exactement ce que je voulais. Nous formions enfin une famille complète, indestructible. Je me plaisais dans mon rôle d'épouse et de mère.

Les choses se passaient agréablement pour nous. « Greasepaint » marchait plutôt bien à New York car Tony avait de nombreux supporters. Cet été-là, nous avions loué une maison à Long Island où je passais mon temps à jouer avec Tara, à prendre des bains de soleil et à faire des barbecues pour les acteurs qui venaient nous voir les week-ends. Mes amis étaient sidérés par ma transformation. L'énergique inconstante et vigoureuse créature qui avait vécu ses nuits dans les night-clubs, s'était transformée en mère de famille, heureuse de faire marcher sa petite maison. Le grand événement de la semaine était la visite au supermarché du coin avec Tara dans le caddy.

Une semaine avant la naissance de Sacha, nous nous étions installés dans l'appartement de Paul Newman et Joanne Woodward sur la 72 e rue. Il était très grand et magnifiquement meublé. J'y retrouvais tout le bon goût et l'élégance de Joanne. J'étais allée la voir à l'hôpital deux mois plus tôt. Son troisième enfant, Claire, était né trois mois avant Sacha. C'est à cette époque que ma peur de l'avion devint une véritable obsession.

Nous étions à Toronto au Canada, en tournée avec la pièce. Je préférais prendre le train de nuit plutôt que de passer deux heures en avion car nous avions eu une mauvaise expérience en avion entre Boston et Cleveland dans une tempête de neige; le jet descendait vers la piste d'atterrissage, son train était sorti, quand soudain à environ cent cinquante mètres du sol il remonta brusquement en chandelle. Mon estomac se crispa. L'équipage devint vert. Je demandai à l'un des membres ce qui se passait.

– Probablement un problème sur la piste, répondit-elle rapidement.

– Quelque chose sur la piste?

Que cela pouvait-il bien être, me demandai-je, un autre avion? Un chien? Une hôtesse qui prenait un bain de soleil? Quand on pense que cent tonnes de métal, transportant soixante ou soixante-dix êtres humains, pouvaient ainsi se volatiliser à cause de « quelque chose sur la piste »! Lorsque finalement nous nous posâmes, je me jurai de ne plus jamais prendre l'avion à moins de ne pouvoir faire autrement.

Si s'occuper d'un bébé est intéressant et drôle, soigner deux bébés – un de vingt-deux mois et l'autre de quelques jours – est bien plus difficile. J'engageai une nounou allemande – Renata. Elle arriva, avec d'excellentes références, quelques jours avant la naissance de Sacha.

L'hôpital, comme pour la naissance précédente, m'avait libérée trois jours après l'accouchement.

« Une fois à la maison, couchez-vous et reposez-vous une bonne semaine » telles avaient été leurs instructions. C'est alors que j'entrai au purgatoire : dès que Tara aperçut son jeune frère, elle n'eut plus qu'une idée en tête, jouer avec lui. Mais lorsqu'elle le vit installé confortablement sur mes genoux, elle entra en fureur. De jalousie. Elle voulait être là où il se trouvait. Quand je le portais, elle voulait être portée. Quand je le changeais, elle voulait être changée. Je ne pus, comme je l'avais fait pour elle, garder le bébé dans ma chambre pendant le premier mois car elle voulait, elle aussi, dormir dans ma chambre. Le petit garçon dormit donc, avec sa sœur, dans la chambre de Renata. La nounou allemande semblait indestructible; le bébé pouvait pleurer toute la nuit sans qu'elle en soit apparemment affectée.

Un jour, je me réveillai malade.

Le docteur qui était venu m'examiner me dit :

– Vous avez de la chance, il y a quelques années cette maladie vous aurait emportée comme un fétu de paille.

– Quelle maladie? demandai-je.

– La fièvre puerpérale, dit-il en me faisant une piqûre. Oui, c'est assez grave, enfin, c'était assez grave. Dix pour cent seulement des personnes atteintes survivaient! Ah, toutes ces mamans qui veulent trop en faire! Vous en avez trop fait, n'est-ce pas?

Je fis oui de la tête.

– Ne laissez pas les enfants s'approcher d'elle, cela pourrait être dangereux. Il lui faut une infirmière et, en jetant un coup d'œil à Renata, une nouvelle nounou pour les enfants, dit-il à Tony.

La nouvelle nounou était remarquable et je pus enfin, me reposer un peu sur elle.

Je devins l'amie d'une jeune chanteuse-comédienne, la nouvelle coqueluche de New York, Barbra Streisand et son mari Elliott Gould. Elliott était acteur et avait du mal à trouver du travail. La soudaine réussite exceptionnelle de sa femme l'avait placé dans la situation peu enviable de « Monsieur Streisand ». Des hordes de fans attendaient Barbara chaque soir à la sortie du théâtre pour lui demander un autographe. Elle les regardait avec mépris et grimpait dans la limousine qui l'attendait, sans daigner signer le moindre papier. Nous l'avions rencontrée un an et demi auparavant alors qu'elle démarrait au Blue Angel. Son talent extraordinaire avait surpris New York. Barbara et Tony se vouaient une admiration mutuelle. Ils se ressemblaient beaucoup, ils avaient le même esprit vif. Nous dînions très souvent ensemble. Elle était sur le point de tourner son premier film, « Funny Girl ». Elle m'interrogea longuement au sujet des techniques de maquillage. Barbra était comme Marlon Brando; elle voulait tout apprendre, tout savoir. Elle était habitée par le désir intense de devenir la meilleure dans tous les domaines.

Je trouvais ces qualités admirables et enviables.

Des négociations avaient commencé entre Tony et la 20th Century Fox au sujet d'une comédie musicale dans laquelle il devait tenir un grand rôle. Cela s'appelait « Dr Doolittle ». Leslie Bricusse l'écrivait d'après un livre pour enfant de Hugh Lofting. Rex Harrison allait jouer Doolittle. Tony était très excité à l'idée de faire partie d'une telle production. Il avait désormais envie de devenir une vedette de cinéma et ne souhaitait plus refaire de scène après « Greasepaint ».

Nous prîmes le train pour la Californie. Le voyage dura trois jours. Tony écrivait et je jouais avec les enfants. Tara adorait se cacher derrière les valises et à chaque arrêt, nous descendions sur le quai acheter des souvenirs de la ville. A deux ans et demi, elle était une délicieuse et ravissante petite fille, intelligente et drôle.

A Los Angeles, Tony était très content de s'installer dans la maison que Leslie Bricusse avait trouvé pour nous. Pas moi. J'insistai pour que nous ayons notre maison à nous. On ne pouvait pas continuer à se trimballer ainsi à travers le monde avec deux enfants, soixante-quatorze valises, une nounou et une belle-mère.

Nous entreprîmes de chercher une maison dans

Beverly Hills. Tony travaillait sur un autre projet. Tara allait à l'école maternelle et Sacha était gardé par Rosie, notre nouvelle nounou. Soudain, j'eus de nouveau envie de travailler. Ma carrière – à part le film tourné en Italie – était au point mort depuis trois ans. Mais de revivre à Hollywood, où tout le monde ne pense et ne parle que de cinéma, m'avait redonné le virus des plateaux. La télévision était devenue une industrie puissante et prestigieuse. Contrairement aux années précédentes, lorsque j'étais en contrat chez la Fox. L'agence William Morris me contacta pour savoir si j'étais intéressée par quelques apparitions dans des dramatiques à la télé. Pourquoi pas? J'étais aussi belle qu'autrefois, sinon plus, et j'étais certainement meilleure actrice. Je pensais qu'il me fallait accepter ces rôles, si minimes fussent-ils, avant qu'on ne m'oublie tout à fait.

C'est si facile de ne pas travailler, de se laisser vivre, de se dire qu'on y pensera demain. Un jour « demain » arrive et c'est trop tard, bien trop tard, tout le monde vous a oubliée et il est alors impossible de remonter à la surface. Une nouvelle génération d'actrices était apparue : Candice Bergen, Julie Christie, Faye Dunaway, Raquel Welch, Samantha Eggar, Barbra Streisand. Elles étaient les stars de la fin des années soixante. Pour le public américain, j'étais pratiquement inconnue.

– Qui est cette jolie fille?

– Oh, c'est la femme d'Anthony Newley. N'était-elle pas actrice autrefois?

– Oh, oui, Joan quelque chose.

Heureusement je n'avais jamais spécialement recherché la gloire. Ce que j'aimais, c'était jouer la comédie. Tony et moi déjeunions à la Fox. Je fus sidérée de voir ce qui était arrivé à ce géant de l'industrie cinématographique : les studios avaient été vendus pour une somme astronomique afin de payer toutes les dettes issues des navets produits. J'avais de plus en plus envie de retravailler. J'adorais mes enfants, mais je réalisais que je n'étais pas le genre de femme à sacrifier son existence entière pour les élever. Tony ne cherchait pas à me décourager – ni à m'encourager d'ailleurs – il était tout entier absorbé par le nouveau spectacle qu'il préparait. Il préférait me voir moi aussi affairée à quelque chose. Quant à Tara et Sacha, ils avaient Rosie Riggs, leur nounou anglaise pour s'occuper d'eux du matin au soir.

Mon mariage commençait à battre de l'aile. Comme toujours, quand quelque chose n'allait pas, j'adoptais l'attitude Scarlett O'Hara en me promettant d'y penser « demain » C'est une excellente attitude pour échapper aux conflits et aux heurts mais elle ne résout pas les choses. J'essayais quelquefois d'avoir une discussion sérieuse avec Tony mais il détestait cela. Il préférait éviter les sujets désagréables. Nous n'avons donc jamais ensemble analysé sérieusement la situation. Cette absence de communication a petit à petit creusé un gouffre entre nous.

Nous achetâmes finalement une maison en Californie. Tara avait alors trois ans et je voulais qu'elle ait une vie stable. Née à New York, elle avait passé la plus grande partie de sa vie dans des hôtels, de Londres à Paris en passant par Rome, Portofino, Liverpool ou Saint Moritz. Son passeport ressemblait à celui d'une call-girl internationale! J'étais déterminée à lui offrir une vie normale, la vie que connaissent toutes les petites filles de son âge. C'était indispensable pour son équilibre. Sacha n'avait que dix-huit mois et était encore trop jeune pour souffrir de tous ces voyages et changements de résidences. Mais je savais qu'il avait, lui aussi, besoin de se sentir quelque part chez lui.

Vers la fin des années soixante, Hollywood n'avait guère changé par rapport à l'époque où j'y étais arrivée. Il y avait toujours les mêmes parties données par les magnats de l'industrie cinématographique. Lesquels se faisaient plus rares. Darryl F. Zannuck n'était plus là. La Fox essayait désespérément de retomber sur ses pieds après avoir perdu tant d'argent pendant si longtemps. Spyros Skouras, le vieux grec, était mort, ainsi que Lew Shreiber, mon mentor pendant mes années de contrat avec la Fox. Harry Cohn, le directeur des studios Columbia que tout le monde craignait et qui, d'une poigne de fer, avait dirigé les vies de Rita Hayworth et Kim Novak, était parti depuis longtemps.

Bob Evans, sous contrat avec la Fox en même temps que moi, tenait à présent les reines des studios Paramount. Il se révéla être un bien meilleur directeur qu'il n'avait été comédien.

Jack Warner dirigeait toujours la Warner.

Universal produisait à présent de nombreuses émissions de télévision. Contrôlée par le redoutable Lew Wasserman, ancien président de la MCA, Universal Inc, s'était introduite, telle une pieuvre, dans de nombreux départements, à un moment donné, elle avait barre sur 90 % des plus grands acteurs de théâtre.

Les stars n'étaient plus sous contrat comme autrefois, à l'exception des acteurs de feuilletons de télévision. Les superstars recevaient des sommes énormes à chaque film. Paul Newman, Steve McQueen, Barbara Streisand, Clint Eastwood, Charles Bronson étaient des superstars comme on en avait jamais vu auparavant et leurs agents avaient maintenant un pouvoir énorme sur les studios. Warren Beatty lui-même remporta un succès sans précédent avec « Bonnie and Clyde » qu'il avait produit et dans lequel il jouait. Après son premier succès dans « Splendor in the Grass », il avait tourné une série de films qui n'avaient rencontré que l'indifférence générale. A présent, il devenait lui aussi une superstar et le nouveau symbole sexuel américain. Il était non seulement un acteur sexy, charismatique, séduisant et mystérieux mais il se doublait aussi d'un producteur au flair sûr. Aucune femme ne pouvait lui résister. Ses succès féminins étaient devenus légendaires et ses exploits sous les couvertures faisaient les gorges chaudes du Tout-Hollywood. Bien qu'il y ait toujours eu une femme installée chez lui, il menait de front de nombreuses liaisons à la fois; il était le digne successeur d'Errol Flynn, homme à femmes par excellence.

– Je dois être la seule femme à Los Angeles et New York que Warren n'a pas essayé de sauter, disait en riant mon agent, Sue Mengers.

C'était sans doute vrai, mais allez savoir! Warren avait toujours eu l'intelligence de ne jamais parler de ses conquêtes. Mon astrologue Ben Gary avait donc eu raison sur toute la ligne; tout ce qu'il avait prédit s'était réalisé : la rapide ascension de Warren, son éclipse de quelques années et son retour au sommet, mon mariage avec un comédien-directeur, les deux enfants : Tara et Sacha, l'existence de nomades. Je ne voulais pas penser à sa dernière prédiction : le divorce au bout de sept années de mariage. Nous en étions à peine à la quatrième.

10

Le Daisy était la discothèque à la mode de Beverly Hills. Chaque soir, l'endroit était plein de stars, de starlettes, d'agents, d'écrivains, de metteurs en scène et de producteurs. Une certaine folie régnait sur cet endroit. Les tenues étaient complètement extravagantes. Aucune soirée ne pouvait se terminer sans une visite au Daisy. On s'y amusait beaucoup.

Même Tony m'y accompagnait quelquefois bien qu'il fût très occupé à répéter son rôle dans « Dr Doolittle » et à écrire sa nouvelle pièce tirée (une fois encore) de l'histoire de sa vie. Lorsque nous dînions à la maison, sitôt la dernière bouche avalée, il retournait immédiatement à sa table de travail. Nous ne nous parlions pratiquement plus, il était obsédé par son travail. Il affirmait qu'il m'aimait mais je commençais à en douter.

Je n'étais pas heureuse. La belle maison à Beverly Hills avec piscine, mes deux enfants ne suffisaient plus à mon bonheur. Lorsque j'essayais d'aborder avec Tony le sujet de notre mariage, il se mettait tout de suite en colère et parlait de ses problèmes à lui. Il m'aimait à sa façon mais qui étais-je vraiment pour lui ? Une séduisante étrangère qui partageait son lit et sa table, élevait ses enfants.

Lorsque nous donnions des réceptions, je n'étais même pas sûre qu'il se joigne aux invités. Un soir, j'avais organisé un dîner de quatorze personnes en l'honneur de Peter Sellers. Il m'avait fallu une semaine pour tout préparer. Tony prétexta des maux d'estomac et resta dans sa chambre, nous laissant treize à table ! Je me saoulai de rage face à Sellers qui ouvrit à peine la bouche.

Tony n'aimait pas les parties. Je devais souvent m'y rendre accompagnée d'un ami ou d'un couple, ou encore d'un homosexuel notoire. J'adorais aller danser, surtout au Daisy.

Un soir, un jeune homme m'y invita à danser. Il me paraissait vaguement familier, blond, grand, il ressemblait à un beau boxeur. Il était magnifique, sans doute un acteur...

Ryan O'Neal avait tout pour lui : il était superbe et de plus, ne manquait ni d'humour ni de charme. Il était le premier homme que je trouvais séduisant depuis très longtemps. Nous dansâmes pendant presque une heure. Mick Jagger chantait « I cant' get no satisfaction ». On aurait dit le constat de mon mariage.

Le fait que je sois mariée ne semblait pas déranger Ryan. Il voulut mon numéro de téléphone mais je ne lui donnai pas. Tony n'aurait pas apprécié... Mais il devait sûrement aussi se rendre compte inconsciemment que me laisser aller seule au Daisy deux ou trois soirs par semaine, c'était jouer avec le feu. Je n'étais pas une nonne.

Ryan était drôle et charmant. Souvent aussi il se moquait de lui-même. Il était à moitié irlandais, marié et divorcé, et avait, comme moi, deux enfants, Tatum et

Griffin, une fille et un garçon du même âge que les miens. Je le trouvais irrésistible, mais mon mariage comptait toujours beaucoup pour moi.

Le lendemain après-midi, alors que je passais d'une chaîne à l'autre sur la télé, cherchant des dessins animés pour les enfants, je tombai sur lui. Il jouait dans « Peyton Place », un feuilleton télé très populaire. Je regardai avec intérêt. Il possédait l'étoffe dont sont faites les stars. Mais c'était, pour moi, un beau fruit défendu et je changeai à nouveau de chaîne pour mettre les dessins animés tant réclamés par les enfants.

J'essayais d'obtenir le rôle principal féminin de « Dr Doolittle », une jeune femme anglaise qui tombait amoureuse du cockney-irlandais interprété par Tony. Notre ami Arthur Jacobs produisait le film pour la Fox. Cependant, malgré cela, on ne trouva pas que je correspondais au rôle et on le confia à Samantha Eggar.

Ma carrière cinématographique sombrait complètement. Du moins à Hollywood, car à côté de cela, je continuais à recevoir des scripts d'Angleterre, d'Italie et d'Espagne. Mais on ne me proposait plus rien de valable en Amérique. J'avais été absente trop longtemps. Merci, Warren. Merci, Tony. J'avais tout sacrifié à l'amour. Quelle folle j'avais été! Néanmoins, on me proposait de nombreux rôles à la télévision. J'acceptais la plupart d'entre eux. J'étais à présent une petite épouse, mère de famille et actrice de télévision, tout cela à la fois. J'essayais ainsi de contenter Tony mais je ne me faisais guère plaisir à moi-même car apparaître ici et là dans des feuilletons de télévision n'est pas spécialement satisfaisant.

Cependant j'aimais travailler. J'aimais l'ambiance des plateaux, les spots et le ronron de la caméra. J'avais cela dans le sang.

Je recommençai donc à travailler. Je tournai « The man from U.N.C.L.E. » avec mon vieux copain David

McCallum, « Mission impossible » avec Martin Landau et Barbara Bain et un épisode de « Star Treck ».

Le soir, je rentrais à la maison, je jouais avec mes enfants et quand ils étaient couchés je dînais en silence en compagnie de Tony.

Il n'y avait plus la moindre communication entre nous. Un soir, parfaitement maquillée et habillée, je rentrai dans son bureau.

– Nous sommes en retard, lui dis-je.

Il leva son nez du script de « Dr Doolittle » et me regarda avec surprise.

– Nous allons être en retard pour la party d'Arthur. Comme Arthur n'était autre que Arthur P. Jacobs, le producteur de « Dr Doolittle », j'avais espéré qu'au moins, il ferait l'effort de venir à cette party.

– Désolé, ma fleur, dit-il en souriant, je suis crevé. Pourquoi n'appelles-tu pas Brickman et Eve pour qu'ils aillent avec toi?

Il soupira et retourna à son script, les épaules voûtées comme s'il supportait toutes les misères du monde. Je ne parvenais pas à comprendre pourquoi il prenait l'air si abattu. Il allait tourner un rôle important dans un film important et de nombreuses propositions lui étaient faites tous les jours.

– O. K., dis-je froidement. Arthur ne sera pas très content, tu sais. Après tout, tu es une des vedettes de son film. Rex, Samantha et Dick Fleisher y seront. Tu es sûr que tu ne peux pas faire un petit effort?

– Je suis exténué, chérie, fit-il en levant les yeux. Il était effectivement tout pâle et ses traits étaient creusés.

– Vas-y, ma fleur. Amuse-toi bien. Je te verrai demain matin.

Je l'embrassai rapidement et partis téléphoner aux Bricusses pour qu'ils viennent me chercher.

Après la party, c'était l'heure d'aller en discothèque. Cela faisait plusieurs semaines que je ne m'étais pas rendue au Daisy. L'ambiance survoltée qui y régnait ne fut pas suffisante pour me sortir de ma déprime. J'avalai un cognac en observant d'un œil morne les gens qui se trémoussaient sur la piste de danse au son des Beatles, des Rolling Stones et des Supremes. Chaque titre des chansons semblait s'adresser à moi « Can't buy me love » ou « She loves you ». J'en étais à mon troisième cognac lorsque j'entendis la voix de Tony dans la sono. Ils étaient en train de passer la chanson de sa première comédie musicale qui l'avait rendu célèbre. C'était « What Kind of Fool am I ». Je compris alors qu'il avait écrit cette chanson pour lui, qu'il était l'homme dont il parlait.

What kind of fool am I?
Who never fell in love
It seems that I'm the only one
that I hav'been thinking of
What kind of man is this?
An empty shell
A lonely cell in wich an empty
heart must dwell
What kind of lips are these
That lied with every kiss
That whispered empty words of love
That left me alone like this
Why can't I fall in love
Like any other man?
And maybe then I know
What kind of fool I am?

Quel sorte de fou suis-je?
Qui ne tombe jamais amoureux
Il semble que je suis le seul
Auquel je pense
Une coquille vide

Une cellule vide dans laquelle un cœur
solitaire habite
Quelles sont donc ces lèvres
Qui mentent à chaque baiser
Qui murmurent des mots vides d'amour
Qui me laissent ainsi seul
Pourquoi ne puis-je pas tomber amoureux?
Comme les autres hommes?
Peut-être alors pourrais-je savoir
Quel genre de fou je suis?

Des larmes me vinrent aux yeux. Ces paroles avaient été écrites par Tony. J'avais été prévenue. Il m'avait dit qu'il était incapable d'aimer, mais j'avais cru que mon amour à moi pourrait le faire changer. Quelle genre de folle étais-je?

– Vous voulez danser?

Ryan se tenait devant moi, arrogant et nerveux en même temps. Je me levai.

– D'accord.

– Ça fait longtemps que je ne vous ai pas vue ici.

– J'ai beaucoup travaillé, dis-je en dansant. Je me laissai aller à la musique. Je commençais à me sentir moins déprimée. Je regardai Ryan. Il était vraiment très beau. Il avait de l'énergie à revendre. Il devait être sur le plateau de « Peyton Place », chaque matin à sept heures, mais il dormait peu. Il était du signe du Bélier. Comme Sydney, Max et Warren. J'avais toujours eu un faible pour les béliers.

Nous dansâmes jusqu'à la fermeture de la boîte. Les ridicules lois californiennes obligeaient les boîtes à cesser de servir les boissons à une heure quarante-cinq du matin. Il insista pour me raccompagner à la maison. J'étais nerveuse. Pourvu que Tony ne soit pas à la fenêtre et ne me voie pas à deux heures du matin en compagnie de ce séduisant jeune acteur.

– Donne-moi ton numéro de téléphone, dit-il alors

que nous arrivions sur l'autoroute. Nous pourrions peut-être déjeuner ensemble un jour ou prendre le thé.

Il me jeta un regard pénétrant de ses yeux très bleus. Il était adorable. Mais sa présence dans ma vie impliquait des complications supplémentaires dont je n'avais nul besoin.

Je pris son numéro et lui promis de l'appeler un jour.

Il se pencha pour m'embrasser mais j'étais déjà hors de la voiture.

– J'attendrai, dit-il.

Il fit demi-tour et repartit vers les collines d'Hollywood. Je ne l'appelai pas. Je ne pouvais pas le faire. Je n'étais plus une teenager qui téléphonait à un copain pour une sortie innocente. Et il le savait. Si je l'avais appelé, nous savions tous les deux ce que cela signifiait, ce qui se serait passé. J'étais toujours mariée et même si je n'étais pas très heureuse avec Tony, polarisé jour et nuit sur son travail, je voulais quand même tout faire, tout tenter, pour sauver ce mariage.

Tony partit pour New York pendant quelques jours et j'allai travailler sur « Run for your life » avec Ben Gazzara. C'était un classique épisode de télé avec une histoire de gangsters et de détectives. Comme d'habitude, je jouais la méchante fille sexy.

Tara vint me rendre visite un jour sur le plateau. Elle regarda une scène au cours de laquelle Gazzara m'engueulait parce que je ne faisais pas assez bien mon travail d'espionne. Soudain, on entendit une petite voix :

– Je te défends de parler à ma maman comme ça, espèce de vilain bonhomme mal poli.

Ben et toute l'équipe éclatèrent de rire.

Ryan passa lui aussi et insista pour m'inviter dans un restaurant chinois sur Ventura boulevard. Il était ravi de pouvoir enfin déjeuner avec moi. Il fut drôle, charmant, séduisant. Il possédait l'enthousiasme et l'exubérance qui manquaient à Tony.

– Et si nous dînions, demanda-t-il en me ramenant au studio.

– Jamais, dis-je d'une voix guère convaincante.

– Qu'est-ce que tu fais demain?

Il n'abandonnait jamais, j'aimais cela.

– Demain c'est mon anniversaire. Tony doit rentrer de New York. Nous allons probablement fêter cela en mangeant un hot dog devant la télé!

– Je t'appellerai pour te souhaiter un bon anniversaire. Tony ne revint pas de New York le lendemain. Il me fit envoyer un bouquet de fleurs et me téléphona pour me dire combien il était désolé.

– Joyeux anniversaire, ma petite Anglaise. Où est-ce que ton mari t'emmène dîner ce soir?

Je reconnus immédiatement la voix de Ryan.

– Nulle part, il n'est pas rentré. Il n'a pas fini ce qu'il avait à faire à New York.

– Oh, pauvre petite, dit-il gentiment. Bon, euh, tu... nous ne voulons quand même pas que tu sois seule le soir de ton anniversaire, n'est-ce pas?

– Non, nous ne voulons pas.

Je sus alors ce que je désirais pour mon anniversaire et grâce à Ryan, je l'obtins.

Quelques semaines plus tard ma sœur Jackie se remaria avec Oscar Lerman, un homme d'affaires américain. Son premier mari était mort tragiquement et j'espérais sincèrement la voir enfin retrouver le bonheur qu'elle méritait. Je me tenais derrière Jackie et Oscar pendant la cérémonie toute simple qui eut lieu chez nous. Je réalisai alors que personne ne m'avait vraiment aimée pour moi-même. Ils m'avaient tous juré leur amour mais cela ne signifiait rien. Et c'était toujours moi qui les avais choisis.

A présent, je savais pourquoi j'avais toujours tiré les mauvais numéros : j'avais systématiquement choisi les plus durs, ceux qui ne pouvaient ou ne voulaient rien donner. Pourquoi faisais-je toujours la même erreur? A cause de papa, bien sûr. Il n'avait jamais été démonstratif, ni affectueux. A cause de cela, j'avais toujours cru qu'il ne m'aimait pas. C'est pour cela que je tombais à chaque fois sur des hommes froids et distants.

Si j'en avais eu le courage, j'aurais demandé à Tony de divorcer. Tony ne m'aimait pas vraiment. Il prétendait le contraire, mais ce n'était pas vrai. Il m'aimait quand j'étais soumise et obéissante mais si je dévoilais l'autre face de ma personnalité, le côté fort, ambitieux, alors là, il me détestait carrément. Il me l'avait d'ailleurs avoué. Il en avait été de même avec les autres hommes que j'avais aimés. Je savais que j'avais mes torts et mes défauts mais qui n'en a pas? Je décidai de retourner voir mon psychanalyste pour essayer de résoudre ce problème.

Tony partit pour l'Angleterre où avait lieu le tournage de « Dr Doolittle ». Je restai à Beverly Hills quelques semaines. Je me plaisais beaucoup avec Ryan. Il avait un petit appartement sur Doheny et les après-midi passaient très vite.

Plusieurs personnes se doutaient de la véritable nature de nos relations. Nous étions pourtant discrets mais nous fûmes souvent vus ensemble. Je réalisai que j'avais joué un jeu dangereux lorsque je lus ces lignes, un matin, dans les potins d'un quotidien :

« Mr X, talentueux comédien britannique, semble ignorer que son épouse la sexy comédienne Mme X ne se contente pas de jouer aux cartes avec Mr Z., jeune acteur apparaissant au firmament des nouvelles étoiles des feuilletons de télévision... »

Oh, Dieu, si ce journaliste était au courant, cela signifiait que tout le monde l'était.

Je fis mes valises et partis rejoindre Tony à Londres avec les enfants et la nounou. Ma petite aventure était terminée. Je devais essayer de rabibocher notre mariage, pour le bien des enfants.

Les rumeurs au sujet de moi et Ryan étaient arrivées jusqu'à Tony. En fait, Ryan était venu plusieurs fois à la maison avec ses deux enfants Tatum et Griffin afin que ceux-ci se baignent avec Tara et Sacha. Les gens ne sont pas aveugles. Nous avions été vus trop souvent ensemble. Tony n'était pas stupide. Il réalisa soudain que je n'étais pas heureuse, qu'il risquait de me perdre. Il savait que j'attirais les hommes, encore plus maintenant qu'autrefois car j'étais devenue plus sophistiquée. Il fit un effort pour redevenir le mari attentionné qu'il avait été au début de notre mariage et nous navigâmes à nouveau sur une mer calme et plate pendant un an.

L'année suivante, en compagnie de Paul Newman, Sammy Davis, Peter Lawford, Ronnie Buck et deux ou trois autres businessmen, Tony et moi ouvrîmes une discothèque. « La Factory » remporta immédiatement un énorme succès. Nous l'avions montée au dernier étage d'une ancienne usine désaffectée à Hollywood et l'avions décorée en mélangeant différents styles Art Déco, Art Nouveau, rustique anglais avec des projecteurs multicolores. Nous avions un « *groupe live* » tous les soirs. Le soir de l'inauguration, le club fut envahi par tout ce qu'Hollywood comptait de stars. Malgré le prix de trois cent cinquante dollars pour devenir membre, tout le monde voulait s'inscrire. Chaque soir, les plus grandes stars du cinéma venaient se montrer et s'amuser à la Factory. Marlon Brando vint, ainsi que Barbra Streisand, Steve McQueen, Loretta Young, Liza Minnelli, Dean Martin, Peter Sellers, Bobby Kennedy, Vanessa Redgrave. Tony et moi y passions nos nuits. Il se mit même à danser et à aimer cela! Nous avions du mal à croire que nous ayons pu réussir aussi rapidement dans ce business auquel nous ne connaissions rien auparavant. Mais le succès de cet endroit s'arrêta aussi vite qu'il avait commencé. Comme tout à Hollywood. Un peu moins d'un an plus tard, Tony et moi étions de retour à Londres.

Tony était en train de réaliser le rêve de sa vie en écrivant, dirigeant, et interprétant une comédie musicale érotique, basée sur l'histoire de sa vie et intitulée « Can Hieronymus Merkin Ever Forget Mercy Humppe and Find True Happiness ». C'était une satire d'avant-garde très fellinienne au sujet d'un auteur comédien à succès (Newley-Merkin) qui, à l'âge de trente-huit ans se retrouve, triste et amer, sur la plage devant sa maison de Beverly Hills en train de visionner un montagne de film sur sa vie en compagnie de ses deux jeunes enfants et de leur mère. Pendant tout le film, il est à la recherche d'une délicieuse blonde nubile, Mercy Humppe qui a hanté toute sa vie. Il la considère comme l'ultime jouet sexuel, l'esclave de tous ses désirs. Il est déchiré entre son amour pour elle et celui qu'il éprouve pour la splendide pin-up volontaire (devinez qui cela peut être), celle qui deviendra plus tard la mère de ses deux enfants.

Cela peut sembler incroyable, mais je tenais à jouer le rôle de Polyester Poontang. Qui, mieux que moi, pouvait interpréter ce rôle? Tony ayant insisté pour que nos deux enfants apparaissent dans le film, sous les noms de Thumbelina et Thaxted, je devais de toute façon me trouver là, sur les lieux du tournage. Universal trouva l'idée excellente et j'obtins le rôle pour lequel je reçus la somme royale de deux mille livres!

Tony écrivit la chanson que Polyester devait chanter à Hieronimus. C'était une très jolie chanson. Il me la dédia même, chose normale puisqu'elle était entièrement basée sur notre relation.

Dans le film, Tony devait tourner une scène d'amour sous-marine avec une jeune beauté. Ce rôle fut attribué à Connie Kreski qui s'était fait remarquer en posant pour les pages centrales de Play Boy. Elle et Tony devinrent évidemment très amis pendant le tournage. La pauvre petite chose n'avait aucune expérience cinématographique et Tony, avec la bonté d'âme qui le caractérisait, la faisait répéter tous les soirs!

Il y avait beaucoup de rôles féminins dans ce film, basé sur la vie de Tony. Aussi, de nombreuses jeunes naïades se présentèrent sur les plages de Malte, où se passait le tournage, et furent personnellement interviewées par Tony...

Au cours du film, il y avait une scène où Newley-Merkin s'asseyait au sommet d'une montagne pour dialoguer avec Dieu. Il s'adressait à lui en ces termes :

« Il n'y a jamais eu de femme à qui j'ai fait l'aumône d'un regard après lui avoir fait l'amour. Je réalise que je n'éprouve aucun respect pour les femmes – je crois que je les hais et prends ma revanche avec le sexe. Le meurtre rituel qui réouvre la divine blessure. »

A la fin du film, Polyester-Joan (moi) retrouve son mari après l'avoir cherché partout. Elle tient leurs deux enfants dans ses bras et lui crie :

« Chéri, tu es fou? Où as-tu passé la nuit? J'ai appelé partout. Tu ne m'as pas entendue? J'ai même appelé la police, les hôpitaux. Tu fais cela sans arrêt. Je ne peux plus le supporter. Je prends les enfants et nous repartons en Europe. C'est sérieux. Adieu! »

Je n'ai jamais pu jouer cette scène sans éclater en sanglots, tant elle représentait et exprimait la vérité. Notre mariage arrivait à sa fin. Quand je vis le film, quelques mois plus tard, lors d'une projection privée à Londres je compris alors que tout espoir était perdu. Notre histoire était fichue.

11

– Voici Ron Kass.

Pas mal, me dis-je en moi-même. Ce n'était pas la première fois de ma vie que je me sentais ainsi attirée instinctivement par quelqu'un. L'homme assis sur le divan du living de mon appartement londonien était un Américain extrêmement séduisant. Il était grand, il portait les cheveux bien plus courts que la mode du moment qui voulait qu'on les laissât tomber sur les épaules. Il avait des yeux verts, le visage bronzé, une bouche sensuelle et un sourire irrésistible. Il était parfait dans son costume beige et son pull noir. Je devinai immédiatement que son tailleur devait être Doug Hayward. Doug était devenu un bon ami depuis qu'Evie Bricusse et moi avions pris l'habitude d'entraîner nos maris dans sa boutique du Sheperd's Bush. Maintenant il était le tailleur en vogue du Londres des swinging sixties. Il tenait un magasin très chic près de Park Street où Tony et moi habitions provisoirement pendant qu'il travaillait sur le montage de « Hieronymus Merkin ». Et, quelle merveilleuse coïncidence, à deux pâtés de maison de South Street où Ron habitait. Nous habitions pratiquement à un jet de pierres les uns des autres.

Nous dinâmes au Club dell'Aretusa, un restaurant-discothèque italien à la mode sur King's Road fréquenté par de nombreuses pop stars, des mannequins, des photographes, des actrices. C'était un endroit très amusant. Tout ce que Londres comptait de personnalités s'y pressait chaque soir.

Evie Bricusse était la cavalière de Doug pour la soirée, j'étais avec Tony et Ron était seul. Il venait juste de se séparer de sa femme avec qui il avait été marié plusieurs années. Elle et leurs trois fils habitaient à présent à Lugano, tandis que lui restait à Londres où il occupait le poste de président de Apple Records, la maison de disques appartenant aux Bealtes.

C'était une soirée brillante à l'Aretusa. Michael Caine était là en compagnie de Bianca Jagger. Ainsi que Jean Shrimpton, la plus célèbre cover-girl du moment en compagnie du non moins célèbre photographe David Bailey. Les swinging sixties arrivaient à leur fin mais ceux qui avaient contribué à les rendre inoubliables semblaient tous là ce soir. Bailey s'arrêta à notre table. Il voulait organiser une séance de photo pour un livre qu'il préparait et dans lequel il voulait mettre tous les couples célèbres des années soixante. Il voulait donc me photographier avec Tony. Ironie du sort. Quelques années après la publication de ce livre de photos, la plupart des couples qui y figuraient seraient divorcés ou séparés.

A la fin du repas, Tony qui semblait ne pas avoir remarqué les regards intéressés que Ron et moi nous étions échangés, s'en alla en me disant « Amuse toi bien ma fleur ».

Doug, Evie, Ron et moi prîmes un verre à la discothèque. Je me sentais attirée par Ron, pas seulement à cause de sa jovialité et de sa chaleur mais aussi à cause de cette énergie qui émanait de lui. Il était Bélier. Et en plus, il était né un trente mars, exactement le même jour que Sydney Chaplin et Warren Beatty!

Nous commençâmes à nous voir. Au début juste pour le déjeuner ou le thé. En plus de l'attraction physique, Ron me plaisait sur d'autres plans. Je lui faisais confiance, il pouvait devenir mon ami. Je pouvais parler de tout avec lui. Nous pouvions aborder tous les sujets. Il n'avait que trente-trois ans mais était déjà très mature. Il semblait infatigable. Dirigeant la compagnie des Beatles, il devait prendre l'avion au moins deux fois par semaine pour se rendre à New York, Rome ou Genève. Il veillait tard et le décalage horaire ne semblait avoir aucune prise sur lui.

Il était aussi le premier homme avec qui je sortais qui ne fût pas un acteur, un producteur ou un play boy. Il était solide, intelligent. Il savait ce qu'il voulait et il obtenait toujours ce qu'il désirait. Et en l'occurence, ce qu'il désirait en ce moment, c'était moi!

Mais il n'était pas facile d'attraper un papillon marié qui ne savait pas prendre de décision. Il était le premier homme que je rencontrais qui pensait d'abord à moi avant lui-même. C'était une expérience tout à fait nouvelle pour moi. Je m'attachais de plus en plus à lui. Comme Tony était complètement absorbé par son travail, je pouvais voir Ron très souvent. Tony ne me demandait jamais ce que je faisais. Tara et Sacha allaient à présent tous deux en classe. Ron et moi-même nous nous découvrîmes réciproquement petit à petit. Et j'appréciais tout ce que je découvrais. Nous ne nous sommes pas lancés immédiatement dans une aventure torride. Peut-être étais-je en train de réaliser qu'il était l'homme que j'avais cherché toute ma vie et je ne voulais pas risquer de tout gâcher en sautant immédiatement dans un lit avec lui.

Je partis pour Trieste tourner un film « intellectuel ». Du moins mon agent m'avait-il assuré que c'en était un. Pas beaucoup d'argent, cara, mais aaah, quel prestige! Le réalisateur était communiste, mon salaire était ridicule et je n'avais pas le droit de sourire car le réalisateur considérait que le sourire était un pur produit cinématographique du méprisable Hollywood.

– Est-ce qu'on sourit dans les films de Bergman? aboyait-il. Ou dans les films d'Antonioni? Peut-être pourras-tu sourire une fois dans mon film, lorsque tu seras très très triste.

Je jouais une veuve éplorée qui vivait une aventure avec un garçon de dix-sept ans. Dans ce film je devais tourner ma première scène nue. J'étais très nerveuse. Nous étions presque en 1970 et les scènes de nu devenaient très à la mode. Finis les rubis dans le nombril et les colliers de fleurs pour cacher les décolletés trop profonds. Adieu baisers chastes accompagnés de violons. Bonjour j'enlève mon soutien-gorge et je me fais prendre sur le premier sofa venu ou à l'arrière du premier camion qui passe par là! Après avoir longuement hésité, le réalisateur décida que la scène d'amour se déroulerait dans un lit. C'est ainsi que par une froide après-midi d'hiver à Trieste, une petite ville sur la frontière italo-yougoslave, je tournai ma première scène dénudée.

Mathieu Carrière, le jeune acteur, il avait alors vingt ans, qui jouait la scène avec moi, n'était pas aussi nerveux. Sans doute était ce parce que lui avait le droit de garder son slip. J'avais tellement froid que je gardais mes chaussettes et mes collants. (Michael Caine m'avait raconté qu'il avait gardé ses boots pendant les scènes d'amour d'Alfie). Néanmoins j'étais nue au-dessus de la taille, le réalisateur m'avait affirmé que c'était un film « artistique » et qu'il n'y aurait rien de vulgaire.

Mathieu arriva avec une bouteille de cognac fournie par la production pour nous réchauffer. Une demi-bouteille plus tard, je me retrouvais ivre et paniquée dans le lit en compagnie de M. Carrière encore plus ivre et paniqué que moi.

Autour de nous, l'équipe italienne s'activait avec une nonchalance exagérée, faisant semblant de rester totalement indifférente à la scène osée sur le point de se tourner. Je gardais ma robe tandis que le réalisateur essayait de trouver le meilleur angle pour tourner. Mathieu s'était endormi et ronflait même légèrement. Je le secouais pour qu'il se réveille.

– Action, cria-t-on.

– Tout va bien, va bene, Joan, me dit le réalisateur. Enlève ta robe.

– Merde, murmurai-je. L'instant de vérité était arrivé. Mais qu'est-ce que je faisais ici ? A des milliers de kilomètres de ceux que j'aimais en train de tourner un nanar anticommercial italien que personne n'irait probablement jamais voir ! Je retirai bravement ma robe et me blottis dans les bras de Mathieu.

– Plus sexy, plus sexy, hurlait le réalisateur. Tu es une femme, lui jeune garçon, toi très très excitée. J'avais soudain envie de rire. C'était trop grotesque. Je me mordis les lèvres, puis celles de Mathieu ! Mon fou rire réprimé m'avait donné le hoquet. Je restai ainsi trois minutes, tournant le dos à la caméra, couchée sur Mathieu. Quand le réalisateur furieux cria « Coupez » Mathieu et moi partîmes d'un fou rire hystérique. D'autant plus que nous ne pouvions plus nous séparer car, dans un sursaut de pudeur j'avais recouvert mes mamelons d'une bande adhésive, et celle-ci restait collée sur la poitrine de Mathieu. Quand ils comprirent ce qui arrivait, tous les techniciens et les habilleuses eurent également le fou rire. Seul le réalisateur restait glacé.

– Nous terminerons la scène demain, dit-il, quand vous aurez dessoûlé !

Je partis m'enfiler un double expresso et ensuite tentai de décoller la bande adhésive. En vain. Je rentrai de toute urgence à l'hôtel, et ce ne fut qu'après avoir baigné le bout de mes seins dans de l'eau chaude pendant une heure que je pus enfin décoller la bande sans m'arracher la peau avec. Je décidai alors que si un jour je devais tourner à nouveau une scène de nu, je le ferai pour de vrai sans rien chercher à dissimuler derrière du papier adhésif.

Tony et moi avions à présent adopté, sans jamais en parler, un nouvel arrangement. Il faisait ce qu'il voulait et moi de même. C'était un terrible dilemne. J'avais rencontré un businessman, Ron Kass, qui me plaisait énormément. En fait, j'étais persuadée que c'était l'homme dont j'avais besoin. Il était sûr, fort, solide, intelligent et sexy. Nous communiquions parfaitement à tous les niveaux. Je voulais être avec lui. J'aimais toujours Tony mais d'une façon différente. J'étais triste pour lui, car il était incapable de se donner à autre chose qu'à son travail. Et il était aussi le père de mes enfants. C'était le plus gros problème. Je ne voulais pas que ceux-ci souffrent de la séparation. Chaque fois que je décidais de quitter Tony pour de bon, je changeais d'avis à cause de la peine que cela risquait de causer aux enfants. Ils étaient ce qui comptait le plus dans ma vie. Comment pouvais-je démolir leur vie innocente? Cela aurait été égoïste de ma part. En même temps, je réalisais que vivre dans une maison sans amour, était peut-être pire pour eux. Je ne savais pas quoi faire. Pendant des mois je retournai la situation dans ma tête sans pouvoir prendre une décision. Je me haïssais d'être si faible, d'être incapable de prendre l'initative de la rupture. Mais je n'en laissais rien paraître et pour tout le monde j'étais parfaitement heureuse.

J'avais toujours eu envie de devenir chanteuse. A une époque, j'avais même pris des cours de chant à Hollywood avant de passer une audition pour un show à Broadway. Je n'avais pas eu le rôle et ce fut une chance car le spectacle n'avait duré que trois jours. J'avais une jolie voix mais pas assez puissante. J'avais chanté en duo avec Bing Crosby dans « Road to Hong Kong », une chanson intitulée « Let's not be sensible » écrite par Sammy Cahn et également avec mon époux, dans son film auto-biographique. La maison de disques de Tony lui avait demandé d'écrire et de produire un album pour moi. Par une curieuse ironie du sort, nous devions travailler intensément ensemble, juste lorsque notre mariage sombrait corps et biens!

Nous avions décidé enfin de nous séparer à l'amiable tout en habitant ensemble afin de ne pas perturber les enfants. Je lui avais tout dit au sujet de Ron et j'étais au courant pour Connie Kreski et toutes les autres. Nous voulions sortir de cette période difficile tout en limitant les dégâts. Nous étions assez naïfs pour croire que cela pouvait marcher ainsi.

L'album allait s'appeler « And she sings too! » (Et elle chante aussi!) Sur la pochette : une photo de moi très sexy. Ma voix était enfantine et guère assurée. Streisand n'avait pas de souci à se faire! Tony écrivit une chanson qui résumait parfaitement notre mariage et qui était intitulée « Why do you try and change me? »

You tell me you love me
But if you love me Baby
Why do you try and change me?
I don't want to change you Baby
You know you have faults as well
I accept them cos I really love you
You can lead a horse to water
But you'll never alter me
I'm free – I'm me...
Life is a Mardi Gras and I refuse to miss the party
I want to dance the night away
You want to keep me home a perfect little household pet
But I don't want to be your mother
Take me as a friend and lover
That's the only way I want us to be
Strange, when I think at first
You seemed to be so mad about me
Why should you suddenly complain?
If you go on and on insisting that I do things your way

You are going to drive me from you
After everything we've gone through
Tell me what you want
I wish that you'd say
Didn't I change my name for you?
Didn't I play the game for you?
Didn't I make it wild for you?
Didn't I make a child for you?
Take me the way I am or leave me alone
Didn't I stay home for you?
Didn't I give up Rome for you?
What do I have to do to show you I care?

Tu me dis que tu m'aimes
Mais si tu m'aimes chéri
Pourquoi essayes-tu de me changer?
Je ne veux pas te changer chéri
Tu sais que tu as des défauts aussi
Je les accepte parce que je t'aime vraiment
Tu peux forcer un cheval à sauter dans la rivière
Mais tu ne pourrais jamais me faire changer
Je suis libre – Je suis moi...
La vie est comme un Mardi Gras et je ne veux pas rater la fête
Je veux danser toute la nuit
Tu veux me garder à la maison comme un parfait petit animal domestique
Mais je ne veux pas être ta maman
Prends-moi comme amie, comme amante
C'est ainsi que je nous veux
C'est étrange, quand je pense qu'au début
Tu semblais si fou de moi
Pourquoi te plains-tu soudain?
Si tu continues à insister pour que j'agisse comme toi, tu le veux
Je vais finir par te quitter

Après tout ce que nous avons vécu ensemble.
Dis-moi ce que tu veux
Je voudrais que tu me le dises
N'ai-je pas changé mon nom pour toi?
N'ai-je pas joué le jeu pour toi?
N'ai-je pas amené du mouvement de l'action dans ta vie?
Ne t'ai-je pas donné un enfant?
Prends-moi comme je suis ou va-t'en
Ne suis-je pas restée à la maison pour toi?
N'ai-je pas renoncé à Rome pour toi?
Que dois-je faire pour te montrer que je tiens à toi?

Je me réveillai brusquement à six heures du matin avec un sombre pressentiment. J'avais fait un rêve d'une telle intensité que je m'étais débattue dans mon sommeil afin de me réveiller. Était-il possible que ce rêve fût vrai? Je devais en avoir le cœur net sur-le-champ et pour cela, la seule façon était de téléphoner au Brésil. A Rio de Janeiro exactement où Ron se trouvait pour le festival de la chanson qui s'y tenait chaque année. Il m'avait proposé de l'accompagner et j'avais longuement hésité, pendant des semaines. Je voulais y aller. J'adorais voyager, visiter des endroits inconnus, rencontrer des gens nouveaux, et j'avais toujours rêvé d'aller à Rio. De plus, y aller avec Ron aurait été encore plus magnifique. Tony était au courant de cette liaison. Mais je ne voulais pas la rendre publique en m'affichant avec Ron devant la presse internationale, présente à ce festival. J'étais assez connue en Amérique Latine. Si nous y étions allés ensemble, nous aurions obtenu le même résultat que si nous avions loué une page de publicité dans *Variety* pour annoncer que nous étions amants!

La raison l'emporta. J'avais besoin de temps – pour penser à mes enfants, à l'effet qu'un divorce pouvait avoir sur eux. Je ne parvenais pas à me décider mais je savais ce que je voulais : Ron.

J'allai appeler Ron de sa maison de Coldwater Canyon. Quand j'entendis sa voix au téléphone – il était heureux et surpris par mon appel – je ne perdis pas de temps et allai droit au but. Le rêve était trop présent dans ma tête.

– Qui est cette jeune personne de vingt-six ans aux cheveux noirs avec qui tu sors? demandai-je abruptement; la diplomatie n'a jamais été mon fort...

– Quoi?

Il était sidéré, je pouvais percevoir la stupéfaction dans sa voix.

– Comment es-tu au courant? Qui te l'a dit?

C'était donc vrai, mon rêve était juste...

– Je suis au courant, c'est tout. Cela dure depuis combien de temps?

– Mon Dieu, Joan. Je viens juste de rencontrer cette fille, elle est charmante. Mais il ne s'est rien passé, rien du tout. Pas encore.

Pas encore! Pas encore! J'avais vraiment été complètement folle. J'avais laissé partir seul pour Rio ce bel homme de trente-quatre ans en lui disant, au bout d'un an que nous sortions ensemble : « il faut que je réfléchisse à tout cela. » Et après cela, j'avais espéré qu'il me soit fidèle! C'était un être humain, c'était un homme. J'étais peut-être sur le point de perdre le seul homme qui m'ait jamais comprise, avec lequel je pouvais communiquer.

Nous parlâmes pendant une heure. Une heure pendant laquelle je compris ce que signifiait pour moi perdre Ron. A présent, je savais ce que je voulais, ce dont j'avais besoin. Et lui voulait la même chose : Vivre ensemble, la seule chose à faire.

Mon divorce avec Tony fut infiniment plus pénible que celui avec Maxwell Reed. Tony comptait toujours pour moi. Je me sentais extrêmement coupable vis-à-vis de mes deux enfants. Mais c'était trop tard. Les restes d'affection qui subsistaient entre lui et moi n'étaient pas suffisants pour sauver notre mariage. Nous nous respections et nous nous aimions bien mais continuer à vivre ensemble était hors de question. La séparation fut amicale, douloureuse mais amicale. Je n'étais pas la femme qu'il lui fallait et il le savait. Pour préserver les enfants, nous étions restés ensemble trop longtemps. Même eux, âgés de six et quatre ans et demi, en étaient conscients. Nous vendîmes notre belle demeure de Summit Drive. Je ne demandai pas de pension alimentaire, juste une partie de l'argent provenant de la vente de la maison. Celle-ci fut achetée par Sammy Davis Junior. Il allait simplement me verser une pension pour les enfants dont j'avais la garde.

Pendant sept ans j'avais sacrifié ma carrière pour les élever. De ce fait mes revenus étaient plutôt faibles – c'est le moins que l'on puisse dire. Ron avait une femme et trois enfants à Lugano. Il leur versait une pension alimentaire importante. Je ne pouvais pas en plus lui demander d'entretenir aussi mes deux enfants. Mon mariage avec Tony avait duré sept ans, juste comme Ben Gary l'avait prédit.

J'assurai à Tony qu'il pourrait voir les enfants quand il en avait envie. Je ne voulais surtout pas qu'ils souffrent du divorce, comme je l'avais souvent vu autour de moi.

Je retournai à nouveau avec enfants et bagages à Londres. Ron avait été nommé président des disques MGM et des éditions musicales Miller. Il avait aussi des bureaux à New York et passait son temps à voyager d'un continent à l'autre. Pour l'équilibre des enfants, je refusai de m'installer avec lui dans sa maison et louai un appartement situé à quelques pas de chez lui. J'inscrivis les enfants à l'école et essayai de reprendre ma carrière. Nous nous disputions beaucoup mais j'étais amoureuse de Ron. Nous nous disions tout, nous nous enflammions mais au moins nos rapports étaient francs et honnêtes. Je pensais avoir enfin trouvé le grand, le véritable amour.

Néanmoins, je ne voulais pas traumatiser mes enfants en leur amenant brusquement un nouveau « papa ». Mon principal souci était de m'occuper d'eux pour qu'ils ne se sentent pas perdus et malheureux au milieu de ce nouvel environnement. La vie à Londres était bien différente de celle à Beverly Hills. Là-bas, nous passions la plupart de notre temps au bord de la piscine.

C'était le printemps 1970. Ron m'acheta une mini. Je parcourais Londres dans tous les sens à la recherche d'une maison habitable. Ron voulait m'épouser mais, comme Oscar Wilde, je pensais qu' « on doit toujours être amoureux; c'est pour cela qu'il ne faut jamais se marier ». J'avais essayé deux fois et j'avais compris que cela ne me réussissait guère. De plus, il était bien trop tôt.

J'eus la chance de pouvoir me remettre à travailler immédiatement. Je tournai quelques films à la suite. Au début des années soixante-dix, juste avant de partir pour Londres, j'allai tourner « Three in the cellar », au Nouveau-Mexique. C'était une comédie où je jouais la femme de Larry (« J.R. ») Hagman. Je connaissais Larry depuis l'A.R.A.D. Il était le fils de Mary Martin. Nous étions sortis ensemble en copains une fois ou deux. Alors, nous étions loin de nous douter que quelque trente années plus tard, nous allions devenir les deux grands méchants des feuilletons télévisés américains... Il était très différent de l'image qu'il projette en J.R.; il était calme, timide et effacé. Puis, je tournai « Quest for love » et « Revenge » pour la Rank aux studios de Pinewood. C'était le même studio où j'avais débuté quinze ans auparavant en jouant les jeunes délinquantes. Aucun de ces deux films ne marquèrent le septième art mais j'avais besoin de travailler, de gagner ma vie. Puis vint une série de films d'horreurs catalogués comme « mélodrames psychologiques » : « Fear in the night », « Tales from the crypt », « Dark places et tales that Witness madness ». Je devins alors, dans la presse anglaise, la « Reine des films d'horreur », un titre que je n'appréciais pas énormément. Mais je m'accrochais. Je considérais que j'avais de la chance de trouver des rôles après une si longue absence aux studios anglais, sans parler de mon âge : la trentaine bien entamée. Les critiques étaient plutôt gentils avec moi.

« Joan Collins est une actrice qui vaut bien mieux que les rôles qu'on lui donne » disait l'*Evening Standard* et « Joan Collins est une actrice qui s'améliore sans cesse. Elle apporte beauté, lumière et charme sur l'écran ». C'était très gentil.

Je pense que si ma carrière de comédienne avait dû s'arrêter, j'aurais pu faire du casting. J'ai toujours eu le flair pour découvrir les stars chez les débutants et les inconnus. La première fois que cela s'est produit, c'était à la MGM pendant le tournage de « The Opposite Sex ». Un jeune type de mon âge travaillait comme assistant. Il s'occupait surtout du courrier. Il avait l'habitude de siffler chaque fois que je passais. Un jour, je m'arrêtai pour discuter un peu avec lui. Il était mignon, avec des cheveux noirs frisés, de grands yeux bleus, un certain sens de l'humour et du sex-appeal. Il était très sûr de lui, il m'invita même à sortir avec lui. Je refusai. Son nom? Jack Nicholson.

En 1972, Ron et moi trouvâmes la maison que nous cherchions depuis si longtemps à Londres. De l'extérieur, c'était une maison ordinaire des années trente mais elle était exactement ce que nous voulions : une maison chaleureuse et agréable dans laquelle Ron, Tara, Sacha, et moi nous nous installâmes avec bonheur. Les trois fils de Ron : David, Robert et Jonathan, venaient nous rendre visite chaque été et à Noël, dans notre maison de Marbella. Lorsque la petite Katyana naquit, elle avait déjà autour d'elle une famille nombreuse, heureuse et unie.

Dix jours avant la date prévue de mon accouchement Ron et moi dînions au restaurant Mr Chow en compagnie de Paul Wasserman – le meilleur ami de Ron – Peter

Kameron, Burt et Maxime Kamerman. Ron voulait désespérément avoir une fille – normal : il avait déjà trois garçons! Pete était sûr que ce serait une fille. Il était un des meilleurs amis de Ron. Il avait donné tous ses biens et était parti voyager plusieurs années à travers le monde à la recherche de la vérité. Un véritable guru!

Il revenait juste des Indes où il avait rencontré le sage Saha Baba. Il avait ramené une petite amphore contenant de la poudre grise et il m'en mit un peu sur le front. C'était une substance que Saha Baba avait créée à partir de rien et qui possédait des vertus multiples. Du moins Pete le croyait.

Après avoir appliqué la poudre sur mon front, il me dit que c'était une fille, qu'elle serait très belle, très intelligente, qu'elle aurait beaucoup de chance et qu'elle posséderait un immense magnétisme personnel.

– Elle viendra demain, me dit-il gravement.

– Ridicule, dit Ron en riant, elle ne doit pas accoucher avant dix jours.

Quatre heures plus tard, alors que Ron venait de prendre un puissant somnifère, les contractions commencèrent. Ron, à cause du somnifère, dormait très profondément. Pour le réveiller je dus lui faire avaler trois tasses de café fort pendant son sommeil. Il fallait qu'il me conduise à la maternité.

J'accouchai quelques heures plus tard. En attendant, Ron et moi jouâmes au Scrabble dans la chambre de la maternité.

Lorsque James Schneider, le médecin qui m'accouchait annonça « c'est une fille », je lui dis :

– Tu dis cela pour faire plaisir à Ron. Il obtient toujours ce qu'il désire et tu ne veux pas le décevoir.

Ron avait assisté à l'accouchement; il regardait avec fierté la petite Katyana Kennedy Kass. Cette enfant nous rapprocha encore plus l'un de l'autre.

J'étais extrêmement inquiète quant aux réactions de Tara et Sacha face au nouveau bébé. Cela n'avait pas été facile pour eux de s'adapter à un nouveau pays, à une nouvelle maison, à de nouveaux amis, à une nouvelle école, à un nouveau beau-père. Mais ils adorèrent aussitôt Katy et semblèrent s'adapter parfaitement à la nouvelle situation.

Katy était née le 20 juin 1972. Elle était Gémeaux comme moi. Nous allions donc probablement, nous sentir très proches l'une de l'autre, nous comprendre parfaitement.

Sans aucun doute, je vivais les plus heureux moments de ma vie. J'aimais mon mari. J'adorais mes enfants. J'étais heureuse de vivre en Angleterre et d'y travailler.

Buzz Kulik, qui m'avait dirigée quelques années plus tôt dans Warning Shot avec David Janssen, me demanda de tenir le rôle de Lorraine Sheldon dans « The Man who Came to Dinner ». C'était une émission tournée pour la chaîne NBC qui devait être diffusée en Angleterre mais aussi aux États-Unis, le soir de Thanksgiving [1].

Lorraine était un personnage merveilleux basé sur celui de Gertrude Lawrence. Flamboyant et excentrique, le genre de rôle que j'attendais depuis longtemps. J'espérais surtout que ce coup prestigieux ne serait pas provisoire, que je n'allais pas replonger ensuite dans mes films d'horreur bon marché.

Buzz réunit une excellente distribution. Lee Remick allait jouer Maggie, la loyale secrétaire de Sheridan Whiteside, immortalisée à l'écran par Bette Davis. Marty Feldman incarnait le fou, Don Knotts le docteur timide, Peter Haskell le journaliste et Orson Welles, en personne, tenait le rôle de Sheridan Whiteside.

C'est une merveilleuse pièce. Sheridan Whiteside est un des meilleurs (et des plus longs) rôles jamais écrits pour un acteur. Le personnage domine chaque scène.

1. Fête typiquement américaine.

C'est pourquoi Hallmark pensait qu'ils avaient réussi un gros coup en persuadant ce monstre du théâtre de tenir le rôle. Celui-ci fut traité comme un empereur.

Nous répétâmes pendant trois semaines pendant lesquelles M. Welles passa une grande partie de son temps à boire du liquide rouge qu'il se versait dans une tasse à thé. Il lisait chaque réplique sur un immense carton d'un mètre carré que deux étudiants de l'A.R.A.D tenaient nerveusement.

Moi-même je me sentais comme une collégienne intimidée face à Orson Welles. Il était énorme et effrayant. Il avait la réputation de ne jamais laisser personne le surpasser ou même l'égaler dans une scène. Un peu plus, et j'aurais fait la révérence sur son passage tant il m'impressionnait. Après tout, n'était-il pas le génie qui, à l'âge de vingt-cinq ans, avait fait « Citizen Kane », un des plus grands films de tous les temps. Je jouais l'indifférence, l'actrice sophistiquée et légère, mais au fond de moi, j'étais tendue comme une corde de violon. Lors d'un après-midi il répéta avec moi une longue tirade. Je me tenais debout sur mes marques quand soudain, il s'arrêta et tonna :

– Je ne peux pas lire la suite de mon texte parce que Mlle Collins est plantée devant les panneaux.

– Mais je suis sur mes marques, Orson, dis-je faiblement, tandis que Lee Remick me faisait une petite grimace complice. Il avait tort mais cela ne changeait rien. Il me fallut me déplacer afin que son Honneur puisse lire son texte sans être perturbé. Je me déplaçai à contrecœur. Il prit l'air triomphant. Sa secrétaire lui amena une autre tasse de « thé ». Il prétendait que c'était du coca-cola mais nous savions tous que c'était du vin. Et ordinaire de surcroît!

Peter Haskell, lui, n'était pas impressionné le moins du monde par Welles. Le lendemain de cet incident, Peter déclamait une tirade où il parlait de la beauté palpable qui se dégage des choses et de la nature, le jour de Noël, avec la neige sur les arbres, le givre qui fait tout briller, etc. Welles pénétra sur le plateau en tonnant :

– Tu lis ce texte comme un putain de pédé.

– Qu'est-ce que tu viens de dire ? demanda Peter en s'avançant vers lui, menaçant.

– J'ai dit que tu lisais comme, euh, un pédé. Mais, mon vieux, je plaisantais, je te jure, ah, ah, ah. Cher ami, je sais que tu n'es pas un pédé, je m'excuse.

Son rire tonitruant éclata et résonna dans la salle de répétition. Certains rirent avec lui. Peter, sans dire un mot, reprit la scène. Après cet incident Orson sembla l'admirer et avoir de l'estime pour lui. Puis, ils devinrent tous deux copains. Welles, manifestement, appréciait les gens qui ne se laissaient pas intimider par lui. Néanmoins, il adorait jouer au Dieu terrorisant les pauvres mortels. Don Knotts n'eut guère de chance. Lors d'une scène, où Lee Remick et moi étions présentes, Welles fit en sorte qu'un passage très drôle joué par Don, fût tourné avec la caméra derrière lui. Le pauvre Don avait beau exécuter toutes les mimiques possibles et inimaginables, tout tombait à plat dans cette scène pourtant très comique, car il était pris de dos... Welles ne supportait pas, ne fut-ce qu'un seul instant, que quelqu'un d'autre que lui puisse avoir la vedette, et il se débrouillait toujours pour se mettre en avant au détriment des autres.

Pendant les cinq jours et demi de tournage, Welles lut toutes ses répliques sur les grands panneaux placés devant lui. Dans chaque scène, Welles insistait pour être au milieu du plateau, face à la caméra (et donc aux panneaux). Buzz Kulick suggéra que d'autres acteurs fassent aussi, de temps en temps, l'objet d'un gros plan. Welles explosa :

– Je suis la vedette. Cette pièce est centrée autour du personnage de Sheridan Whiteside. Le reste des comédiens ici ne sont que des faire-valoir !

Buzz baissa les bras et laissa agir Welles à sa guise. Inutile de dire que ce fut une des versions les moins drôles réalisées de « The Man Who Came to Dinner ». Et les scores de la NBC furent très mauvais.

Pour ma part je reçus un très beau compliment de Kitty Carlisle, la veuve du co-auteur, Moss Hart. Elle était venue nous rendre visite pendant le tournage et me dit que j'étais la meilleure Lorraine Sheldon de toutes celles qu'elle avait vues; elle avait connu toutes les actrices qui avaient repris le rôle depuis 1940.

Bien que toute ma vie j'avais été à la recherche d'une figure paternelle, l'absence de ma mère me pesait cruellement et je souffrais en pensant combien mes trois enfants l'auraient adorée. J'étais devenue très « famille » et ma mère me manquait. Quel dommage qu'il m'ait fallu tant de temps pour le réaliser... Je pensais de plus en plus souvent à elle.

Mes sentiments pour mon père étaient moins véhéments. Je réalisais ses faiblesses et ses erreurs, mais je l'aimais quand même.

Il s'était remarié et avait eu une autre fille, Natasha, alors qu'il était âgé de soixante-cinq ans. Son épouse était également agent artistique et, chose intéressante, avait le même âge que moi. Je me demandais si elle aussi avait été à la recherche d'une image paternelle. Ma mère me hantait, je rêvais d'elle très souvent. Jackie était devenue très proche d'elle les dernières années de sa vie et je regrettais d'être partie si jeune en Amérique. Un garçon a besoin de son père pendant une partie de sa vie mais une fille a toujours besoin de sa mère. Ou bien est-ce le contraire?

Ron coproduisait avec David Putnam, « The Optimists » avec Peter Sellers. Putnam devint par la suite un des producteurs les plus célèbres d'Angleterre. Le sommet de sa carrière fut son Oscar à Hollywood avec « Chariots de Feu ». Peter Sellers, lui, se retrouvait dans les remous pénibles d'un nouveau divorce, aussi était-il plutôt déprimé et solitaire. Il nous avait adoptés, Ron et moi, comme ses deux nouveaux meilleurs amis du mois. Je connaissais Peter depuis 1963 quand lui, Tony, Leslie Bricusse et moi avions fait une comédie ensemble intitulée « Fool Britania » traitant des excès sexuels de certains membres du Parlement et autres aristocrates britanniques. Peter n'allait pas bien du tout. Il avait eu une rapide aventure avec Liza Minnelli. Courte puisqu'elle n'avait duré que dix jours! Peter avait donc besoin de confidents pour s'épancher et il nous choisit. A 11 heures du matin un dimanche, le téléphone sonna :

– Oui? fis-je à la hâte, tout en préparant le petit déjeuner de la famille.

– Joanie, dit une voix hésitante. C'est moi, Peter. Quoi de neuf? Vous avez des projets aujourd'hui Ron et toi?

– Non, nous allons rester à la maison. Tu veux venir?

– Avec plaisir, j'ai toute l'armée à mes trousses mais je crois que je m'en sortirai. Je vais pouvoir leur échapper. Je vais sortir du Dorchester par la porte de derrière. Je suis là dans une heure.

Peu de temps après il arriva, entièrement déguisé. Il portait une tenue d'officier nazi complète avec les insignes, les bottes, la casquette et tout le barda. Il conduisait une mercedes noire aux vitres teintées. Nous habitions dans le quartier juif. Le dimanche après-midi, la plupart de nos voisins se promenaient avec leurs chiens. La vue de cette mercedes noire conduite par un nazi en uniforme leur fit un choc.

Quand j'allai lui ouvrir et que je l'aperçus, je m'écroulai de rire.

– Laisse-moi entrer, vite. J'ai été suivi par la Résistance mais je crois que je l'ai semée, dit Peter.

Dans le jardin, il nous fit mourir de rire en nous racontant ses galères avec Liza Minnelli. Lorsque ce fut l'heure pour lui de repartir, je lui proposai timidement de se changer ou de mettre un manteau par-dessus son déguisement. Il ne voulut rien savoir. Il ressortit tel qu'il était venu, et rejoignit sa voiture en faisant le pas de l'oie. Puis au volant de sa mercedes, il redescendit très lentement l'avenue Sheldon, la vitre baissée en hurlant « Heil Hitler! Heil Hitler! »

Ce genre de gag reflétait parfaitement l'humour spécial et délirant de Peter. Ron et moi n'en pouvions plus de rire.

Je réalisai un de mes rêves : jouer une comédie de Noël Coward. Ron avait obtenu les droits de plusieurs de ses pièces, dont « Fallen Angels ». Nous avions essayé, sans succès, d'obtenir ceux de « Private Lives » car j'avais très envie de jouer Amanda. « Fallen Angels » avait été montée pour la première fois à New York en 1927 avec la jeune Tallulah Bankhead et Edna Best dans les rôles principaux. Deux femmes, deux amies très liées depuis toujours et alors mariées s'ennuyaient chez elles. Elles avaient autrefois partagé le même amant français. C'était une performance d'actrices. Tallulah et Edna avaient remporté un énorme succès sur Broadway. Depuis, la pièce avait été souvent remontée mais avec des actrices trop vieilles pour les rôles.

Nous signâmes un contrat avec Sir John Woolf, le directeur de Anglia TV et débutâmes la pré-production. Pour la première fois, je m'occupais de production. Ron était le producteur principal et je dirigeais le casting, je suggérai Susannah York pour le rôle de Julia et Sacha Distel pour celui de Maurice, l'amant français. Ce rôle, parce qu'il était court, était d'habitude tenu par n'importe qui. Mais je pensais que c'était très important – Susannah et moi passant les trois quarts de la pièce à parler de lui – qu'il soit, au contraire, incarné par quelqu'un d'exceptionnellement beau.

Cette adaptation pour la télé se passa très bien. Susannah et moi « fonctionnions » bien ensemble. Quant à Sacha Distel, il était superbe. La pièce fut diffusée à la télévision, en Angleterre, pendant les vacances de Noël et les critiques furent excellentes.

– Prenez aux riches! hurlait le chancelier Denis Healey en première page des journaux britanniques. Taxez-les jusqu'au sang. Asséchez-les!

Ron était né aux États-Unis et vivait en Europe depuis dix ans. De plus, il était à présent président des disques Warner en Grande-Bretagne. C'est pourquoi nous devions quitter le pays. Il n'y avait rien d'autre à faire que de fuir la menace Healey. J'avais travaillé dur toute ma vie. Les richesses que j'avais acquises – une maison, des meubles, une mercedes, des bijoux, quelques peintures et ma collection d'objets Art-Déco – semblaient devenir la cible d'énormes impôts annuels. Les éditorialistes dans les journaux écrivirent qu'avec une telle loi, l'Angleterre allait perdre tous ses créateurs, tous ses artistes. Mais Mr Healey fut inflexible. Il réclamait sa livre de chair.

Avec une rapidité stupéfiante, des dizaines d'écrivains, de réalisateurs, de producteurs, de sportifs et d'acteurs quittèrent l'Angleterre. De nombreux américains, devenus résidents en Grande-Bretagne depuis des années, furent aussi forcés de quitter le pays.

Je luttai corps et âme pour rester. J'étais désespérée, détruite. Je ne supportais pas l'idée de devoir à nouveau tout remballer pour repartir m'installer ailleurs. Enlever mes enfants à leur école et leurs nouveaux amis pour reprendre la route de la Californie. J'adorais notre maison de Sheldon avenue, j'y avais été tellement heureuse. J'ignorais pourquoi Ron, pourtant conscient de mon bonheur, insistait tant pour que nous repartions une nouvelle fois vers la Californie. Je pleurai pendant des jours et des jours en attendant l'inévitable départ. Nous étions en 1975. J'étais en train de tourner un film d'horreur intitulé « The Devil Within Her », inspiré de l'Exorciste, qui remporta plus tard un succès moyen aux États-Unis.

De plus, j'étais à nouveau un peu connue en Angleterre. Le jour où Ron me fit signer les papiers de la vente de la maison de Sheldon avenue, je pleurai pendant des heures. D'ailleurs, ce jour-là, j'eus le visage tellement bouffi par les larmes que je fus incapable de tourner. Au fond de moi, quelque chose me criait que ce départ vers Los Angeles était une énorme erreur. Mais il n'y avait rien à faire. Nous repartîmes en emmenant une nouvelle fois enfants, meubles, voitures, vêtements à l'autre bout du monde. Je me sentais comme un escargot transportant sa maison sur son dos.

La prédiction que Ben Gary m'avait faite en 1961, dix-sept ans plus tôt, s'avérait juste à nouveau :

« Tu seras toujours une nomade. Tu auras très envie de t'installer mais il te faudra toujours bouger et replanter tes racines ailleurs. »

C'était dans le ciel, dans les étoiles. Ben pouvait-il, de sa tombe, voir à quel point il avait toujours vu juste à mon sujet ?

« Tu es quelqu'un qui a d'énormes ressources, m'avait-il dit également. Tu sauras toujours t'adapter à ton nouvel environnement. Il te faut travailler toujours. C'est essentiel pour toi de faire des choses, de rester créative. Rien ne t'abattra très longtemps. Tu te débrouilleras toujours pour gagner de l'argent et tu trouveras finalement le bonheur parce que tu es, à la base, une personne heureuse, une personne qui sait survivre. »

12

Je n'étais pas heureuse de devoir me réinstaller à Los Angeles. C'était la troisième fois en vingt ans que j'y repartais « pour de bon ». Nous achetâmes une grande maison moderne avec court de tennis, parterre en marbre, sur Chalette Drive et je commençai à m'occuper de la décoration. J'essayai aussi de retrouver du travail. On n'attendait pas vraiment après moi, c'est le moins que je puisse dire. Joan qui? Ah, oui, ça fait longtemps qu'elle est dans le métier. Doit plus être toute jeune. Bon, on va quand même la voir. Peut-être qu'on va pouvoir lui donner quelque chose à faire. Après tout, elle a été une vedette, autrefois...

Entre 1975 et 1977 j'essuyai énormément de refus. Cependant, je réussis quand même à décrocher des rôles dans des séries télévisées comme « Baretta », « Mission Impossible », « Future Cop », « Switch », « Policewoman », « Space 1999 » et même dans Batman où, revêtue d'un lamé argent, je jouais le rôle de « La Sirène » dont les cris stridents paralysaient ses ennemis, Batman y compris.

Tout cela n'était pas très prestigieux mais au moins, ça aidait à payer les factures. Ron n'allait pas très bien professionnellement. Il avait dû quitter son excellent poste de président des disques Warner à Londres et était à présent à la tête d'une maison de production cinématographique appelée Sagittarius.

Sagittarius avait été créée par Edgar Bronfman, l'héritier des whiskeys Seagram. Au début des années soixante-dix, il avait appartenu au conseil d'administration de la MGM. En Angleterre, il avait pris le goût du show-business et avait produit quelques films.

Edgar était un bel homme d'une quarantaine d'années. Il avait été marié un peu plus de vingt ans, avait cinq enfants, aimait les jolies femmes et son whiskey. Nous devînmes copains et nous sortions à quatre avec ses petites amies du moment, Samantha Eggar, Sue Lloyd ou quelque autre. Nous prenions son jet privé pour passer le week-end à San Francisco, New York ou Acapulco où Edgar possédait une maison.

Il était Gémeaux lui aussi. Il était donc plein de joie de vivre, d'humour et d'enthousiasme pour les projets les plus incertains. Il avait aussi ses mauvais côtés. Bien qu'extrêmement riche, il pouvait se montrer très radin. Il avait développé une paranoïa au sujet des femmes : il craignait que celles-ci ne s'intéressent à lui uniquement pour son argent.

Ron adorait Edgar. Celui-ci devint le parrain de notre fille Katy qui naquit le jour de son anniversaire. J'aimais bien sa compagnie mais il y avait quelque chose en lui qui me rendait méfiante. Je ne savais pas pourquoi, mais je ne pouvais pas tout à fait lui faire confiance. Je recommençai ma vie hollywoodienne. Je revis d'anciens amis et repris les contacts un peu partout. Je connaissais pratiquement tout le monde à Hollywood car j'étais arrivée en tant que jeune starlette vingt ans plus tôt. Je me lançai avec enthousiasme et un budget limité dans la décoration de notre maison de Chalette Drive. Je trouvai une nouvelle école pour Tara, Sacha et Katy et repris mon rôle de petite épouse.

Ron travaillait dur avec sa compagnie de films et partait en voyage avec Edgar chaque fois que celui-ci le réclamait. Quand le fils aîné d'Edgar, Sam Jr, fut kidnappé, Ron accompagna Edgar à New York et resta à ses côtés près du téléphone pour attendre les instructions des kidnappers à propos de la rançon. On ne pouvait imaginer d'amis plus proches qu'eux. Ils étaient à la fois amis et associés.

Lorsque Edgar nous demanda à Ron et moi si nous pouvions organiser chez nous la party pour le vingt et unième anniversaire de son fils, Edgar Jr, Ron accepta. Je fis remarquer à Ron qu'Edgar connaissait bien peu de monde à Hollywood donc qu'il se servait de nous. Néanmoins, Ron insista pour que nous fassions les choses en grand en invitant tous les producteurs, agents et stars que nous connaissions. L'organisation me prit des semaines.

Mon amie Judy Bryer m'aida. Je connaissais Judy depuis qu'elle était venue travailler pour Tony Newley en 1968. Il préparait alors « Hieronymus Merkin » et bien qu'elle s'occupât pour lui du travail de secrétariat, nous devînmes très rapidement amies. Cette amitié a grandi avec les années. Elle est aujourd'hui ma secrétaire, ma meilleure amie et ma confidente. Naturellement, elle est Gémeaux. Il a toujours été très important pour moi d'avoir des amies femmes. On peut partager tant de choses avec une amie. Les hommes vont et viennent mais les amies durent toujours. Je considère avoir eu de la chance car j'ai toujours eu une amie proche, même quand cela allait mal.

Malheureusement, mon adorable amie Cappy Badrutt a succombé à la suite d'un cancer au début de 1981. Une tragédie qui m'a énormément affectée.

J'étais responsable dans les moindres détails de l'organisation de la party Bronfman, de la liste des invités au plan de table en passant par les fleurs et les chansons que l'orchestre devrait interpréter. C'était amusant mais je me faisais du souci au sujet de la note. Ron m'avait dit qu'Edgar prévoyait de dépenser cinq mille dollars. Je savais que ce ne serait pas assez. Je l'avais prévenu que cela reviendrait probablement à huit ou dix mille dollars. Ron m'assura qu'Edgar payerait tout mais je n'étais pas très enthousiaste à l'idée de verser le dépôt de garantie pour la location de la tente en utilisant mon propre compte en banque. Nous ne pouvions certainement pas nous permettre de donner une party de cette importance. C'était une chaude nuit de mai et la liste des invités était impressionnante : David Janssen et sa femme, Audrey et Billy Wilder, Dionne Warwick, le réalisateur Dick Donner qui préparait Superman, Janet et Freddie de Cordova, Tina Sinatra, Susan George, George Segal et bien d'autres. Ce fut une party formidable qui dura jusqu'à 2 heures du matin, ce qui, pour Hollywood, était très tard et indiquait bien combien les invités s'y étaient plu.

Le lendemain après-midi je lézardai au soleil dans mon jardin. Le téléphone avait sonné toute la journée à cause des remerciements des invités de la veille, et des fleurs arrivaient sans cesse. Il était 6 heures du soir et je m'apprêtai, avec Susan DeLong, à donner à manger aux enfants quand Ron arriva. Il faisait une tête d'enterrement.

– Edgar m'a renvoyé, annonça-t-il d'une voix blanche.

Je ne pouvais le croire. Après ces semaines de préparation pour la party d'anniversaire de son fils, après des années d'amitié, il était renvoyé! Juste comme ça. C'était impensable mais malheureusement vrai.

Edgar, lâche comme je ne l'aurais jamais imaginé, avait envoyé une lettre de licenciement à Ron. Celle-ci avait été probablement rédigée pendant que nous nous occupions des derniers détails de la party. Ron méritait une explication, un face à face, d'homme à homme, mais il ne l'obtint jamais. Edgar paya Ron jusqu'à la fin du mois, ferma les bureaux de Sagittarius sur Sunset Boulevard et ne fut plus joignable pendant quatre ans.

Katy recevait régulièrement une carte et un cadeau pour son anniversaire et pour Noël, ce qui me semblait la moindre des choses étant donné qu'Edgar était son parrain. J'avais eu raison de redouter notre départ pour Los Angeles. Nous étions maintenant coincés dans une maison avec d'énormes traites à payer, trois enfants juste inscrits dans de nouvelles écoles et tous deux sans travail.

J'en voulais énormément à Edgar Bronfman. Nous étions sur la paille à cause de lui.

Je ne pense pas que Ron se soit jamais remis complètement du choc causé par Edgar. Ce fut là que notre mariage jusqu'alors heureux, dérapa.

« Mon mariage est un fiasco », dis-je dramatiquement à Stuart Emory qui dirigeait un groupe « d'exploration du potentiel humain » intitulé Actualisations. Pour Tina Sinatra, qui envisageait aussi de quitter son mari, comme pour moi, c'était l'heure de faire le point. Nous profitâmes donc d'une séance « à la recherche de soi-même » tenue à l'hôtel Baltimore. Nous y avons passé quatorze heures par jour pendant deux jours, assis sur des chaises inconfortables, sans manger, sans fumer, spectateurs de quatre-vingts autres personnes confuses et malheureuses venues se confesser publiquement et raconter leurs échecs sur une estrade. C'était une expérience intéressante. En écoutant les autres raconter leurs histoires, Tina et moi nous nous considérions relativement chanceuses de n'avoir que les hommes comme véritable problème dans notre vie.

Quatre-vingts paires d'yeux me regardaient avec

sympathie tandis que je déballais mon histoire et exposais mes malheurs. J'étais malheureuse. Ron avait changé. Il n'était plus l'homme que j'avais épousé. Il ne travaillait plus et nous avions d'énormes problèmes d'argent. Vivre à Los Angeles devint difficile. Nous dûmes vendre la maison de Chalette Drive et partir nous installer dans un autre « palace de verre » sur Carolyn way. Avec les bénéfices de la vente et en les plaçant bien, nous devions, d'après Ron, pouvoir vivre normalement. Je gagnais deux mille cinq cent dollars par émission de télé et, de temps en temps, pour dix ou quinze mille dollars, je partais en Italie ou en Espagne tourner une ineptie que j'espérais sincèrement ne jamais voir montrée en Angleterre ou aux États-Unis. Je gagnais bien peu d'argent en comparaison de ce que j'avais gagné autrefois. Je faisais ce métier depuis vingt-cinq ans mais j'avais bien peu d'économies. Je savais que j'aurais pu vivre plus simplement, tout en étant très heureuse, si nous étions restés en Angleterre. Mais il était impossible hélas de revenir dix-huit mois en arrière, juste avant qu'Edgar Bronfman n'entre dans notre vie.

Stuart Emory, un Australien plein de charme, me sourit une fois que j'eus fini mon speech.

– Vous ne réalisez pas que votre mari est entouré des barracudas et des piranhas qui infestent la profession? Ne l'abandonnez pas Joan. Cela a été très dur pour lui. Restez à ses côtés, aidez-le, et tout finira bien pour vous.

Je l'écoutai, confuse et troublée. En fait, il me conseillait simplement de me montrer patiente, Ron allait se remettre de cette histoire, remonter la pente. Il fallait donc que je l'aide dans cette dépression. Et ma dépression à moi? Qui allait m'aider? J'étais physiquement intacte, j'étais presque plus belle qu'autrefois. J'essayais de vivre une vie de famille normale dans un environnement que je n'aimais plus. Mes enfants étaient à l'école et grandissaient. Ron ne travaillait pas et son ex-femme Anita, ne l'aidait guère non plus à s'en sortir; elle avait trois garçons à élever et il avait beau payer régulièrement la pension, elle demandait plus d'argent. Des huissiers arrivaient de partout. C'était épouvantable. J'avais toujours lu avec horreur les histoires de ces actrices célèbres et adulées qui finissaient leurs vies dans la pauvreté et la misère, ou serveuse dans des restaurants, solitaires, oubliées, malheureuses. Avaient-elles baissé les bras en se considérant finies après trente-cinq ans? Tout ce que je savais c'est que j'allais me battre jusqu'à mon dernier souffle pour ressusciter ma carrière et ma vie privée. Pas seulement pour moi, mais aussi pour Ron et mes trois enfants.

Deux semaines plus tard Tina Sinatra se sépara de son mari. De mon côté, je pris une grande décision : je devais me débrouiller pour acquérir les droits d'un film et le produire.

Ma sœur Jackie avait écrit un livre qui s'intitulait : « L'Étalon ». C'était devenu un best-seller en Angleterre et en Europe. Je la persuadai de me céder les droits cinématographiques. Je voulais essayer de monter une compagnie de production indépendante. J'étais sûre de pouvoir parfaitement tenir le rôle de la riche et élégante Fontaine qui, rencontrant son « étalon » Tony Blake dans une discothèque de Londres, l'engage et l'utilise comme objet sexuel. C'était une histoire moderne, sexy, et je sentais au fond de moi que cela pouvait redonner un coup de fouet à ma carrière qui partait en lambeaux. « Saturday Night Fever » cassait la baraque. « L'Étalon » pouvait en faire autant, peut-être pas ramener autant d'argent, mais remporter un succès très correct.

Néanmoins, je continuais à accepter des rôles à la télé, sans enthousiasme. Et l'épisode « Starsky et Hutch » y mit un point final.

– Tu veux aller faire un « Starsky et Hutch » à Hawaï pendant huit jours?

C'était mon agent qui me téléphonait. J'étais en train de préparer le petit déjeuner des enfants.

« Starsky et Hutch » était une des séries les plus populaires de la télévision. Ses deux stars, David Soul et Paul Michael Glaser étaient les chouchous du moment. Tara, ma fille de treize ans, fit des bonds en l'air quand je lui annonçai ce qu'on me proposait. Elle me supplia d'accepter.

– Mais je n'ai pas encore lu le script, Tara, lui dis-je en posant les œufs dans son assiette.

– Oh, maman, tu dois le faire, tu dois le faire. Peut-être que je vais renconter David Soul! Woaw!

– Je ne vais tout de même pas accepter ce rôle afin que tu puisses rencontrer David Soul, dis-je fermement. J'accepterai le rôle ou le refuserai après avoir lu le script, chérie.

Bien sûr je mentais. A ce moment-là, je n'avais pas les moyens de refuser un rôle. J'avais trop besoin d'argent.

Le script s'avéra être une histoire plutôt chauviniste mais assez amusante. Cela se passait à Hawaï avec des cérémonies vaudou, des sorcières et des belles filles.

Je soupirai, mais un sou est un sou, et je remuais ciel et terre afin de trouver les fonds pour financer « L'Étalon ».

Donc, pendant l'été 76, je me rendis à Hawaï pour y tourner cet épisode de deux heures. Paul Glaser était assis sur les lieux paradisiaques du tournage. Les palmiers se balançaient doucement sous le vent tiède de cette matinée paresseuse et chaude. Il était absorbé par la lecture de son script. Tout en étant vêtu d'un bermuda difforme, d'une chemise hawaïenne bon marché, de chaussettes rouges et de tennis, il réussissait quand même à dégager un certain charisme. Quelque chose le faisait ressembler à Charlie Chaplin et Tony Newley. A l'hôtel Hawaï, Surf attendait le photographe Peter Borsari. Il râlait car il avait été envoyé par le *National Enquirer* pour faire un reportage sur Glaser et Soul et ceux-ci avaient refusé.

– Ils ne pensent qu'à leur trafail, dit-il avec son accent hongrois. Trafail, trafail, trafail, ils n'ont que ce mot-là à la pouche! Pas d'interfiews, pas de photos, rien. Afec *People* ou *Cosmopolitan,* ils sont d'accord, mais pas pour l'Enquirer.

Je compatissais à ses malheurs, loin de me douter que moins de cinq ans plus tard j'allais comme Glaser et Soul adopter la même attitude vis-à-vis des médias. A cet époque-là, avoir ma photo dans l'*Enquirer* aurait été un événement majeur.

Ce soir-là, lors de la party donnée pour les comédiens et les techniciens, je me sentis hors course et trop bien habillée.

– Nous sommes trop vieilles pour appartenir à ce groupe, lançai-je, en plaisantant, à Samantha Eggar qui avait été engagée pour tenir le rôle de Charlotte. Ils ont tous moins de vingt-trois ans.

David Soul vint nous rejoindre, grand, blond et bronzé. Il portait des lunettes et allumait une Marlboro après l'autre. Il secoua la tête en regardant l'armée de pin-ups qui paradaient à la party.

– Après tous les efforts et les soins que Paul et moi avons apportés pour que ce feuilleton devienne un succès, voilà qu'il se transforme en foire à nichons, dit-il tristement.

Le premier jour du tournage, nous découvrîmes un décor extraordinaire. Je n'avais jamais travaillé dans des extérieurs aussi somptueux. Nous tournions dans des hectares de jungle tropicale luxuriante qui semblait être là depuis deux mille ans.

Les techniciens étaient en train de préparer une scène au cours de laquelle, Starsky et Hutch, qui s'étaient introduits dans une propriété interdite, étaient attaqués par des molosses. Je me souvenais que Paul et moi nous étions brièvement rencontrés aux studios Pinewood quatre ou cinq ans auparavant, alors qu'il tournait « Un violon sur le toit » et moi « The Persuaders ».

– Oui! Tu étais assis avec Roger Moore et Topol nous a présentés, c'est cela?

Ce jour-là, j'avais trouvé son regard magnétique.

Je portais une robe exotique en soie et une fleur derrière l'oreille. On me tendit un revolver. Je demandai à Paul de me montrer comment le tenir et m'en servir. J'avais déjà eu à tourner des scènes avec des revolvers et j'avais toujours détesté cela. Je craignais toujours que quelqu'un ait oublié une vraie balle à l'intérieur. De toute façon, je suis toujours nerveuse le premier jour du tournage. Cela peut paraître ridicule, mais la pensée que Laurence Olivier ait souvent envie de vomir de peur avant une représentation me réconforte. Lui aussi est Gémeaux.

Miss Patti, la Playmate du mois, était assise sur une chaise au dossier de laquelle était inscrit : « Guest Star » [1]. Coiffeurs et maquilleurs s'affairaient autour d'elle. Pourquoi pas, après tout? Quelqu'un de la production avait dû ordonner pour elle un *traitement V.I.P.* [2] Elle me demanda mon âge – question que l'on ne devrait jamais poser aux plus de vingt et un ans. Je lui demandai de deviner. Trente-cinq, dit-elle.

– A peu près cela, dis-je froidement. Et vous?

– Vingt-cinq, dit-elle.

– Vous paraissez plus jeune!

– Tant mieux, rétorqua-t-elle.

De nombreuses personnes se crurent obligées de me dire avec condescendance combien j'étais restée belle

1. Invité d'honneur.
2. Very important person.

malgré mon âge. Comme si, à trente-cinq ans, on avait déjà un pied dans la tombe!

Samantha et moi réclamâmes des chaises. Il n'y en a pas, nous répondit-on. Néanmoins, dès qu'une Bunnie apparaissait, les chaises fleurissaient tout autour d'elles comme des fleurs tropicales après une averse. Je partageais ma loge avec Debbie. Ses vêtements et son maquillage étaient empilés sur les miens. J'étais déprimée. Je pensais toucher le fond. On ne m'avait jamais traitée comme cela.

Nous arrivâmes à l'endroit où nous devions tourner une scène de poursuite en voiture avec les garçons et celui qui jouait mon père. Ce jour-là, il pleuvait, il faisait froid et il y avait de la boue partout. Tout le monde était de mauvaise humeur à cause du temps.

Dans la voiture, Paul était au volant avec, à ses côtés, celui qui jouait mon père tandis que David et moi étions à l'arrière. Nous fonçâmes sur les barrières censées s'ouvrir sous le choc. Trois jeeps bourrées de cascadeurs étaient à notre poursuite.

Deuxième prise : Paul dérapa et la voiture se retourna presque. Les techniciens arrivèrent en courant pour voir si nous allions bien. Charlie Picerne, le chef des cascadeurs, cria à Paul :

– Qu'est-ce que tu fous, bordel de merde.

Il était furieux. Paul était furieux.

Une autre scène : J'étais dans la voiture, le revolver en main. Soudain un coup partit par inadvertance alors que Paul faisait une embardée pour éviter un camion. Horrifiée, je jetai l'arme par la fenêtre. Mais...

– Qu'est-ce qui ne va pas? demanda David en voyant mon air alarmé.

– Je crois qu'un de mes seins est sorti de mon décolleté quand j'ai jeté le revolver, dis-je.

– Tant qu'on ne voit pas le mamelon..., dit Paul. A la télévision, en Amérique, il est formellement interdit de montrer une poitrine.

Un soir, David était assis sur une chaise longue en train d'étudier son script. Une touriste s'approcha de lui et lui demanda si elle pouvait prendre des photos. Un attroupement s'était immédiatement formé. Poliment, il dit non. Elle insista :

– C'est pour ma fille, s'il vous plaît.

Il lui expliqua que s'il posait pour elle, il serait forcé de poser pour tout le monde. Il était en train d'étudier son rôle et il n'avait pas le temps. Elle insista encore et il se mit à crier. Elle rit et prit ses photos pendant qu'il criait.

– Oh! ma fille va adorer cela, ma fille va adorer cela!

David soupira. Je ne l'enviai vraiment pas...

Il n'est pas non plus facile d'être cascadeur. En bas de la jetée en compagnie de Samantha, Paul et David, j'étais montée sur un bateau sur lequel était posée la caméra. Il y avait des caméras partout autour de nous pour filmer la scène sous différents angles.

Tout le monde était tendu. Les deux bateaux se mirent en place. La cascade ne pouvait être tournée qu'une seule fois.

Après une heure d'attente, le réalisateur cria « Action ». La cadillac noire descendit de l'autoroute à toute allure et roula sur la jetée. Quelqu'un dit : « Cela ne va jamais tenir. » La voiture atterrit dans l'eau. A l'intérieur il y avait nos quatre doublures. La voiture était censée flotter quelques instants avant de s'enfoncer lentement. Elle avait été spécialement lestée pour cela.

La voiture s'enfonça comme prévu. Tout le monde attendait, inquiet. Et soudain, après une éternité, les quatre têtes des cascadeurs réapparurent à la surface. Toute l'équipe applaudit à tout rompre. La cascade était réussie.

Je devais ensuite me préparer à la scène dite « mouillée ». Nous étions au milieu de l'océan, tournant la scène qui suivait celle de l'accident. Nous étions censés être récupérés par un bateau.

Pendant trois heures, nous attendîmes trempés dans le bateau. J'avais, intelligemment, enlevé tout mon maquillage. Je mourais de chaud lors de la dernière scène, on prit des gros plans de moi. J'avais les yeux qui pleuraient, la peau qui me brûlait.

Mes épaules, cuites par le soleil, me faisaient horriblement mal. Je demandai que l'on m'apporte des serviettes mais celles-ci n'arrivèrent jamais. Brûlés et trempés, nous nous dépêchâmes de retourner à terre. Nous découvrîmes que l'équipe ne nous avait pas attendus. Et il n'y avait pas une serviette à l'horizon. Stoïquement, je marchai cinq cents mètres pieds nus jusqu'à ma caravane. Sans un mot, l'habilleuse, mon ennemie, me tendit une serviette minuscule. Je la remerciai de la tête. Il était vraiment temps que je m'élève un peu dans l'échelle sociale...

Ron travaillait à présent avec Peter et Burt Kameron dans une compagnie de production appelée Triple K. Ils y avaient tous investi de l'argent mais jusque-là, cela ne payait guère en retour. Bien que Tony Newley me versait mille trois cent cinquante dollars tous les mois pour Tara et Sacha, ce n'était pas suffisant pour les élever. Nous envisagions de vendre la maison de Carolyn way pour aller habiter dans la Valley; les enfants devraient à nouveau changer d'école.

J'avais, en mentant honteusement sur mon âge, décroché à l'arraché le rôle de la séduisante Avril dans la série produite par N.B.C. « The Moneychangers » avec Kirk Douglas et Christopher Plummer. Pour cela on me paya cinq mille dollars, j'avais eu de la chance d'obtenir ce cachet, c'est vrai, j'avais eu de la chance. Hollywood n'était pas célèbre pour sa magnificence et sa générosité vis-à-vis des actrices de plus de trente ans. Il suffit d'observer toutes ces actrices de plus de trente-cinq ans qui essaient désespérément de s'habiller et de faire plus jeunes, pour comprendre le malaise.

En regardant objectivement les rushes de « The moneychangers », je vis une femme qui, bien éclairée et bien photographiée, avait l'air d'avoir vingt-huit ans, alors qu'en fait, elle avait dépassé la quarantaine!

Après la fin du tournage de l'épisode de « Starsky et Hutch », quand Samantha Eggar me suggéra de m'inscrire au chômage, je fus choquée.

– J'ai vu Rudy Vallee aller pointer, me dit Judy Bryer. Beaucoup d'acteurs y vont. Il n'y a pas de raison. Tu as payé tes allocations chômage toute ta vie. Tu y as droit.

Ils réussirent à me convaincre. J'étais, néanmoins, hésitante. Un après-midi ensoleillé de 1976, je garai ma mercedes dorée devant le bureau de chômage de Santa Monica boulevard. Judy m'avait conseillé d'aller là plutôt qu'à celui d'Hollywood où je risquais d'être reconnue dans la file d'attente. Je n'étais pas fière du tout. Toute ma vie j'avais travaillé et aujourd'hui, ça y était, j'étais dans la mouise, j'étais au chômage. Je n'avais jamais rêvé d'une existence luxueuse où j'aurais été couverte de bijoux de la tête aux pieds mais au moins, j'avais espéré être toujours à l'abri des problèmes financiers.

Je revenais juste de l'inauguration d'une nouvelle boutique sur Sunset boulevard où j'avais servi d'hôtesse. Ma mercedes était remplie de fleurs. Je portais une robe assez chère, un turban assorti avec quelques breloques de diamants. Je retirai le turban et les bijoux et les glissai dans un sac dès que j'eus quitté Sunset boulevard. Je mis un vieux trench-coat sur ma robe de quatre cents dollars, un foulard sur ma tête et une paire de lunettes très noires. Je garai ma mercedes dans le parking, à côté d'une vieille chevrolet de 64.

Je me tins dans la file d'attente pendant quarante-cinq minutes en essayant de me faire remarquer le moins possible. Dans des chaussures Charles Jourdan et avec dix centimètres de soie qui dépassaient de dessous mon vieux trench-coat, je me trouvais plutôt déplacée en cet endroit. La plupart des gens présents étaient noirs ou mexicains et ils semblaient, manifestement, avoir besoin d'argent. Aucun d'entre eux n'avait l'air d'une actrice qui venait toucher son chômage afin de payer la bonne. Je commençai à me sentir coupable.

– Votre nom? demanda un employé, l'air de s'ennuyer profondément en mâchant son chewing-gum.

– Euh, Kass, Joan Kass, fis-je à voix basse, espérant que les deux Porto ricains qui me regardaient tout en faisant des commentaires appréciateurs en espagnol sur mon physique, ne m'entendraient pas.

– Nom de jeune fille?

– Collins.

– Joan Collins? demanda l'employée absolument ravie. Vous êtes *la* Joan Collins?

– Oui, dis-je en maudissant intérieurement Samantha qui m'avait persuadée de venir ici, m'assurant qu'il ne se passerait rien, que personne ne me reconnaîtrait.

– Je vous ai vue dans « Policewoman » la semaine dernière, hurla-t-elle avec allégresse. Qu'est-ce que vous faites ici? Vous n'avez plus de travail?

– Hey Debbie, fit-elle vers sa collègue du guichet suivant, Hey Debbie, regarde, c'est Joan Collins!

– Joan qui? demanda l'autre en me regardant.

Je remontai mon col pour me cacher. J'étais pétrifiée de gêne.

– Non, je ne travaille pas en ce moment, dis-je avec dignité. Je savais que la salle entière avait à présent les yeux fixés sur moi.

On me posa quelques autres questions embarrassantes.

– Avez-vous cherché du travail?

– Oui, et mon agent ne me prend même plus au téléphone, il fait dire qu'il n'est pas là.

Je connaissais le truc. Mon père faisait cela autrefois. « Dis que je ne suis pas là » me murmurait-il à l'oreille lorsqu'un clown ou un jongleur au chômage, appelait.

D'autres questions fusèrent. Avais-je essayé de retrouver un emploi dans un autre domaine depuis les six semaines où j'étais sans travail? Non. Servir dans les restaurants n'était pas mon genre et je ne savais pas taper à la machine. Finalement, je réussis à m'enfuir. J'étais humiliée et je n'avais pas même obtenu les cent vingt dollars espérés. On m'avait juste donné un papier qui me permettait de toucher cet argent deux semaines plus tard, lorsque le bureau de chômage aurait vérifié si j'étais bien en règle avec la sécurité sociale.

– Je peux avoir un autographe? demanda un petit garçon noir tandis que j'ouvrais la porte de ma voiture remplie de fleurs. Je signai et filai.

En roulant sur Santa Monica, je me fis une promesse : jamais je ne me remettrais dans une situation pareille. Je devais travailler. Et si je ne trouvais pas de travail en tant qu'actrice, je ferais de la décoration intérieure, ou j'écrirais. Je ne pouvais supporter l'humiliation de demander l'aumône. J'avais commencé comme mannequin à l'âge de seize ans afin de ne pas avoir à réclamer de l'argent de poche à mon père; je n'avais, non plus, jamais demandé d'argent à mes maris. J'avais toujours réussi à me suffire financièrement, sans l'aide de personne. Je ne pouvais accepter aujourd'hui la fin de ma carrière.

Au diable mon agent. Il se fichait bien de savoir si je travaillais ou non. Il avait une bonne centaine d'autres actrices dont s'occuper. C'était à moi de me remuer, de faire quelque chose pour que cette situation change. Personne d'autre que moi n'allait bouger à ma place. J'étais la maîtresse de ma propre destinée. Si je ne voulais pas être sans argent, je devais faire quelque chose, comme me lancer dans un projet commercial sûr, qui assurerait mon avenir et celui de mes enfants. Il fallait que je produise « L'Étalon ».

Je croyais avoir été rejetée en tant qu'actrice. Eh bien, ce n'était rien à côté de ce que je connus en tant que productrice s'escrimant à trouver des fonds pour monter un film. Des financiers, des producteurs que je connaissais depuis toujours ne levèrent pas le petit doigt pour m'aider. Lew Grade, Nat Cohen, Plitt Theatre Chain, Sam Arkoff... la liste s'allongeait mais je persévérais.

Je réussis à convaincre Jackie d'écrire elle-même le script d'après son livre. Le thème était bon et correspondait pile à ce qui marchait à ce moment-là. Je savais, je savais au fond de moi que si je réussissais à monter ce film, ma carrière démarrerait à nouveau et m'apporterait, aussi, la réussite financière.

Je me baladais de la côte Est à la côte Ouest avec mon script sous le bras, mais j'avais besoin de travailler. On me proposa un rôle. C'était plus que je n'espérais. C'était l'adaptation cinématographique d'un classique de H.G. Wells (c'était du moins ce qu'ils me dirent) « Empire of the Ants » qui devait se tourner en Floride.

Ce fut, sur le plan physique, le film le plus difficile de ma carrière. Les marais de Floride en novembre sont sales, sombres, froids et de plus infestés de crocodiles, de rats, et d'autres créatures auxquelles je ne voulais pas penser. Mais j'avais besoin de cet argent. Alors, en compagnie de Robert Lansing, Jacqueline Scott, Robert Pine, John David Carson, Albert Salmi et de fourmis en plastique de deux mètres de haut, je suivais le réalisateur Bert I. Gordon dans les marécages nauséabonds.

L'histoire de ce groupe bloqué sur une île en Floride et attaqué par des fourmis géantes et carnivores ne risquait pas de nous valoir des nominations aux Oscars... En fait, il était même pratiquement certain qu'après ce film, étant donnée la qualité du script et de la réalisation, plus aucun de nous n'allait se voir proposer quoi que ce soit. Pourtant, la plupart d'entre nous eurent le plaisir, par la suite, de se commettre dans des choses plus valorisantes : Bob Lansing joua avec Elisabeth Taylor dans « The Little Foxes », Robert Pine décrocha un rôle permanent dans la série « Chips ». Mais, en novembre 1976, nous nous considérions tous très chanceux de trouver du travail, n'importe quel travail. Après des semaines passées à patauger dans la boue froide et nauséabonde des marais, nous en avions plus qu'assez. Pour aller aux toilettes, c'était toute une histoire : il fallait qu'une embarcation à moteur nous amène sur la terre ferme, nous attende et nous ramène ensuite sur les lieux du tournage.

C'était tellement exaspérant que nous demandâmes à avoir des toilettes portables auprès de nous. La production s'en occupa et une semaine plus tard arrivèrent les glorieuses toilettes. C'était un trône portable installé sur une barque, en plein air, à la vue de tous. Nous éclatâmes de rire puis nous demandâmes qu'un rideau circulaire fût installé autour. Cela devenait tellement ridicule que nous préférâmes, finalement, prendre le bateau à moteur pour aller faire nos besoins sur la terre ferme.

Un matin, je quittai le motel à 6 heures pour me rendre sur le lieu du tournage. Il faisait un vent à décorner les vaches. Un des assistants me tenait ouverte la porte du van pour que je monte, mais le vent fut si violent qu'il la laissa claquer sur mon visage. Je hurlai de douleur, mais il avait déjà disparu et n'entendit pas mes cris. Pour rouvrir la porte, je dus lutter contre un vent qui soufflait à 130 km/h!

Je l'ouvris enfin et rentrai dans le hall du motel où se préparait le reste de l'équipe. Quelqu'un hurla en me voyant.

J'avais vraiment l'air de sortir d'un film d'horreur. Le sang coulait à flot de mon arcade sourcilière ouverte. J'avais déjà sur le crâne une bosse de la taille d'un œuf.

Un véritable miracle que je ne sois pas tuée par ce choc d'une rare violence. Pendant quatre jours, il fut impossible, malgré tout le travail des maquilleurs, de me filmer en plan rapproché...

Je fus encore moins ravie lorsqu'on nous annonça que les cascadeurs – nos doublures dans certaines scènes – n'étaient pas arrivés. Nous devions donc tourner les scènes de kayak nous-mêmes. En fait, j'étais effrayée. J'allai me plaindre auprès du réalisateur. Je lui expliquai entre autres, que ce n'était pas sympa pour les cascadeurs; ils allaient se retrouver au chômage si nous commençions à faire leur boulot à leur place.

Bert Gordon me répondit que j'avais un mauvais esprit, que j'étais difficile et pas coopérative. Comme le reste de l'équipe semblait résigné, je n'avais pas d'autre choix que de laisser tomber.

Je retirai mes bottes et les jetai à l'habilleuse bien à l'abri sur une des barques. Un ou deux crocodiles nous lorgnaient à quelques mètres de là et ne voulaient pas prendre le large malgré les quelques coups de fusil tirés en leur direction par des techniciens. Action, cria Bert.

Deux hommes-grenouilles passèrent sous le radeau, le firent basculer et les quatre acteurs, pétrifiés, tombèrent dans les marécages. L'eau était écœurante, verte, épaisse, puante, un peu tièdasse. Elle stagnait probablement ainsi depuis deux mille ans. J'essayais de garder la tête hors de ce liquide nauséabond et je n'avais pas vraiment à jouer la comédie pour avoir l'air paniqué. Je nageai aussi vite que possible vers le refuge de la barque des caméras. Sous l'eau, mes jambes et mes pieds se prirent dans les algues. Je pensai immédiatement aux serpents des marécages et donnai de violents coups de pied pour me dégager. Je crawlai comme une désespérée en direction de la barque où finalement je montai, à bout de souffle, les jambes en sang et tailladées de toute part. Quant à la blessure de mon arcade, elle s'était réouverte.

J'avais avalé un peu de cette eau putride et je me sentais très malade.

Les maquilleurs arrivèrent avec des bouteilles d'eau distillée et nous nettoyèrent immédiatement le visage. Le bateau à moteur arriva lui aussi très vite et nous ramena d'urgence à l'hôtel. On nous fit doucher en utilisant un désinfectant spécial.

– Cette eau est dangereuse pour la santé, me dit une infirmière en appliquant un produit sur mes jambes. Vous pouvez attraper de sérieuses infections dans les marécages. Je leur ai dit de ne pas vous laisser aller dans l'eau mais ils n'ont pas voulu m'écouter.

En moins de deux jours, les coupures sur mes jambes s'étaient infectées. Certaines semblaient si horribles qu'en plaisantant, je disais avoir attrapé la gangrène; mais ce n'était pas drôle. Il nous restait encore trois semaines de tournage à faire, que cela nous plaise ou non.

Chaque jour, on recouvrait mes jambes de pansements et de bandages. Par-dessus ces bandages on fixait avec du sparadrap d'épais sacs poubelles en plastique. Et par-dessus tout cela, mes bottes de cuir. Je ne m'étais jamais sentie aussi mal et cela se voyait. Quel ne fut pas mon soulagement lorsqu'arriva le dernier jour du tournage où je devais, à mon tour, être étouffée par la reine des fourmis géantes. Six d'entre nous avaient déjà péri et nous n'étions plus que quatre survivants. Nous avions passé les fêtes de *Thanksgiving* et de Noël dans ce trou à rats et je mourais d'envie de repartir pour fêter la Saint Sylvestre à Los Angeles.

Nous tournions dans une petite raffinerie de sucre au cœur d'une toute petite ville de Floride. L'odeur de la canne était si forte et écœurante que nous devions tous porter des masques quand nous ne tournions pas.

J'avais été transformée en « fourmi-robot-zombie ». J'attendais alors que la reine me soufflât au visage son haleine magique qui allait faire de moi une créature encore plus zombiesque qu'avant (encore un grand bravo aux scénaristes!). Alors que je me tenais face à face avec l'horrible créature, Robert Lansing arrivait in extremis avec un revolver et exterminait le monstre. La fourmi mourait en s'écroulant sur moi.

La vue de ce grotesque insecte en papier mâché articulé sur des morceaux de bois tenus hors champ par les techniciens, était ridicule. Aussi à chaque fois que le monstre s'écroulait sur moi, je m'écroulais à mon tour de rire. M. Gordon me fit comprendre que si je ne me contrôlais pas, nous n'aurions jamais fini de tourner avant le 2 janvier. Argument qui me calma sur-le-champ. Je suis heureuse de le dire : ceci fut mon dernier film d'horreur. Du moins avec des fourmis...

Partout où j'allais, j'emmenais le script de « L'Étalon ». A la demande de la production j'allai au Festival de Cannes 77 faire de la promotion pour « L'Empire des fourmis », (je n'avais d'ailleurs pas grand-chose à en dire). Ce fut là-bas que j'amorçai la pompe.

A un déjeuner donné à l'hôtel Carlton par Sam Arkoff, j'étais assise à côté d'un homme, distributeur de films en Angleterre qui voulait se lancer dans la production.

Je l'attaquai immédiatement.

– Seriez-vous intéressé par la production d'un grand succès commercial, l'adaptation d'un best-seller écrit par ma sœur Jackie. Cela s'appelle « L'Étalon ». Le thème est disco et il y a des scènes d'amour très sensuelles, etc.

Je me montrai très enthousiaste et je savais exactement ce qu'il fallait dire pour l'avoir répété souvent.

En fait, cela peut m'intéresser. C'est exactement le genre de film que je voudrais produire, dit tranquillement George Walker, ancien boxeur et à présent directeur de Brent-Walker. Vous avez un script?

– J'en ai un justement à mon hôtel, le Majestic, c'est à côté, dis-je en souriant. Voulez-vous le voir?

– Oui, dit M. Walker. Voulez-vous venir dîner à la villa demain soir et nous pourrons en discuter?

– Je pense être libre, répondis-je en contenant ma joie.

En moins d'une semaine le projet fut lancé. A la Brent-Walker, ils adorèrent le scénario; ils n'étaient pas fous. Ils voulaient commencer à tourner deux ou trois mois plus tard. Ron et Oscar Lerman, le mari de Jackie, devaient coproduire et moi, tenir le rôle principal, à condition d'accepter de tourner quelques scènes nues. J'étais d'accord; je l'avais déjà fait en Italie. Et nous n'étions plus au temps de la préhistoire cinématographique. Regardez Diane Keaton dans « A la recherche de M. Goodbar », Jane Fonda dans « Barbarella », Glenda Jackson dans « Women in love » et des douzaines d'autres. Des actrices bien plus renommées que moi s'étaient déshabillées devant les caméras, c'était d'ailleurs presque devenu banal. En tout cas, cela ne nuisait plus à leur carrière comme cela aurait pu encore le faire une dizaine d'années auparavant.

J'étais sûre que le sexe et l'érotisme lanceraient le film. Ron le croyait aussi, ainsi que Brent-Walker. Une vaste campagne de publicité mise au point par Ron commença en Angleterre. « Elle a plus de quarante ans et se déshabille sur l'écran. » Je décidai de ne pas me laisser ennuyer par la presse. Nous étions censés en avoir fini avec le racisme et le sexisme. Il était temps d'en faire autant avec le complexe de l'âge.

Je savais à quoi je ressemblais. Je m'étais toujours regardée avec objectivité. C'était quoi cette soi-disant barrière des quarante ans? Avoir plus de quarante ans signifiait-il que c'était le déclin? Pas pour moi en tout cas. Et pour l'homme de la rue non plus. « L'Étalon » fut un énorme succès en Angleterre. Le film fit plus d'argent que les James Bond.

Je redevins célèbre en Angleterre. J'étais néanmoins toujours pratiquement inconnue aux États-Unis, mes premiers films ayant été, Dieu merci, oubliés.

Comme je n'avais jamais vraiment voulu devenir une star, je m'en fichais. Ce dont je ne me fichais pas, par contre, c'était le nouvel échec de ma vie privée, Ron et moi étions résidents aux États-Unis et avions quitté notre maison moderne de Carolyn Way pour un faux manoir Tudor à Beverly Hills. J'avais été obligée de passer pas mal de temps en Angleterre pour tourner le film et assurer ensuite sa promotion. Katy avait cinq ans; à cet âge, passer d'une école américaine à une école anglaise n'était pas trop grave pour sa scolarité. Par contre, c'était plus délicat pour Tara et Sacha qui, à quatorze et onze ans, en étaient à un stade plus avancé de leur éducation. Je ne voulais pas qu'ils quittent leurs écoles californiennes pour s'inscrire dans les écoles britanniques uniquement à cause de ma carrière. Tony et moi discutâmes de ce problème. Nous décidâmes que Tara et Sacha resteraient avec lui et sa nouvelle femme pendant que je travaillerais en Angleterre.

Les enfants trouvèrent la vie plus calme et rangée chez les Newley et décidèrent de vivre là plutôt que chez les Kass. Ceci me fit très mal. J'adorais mes enfants même si je n'étais pas la maman classique. J'aurais dû laisser tomber ma carrière pour eux, mais c'était d'autant moins possible que c'était moi qui, à présent, faisais bouillir la marmite.

Je continuai donc. Retour en Californie pour tourner avec Darren McGavin un film que l'on peut oublier sans honte « Zero to 60 », puis départ vers l'Afrique du sud pour en tourner un autre encore plus nul avec Richard Harris. Il était intitulé « Game for vultures »; le scénario était si compliqué que personne n'y comprit rien. « Fallen Angels » avait ensuite fait un gros succès à la télé. Aussi

Sir John Woolf, le président de la maison qui l'avait produit, me demanda de jouer dans une série qu'ils étaient en train de tourner. Elle s'appelait « Les contes de l'inattendu » de Roald Dahl. Il s'agissait d'histoires d'une demi-heure chacune, tirées des célèbres contes de Dahl. Dahl savait raconter des histoires. Ses contes étaient toujours ironiques et macabres. On me demanda de jouer dans « Neck », l'histoire d'une séduisante aristocrate, mariée à un imbécile. Elle cocufiait ce mari à tour de bras avec tous les jeunes hommes invités à venir passer le week-end dans leur propriété. Le seul qui avait un certain pouvoir sur elle, était le majordome Jelkes, joué par Sir John Gielgud.

J'étais ravie de cette distribution. J'étais une admiratrice de John Gielgud depuis le jour où, alors jeune étudiante à l'A.R.A.D., j'avais été invitée avec deux autres élèves à aller lui rendre visite ainsi qu'à Pamela Brown au théâtre Queen. Ils y interprétaient une pièce de Jean Anouilh : « The Lady's not for burning ». Après quelques jours de tournage de « Neck », je rappelai à Sir John notre première rencontre mais, et c'était bien normal, il ne se souvenait pas de cette journée.

Sir John – tout le monde l'appelait ainsi avec déférence – était un homme absolument charmant et spirituel, avec des manières délicieuses. Il avait le don de raconter avec esprit les anecdotes les plus intéressantes sur tous les acteurs et actrices avec lesquelles il avait travaillé. Comme nous étions en 1978 et qu'il avait démarré sa carrière dans les années 20, il avait donc cinquante années de souvenirs à raconter pour nous régaler. « Neck » était dirigé par Christopher Miles, le frère de Sarah, et dans la distribution il y avait aussi Michael Aldridge, Peter Bowles et un jeune acteur qui s'appelait Paul Herzberg. Celui-ci admirait tellement Gielgud qu'il gardait toujours sur lui un petit carnet sur lequel il notait tous les bons mots de ce dernier.

Bien que le tournage se situât à Greystone Manor,

dans le Nord de la campagne anglaise, nous étions descendus dans un hôtel placé juste au bord de mer dans une petite station balnéaire nommée Great Yarmouth.

Ma première rencontre avec Sir John eut lieu un matin venteux d'automne dans le car de régie devant l'hôtel, juste en face de la jetée où se trouvait un parc d'attraction. Le grand acteur était assis sur le siège avant et fumait. Splendide et solitaire.

– Bonjour, murmurai-je timidement en m'installant sur le siège arrière. J'étais en jeans et T-shirt.

– Bonjour, chère amie, fit-il en se retournant et en me tendant une main parfaitement manucurée. Il était très bien habillé dans un style un peu désuet comme les acteurs de la vieille école. Des pantalons de flanelle grise, des chaussures impeccablement cirées – vieilles mais manifestement de qualité supérieure –, une chemise, une cravate, un pull et une veste de tweed. Élégant, alors que la plupart des comédiens avec qui j'avais travaillé ressemblaient tous le matin à des clodos. Pendant les vingt minutes de trajet, j'essayai de soutenir sa conversation brillante. J'appréciais sa compagnie.

Nos échanges, s'ils n'étaient pas trop matinaux, me stimulaient beaucoup.

Un jour, un journaliste m'interviewa; c'était par une belle journée d'automne et nous étions assis dans des fauteuils de rotin au milieu du jardin. Le journaliste me posa donc les habituelles questions ennuyeuses et prévisibles, et il termina avec le classique :

– Quel âge avez-vous réellement, mademoiselle Collins? A ce moment-là, Gielgud qui était en train de lire le *Times* à côté, interrompit sa lecture et s'adressa au journaliste :

– Il ne faut jamais demander son âge à une femme de plus de vingt-cinq ans, particulièrement à une actrice, jeune homme.

– Et pourquoi pas, Sir? demanda l'imbécile ironiquement.

– De mon temps, dit Sir John, on considérait qu'il était très mal élevé de parler de l'âge d'une femme. Alors lui poser directement la question... Pensez-vous que les grandes actrices du passé auraient pu jouer Juliette ou Ophélie si le public avait su qu'elles avaient plus de trente ans, parfois plus de cinquante. Illusion, jeune homme, illusion. Le public devrait en savoir le moins possible sur les acteurs et actrices.

Mouché, le journaliste s'en alla et je remerciai Sir John pour son aide. Les gens ont toujours une attitude négative face au problème de l'âge. C'est pourquoi je pense qu'une actrice doit avoir le droit de rester discrète à ce sujet. Chose pratiquement impossible à notre époque car, malheureusement, le public et les médias veulent tout connaître et, en particulier, l'âge des gens.

Un jour, je donnai à Gielgud la copie d'un script que je projetais de monter et lui demandai de lire le rôle du vieux jardinier italien à la retraite. Il me rendit le script en me disant qu'il regrettait énormément, mais il ne pouvait pas envisager d'interpréter le rôle car il n'aurait pas été crédible.

– Mais vous êtes un tel acteur, lui dis-je, que vous pouvez jouer n'importe quoi.

– Faux, chère amie. Regardez mes mains ; ce ne sont pas les mains d'un ancien jardinier. Ralph Richardson pourrait parfaitement tenir ce rôle. Il peut ressembler à un jardinier. Par contre, je pourrais jouer un gentleman tombé dans la misère. Vous devez vous rappeler qu'un acteur est la première victime de son apparence physique et il doit y penser avant d'accepter des rôles.

Je fis oui de la tête et il continua :

– Vous, par exemple, vous ne pourrez jamais interpréter une femme laide parce que vous ne pouvez vous débarrasser de votre physique. Il serait trop difficile de jouer contre cela, à moins d'utiliser des tonnes de maquillage et de costumes.

Pourtant, quatre ans plus tard, j'eus le plaisir de m'éloigner de mon image habituelle en jouant une vieille sorcière dans la pièce tirée de « Hans et Gretel ».

Et vint « The Bitch ». Chaque fois que l'on m'interroge sur les regrets que j'aurais pu avoir dans ma vie – je n'en ai pas – je pense néanmoins à ce film et me demande à chaque fois pourquoi, mais pourquoi, ils lui ont donné un tel titre. Celui-ci, bien sûr, m'a poursuivie dans la presse anglaise pendant des années. (The Bitch : La Salope). Je suppliai Brent-Walker d'utiliser un autre titre. Mais cela ne servit à rien. Avec un tel titre, pensaient-ils, ils feraient un succès à tout coup. Erreur... Tourné en 1978, un an après L'Étalon, « The Bitch » ne fut qu'une mauvaise copie carbone. Tout y était médiocre : le script, le directeur, l'acteur principal, même les costumes.

Ron et Oscar étaient les producteurs. Je demandai à Ron de ne pas commencer le film avant que le script n'ait été revu et travaillé. C'était indispensable. Mais, pas plus qu'il n'avait voulu changer de titre, il n'accepta de faire réécrire le script. Ils contrôlaient tout et George était connu pour hurler souvent à qui voulait l'entendre : « Merde à l'art et à la créativité, ce n'est pas ça qui fait vendre les billets. Du cul et des nichons, oui! »

Nous nous disputâmes souvent au sujet de scènes de nu que j'estimais superflues dans « L'Étalon » ou « The Bitch ». Je ne suis pas contre la nudité à condition qu'elle apporte quelque chose à l'histoire, qu'elle ne soit pas balancée gratuitement.

Dans mon contrat, une clause stipulait que je devrais tourner une suite à « L'Étalon » si les producteurs estimaient que c'était nécessaire. Cette clause ne me ravissait pas. Je savais que, dans « L'Étalon » on s'était servi de moi, mais je savais aussi que le film dans son ensemble était plutôt bien fait et divertissant. Il décrivait le monde des discothèques londoniennes des années 70 et en disait long sur la sexualité féminine. Une des raisons pour laquelle « L'Étalon » avait été un tel succès et avait provoqué tant de controverses était l'attitude de Fontaine. Elle pensait comme un homme et se servait des hommes de la même façon qu'ils s'étaient servis des femmes depuis toujours. Mais « The Bitch » n'était qu'une exploitation vulgaire. Cela ne me fit pas de bien. Je fus d'ailleurs souvent raillée par les comiques dans les shows de télévision.

Un jour, j'étais assise près de Kirk Douglas sur le yacht de Brent-Walker à Cannes. Nous étions en mai 79 et le festival battait son plein. Un petit avion passa dans le ciel en traînant une banderole qui disait : « Joan Collins est La Salope ».

– Ça y est, petite, cela signifie que tu es une star, dit Kirk; je le connaissais depuis que j'étais arrivée à Hollywood.

– Oh! Kirk, ils auraient plutôt dû inscrire : « Joan Collins joue La Salope ». Je déteste ce mot. C'est dégradant. Ça te plairait de voir écrit : « Kirk Douglas est L'Assassin »? Il réfléchit quelques secondes et dit que je n'avais pas tort après tout. Quant à Brent-Walker, ils me devaient toujours de l'argent sur « L'Étalon ».

Pour le public, j'étais comblée, j'avais tout : un mari séduisant, trois beaux enfants, une carrière à succès et de l'argent. Mais tout n'était pas aussi rose au paradis.

Depuis quelque temps, je soupçonnais Ron de prendre de la drogue. Ses humeurs étaient très changeantes. Souvent, il sautait des repas et restait debout toute la nuit. J'étais consternée. Avec la drogue, le mari d'une de mes amies avait complètement détruit sa vie, et celle de son épouse. J'avais toujours eu peur des drogues.

En fait, je détestais tout ce qui pouvait rendre les gens dépendants et faibles.

J'avais, depuis leur plus jeune âge, expliqué à mes enfants que les drogues n'amenaient que le malheur dans la vie. J'avais un jour sniffé de la poudre blanche lors d'une party à Saint-Tropez, dans les années 60. Je n'en avais pas gardé un bon souvenir et mon nez m'avait brûlée ensuite pendant trois semaines! C'était la première et dernière fois que j'essayais quelque chose de ce genre.

J'avais aussi tiré une ou deux fois sur un joint que l'on passait, mais je trouvais tout cela infantile. Je préférais garder le contrôle de moi-même. Les paradis artificiels ne m'attiraient pas.

J'avais été très touchée par le départ de Tara et Sacha qui avaient choisi de vivre avec leur père. Ils me manquaient énormément. Je me confiais à Ron qui m'avait toujours écoutée avec sympathie et compréhension. Quelquefois, je sanglotais pendant des heures. J'étais également très peinée par l'attitude de la presse anglaise à mon égard à cause des scènes de nu dans « L'Étalon ». Je ne comprenais pas ce mélange de sarcasme et d'admiration.

Lorsque la prestigieuse troupe du Chichester Festival Arts Theatre m'invita pour la saison d'été, j'en fus ravie et très flattée. Le théâtre me manquait depuis longtemps. J'avais toujours eu envie de remonter sur une scène, mais il m'était très difficile de me faire accepter, particulièrement avec l'image que les médias avaient donné de moi.

La pièce s'intitulait « The last of Mrs. Cheney ». C'était une comédie légère des années 20, écrite par Frederick Lonsdale. Gladys Cooper s'était alors distinguée dans le rôle principal. Simon Williams, un excellent acteur de comédie allait jouer Lord Dilling. Nous nous retrouvâmes tous un jour de février 1980 dans les studios de répétition de Sheperds Bush pour la première lecture. J'étais très nerveuse car ils étaient tous des acteurs de théâtre très respectés, avec des années d'expérience derrière eux. J'étais une « vedette de cinéma ». Je craignais qu'ils me prennent aussi pour « La Salope ». Je n'arrivais pas à me débarrasser de cette épithète. Quant à « Vedette de cinéma » cela signifiait généralement que vous étiez incapable de jouer.

Je n'étais pas montée sur une scène depuis l'âge de dix-neuf ans. C'était un défi terrifiant mais que je relevai avec détermination.

Plusieurs de mes amis acteurs (de cinéma) furent sidérés de me voir prendre un tel risque dans ma carrière. J'allais au-devant des ennuis, des critiques qui seraient écrites au vitriol que je sois bonne, mauvaise ou quelconque. « La Salope » au Chichester! Certains ricanaient déjà...

Roger Moore ne comprenait pas comment je pouvais me placer dans une position aussi vulnérable alors que ma carrière cinématographique était à nouveau florissante en Angleterre. Moi, je savais que mes jours de « Vedette de cinéma » étaient comptés. Il fallait qu'on m'accepte comme actrice. C'était ce que je voulais désormais. Peut-être même grâce à « L'Étalon » et « La Salope », allais-je maintenant, réaliser mes ambitions et terminer ma carrière sur les planches... L'été 1980 fut un des plus heureux de ma vie. Tara et Sacha étaient revenus habiter avec nous. Katy travaillait formidablement bien en classe. Ron bûchait sur plusieurs projets de production avec moi. Je jouais avec la troupe de Chichester Festival Theatre. « The last of Mrs. Chesney » fut jouée à guichets fermés chaque soir. Ce fut le plus gros succès de la troupe depuis que John Gielgud y avait joué dix-neuf ans auparavant.

La plupart des critiques durent admettre, à contrecœur, que je savais jouer. J'interprétais le rôle d'une femme ordinaire, pas une salope, pas une vamp. Cela étonna beaucoup de monde.

A cause de l'énorme succès de la pièce à Chichester, Triumph Productions décida de la monter à Londres avec une production plus importante. Les décors et les costumes devaient être améliorés. Le légendaire dessinateur de mode Erté (Romain de Tirtoff) âgé de quatre-vingt-dix ans, accepta de me faire mes robes. J'étais ravie. Il insista pour que nous venions le voir à Paris afin de discuter des costumes.

Le 1er août 1980, Ron, Tara et moi partîmes pour Paris. Cet après-midi-là, l'impensable se produisit.

A 2 heures du matin le 2 août 1980, le téléphone sonna dans notre suite de l'hôtel Lancaster. Je dormais, ainsi que Tara dans la chambre voisine. Ron venait de rentrer du cinéma. Je l'entendis vaguement décrocher le téléphone et dire :

– Un accident – Katy? Grave?

Je me dressai sur le lit, il me regardait avec une expression attérrée.

– C'est Katy, elle a été renversée par une voiture, elle a été durement touchée à la tête.

– Non! m'entendis-je hurler, non! non! non!

J'aurais voulu me rendormir et me réveiller plus tard. Découvrir que j'avais fait un cauchemar. Il fallait que ce soit un cauchemar.

– Pas mon bébé, pas Katy!

Je commençai à hurler. Je perdais la raison. J'étais devenue comme un animal. Je ne me contrôlais plus. Je ne supportais pas d'être loin de ma fille adorée au moment où elle avait besoin de moi.

Tara entra dans la chambre, terrifiée par la vue de sa mère hystérique. Elle essaya de me réconforter. Je me sentais physiquement malade – je l'étais –. Pendant tout ce temps je suppliais qu'on me réveillât de ce cauchemar. Ron appela une compagnie aérienne pour nous ramener à Londres aussi vite que possible. J'ouvris le réfrigérateur et trouvai des bouteilles miniatures de Cognac et de scotch. J'en bu deux ou trois pour me calmer. Il me fallait reprendre mon sang-froid, analyser la situation. Nous devions quitter Paris, vite.

Nous appelâmes l'hôpital et parlâmes au docteur. Il ne semblait guère optimiste. Il me passa notre gouvernante : L'hôpital et la police n'avaient pas réussi à nous trouver (Jackie était à Los Angeles; mon frère et mon père étaient sortis). Ils avaient donc appelé John Gold, un ami proche; ses enfants fréquentaient l'école de Katy. Il avait appelé la directrice. Elle s'était précipitée au chevet de Katy et était restée avec elle depuis.

Elle me rassura. Elle paraissait calme. Elle me parla comme si Katy était en de bonnes mains et allait vite se remettre.

Nous appelâmes les ambassades anglaises et américaines à Paris. Ils ne pouvaient rien faire pour nous aider à partir plus vite de Paris. Le concierge de l'hôtel non plus ne pouvait rien faire. Ni British Airways, ni Air France. Nous étions coincés à Paris pour encore sept heures, jusqu'à 9 heures du matin, heure de notre vol pour Londres. Pendant ces heures, n'importe quoi pouvait arriver à Katy, c'était insupportable.

Nous appelâmes plusieurs amis qui possédaient des avions privés. Ils étaient tous absents. Bien sûr : nous étions le 2 août et tout le monde était en vacances. J'appelai mon père à Londres.

– Ne crois-tu pas que Roger Whittaker pourrait venir nous chercher avec son avion? suppliai-je, sachant que Roger était pilote.

Papa en doutait. C'était la nuit de samedi à dimanche, et si Roger avait pris seulement un verre, il n'était plus en état de piloter. Papa promit qu'il allait néanmoins essayer de le joindre.

Une demi-heure passa. J'étais allongée sur le sofa, en état de choc. Tara me passait de la glace sur le cou et le visage. Ron essayait de paraître calme et fort mais il se rongeait les ongles jusqu'au sang.

A 3 h 30 le téléphone sonna, j'entendis une voix merveilleusement calme.

– Joan, c'est Roger. Sois au Bourget à 5 h 30, je viens te chercher!

Pendant les deux heures qui suivirent, je fus envahie par toutes sortes d'émotions et de sentiments. Soulagée de pouvoir enfin quitter Paris, désespérée de savoir Katy souffrante et dans un état critique. Culpabilité. Comment avions-nous pu partir pour Paris en la laissant derrière nous – même avec des gens en qui nous avions confiance?

Fureur. Comment était-ce arrivé. Qui était responsable?

Douleur. Notre enfant était à l'hôpital dans un état que nous ignorions. Et finalement, l'horrible peur d'arriver trop tard.

Pendant deux heures nous arpentâmes la suite de long en large. Nous essayions de nous réconforter mutuellement mais j'étais de loin celle qui réagissait le moins bien; j'étais très choquée. Je m'accrochais à des choses ridicules – comme lorsqu'on est enfant et que l'on marche sur un sol dallé en prenant bien soin de ne pas mettre le pied sur les rainures; on se dit que si on en touche une, quelque chose de mal va arriver. Je me disais alors que si j'allais vomir, Katy allait s'en sortir. Cela peut sembler ridicule mais une voix au fond de ma tête me disait que je devais le faire.

Pendant que la limousine, mise à notre disposition par le concierge de l'hôtel, traversait les rues sombres de Paris vers l'aéroport du Bourget, la même voix me disait :

– Si le feu reste au vert, elle vivra...

Non, non...

Je fermai les yeux. Je ne voulais pas entrer dans ce jeu de superstitions. Je m'accrochais à Ron, dur comme un roc. Très fort, très calme. Néanmoins je savais qu'en son for intérieur, il était à l'agonie. Katy était sa fille unique, il l'adorait.

Nous arrivâmes au Bourget à 5 heures. Il faisait

toujours nuit. Le personnel au sol ne savait rien au sujet de la venue de Roger. Tara et moi tournions en rond dans le petit hall d'accueil. Je fumais à la chaîne en sanglotant. J'étais dans un état lamentable. Je portais cette ridicule petite robe complètement inappropriée que j'avais achetée à Paris la veille. Rayée rouge et blanche comme un berlingot, avec des sandales blanches et une visière de soleil. Mon costume de voyage! Mais cela n'avait aucune importance...

Nous scrutâmes le ciel pendant une éternité. Pas d'avion. Le ciel commençait à s'éclaircir. L'aube arrivait. Notre enfant était-elle toujours en vie?

Nous appelâmes l'hôpital. Mon frère Bill était là-bas avec Robon Guild, un ami. Ils m'assurèrent que Katy s'accrochait à la vie mais je savais qu'ils essayaient de nous rassurer.

A chaque information qu'il nous donnait, cela paraissait encore pire que prévu.

Dommage du cerveau. Je ne savais pas trop ce que cela voulait dire exactement mais cela semblait épouvantable. Coma. Était-ce un très long sommeil, ou, comme je l'avais souvent entendu, l'antichambre de la mort?

Tara continuait à scruter le ciel. Elle était courageuse, ma fille de seize ans. Ce n'avait pas été drôle pour elle non plus.

– Ne te fais pas de soucis maman, me disait-elle. Katy est une petite fille forte. Rien ne pourra l'abattre tu dois le croire, il le faut.

Elle continua à tenter de me remonter pendant cette interminable attente.

Ron et moi nous regardions sans rien nous dire.

Nous nous tenions la main. Nous pleurions. De temps en temps, je courais aux toilettes car j'étais malade à nouveau. J'avais du être malade trois fois dans ma vie. Je fumais un millier de cigarettes et priais désespérément.

L'avion de Roger Whittaker se posa finalement. J'étais au bord de la crise nerveuse et Ron s'était rongé tous les ongles jusqu'au sang. Je tombai dans les bras de Roger et éclatai en sanglots. Il me secoua et me rabroua en me disant que je devais reprendre le contrôle de moi-même, penser positivement. Il criait presque, bizarrement, cela m'aida à me calmer.

Nous parlâmes à peine dans le petit avion pendant le trajet qui dura une heure et demie. Ron et moi nous agrippions les mains. Il essayait très fort de ne pas se laisser aller. Il voulait rester fort pour moi. Pour Katy. S'il y avait toujours une Katy...

Nous bûmes du café que Roger avait amené dans une bouteille thermos. J'essayais de repousser mes pensées macabres et de prier. De prier un Dieu dont je n'avais jamais vraiment admis l'existence. J'étais athée. Et maintenant je priais avec ferveur pour la vie de ma fille.

Arrivés à l'aéroport de Londres, on nous fit passer rapidement les formalités de douane. Bill et Robin nous y attendaient. Tara et moi partîmes avec Bill, et Robin insista pour prendre Ron dans sa voiture.

Nous traversâmes à toute allure les rues désertes de ce dimanche matin. Bill me prépara au fait qu'ils avaient dû raser le crâne de Katy. Il m'assurait sans arrêt qu'elle s'en sortirait. Je sentais qu'il me cachait la vérité. Nous passâmes devant un cimetière. Des milliers et des milliers de tombes grises et blanches. Je détournai la tête en sanglotant. Tara était très calme et j'essayais de la réconforter. Nous nous serrâmes les mains très fort. Elle avait huit ans de plus que Katy mais Katy adorait sa grande sœur et Tara l'aimait aussi.

Nous courûmes à travers les couloirs de l'hôpital jusqu'au centre de réanimation. Je ne sais pas à quoi je m'attendais mais je ne pus croire ce que je vis. Mon enfant était là reposant sur un lit, nue jusqu'à la taille. Elle était blanche. Elle était toute petite. Elle ne ressemblait plus à cette enfant joyeuse de huit ans, mais à un bébé. Elle avait des tuyaux dans le nez, dans les poignets. Elle respirait artificiellement par un tuyau à oxygène fixé dans sa gorge. Elle était immobile comme une pierre, ses yeux étaient fermés, sa respiration rauque. Son poing droit était crispé et posé près de sa tête. Je pris sa main droite dans la mienne et la serrai.

– Katy, ma chérie, maman est ici. Je suis là, chérie. Si tu peux m'entendre, serre ma main. S'il te plaît, Katy, serre ma main.

Du fin fond de son être, elle dut entendre cet appel atavique, elle serra ma main. Je savais qu'elle m'avait entendue. Je savais qu'elle allait vivre.

Mais dans quel état? Nous ne connaissions pas la réponse à cette question. Ron arriva quelques minutes plus tard. Lui aussi resta un moment au chevet de Katy. Pendant qu'il était avec elle, j'allai voir le Dr Lionel Balfour-Lynn, le pédiatre qui l'avait fait naître.

– Quelles sont ses chances? demandai-je.

Ses yeux se remplirent de larmes.

– Soixante pour cent de chances qu'elle survive. Quarante pour cent contre elle.

J'éclatai à nouveau en sanglots. Ron sortit du centre de réanimation et me ramena à la porte. Nous nous tenions accrochés l'un à l'autre en pleurant. Katy ne pouvait pas mourir. Katy ne devait pas mourir. Nous ferions tout ce qui était en notre pouvoir pour la faire vivre. Nous ne pouvions pas accepter le diagnostic pessimiste des docteurs. Il nous fallait avoir confiance, il nous fallait l'aimer très fort, il nous fallait envoyer des ondes positives. Nous nous dîmes tout cela en sanglotant. Cinq minutes plus tard, nous retournâmes voir notre fille. J'avais séché mes larmes et Ron les siennes. Plus jamais elle ne nous verrait pleurer. A partir de ce moment-là Katy ne recevrait de nous que des choses positives, la ferme conviction qu'elle allait se remettre sur pied et guérir.

Voici ce que Ron dit au sujet de ces jours horribles :

« Joan était pétrifiée et me demanda de décider ce qu'il y avait à faire avec le chirurgien, Mme Hunt. Joan avait parlé pratiquement sans arrêt à Katy, toujours dans le coma, pendant environ soixante douze heures. Je crois que Katy pouvait entendre le voix de sa mère et c'est ce qui la maintint en vie pendant cette période critique. Le Dr Hunt m'expliqua en détail l'opération qu'il serait nécessaire de pratiquer lorsqu'on débrancherait Katy de l'appareil lui permettant de respirer. C'était une opération courante, une trachéotomie. Elle consistait à faire une ouverture dans sa gorge afin qu'elle puisse respirer, ce jusqu'à ce que le cerveau refonctionne normalement et envoie les signaux nécessaires pour qu'elle respire correctement par elle-même.

Selon Mr Illingworth l'opération n'était pas nécessaire car il pensait que Katy pourrait respirer à nouveau seule. Dr Hunt était de l'avis contraire – mais M. Illingworth avait la décision finale. Il fut néanmoins établi, et je signai un document le stipulant, que moi, Ron Kass, prenais l'entière responsabilité des événements si quelque chose tournait mal. (Je faisais instinctivement confiance en Robin Illingworth. Je savais mieux que quiconque que derrière son attitude froide et modeste se cachait un des meilleurs spécialistes du cerveau.)

La décision d'opérer ou de ne pas opérer devait être prise au moment où l'on débrancherait Katy de son système de respiration artificielle. Si Katy, alors, ne pouvait pas respirer, j'autoriserais immédiatement le Dr Hunt à procéder à la trachéotomie.

M. Illingworth se tenait assez loin pour ne pas gêner, mais assez prêt pour me dire s'il me fallait ordonner l'opération ou non.

Cinq personnes, commandées par le Dr Hunt avaient

monté le matériel nécessaire pour opérer dans la chambre de Katy car il aurait été trop dangereux qu'on essaie de la déplacer.

La tension était extrême.

Lentement ils retirèrent le tuyau enfoncé dans sa gorge tandis que le Dr Hunt enfilait ses gants.

Lorsque le tube fut finalement sorti, on entendit une respiration sourde et rauque qui sortait de la gorge de Katy. J'étais inquiet, le bruit de sa respiration ne semblait pas naturel. Je regardai Robin, guettant son conseil. Un sourire de soulagement illuminait son visage.

Le Dr Hunt avait l'air légèrement surpris, comme quelqu'un qui, d'habitude, ne se trompe jamais. Mais Robin non plus ne se trompait jamais. Elle ne fit aucun commentaire, ordonna juste à son équipe de ranger tous les instruments et quitta la pièce rapidement. Les gens doués comme le Dr Hunt ont quelquefois des problèmes d'égo. Elle aurait dû être soulagée de constater que Katy pouvait respirer toute seule... C'était très étrange... Mais notre Katy était sauvée. »

Pendant six semaines, Ron et moi habitâmes dans une caravane garée sur le terrain juste à côté de l'hôpital. Je passais tout mon temps aux côtés de Katy. J'étais toujours en état de choc, je savais qu'en respirant sans assistance, passé le cap des soixante douze heures cruciales, elle allait survivre. Mais il fallait qu'elle reprenne conscience, qu'elle sorte de son coma le plus vite possible. Ron et moi lui avions simplement insufflé la vie. Je me servais de toute ma foi, l'espoir et la volonté qu'il y avait en moi.

Au fur et à mesure que les semaines passaient et malgré les pronostics pessimistes des docteurs en face à ce coma qui se prolongeait, je ne perdais pas espoir. Elle allait survivre. Mieux, elle allait revivre tout à fait normalement, comme avant l'accident.

– Elle va peut-être rester ainsi jusqu'à la fin de ses jours, me murmuraient-ils. Elle va peut-être vivre comme un légume. Il faudra que vous la mettiez dans un institut.

Combien de fois n'ai-je pas entendu cela de la part de docteurs, de nurses, d'internes et même d'amies. Cela ne m'atteignait pas. Nous devions la faire guérir de toute notre force et avec l'aide de Dieu.

Chaque nuit, lorsque je m'écroulais de sommeil pendant quatre ou cinq heures, Ron allait prendre la relève auprès de Katy.

Après quelques semaines, nous commençâmes à rassembler les pièces du puzzle et découvrîment comment tout ceci était arrivé.

Katy habitait chez sa meilleure amie, Georgina et la mère de celle-ci dans une résidence huppée à Ascot, là où il y avait les célèbres courses de chevaux. Jane m'avait assuré qu'elle s'occuperait de Katy « comme de sa propre fille » pendant que je serais à Paris.

Un garçon de dix-huit ans, stupidement nommé Collins, reconduisait son propre père chez eux. Le père en question venait de passer un check-up à l'hôpital à cause d'un souffle au cœur. Le jeune Collins, lui, voulait devenir docteur, spécialisé en neurologie.

La nurse qui surveillait les deux filles avait eu un moment d'inattention lorsqu'elles étaient parties en courant à la poursuite d'un petit garçon de douze ans qui les taquinait. En se tenant la main, elles arrivèrent sur la route en passant par une ouverture dans le grillage qui entourait le jardin.

Katy fut touché par le pare-choc de la voiture et projetée dans le virage.

Une femme, qui avait assisté à la scène de sa fenêtre, s'était précipitée en courant, une couverture à la main. Deux bobbies arrivèrent sur les lieux en quelques minutes et avec leur talkies-walkies appelèrent immédiatement une ambulance.

Georgina hurlait de toutes ses forces alors que Katy reposait sans expression, les yeux grands ouverts.

L'ambulancier, un vétéran de la Deuxième Guerre mondiale, reconnut immédiatement les symptômes de la commotion cérébrale. Une deuxième ambulance arriva une minute plus tard pour emmener Georgina, tandis que Katy était déjà en route vers l'hôpital d'Ascot.

C'est là qu'ils rasèrent complètement le crâne de Katy au cas où il aurait fallu ouvrir la boîte crânienne.

Pensant que le cas était sans espoir, le médecin de service appela l'hôpital d'Action. Dieu était avec nous; l'appel fut reçu par le Dr Hussein, un étudiant originaire de Ceylan qui travaillait avec l'éminent spécialiste du cerveau, Mr Robin Illingworth.

Le Dr Hussien évalua parfaitement la situation au téléphone. Il comprit que Katy ne pouvait pas être traitée comme il le fallait dans ce petit hôpital de campagne, qu'elle devait être transportée d'urgence dans un endroit mieux équipé. On lui rétorqua qu'elle ne survivrait probablement pas aux deux heures de trajet entre Ascot et Acton, surtout avec la circulation intense du samedi soir.

On appela la police et deux voitures de police furent envoyées pour ouvrir la route à l'ambulance de réanimation. L'infirmière Reed, qui accompagnait Katy, nous écrivit plus tard à quel point elle se sentait mal car, d'après son expérience – elle connaissait bien ce genre d'accident – Katy n'avait aucune chance de s'en sortir. Ce diagnostic sombre allait accompagner Katy pendant des semaines. Tout le monde tomba amoureux de cette petite fille dans le coma, mais personne ne pensait qu'elle survivrait.

Le trajet d'ambulance, qui normalement durait deux heures, fut accompli en trente-cinq minutes grâce aux voitures de police qui grillèrent tous les feux rouges et les stops!

Elle fut immédiatement amenée en salle d'opérations où on lui fit faire des examens au scanner.

Vers minuit, le Dr Robin Illingworth arriva. Pour venir, il avait dû interrompre un week-end de repos qu'il n'avait pas volé. Et personne ne savait que la mère de cette enfant de huit ans était une célébrité. Tout ceci avait été accompli naturellement. C'est aussi cela l'Angleterre. On peut critiquer les Anglais pour de nombreuses choses, mais si jamais je me retrouve dans une autre situation désespérée, je veux un soldat anglais à mes côtés. C'est l'idéal en cas de crise.

Lorsque Katy arriva au Central Middlesex Hospital, la femme de ménage, Mae, fondit en larmes. Plus tard, elle me dit :

– J'ai vu cette belle petite créature arriver. Je travaille au centre de réanimation depuis de nombreuses années. Je peux dire d'habitude si quelqu'un va vivre ou mourir. Je savais que le ciel voulait cette petite beauté. Je savais qu'elle ne passerait pas la nuit, et je ne m'étais jamais trompée. J'ai pleuré...

Mae me raconta cela alors qu'elle faisait le ménage dans ma caravane un après-midi, pendant que je me reposais.

– Je suis tellement heureuse de m'être trompée, dit cette généreuse femme noire. C'est la première fois que je me trompe.

Petit à petit, en quelques instants rapides, mais si précieux, Katy revint progressivement à la vie. C'était un miracle. Le huitième jour, elle ouvrit les yeux. Ils étaient sans vie mais c'était quand même un merveilleux signe. Elle avait énormément maigri. Elle ressemblait à ces photos prises des malheureux que l'on trouva dans les camps de concentration. On aurait dit un squelette. Après quelques semaines, elle commença à grogner, comme un animal.

C'était un autre signe positif, ses cordes vocales pouvaient fonctionner.

Après six semaines, l'hôpital nous dit qu'ils ne pouvaient rien faire de plus pour elle. En ce qui les concernait, elle était guérie et il fallait qu'elle rentre chez elle. Cela ne pouvait être que la meilleure des thérapies : la maison, Sam, son chat, sa chambre à coucher avec son papier rouge et ses animaux en peluche, ses livres et ses photos de chevaux.

Lorsque Ron transporta ce petit corps dans sa chambre, ses yeux semblèrent se remplir de joie. Elle savait qu'elle était rentrée à la maison, mais elle ne parlait toujours pas.

Pendant les mois suivants, les progrès de Katy furent miraculeux. Elle était surveillée jour et nuit par une nurse. En une semaine, elle recommença à marcher. C'était comme si nous avions à nouveau un bébé. J'allai dans un magasin de jouets lui acheter tous ces jouets conçus pour stimuler les réflexes et l'intelligence des nouveau-nés.

Chaque jour, je lui montrais des objets et demandais à Katy ce que c'était. Silence. Aucun son ne sortait de sa bouche. Mais ses yeux observaient, savaient.

– Qu'est-ce que c'est, Katy? lui demandai-je en lui indiquant un sabot de cheval.

Elle adorait monter à cheval.

Un murmure. Avais-je bien entendu? « Sabot ». C'était à peine audible mais c'était un mot – le mot juste. Elle allait se remettre.

La semaine suivante, une phrase : « j'ai soif ». Quelques jours plus tard, un sourire. Encore quelques jours et ce fut son premier rire.

Pas encore de larmes. Il lui fallut six mois pour être à nouveau capable de pleurer. Son état s'améliorait. Lentement, très lentement mais sûrement.

Ron et moi étions exténués, physiquement et moralement. Pour m'aider à traverser ce cauchemar, j'avais commencé à boire. Beaucoup. Du vin blanc, du whisky.

Et je fumais sans m'arrêter. Ce que Ron prenait pour tenir le coup, je ne voulais pas le savoir.

La vie devait continuer. Il nous fallait payer nos factures. Des factures énormes. Les thérapistes, les docteurs, les nurses, les lits spéciaux, les fauteuils à roulettes... la liste semblait sans fin.

Pendant que Katy était à l'hôpital, nous avions décidé que je continuerais le théâtre et que je jouerais « Mrs Cheyney » à Londres. Les répétitions commencèrent au Cambridge Theater, le jour où elle dit son premier mot. A la conférence de presse, j'étais transportée de joie et n'en finissais plus de raconter les progrès de mon enfant.

Le lendemain, je vis des photos de moi dans les journaux; des photos prises pendant la conférence de presse. J'étais épouvantable. Je m'arrêtai de boire immédiatement et me mis à la diète. Je savais toujours m'autodiscipliner. J'étais encore une actrice professionnelle et j'avais le devoir de me maintenir en forme, aussi bien pour moi que pour ma fille. Et aussi pour la pièce.

Le soir de la première, Katy vint en coulisses. Elle avait écrit un petit mot, le premier depuis son accident « Chère maman et papa, je vous aime tant. »

L'écriture était tremblante, mais elle l'avait écrite seule. Un tel effort venant d'une petite fille de huit ans, qui avait eu le cerveau touché, était incroyable. J'étais bien plus fière d'elle que des rappels nombreux obtenus ce soir-là.

En novembre, afin de célébrer ses progrès, nous fîmes une photo pour la carte de vœux de Noël. Katy portait une robe de velours vert avec un col blanc. Elle était assise près d'un sapin de Noël et, en souriant, tenait, serré contre elle, un animal en peluche. Le message à l'intérieur était simple :

« En ce jour de Noël, nos rêves se sont réalisés, puisse-t-il en être de même pour les vôtres. »

« The Last of Mrs Cheyney » ne fit pas un énorme succès. En cet automne de 1980, la crise commençait à toucher les théâtres londoniens. Le public ne semblait pas très attiré par une pièce de 1920. Où étaient les loyaux supporters et fans de Lonsdale qui avaient rempli le théâtre de Chichester? Adieu nom en néons sur le fronton du théâtre et rebonjour la télévision. Oh, non!

Je compris que cela allait vraiment très mal le jour où je demandai au régisseur une avance plus importante qu'a l'accoutumée. C'était un mois avant Noël. J'avais besoin, pour commencer à acheter des cadeaux, d'un peu plus que les cent livres qu'il me donnait d'habitude chaque vendredi soir.

Il toussa nerveusement et eut l'air très embarrassé.

– Euh, je crains Joan de ne pouvoir rien te donner du tout.

– Pourquoi David? demandai-je.

J'étais assise dans ma loge joliment décorée avec des palmiers verts et blancs. Nous étions à quelques minutes du lever de rideau.

– Parce que, hum – parce que Duncan Weldon et Louis Michaels ont mis une clause dans le contrat stipulant que si la production commence à perdre de l'argent, ton salaire sera retenu pour compenser le déficit.

J'étais sidérée.

– Tout mon salaire?

Il fit oui de la tête.

– Si tu veux, je peux t'avancer un peu d'argent si tu as envie de payer ta tournée ce soir au pub.

Je fis non de la tête et le remerçiai. Il sourit, gêné, et sortit. Je devais m'occuper de ce problème sur le champ. J'appelai mon agent. Je ne savais que penser. J'étais la vedette et Ron, un des producteurs; si nous perdions de l'argent pourquoi était-ce moi qui devrais en faire les frais? J'étais verte de rage.

De toute façon, nous nous arrêtions en janvier. La

pièce marchait assez bien mais la production coûtait cher et Triumph prétendait perdre de l'argent. Néanmoins, nous étions pratiquement pleins chaque soir. Pendant l'entr'acte, mon ami Barry Langford vint me voir. Barry avait été mon secrétaire et s'était occupé de mon fan-club pendant des années. Il était venu travailler avec le Cambridge pendant la durée de « Mrs Cheyney ». Je lui demandai si cela marchait vraiment aussi mal. Il ne le pensait pas. Il commença alors à compter chaque soir les spectateurs dans la salle afin que je puisse vérifier avec les comptes de la caisse chaque samedi. Je fumais nerveusement. Se passait-il quelque chose de louche?

Pendant les cinq semaines suivantes. Je jouai chaque soir avec le Cambridge Theater gratuitement.

Je suppliai Ron qu'il aille à Los Angeles pour vendre la maison dans laquelle nous n'habitions plus depuis plus d'un an. Nos finances, comme à l'accoutumée, étaient mauvaises. Nous avions six enfants à nous deux. Pour couronner le tout, « L'Étalon » et « La Salope », étaient sortis en vidéo et faisaient des ventes énormes. De ces ventes, nous ne vîmes pas un centime non plus.

Les magazines vidéo publièrent des pages de publicité où l'on me voyait en bas noirs, porte-jarretelles, dans un manteau de fourrure avec une casquette de chauffeur. En dessous, il y avait marqué : « Pour Noël, offrez Joan Collins à votre père ou à votre petit ami » J'étais exploitée à nouveau. Cela finirait-il un jour?

Ron et moi allâmes trouver l'union des acteurs pour voir s'ils pouvaient faire quelque chose afin que nous touchions une partie de l'argent qu'on nous devait. Ils ne pouvaient rien faire. Nous demandâmes à Brent-Walker une vérification des comptes. Ils firent plein de difficultés. Il y avait bel et bien quelque chose de louche... Ron qui avait été parfait pendant tout le drame de l'accident de Katy, ne semblait plus aller très bien. Son courrier, non décacheté, s'empilait sur son bureau. Il ne retournait pas les coups de téléphone. Des créanciers venaient nous relancer jusque chez nous. Je me faisais énormément de souci. Dès que « Mrs Cheyney » s'arrêta, je pris l'avion pour Los Angeles afin d'essayer de vendre moi-même la maison. Il fallait faire quelque chose.

A Los Angeles, je découvris la vérité sur mon mariage; les créanciers venaient également sonner à la porte de notre maison de Beverly Hills. C'était épouvantable. Je n'étais pas une businesswoman, j'étais une actrice. Je ne comprenais rien aux affaires et aux finances. Mais je ne suis pas du genre à m'apitoyer sur moi-même. Je suis une femme d'action. J'appelai Ron et lui dis que je voulais divorcer. Je n'étais pas ravie d'encaisser un nouveau fiasco, mais il avait trop changé, il n'était plus l'homme que j'avais épousé onze ans plus tôt.

Le lendemain, une de mes amies très proches, catholique fervente qui nous avait beaucoup aidés pendant l'hospitalisation de Katy, me téléphona et me supplia de ne pas divorcer, ni même me séparer de Ron.

– Dieu t'a rendu Katy. Mais il peut te la reprendre si tu divorces, dit-elle.

Mon cœur s'arrêta de battre. J'étais extrêmement superstitieuse et j'avais beaucoup prié Dieu pour qu'il fasse guérir ma fille. L'accident avait eu lieu six mois auparavant. Elle était retournée à l'école, mais elle avait toujours de nombreux progrès à faire.

Mon amie me parla pendant une heure. Elle fut tellement convaincante que j'acceptai de rester avec mon mari. J'aimais toujours l'homme que j'avais épousé. Mais qu'était-il devenu? Je dis à Ron qu'il devait se reprendre. Travailler, et rétablir notre situation financière.

Je tournai un épisode de « Fantasy Island » pour Aaron Spelling, dans lequel je jouai finalement Cléopâtre. Ce tournage télé ne se passa pas trop mal. Quelques personnes me demandèrent si j'étais intéressée par une série. Non, non, non. Merci. Je voulais rentrer en Angleterre.

Nous vendîmes la maison de Beverly Hills et retournâmes à Londres. Les enfants furent réinscrits dans de nouvelles écoles.

Je fis une pièce intitulée « Meurtre en tête » à Guilford. Le soir « de la Couturière », je tombai dans les escaliers des coulisses et me fracturai le coude. A l'hôpital, le docteur me dit que je devais être plâtrée.

– Je ne peux pas. J'ai la Première demain soir et je n'ai pas de doublure! Je ne peux pas faire cela à Duncan. Néanmoins, je jouai le lendemain, plâtrée de l'épaule jusqu'au coude! « Meurtre en tête » était un *thriller* [1] dans lequel j'étais terrorisée par trois agresseurs. Au cours d'une scène, je devais tirer au revolver. Comme je l'ai dit précédemment, j'ai toujours détesté les revolvers.

Le soir de la Première, j'eus quelques problèmes : il n'est pas vraiment aisé de menacer des agresseurs avec un revolver, en essayant d'ouvrir une porte, le tout avec un seul bras valide! Pas facile du tout.

Le public fut très sympathique. J'avais refusé de prendre des calmants, mais je souffris le martyre. De plus avec ce plâtre, je me déplaçai avec difficultés et j'avais le trac. Cela n'aidait pas...

Tout le monde, y compris mon assureur, me trouvait complètement folle de jouer ainsi mais je savais bien que sans moi, ils auraient été obligés d'annuler les représentations. Je n'avais jamais manqué un jour de travail tout au long de ma carrière et j'étais atteinte du syndrome « le spectacle doit continuer ».

Épisode bien amusant si l'on pense aux événements qui allaient suivre.

En juillet, nous partîmes en vacances à Marbella en Espagne. Il s'était presque passé un an depuis l'accident

1. Une histoire policière.

de Katy. Elle avait encore du chemin à faire avant de redevenir la petite fille d'autrefois, mais ses progrès avaient été fantastiques. Le soleil et la natation lui faisaient un bien énorme.

Le téléphone sonna. C'était Tom Korman, mon agent à Los Angeles.

– Joanie, tu as déjà entendu parler d'une série de télé intitulée « Dynasty »? demanda-t-il.

– Non, jamais, c'est quoi « Dynasty »? demandai-je indifférente.

C'étaient mes premières vraies vacances en deux ans et j'appréciais énormément de me laisser ainsi rôtir paresseusement au soleil méditerranéen.

– Eh bien, c'est un feuilleton, un peu comme Dallas. Il y a déjà eu treize semaines. Cela peut devenir très populaire, bien que pour l'instant ce ne soit encore classé que numéro 45. Ils te veulent pour un rôle.

– Hors de question, dis-je avec véhémence.

Je n'avais aucune envie de retourner aux États-Unis, surtout pour jouer dans une obscure série de télévision dont je n'avais jamais entendu parler.

– Joanie, il faut que tu le fasses. Aaron t'adore, les Shapiro et les Polack aussi. Ils te veulent vraiment. On commence à tourner les prochains épisodes à la Fox la semaine prochaine. Viens le faire, s'il te plaît. Je restai silencieuse.

– Allo? Allo? Tom devenait nerveux. Tu m'entends? Cela s'appelle « Dynasty », Joanie... D.Y.N.A.S.T.Y., « Dynasty ». Cela peut devenir énorme. C'est un grand rôle pour toi. Le nom de ton personnage est Alexis. C'est une salope, très intelligente, rusée, méchante, machiavélique. Tu as d'excellentes scènes, de bons dialogues. Cela pourrait refaire de toi une énorme star. Penses-y.

– O.K. Je vais y penser, Tom.

Et j'acceptai.

Retour aux plateaux de la Fox. J'y avais mis les pieds pour la première fois vingt-sept ans plus tôt. Les villages hawaiiens, la ville western, les châteaux médiévaux avaient disparu depuis longtemps. A la place, il y avait des gratte-ciel de verre et d'acier abritant des appartements, des bureaux, des hôtels. De larges boulevards avec des fontaines rappelaient les places romaines. Une foule pressée courait dans tous les coins. Des théâtres, des galeries marchandes, le monde des affaires et de la haute finance. Les riches...

Nous louâmes un appartement dans la Century City, un quartier protégé par un service de sécurité privé. Nous le prîmes pour six mois car je ne pensais pas que la série allait durer plus longtemps. J'avais regardé les treize premiers épisodes sur mon magnétoscope et je n'avais pas été impressionnée outre mesure. Les acteurs étaient bons et certains épisodes pas trop mauvais mais je trouvais l'ensemble plat et lourd. De toute façon, je n'aimais pas spécialement les feuilletons télévisés. Mais il faut bien manger pour vivre et j'étais donc de retour à la Fox. Plus âgée, plus avisée, mais pas encore assez.

Cela n'avait pas été facile de réorganiser nos vies pour faire « Dynasty ». On m'avait dit, pour me convaincre d'accepter le rôle, que toutes les actrices d'Hollywood rêvaient de l'obtenir, mais je savais que je n'étais pas le premier choix du producteur. On avait beaucoup pensé à Sophia Loren et Raquel Welch. Mais Aaron Spelling, l'intelligent et dynamique Aaron, que je connaissais depuis le tournage de « Opposite Sex », à l'époque où il était encore acteur. Aaron donc, qui depuis avait réussi dans la production de télé, m'avait voulue moi, et personne d'autre. Or, Aaron obtenait généralement ce qu'il voulait.

J'avais dû passer et recevoir un bon millier de coups de téléphone qui précédèrent mon départ de Marbella.

Mes agents anglais, mes agents américains, les avocats, l'école de Katy, ses médecins, mon médecin. C'était compliqué, tout le monde semblait surexcité. Nous vivions presque déjà un épisode de « Dynasty ». Mes vieux amis de Triumph Productions, Ducan Weldon et Louis Michaels espéraient, eux me voir partir en tournée en province pendant dix semaines avec « Meurtre en tête ». Comme les répétitions ne devaient pas commencer avant sept semaines et ce n'était qu'une tournée en province, sans aucune garantie que la pièce serait montée à Londres, je pris ma liberté pour « Dynasty ».

Ils refusèrent de me laisser partir. Louis Michaels vint me voir à Marbella. Il m'expliqua les choses à sa manière :

– Nous accepterons ton absence sur le plateau uniquement si nous recevons ton certificat de décès, Joanie, tu comprends bien...

Je regardai Ron et Viviane Ventura. Nous étions dans le living-room. Ils voulaient un certificat de décès? Mais à qui avais-je donc affaire? A la maffia anglaise? Après tout ce que j'avais fait pour eux? Monter en scène avec un bras cassé? Jouer pendant cinq semaines sans être payée? Des douzaines d'actrices pouvaient tenir le rôle de Mary dans « Meurtre en tête ». Comment osaient-ils se montrer si injustes envers moi, alors qu'ils prétendaient m'aimer et m'admirer? Le rôle d'Alexis dans « Dynasty » pouvait, en effet, faire repartir ma carrière, et cela ne pouvait que leur être bénéfique.

Je leur proposai de jouer deux pièces pour eux pour la moitié de mon cachet habituel aussitôt que le tournage de « Dynasty » serait terminé. Je ne pensais pas alors qu'il durerait plus d'une saison!... Être classé en quarante-cinquième position n'était guère brillant pour une production Aaron Spelling, l'homme qui avait fait « Drôles de dames », « Starsky et Hutch » et de nombreux autres hits télé.

Triumph menaça de me faire interdire de la profession en Angleterre et même aux États-Unis si je ne faisais pas la pièce. L'union des acteurs s'en mêla. Nos avocats étudièrent les contrats et les menaces de procès en toutes sortes. Elle doit partir faire cette tounée en province. Non, elle doit partir à Los Angeles tourner « Dynasty ».

Oh, comme je regrettais d'avoir joué avec mon bras cassé; si je ne l'avais pas fait, la pièce aurait été arrêtée immédiatement et il n'aurait plus été question de tout cela.

– Tu auras d'autres rôles à la télé, ma chère Joan, dit le vieux Louis. Ce n'est pas ta dernière chance.

– C'est une opportunité énorme, Louis. Énorme, je le sais. Je le sens. Même si cela ne dure qu'une saison, je sens que ce rôle aura un impact énorme et m'ouvrira bien d'autres portes. Je ferai d'autres pièces pour toi, je te le promets. Il secoua la tête.

– Non, ma chère amie. Nous avons besoin de toi à Brighton, Manchester et Leeds.

Lors d'une réunion de famille, il fut décidé que je devais faire « Dynasty », malgré les difficultés que les Productions Triumph n'allaient pas manquer de nous créer. Et avec les enfants, il n'y avait pas de problème :

Sacha était en pension en Angleterre. Même si j'étais aux U.S.A., il pourrait venir me voir pendant les vacances. Il avait quinze ans, c'était presque un homme. Tara, qui allait sur ses dix-huit ans, fréquentait une faculté à Paris. Elle ne fit, non plus, aucune objection à mon départ.

Katy. Ah, Katy. Notre bébé. Cette enfant dont le bonheur comptait pour moi bien plus que tout l'argent et le succès du monde. Tous ses rééducateurs furent d'accord : six mois sous le soleil californien allait lui faire bien plus de bien qu'un nouvel hiver froid à Londres. Je la regardais batifoler dans la piscine avec les enfants de Viviane Ventura. Bronzée, riante, encore un peu maladroite, mais il ne s'était passé qu'un an depuis le drame. Elle avait neuf ans. Et c'était un miracle qu'elle soit encore parmi nous, un petit miracle. Sa volonté et sa détermination lui avaient permis de survivre.

– Emmenez-la avec vous, me dit Robin Illingworth, l'homme qui lui avait sauvé la vie.

– Tu ne pourras plus jamais retrouver du travail comme actrice, hurlait Louis Michaels.

– Emmenez-la, me dit son rééducateur.

– Nous allons briser ta carrière, menaçait Ducan Weldon.

– Emmenez-la, me conseillait son thérapiste.

– Faites-lui un procès, disait Triumph.

– Et merde, dis-je, on y va!

Et nous partîmes tous pour la Californie.

Lors de mon premier jour de tournage de « Dynasty », j'étais très nerveuse. Nous étions à la mi-août en 1981, il faisait trente-cinq degrés à l'ombre et je devais tourner la fameuse scène devenue célèbre : celle au cours de laquelle Alexis Carrington, la mystérieuse ex-femme du magnat du pétrole Blake Carrington, fait son apparition lors du procès pour meurtre de son ex-mari et témoigne contre lui.

Le dernier épisode de la saison précédente s'était terminé sur l'entrée à la grande consternation de toute la famille Carrington d'une mystérieuse femme portant un grand chapeau blanc et des lunettes de soleil. Ce jour-là nous tournions une longue scène d'interrogatoire dont les dialogues entre l'avocat général et moi tenaient sur plus de douze pages. J'avais la plupart des répliques.

J'étais entourée par l'équipe technique et les autres acteurs. Tout le monde me regardait, il fallait que je leur montre de quoi j'étais capable. Pour la plupart, je n'étais qu'une nana anglaise qui voulait venir conquérir l'Amérique. C'est cela oui, qu'elle nous montre un peu ce qu'elle sait faire! On allait me juger, mais j'étais prête pour l'épreuve.

La majeure partie des acteurs étaient gentils et prévenants. Ils se connaissaient tous très bien puisqu'ils avaient déjà tourné treize épisodes ensemble. La seule personne que je connaissais était Linda Evans qui jouait Krystle, la nouvelle épouse de Blake. Je la connaissais depuis qu'elle avait épousé Stan Herman, quelques années auparavant. Ron et moi étions souvent allés chez eux à l'occasion de partys.

Ce matin-là Linda vint me voir dans ma caravane pendant qu'on me maquillait.

– Nous avons tous passé l'épreuve de l'interrogatoire, me dit-elle. La saison dernière, chacun d'entre nous a eu une scène où il était interrogé par l'avocat général. Nous étions tous terrifiés, ajouta-t-elle en riant.

– Oui, répliquai-je, mais vous vous connaissiez tous entre vous. Je me sens vraiment très nerveuse, Linda. C'est dur de jouer cette salope froide et calculatrice alors que j'ai l'estomac crispé par le trac et que la sueur me coule le long du dos.

Il faisait une chaleur insupportable et le tailleur de laine que je devais porter n'arrangeait rien.

– Tu seras formidable. Je suis si heureuse que tu aies pu avoir le rôle. Nous sommes tous très heureux. Souviens-toi, nous sommes tous avec toi.

Je me regardai dans le miroir de ma caravane. A la Fox, il n'y avait plus de loge avec télévision, salle de bain et bar. Je n'en avais jamais eu de semblable mais j'avais vu celle de Lana Turner qui ressemblait à un palace.

Tout était différent. Sur le parking devant le hangar 8 où se trouvait notre plateau de tournage étaient garées neuf caravanes identiques.

Je me regardai. J'avais peur et cela se voyait. Cette Alexis, à qui je devais donner vie, était un personnage ambitieux et intelligent qui mentait et manipulait les gens pour arriver à ses fins. Elle n'aimait personne. Elle n'aimait que l'argent et le pouvoir. Je n'avais pas joué un personnage aussi antiphatique depuis « La Terre des Pharaons ». Je savais que si je m'y prenais bien, cela pouvait signifier un grand tournant dans ma carrière. Je n'avais pas le choix des vêtements à porter ce jour-là; l'actrice anonyme qui avait joué Alexis (on n'avait aperçu que sa silhouette) dans l'épisode précédent portait déjà ce tailleur.

Le deuxième assistant, Alice Blanchard, frappa à la porte.

– Prête pour la répétition, Joan?

Je respirai un grand coup et me dirigeai vers le plateau 8 en tremblant sur mes jambes. Cela n'avait pas changé. Il y avait toujours en coulisses la même ambiance. Les cameramen, les perchmen, les électriciens, tout le monde plaisantait en buvant du café et en attendant que cela commence. Ambiance joviale mais professionnelle. Ils savaient tous ce qu'ils avaient à faire.

Boddy della Santini, l'assistant que j'avais rencontré le premier jour – il me raconta plus tard que j'avais eu un regard horrifié lorsqu'il m'avait dit que le tournage allait durer au moins huit mois – me présenta à Gabrielle Baumont, une anglaise qui dirigeait cet épisode. Elle me calma et me dit :

– Je suis vraiment très contente que tu aies réussi à convaincre les producteurs de te laisser jouer le rôle à l'anglaise.

En effet, ils avaient d'abord voulu que je parle avec un accent américain. Mais j'avais insisté sur le fait qu'il n'y avait pas d'autre anglaise dans aucun feuilleton télé. Le public serait peut-être alors séduit par un accent étranger.

« L'Américain moyen » est un terme que j'avais souvent entendu lors de mes meetings avec les directeurs d'ABC.

– L'Américain moyen ne vous comprendra pas.

– Mais si, répondais-je, j'ai une excellente diction. J'avais finalement compris que dans ce business, il faut sans arrêt se battre pour se faire entendre.

J'étais réellement sûre de savoir mieux que quiconque ce qui pouvait me convenir ou pas.

Je m'assis dans le box des témoins et regardai nerveusement ma nouvelle famille de télévision. John Forsythe me fit un clin d'œil. C'est un homme adorable, un parfait gentleman au sens le plus britannique du terme. Galant, courtois et de plus c'est un excellent acteur.

Il s'est révélé être l'un des hommes les plus délicieux avec lesquels j'ai eu l'occasion de travailler. Il est marié depuis quarante ans à la ravissante Julie et ils ont deux petits-enfants. De plus il est, sans aucun doute, l'un des hommes les plus séduisants que j'aie jamais rencontrés. Pas seulement physiquement; sa générosité et son intelligence sont irrésistibles. Il est réellement le patriarche et la force de la distribution de « Dynasty ».

Nous discutions ensemble sur le plateau, le lendemain du cinquantième anniversaire d'un ami. Ce dernier, présent, était terriblement déprimé d'avoir atteint cet âge critique.

– C'est vrai, dit John. C'est une sacrée date. Je me souviens, j'étais à New York en train de jouer une pièce de Gore Vidal lorsque j'ai eu les miens. J'étais très déprimé. Gore m'a demandé ce qui n'allait pas. Je lui ai donc appris que j'avais atteint les cinquante ans et qu'à présent, j'appartenais officiellement au troisième âge. Il m'a regardé en riant et a dit :

– Oh, non John. Tu as tort. Ça ne veut rien dire, le troisième âge. Le véritable troisième âge, c'est quand on abdique devant la vie. Et ça, on peut le faire à trente ans!

Derrière John étaient assis « nos » enfants : Steven et Falon. Al Corley est très grand, très blond, très macho.

Pamela Sue Martin, grande, mince et jolie. Elle est pleine de vie et défend de nombreuses causes. Par exemple, elle refuse de porter des fourrures ou des bijoux.

John James, lui – tout le monde l'appelle J.J. – est très beau garçon, doux et gentil. Il joue Jeff Colby, le mari de Falon.

J.J. et Pamela Bellwood, qui jouait la fragile et névrotique Claudia, devinrent mes meilleurs amis au sein de la troupe de « Dynasty ». Katy adorait Pamela Bellwood. D'ailleurs, chez moi, lors des parties, elles s'asseyaient toutes deux ensemble et papotaient pendant des heures.

Et enfin, Lee Bergere soit Joseph, le sinistre majordome, avec qui je devais me heurter avant qu'il ne décide, lors de la troisième saison, de quitter le feuilleton, son rôle n'étant pas, selon lui, assez important.

– Votre nom? demanda Brian Denehhey, surveillant le tribunal de son regard d'aigle.

– Alexis Morrell Carrington, dis-je avec un mélange de méfiance et de fierté.

– Lieu de résidence?

– J'habite Acapulco depuis sept ans.

– Vous avez été la première épouse de l'accusé, Blake Carrington. Vous êtes la mère de ses enfants, est-ce exact?

– Oui, c'est exact.

– Était-ce un divorce à l'amiable?

– Non, répondis-je. Ce divorce m'a été imposé.

– Pouvez-vous expliquer cela à la cour et au jury?

Je retirai mes lunettes noires et relevai lentement ma voilette. Le lendemain, lors des rushs, tous les cadres de « Dynasty » firent un bond en l'air. La scène était formidable. Et moi aussi. Ils vinrent tous me le dire. Je souris lorsque je reçus la une du journal anglais *Daily Mirror* envoyé par mon père; le titre disait : « Joan la sophistiquée va battre J.R. » au-dessus d'une photo de moi avec mon célèbre chapeau à voilette.

A Hollywood, j'étais redevenue celle dont tout le monde parlait. J'étais « hot », j'avais de « l'impact », du « magnétisme ». Les qualificatifs les plus pompeux furent utilisés à mon endroit. Comme on disait dans la Rome Antique : « Trois personnes ne peuvent garder un secret à moins que deux d'entres elles ne soient mortes ». Et c'est tellement vrai pour Hollywood. On ne peut y garder un secret c'est pourquoi, en quelques jours, je fus le pôle d'attraction de tous les médias.

J'eus le sentiment que je pouvais bien redevenir une star surtout lorsque John Springer, un vieil ami et l'agent de nombreuses vedettes, m'appela de New York en novembre 1981 et me demanda de participer à « La nuit des 1000 Stars », au Radio City Music Hall.

– Nous avons Grace Kelly, Bette Davis, Al Pacino, Paul Newman, Lillian Gish, Brooke Shield et beaucoup d'autres, me dit John fièrement. Nous voudrions que toi et Farley Granger veniez sur scène en tant que « Lovers of the silver screen » et on passerait sur l'écran un clip de « Girl in the red Velvet swing ».

Trois semaines avant le show, tout le monde était très excité. Grace Kelly allait venir de Monaco, Roger Moore de Gstaad, Elizabeth Taylor serait-là, Gene Kelly, Jane Fonda, Gregory Peck aussi. Cela allait être l'événement de l'année.

Je déclarai à Nolan Miller, le responsable de la garde robe de « Dynasty » :

– Je n'ai absolument rien à me mettre, chéri!

Tout avait déjà été vu une douzaine de fois soit à la télé soit lors des interviews ou de reportages pour des magazines. Nolan voulait créer quelque chose qui allait les mettre K.O.

– Déjà, tu vas te retrouver en compagnie de toutes

ces stars. Alors autant que tu sois bien, dit-il en plaisantant. Pour une scène de party dans « Dynasty », il avait créé une robe en lamé. Il décida de refaire à peu près la même. C'est vrai, le tissus coûtait 125 $, mais après tout il n'en fallait que deux mètres. La robe était très décolletée, et superbe.

En tenant le précieux paquet contenant la robe, j'arrivai à New York en compagnie de Judy Bryer.

Je n'étais pas très en forme car je rentrais à peine d'un rapide aller-retour de Londres. Ensuite, j'avais dû tourner pendant douze heures d'affilée, puis, me lever à cinq heures du matin pour faire mes bagages. Néanmoins, je commençais à me sentir bien mieux en montant dans l'avion. Des super stars prenaient le même avion; Larry Hagman – J.R. en personne – portait une veste de western avec un large *Stetson* et des lunettes teintées roses. Était-ce un déguisement ou voulait-il faire savoir au monde entier que J.R. volait sur la T.W.A.? Nous comprîmes vite que la première explication était la bonne, car à peine installé, il s'enroula une écharpe autour du visage et dormit tout du long. William Shatner s'assit devant nous et nous évoquâmes quelques souvenirs de cet épisode de Star Treck que nous avions tourné ensemble douze ans plus tôt. Linda Gray arriva elle aussi tout droit du plateau de Dallas.

En arrivant à New York, par cette froide mais resplendissante matinée d'hiver, nous découvrîmes une nuée de fans et de photographes qui nous attendaient à l'aéroport. Malgré les suppliques, je gardai mes lunettes noires et, pour être plus tranquille, je lançai simplement :

– Larry Hagman n'est pas loin derrière.

Trois cents fans nous attendaient également à l'entrée du luxueux hôtel Helmsley Palace. La Cinquante-et-unième rue avait été bloquée, la foule s'amassait et observait les limousines sombres qui déversaient leurs stars comme dans un ballet.

Des gardes du corps nous escortèrent jusqu'aux ascenseurs. Ma suite était remplie de fleurs, de champagne, de fruits et d'invitations. Le téléphone sonnait constamment. Louisa Moore et moi-même discutâmes de l'endroit où nous nous retrouverions après. Après avoir passé en revue divers endroits dont Sardi. Elaine's, le Studio 54, ce soir-là, Morgan Fairchild devait être nommée « Miss Valentine 1982 », nous optâmes pour Régine's. Ce soir-là, le Régine était entièrement décoré de ballons rouges et blancs, de chaînes de papier en forme de cœurs. Nous rejoignîmes la table d'honneur au milieu des flashs des paparazzis. J'étais assise à côté de Roger Moore; les paparazzis devinrent comme fous et mitraillèrent sans arrêt, particulièrement lorsque Régine arriva, resplendissante dans une robe de taffetas noir et rouge. Lorsque Véronique et Gregory Peck se joignirent à nous, les flashs reprirent de plus belle. Arrivèrent également Stephanie Powers, des membres des équipes de télé. J'avais l'impression d'être comme un singe en cage.

Lorsque Sammy Davis, Jr., et Julio Iglesias firent leur apparition, ce fut carrément la folie. Nous étions littéralement aveuglés par les flash. Luisa Moore menaça de frapper un des photographes s'il ne nous laissait pas tranquilles. Ils me suivirent même jusque sur la piste pour me prendre en photo en train de danser! Quelques semaines plus tard, la photo parut dans un magazine. On m'y voyait dansant à côté d'un monsieur et la légende le présentait comme « Le nouveau petit ami de Joan ». Comme des nombreuses rumeurs circulaient au sujet de la fin de mon mariage, je ne fus pas surprise de voir ce genre de commentaire. Par contre, je trouvai cela plutôt drôle car je ne connaissais absolument par le monsieur en question.

Le lendemain matin, à onze heures, nous arrivâmes

au Radio City Music Hall pour la répétition de la soirée.

Je partageais une grande loge avec Bette Davis, Janet Leigh, Lillian Gish, Ruth Gordon, Ginger Rogers, Anne Jeffreys et Jane Russell. Jane Powell, Brooke Shields et Diane Keaton étaient attendues. Chacune de ces dames était accompagnée par un ou deux chevaliers servants. Managers, agents, attachés de presse, coiffeurs, maris, amants ou amis; cela faisait beaucoup de monde. Judy et moi partîmes nous réfugier à l'intérieur de l'auditorium. Grace Kelly était en train de répéter son discours. Elle devait aussi allumer les cent bougies plantées sur un énorme gâteau. Je me souvins de la première fois où je l'avais rencontrée, juste avant son mariage avec le prince Rainier. Liza Minelli était assise dans un coin, sans maquillage, dans une mini robe noire et avec l'air de s'ennuyer profondément. Paul Newman était-là, blue jean et blue eyes, ainsi que Brooke Shields dans ses *Calvin Klein* [1] et Henri Winkler qui prenait des photos de tout le monde.

Je me sentais très honorée d'avoir été invitée à ce show exceptionnel. Apparemment, je redevenais quelqu'un et en même temps, je renaissais. Tout ces gens que je croisais avaient joué un grand rôle dans ma vie : Warren Beatty, Gregory Peck, Farley Granger, Roger Moore, Linda Evans, John Forsythe...

Je dis bonjour à Bette Davis. Nous ne nous étions pas rencontrées depuis mon premier film à Hollywood « The Virgin Queen ». Elle m'intimidait beaucoup alors. Et elle m'intimidait toujours...

Nous regardâmes la répétition de « One » extrait de « Chorus Line ». Sur scène, chacun était flanqué d'une danseuse. Il y avait Robert Niro, Al Pacino, James Caan, Richard Chamberlain, Duddley Moore, Christopher Reeve, Roger Moore, Larry Hagman, Jose Ferrer, Gregory

1. Marque de jeans connue aux U.S.A.

Peck, Tony Perkins, Donald Sutherland, Gene Kelly, Burt Lancaster, Douglas Fairbank, Jr et Lee Strasberg. Sans parler de l'ancien maire de New-York, Lindsay. C'était enivrant. Nous répétâmes la finale. Nous étions tous numérotés de 1 à 218. Ce n'était pas la nuit des 100 stars, puisque 218 d'entre elles brillaient au firmament. A quatre heure et demie, la répétition terminée, ce fut l'heure de rentrer à l'hôtel pour prendre un bain et se changer. A six heures nous étions de retour.

Des centaines de fans entouraient le Radio City Music Hall.

– Alexis, criaient-ils en me voyant. Alexis, on t'aime.

– C'est enfin la gloire, me dit Roger Moore en me tapotant la joue. C'est encore plus intense et profond à la télévision.

Mes fans se battaient pour m'approcher. C'était incroyable, tout était arrivé si vite. Je n'oublierai jamais cette soirée.

Comme le dit Steve Allen :

– Si une bombe avait explosé ce soir-là au Radio City Music Hall, Pia Zadora serait alors devenue la plus grande star du monde !

Après être apparue dans trois épisodes de « Dynasty », je commençai à recevoir des tonnes de courrier. J'étais actrice depuis presque trente ans mais soudain tout le monde s'intéressait à moi, les gens dans la rue, dans les magazins et surtout les médias. Au bout de cinq ou six semaines, il me fut impossible d'aller faire mes courses au supermarché, ou alors, il fallait que je me déguise pour ne pas être reconnue. Sinon j'y passais la journée, à répondre aux questions du public.

Une des scènes de « Dynasty » qui fit grimper le plus les indices d'écoute et de satisfaction fut celle où Cecil Colby, le fiancé d'Alexis – joué par Lloyd Bochner – est victime d'une crise cardiaque alors qu'il est en train de faire l'amour avec celle-ci. Alexis, folle de rage en comprenant qu'elle risque de perdre l'héritage Colby, se met à le frapper de toutes ses forces en hurlant :

« Je t'interdis de mourir, Cecil! Je t'interdis de mourir avant demain, avant notre mariage. J'ai besoin de ta fortune pour abattre Blake!

Cette scène fut très difficile à tourner. Elle ne devait pas être trop provocante sinon, nous risquions des ennuis sérieux avec la censure. Il fallut la refaire de nombreuses fois. Cet épisode était le dernier de la saison. Ainsi le public allait se demander tout l'été : Cecil va-t-il mourir ou pas?

Réponse à la rentrée.

– Est-ce que tu meurs, Lloyd? demandai-je à Lloyd Bochner.

– Je pense que oui, dit-il amèrement. Mon agent a été informé que je ne ferai plus partie de la distribution la saison prochaine.

Nous arrivions au tournage du dernier segment de la scène. C'était un gros plan de Lloyd en train de gémir de plaisir (juste avant la crise cardiaque), tandis que je le chevauchais.

– Action cria Jérôme Courtland, le directeur.

– Aaahh! Ooohh! Oh-oh! hurla Lloyd avec passion.

Je regardai autour de moi, tout le monde essayait de ne pas rire. Après un temps qui parut interminable, surtout pour Lloyd, Jérôme enfin cria :

– Coupez!

Puis il ajouta :

– T'as joui Lloyd, ou il faut qu'on recommence?

Le plateau se transforma en garnison en liesse.

« Dynasty » devenait de plus en plus populaire, ma carrière grimpait à un firmament qu'elle n'avait jamais atteint auparavant. En même temps, ma vie privée dégringolait au fond des abîmes à la vitesse grand V. J'essayais désespérément de recoller les morceaux entre Ron et moi, pour le bien de Katy. Je savais qu'elle souffrait de nos disputes :

– Ne vous disputez pas, maman, papa, s'il vous plaît, arrêtez.

J'allais alors me réfugier dans la salle de bain pour apaiser ma fureur et ma douleur. Je me sentais très malheureuse d'être ainsi coincée dans un mariage qui ne marchait plus. Mais la seule chose qui me préoccupait était la santé et l'équilibre de Katy.

Cela faisait dix-huit mois qu'elle avait eu son accident. Les progrès qu'elle avait accomplis étaient miraculeux et je savais qu'un jour elle allait redevenir l'enfant normale qu'elle avait été avant l'accident. Elle était courageuse. Elle travaillait bien en classe mais elle avait des problèmes de mémoire à court terme. Elle avait du mal à se souvenir de certaines choses ou d'événements proches. Cela, bien sûr, la perturbait. Elle avait aussi toujours des difficultés à bouger sa jambe gauche, sa main gauche tremblait un peu et elle s'exprimait avec lenteur. Mais elle s'appliquait énormément et faisait des progrès de mois en mois.

– Promets-moi de ne jamais divorcer avec papa comme tu l'as fait avec le papa de Sacha et Tara, murmura-t-elle à mon oreille alors que je fixais l'écran de télé en silence après une nouvelle dispute avec Ron.

– Je ne peux pas te le promettre chérie, mais je te promets que je ferai de mon mieux, je te le promets.

Je la serrai, contre moi avec l'énergie du désespoir.

Je voulais être honnête envers mes enfants mais Katy traversait une époque difficile. Aussi ne voulais-je rien faire qui puisse lui causer du mal ou ralentir ses progrès.

Mes amis proches voyaient bien que la fin de mon

mariage approchait, même si je refusais de l'admettre ouvertement. La journée, je tournais « Dynasty » en faisant croire à tout le monde que tout allait pour le mieux et le soir, je jouais la même comédie pour Katy.

Je savais que je devais reprendre en main ma propre destinée, je savais que je devais mettre fin à ce mariage. Mais cette décision était incroyablement dure à prendre. Au fond de moi, j'agonisais, je vacillais. J'essayais de me convaincre que Ron allait changer, qu'il retrouverait du travail, qu'il redeviendrait mince, qu'il se reprendrait et ferait à nouveau des efforts. Bref, qu'il redeviendrait l'homme que j'avais connu et aimé. Cet homme merveilleux qui avait su me rendre si heureuse.

Mais je nageais en plein rêve et personne n'était content. Je m'enfonçais la tête dans le sable pour ne pas voir la réalité : Joan l'autruche.

En décembre 1982, on me demanda de présenter une soirée au Royal Albert Hall à Londres en présence de Sa Majesté la reine Élizabeth et du prince Philip. Le Royal Philharmonic Orchestra devait jouer des airs des Beatles. C'était un gala de charité pour la protection de la nature et des oiseaux. J'étais extrêmement honorée d'avoir été choisie pour présenter cette merveilleuse soirée.

Le Royal Albert Hall est un bâtiment extraordinaire dont l'histoire est fascinante. Tous les plus grands artistes s'y sont produits depuis que la reine Victoria le fit construire à la mémoire de son mari le prince Albert. Je fus encore plus heureuse quand les organisateurs de la soirée demandèrent à Katy de présenter un bouquet à Sa Majesté, après le spectacle.

Katy était folle de joie. Nous discutâmes longtemps de ce qu'il fallait mettre. Nolan Miller fit une très jolie robe de velours rose pour Katy et une, couleur rubis, pour moi. Je portais la parure « Dynasty » c'est-à-dire des rubis et des diamants, fabuleusement faux! Seule la reine verrait la différence!

Les producteurs de « Dynasty » me donnèrent quelques jours de congé afin que je puisse aller à Londres. Cela faisait quelques mois que la presse britannique s'en prenait à moi. Des rumeurs couraient sur la fin de mon mariage. Je niais toujours tout farouchement. Mais Ron et moi savions que nous approchions de la fin et nous ignorions comment le dire à Katy. Notre conseiller matrimonial nous avait conseillé pour le moment de ne rien faire et tout nier. Ainsi soit-il.

Je me sentais très hypocrite. Bien sûr ma vie privée ne regardait personne, mais je pensais qu'il était mal de mentir ainsi. Je mentais à tout le monde : à Katy, à la presse, à mes camarades de « Dynasty », et aussi à moi-même. Je ne voulais pas regarder la vérité en face, je ne voulais pas admettre que mon troisième mariage était encore un fiasco.

Une semaine avant mon arrivée à Londres, les gros titres des journaux annoncèrent qu'on avait coupé le courant dans ma maison de South Street pour cause de non paiement de factures.

– Elle n'a jamais répondu à nos relances, disait la compagnie d'électricité. Elle gagne des millions et à côté de cela, elle refuse de nous régler une note de trois cent cinquante livres qu'elle doit depuis plus d'un an.

Ils avaient coupé le courant et enlevé le compteur de cette maison dans laquelle je n'avais pas mis les pieds depuis deux ans. Naturellement, le titre fit la une des journaux en Angleterre et aux États-Unis.

Au bord des larmes, je demandai des explications à Ron. Je ne savais rien de tout cela. Cette maison n'était pas sous ma responsabilité. C'était lui qui était censé s'en occuper mais manifestement, il n'en avait rien fait. En arrivant à Londres, je fus également attaquée par la British Leyland. Elle prétendait que je ne leur avais jamais rendu une voiture qu'ils m'avaient prêtée trois ans plus tôt. J'avais toujours été persuadée que Ron leur avait rapporté la voiture depuis longtemps. Mais il n'en avait rien fait non plus. Il s'excusa, me dit que tout cela était à cause de l'accident de Katy, qu'il avait perdu la tête, qu'il ne savait plus ce qu'il faisait. Mais je ne le croyais pas. Je n'en pouvais plus. Les journaux continuaient à faire des gorges chaudes et je me sentais humiliée, gênée même vis à vis de la Reine qui, se serait volontiers passée de ce genre de presse. De retour à Los Angeles, un matin où je devais tourner une scène importante avec Linda Evans, je perdis connaissance au studio. On fit venir un médecin d'urgence qui diagnostiqua une gastro-entérite, due à la fatigue, aux soucis, à la pression et à la tension. Je fus transportée à l'hôpital. Lorsque j'en sortis, quelques heures plus tard, j'eus une très longue explication avec Ron. Et nous conclûmes, pour notre bien à tous les trois, de nous séparer.

En 1983, je reçus le Globe d'Or pour la meilleure actrice de télévision. C'était la première récompense importante que l'on m'attribuait, après presque trente ans de carrière. Cela me fit un plaisir immense. Lorsqu'on annonça :

– Et la gagnante est... Joan Collins.

Je n'en crus pas mes oreilles. Je ne m'attendais pas du tout à remporter le trophée. Je montai sur scène et comme je n'avais rien préparé, je dis simplement :

– Je voudrais remercier Sophia Loren qui a refusé le rôle dont j'ai hérité!

Ron m'y avait accompagnée. Nous étions séparés depuis plusieurs mois mais nous nous voyions souvent en amis. Il était encore plus heureux et fier que moi. Mais malgré tout cela, ce nouveau mariage raté me rendait encore triste. Pour briser un peu mon image de jeune femme coquette et sexy de « Dynasty », j'acceptai de jouer la méchante sorcière dans « Hans et Gretel ». C'était une production télé montée pour les chaînes privées. Ils réalisaient de nombreux contes pour enfants et avaient réussi à obtenir le concours de nombreuses stars. Robin Williams jouait le prince transformé en grenouille et il y avait aussi Mick Jagger, Christopher Reeve, Liza Minnelli, Malcolm McDowell, Vanessa Redgrave, Tom Conti et Tatum O'Neal.

Pour jouer la sorcière, on m'avait tellement transformée que lorsque Katy vint me rendre visite sur le plateau, elle passa plusieurs fois devant moi sans me reconnaître. Nous tournions en vidéo et le tournage dura six jours.

Six jours exténuants. Ce fut néanmoins une expérience professionnelle très intéressante qui me permit d'être nominée, un an plus tard, pour le trophée de la Meilleure Actrice par l'Association Nationale de télévision par câbles.

Pendant la troisième saison de « Dynasty », nous allâmes tous à Denver – la ville où est censée se passer l'histoire – pour tourner une scène lors du bal du Carrousel. Le bal du Carrousel est un des grands événements de la saison; il est donné par Barbara et Marvin Davis pour la fondation des enfants diabétiques. Marvin, un des hommes les plus riches du monde, ne fait jamais rien à moitié. Et pour ce bal, il avait fait venir quelques-uns des personnages les plus importants du monde du cinéma, de la télévision et de la politique. Cary Grant, Lucille Ball, James Stewart, Raquel Welch, Lee Majors, Dolly Parton, Robert Wagner, Diana Ross, Merv Griffin, Stefanie Powers, Henry Kissinger et l'ancien président Gérald Ford faisaient partie des invités ainsi que tous les acteurs de « Dynasty ».

On avait déjà tourné l'arrivée de John et Linda au bal. A présent, c'était mon tour. J'arrivais avec mon nouvel amant joué par Michael Nader. Il conduisait une vieille Rolls blanche.

C'était amusant d'entendre la foule amassée dans la rue qui nous appelait par le nom de nos personnages.

Au cours du dîner, j'étais assise entre Peter Holm et Henry Kissinger. J'avais déjà rencontré le Dr Kissinger l'année précédente à ce même bal et je l'avais trouvé extrêmement drôle et brillant. Je portais une robe de Nolan Miller en lamé or d'une valeur de deux mille dollars et autour du cou, j'avais pour au moins un million de dollars de diamants et d'émeraudes. Soudain, une brillante idée me traversa le cerveau. Pourquoi ne tournerions-nous pas une petite scène entre le Dr Kissinger et Alexis? Pourquoi pas en effet?

Elaine Rich, notre productrice, se trouvait dans l'auditorium avec l'équipe technique et j'allai lui confier mon idée.

– Tu penses qu'il serait d'accord? Demanda-t-elle, ce serait vraiment fantastique...

– On peut toujours lui demander, dis-je. Henry, cela vous dirait de tourner une scène avec Alexis?

Je me rapprochai de lui en battant des cils.

– Que faudrait-il faire? demanda-t-il. Che ne suis pas un komédien, fous safez?

– Oh, si, Henry. Je suis sûre que vous pouvez être un merveilleux comédien. Quand on fait des discours comme les vôtres et quand on sait convaincre comme vous le faites les plus grands chefs d'État du monde entier, on est forcément bon acteur. Il finit par accepter et après le bal, nous nous rendîmes dans le salon des V.I.P. avec l'équipe de « Dynasty ».

– Bien. Tout ce que vous aurez à faire, docteur, expliqua Phil Leacock, est de traverser la pièce. Vous allez croiser Joan et vous allez vous dire bonjour comme de vieux amis. Cela ne sera pas difficile et Joan vous aidera.

C'est ainsi que le Dr Henry Kissinger, ex-secrétaire d'État, génie en exil, comme il aime se définir, joua une scène avec la plus méchante des héroïnes de télévision.

Tel fut le dialogue :

Dr Kissinger : Alexis, comment fas-tu?

Alexis : Très bien, Henry, et toi?

Dr Kissinger : Je fais très pien. Cela me fait fraiment plaisir de te revoir.

Alexis : Moi aussi cela me fait plaisir, Henry. Nous ne nous étions pas revus depuis Portofino... Qu'est-ce qu'on s'étaient amusés...!

L'équipe s'écroula de rire. Ce fut un grand moment de l'histoire de la télévision.

« Elle pose pour *Play Boy* » Qu'est-ce que ces mots évoquent? Généralement, une petite nymphette mignonne qui retire ses habits pour un millier de dollars. Et cela ne porte généralement pas à conséquence. Pour moi, les choses étaient différentes. Les femmes étaient exploitées depuis des années. Qu'elles le soient par elles-mêmes ou par d'autres ne faisait aucune différence. Les filles que je voyais dans *Play Boy* ou dans d'autres magazines pour hommes étaient jeunes et sexy. Je ne me considérais plus comme faisant partie de cette catégorie. Je ne suis pas prude, la nudité ne me dérange pas.

J'étais devenue une femme « d'un certain âge ». Aussi, lorsqu'on me demanda de poser dans *Play Boy,* je trouvai cela peu ordinaire et flatteur.

– Un pas important pour le féminisme, annonçai-je.

Je m'exploitais, oui; mais j'avais aussi le sentiment que je brisais le tabou de l'âge qui terrorisait tant de femmes. C'est ainsi que le numéro de *Play Boy* de décembre 1983 fit un malheur et est, déjà aujourd'hui, recherché par les collectionneurs. Je l'ai fait pour moi, Joan Collins et non pour Alexis. J'espérais ainsi prouver qu'une femme de plus de quarante-cinq ans pouvait encore être sexy. Au début, j'avais hésité avant d'accepter. Mais ensuite j'ai reçu l'appui et les félicitations de nombreuses femmes de tous horizons. Je sus alors que j'avais eu raison.

– Le soir de la party donnée par *Play Boy* pour la sortie du numéro, je dis à Leslie Bricusse :

– Eh bien, après cela, je vais devenir célèbre.

– Tu plaisantes? Demanda-t-il, cela fait longtemps que tu l'es.

Ma vie a radicalement changé depuis que j'ai commencé « Dynasty ». Autrefois, je n'ai jamais vraiment recherché la célébrité. Mais à présent, elle est devenue mienne. Combien de temps cela va-t-il durer? C'est ce qui est dur dans cette profession. Très dur. Tout change si vite. Seuls les plus forts et les plus intelligents survivent. Mais survivre n'est pas le seul objectif. Réussir à vivre une vie normale malgré la pression, sans perdre le sens des réalités, sans sombrer dans l'alcoolisme ou la drogue, ou la perversion est déjà un art en soi-même. Si demain je n'ai plus de succès, je sais que je survivrai quand même et serai heureuse.

Le succès n'est pas tout. L'argent n'est pas tout. Ni la beauté, ni les hommes. La chose la plus importante dans ma vie, sont le bonheur et la santé de mes enfants, particulièrement de Katy. Et aussi l'amour et la fidélité de mes amis proches qui m'ont accompagnée tout au long de ma vie.

Ma vie a été pleine de surprises, de joies, de peines, de hauts et de bas. J'ai toujours travaillé dur. Je ne regrette rien. J'ai vécu profondément, passionnément.

– La vie est un banquet, et la plupart de ces pauvres idiots meurent de faim, disait W.C. Fields. Je suis d'accord avec lui.

Aujourd'hui, pour le public je suis la méchante, la vilaine Alexis. Parfois c'est amusant, comme le jour où je me promenai en voiture sur Benedict Canyon en compagnie de Judy Bryer. On me voyait dans « Dynasty » depuis quatre mois déjà. A un feu rouge, un autocar plein d'enfants de sept-huit ans vint s'arrêter à côté de nous. Ils me firent tous des grands signes de la main.

– C'est ton fan-club junior, plaisanta Judy.

Je descendis ma vitre et souris à ces ravissants enfants.

– Alexis, crièrent-ils joyeusement, nous te haïssons! Nous te haïssons!

Et ils sautèrent dans tous les sens en riant et en criant, heureux.

– Tu es la femme que l'Amérique aime haïr, dit Judy. Il faut que tu acceptes ce fait. C'est un compliment, vraiment.

Je sentais qu'une petite partie de moi-même ressemblait un tout petit peu à Alexis. Souvent, je souhaitais être comme elle, avoir sa force et sa détermination en affaires. Néanmoins, je savais – quelle ironie du sort – que ce vilain et malfaisant personnage allait me coller à la peau jusqu'à la fin de mes jours. Que cela me plaise ou non.

Il y a un homme dans ma vie aujourd'hui. Il est arrivé comme ça, sans que je m'y attende, l'été dernier, à un moment où je pensais à tout sauf à l'amour. Après tant d'erreurs commises, je suis devenue très prudente dans les implications sentimentales. Qu'est-ce que le futur nous réserve? Je ne peux le dire. Rien n'est jamais acquis. Tout change et s'envole constamment.

Mon passé n'est pas parfait, mais il n'est certainement pas triste ou ennuyeux. Mes erreurs m'ont appris beaucoup de choses et mon futur, je le pense, sera plus heureux, plus paisible. Alors, en avant toute!

Direction technique : Claude FAGNET
Direction artistique : Dominique JEHANNE
Assisté de : Isabelle DESNOS
Attachés de presse : Nathalie LADURANTIE
J.-Philippe BERTRAND
Cedric des ROUVIERES

Cet ouvrage a été achevé d'imprimer
le 3 Février 1989
sur les presses de l'Imprimerie Hérissey
à Évreux
pour le compte des Éditions Carrere-Michel Lafon

Imprimé en France

Dépôt légal : Février 1989
N° d'édition : 9647 – N° d'Impression : 47476